약편

仙道 체험기

12

신선神仙되는 길이 보인다
경이적인 현상이 눈앞에 펼쳐진다!!
선도수련의 현장을 체험으로 파헤친 충격과 화제의 소설

약편 선도체험기 12권을 내면서

『약편 선도체험기』 12권은『선도체험기』 55권부터 58권까지의 내용
에서 선별하여 구성하였다. 시기적으로는 2000년 7월부터 2001년 2월까
지 일어난 삼공 김태영 선생님의 수련 관련 활동과 가르침 내용이다.

『선도체험기』는 삼공 선생님께서 수련하시면서 경험하셨던 바를 소
설화한 책으로, 선생님의 말투와 사투리가 생생하게 묘사되어 있다.
이를 간략하게 편찬하면서 원문을 그대로 살리되 한글 맞춤법, 띄어쓰
기 규정에 맞춰 일부 정정했고, 선도의 전문용어는 로컬 룰처럼 복합
명사로 처리하였다.

그래서 사전에 나오는 대로 쓰자면 '마음공부, 기 공부, 몸 공부'로
표기해야 하지만 삼공선도에서는 마음, 기, 몸의 세 가지를 수련 대상
으로 삼기 때문에 '마음공부, 기공부, 몸공부'로 기술했다. 이러한 예는
삼공선도, 선도수련, 단전호흡, 흉식호흡, 호흡문, 기감, 기몸살 등에서
도 나타난다.

수행은 일상생활 그 자체이다. 우리가 이 세상에 살아있는 동안 숨
을 멈출 수 없는 것과 같이 수행은 멈출 수 없다. 말하자면 수행은 평
생 지속되는 장기전이다. 수행을 일상생활화 하는 가운데 자연히 이치
를 알게 되고 깨달음이 오게 되어 있다. 문제는 실천이다. 실천하다가

보면 하나하나 체험으로 터득하게 되어 있다. 구도자가 깨닫기 전과 깨달은 후 근본적으로 차이가 나는 것은 아무것도 없다. 모든 것은 있어 온 그대로이다. 세상과 우주를 보는 눈이 달라질 뿐이다.

이번 12권에는 위와 같이 수행에 관련한 내용 외에도 직장생활, 실직, 자식에 대한 바램, 시부모와의 갈등, 무기력한 생활 등에 대해서 수행자의 입장에서 지혜가 제시되는 유익한 이야기를 실었다. 그리고 선생님께서 그간의 수련 내공을 바탕으로 선도수련 방법을 새로 정리하신 부분도 포함했는데 모두가 필독이다.

그밖에 e메일을 통한 독자 문의 및 회신 내용 중에서 교훈적인 것을 최소한으로 선별하는 것도 쉽지 않았다. 이렇게 감동과 교훈이 가득한 『약편 선도체험기』를 발행하는 데 있어서 교열에 동참해 주신 분들과 글터 한신규 사장님 덕분에 이번에도 책이 나오게 되었으니 감사의 뜻을 전한다.

단기 4354년(2021년) 9월 8일

엮은이 조 광 배상

차 례

〈55권〉

수련 중에 나타나는 성인(聖人)들

다음은 단기 4333(2000)년 7월 1일부터 같은 해 8월 31일 사이에 필자와 수련생 사이에 있었던 대화와 그 밖의 필자의 선도 체험 이야기를 기록한 것이다.

"선생님, 저는 어제 낮에 오후 세시쯤 되었을 때 명상 중에 여러 성인들이 나타났습니다."

삼십 대 중반의 방태선 씨가 말했다.

"어떤 성인들이 나타났습니까?"

"단군, 석가모니, 예수, 원효 대사 같은 분들이 차례로 나타나서 너는 이제 성통할 때가 가까워왔으니 내 휘하에 들어와서 집중적으로 공부를 하지 않으면 큰일난다고 했습니다. 그러면서 네가 지금 공부할 때를 놓치면 영원히 다시는 이런 기회가 찾아오지 않을 것이라고 아주 위협적으로 말했습니다."

"그래서 어떻게 했습니까?"

"『선도체험기』에서 읽은 살불살조(殺佛殺祖)라는 얘기가 생각나서 일체 귀를 기울이지 않았습니다. 그래도 자꾸만 설득하려고 하기에 두 손바닥을 제 양 귀에 대고 끝내 못 들은 척했습니다. 그랬더니 저절로 슬그머니 사라졌습니다. 선생님 그때 제가 그들의 말대로 따랐다면 어떻게 되었을까요?"

"영락없이 그들에게 접신되어 그들의 종이 되었을 것입니다."

"그들의 종이 되다뇨? 그럼 그들의 정체는 무엇입니까?"

"그들은 전부 성인을 가장한 사기꾼 신령들입니다. 그런 가짜 신령들은 꼭 성인들 모습을 하고 나타나 구도자들을 유혹합니다. 어찌 보면 영계도 신계도 인간 세계와 유사한 가짜들이 진짜 모습을 하고 나타나 어리석은 구도자들을 꼬여내어 자기 종으로 평생을 부려먹습니다."

"그렇다면 그렇게 가짜 신령들에게 유혹당하여 접신된 사람들이 실제로 우리 사회에도 있습니까?"

"있고말고요. ○○○○○○ 교회의 ○○○ 목사, ○○○ 교회의 ○○○ 장로, ○○ 교회의 ○○○ 선생, ○○○ 원의 ○○○ 선사, ○○○○의 ○○○ 등등 이루 헤아릴 수 없을 정도로 많습니다. 그들 모두가 구세도인 또는 구세주임을 자부하는 신흥 또는 사이비 종교를 제창하여 혹세무민(惑世誣民)하는 자들입니다."

"그럼 선생님, 그들도 수행 중에 성인들로부터 저와 같은 유혹을 받고 그렇게 되었다는 말씀입니까?"

"그렇고말고요. 그러니까 수행자들 중에 마음을 비우지 못하고 세속적인 욕망에 사로잡혀 있는 사람들은 그런 가짜 성인들의 유혹에 백발백중 넘어가게 되어 있습니다. 수행자들의 지향하는 바가 무엇이라고 생각하십니까?"

"진리를 깨닫는 겁니다."

"진리를 깨닫는 것이 무엇인데요?"

"성통공완하고 견성해탈하는 거 아니겠습니까?"

"그렇습니다. 그것을 구경각(究竟覺)이라고도 합니다. 구경각에 도달한 구도자를 성인(聖人)이라고 하는데, 성인은 각자의 중심에서 스스로 자라나고 탈바꿈하고 꽃피어나는 것이지 절대로 밖에서 접붙여 들어오는 것이 아닙니다. 그리고 이 기회에 꼭 잊지 말아야 할 것은 진짜 성인들은 수련 중에 나타나서 자기 휘하에 들어오라는 소리는 절대로 하지 않는다는 겁니다. 오직 가짜들만이 그런 소리를 한다는 것을 알아야 합니다. 그리고 이러한 가짜들은 반드시 세속적인 욕망을 청산하지 못한 수행자들을 먹잇감으로 알고 찾아오게 되어 있다는 겁니다."

"그런데 선생님 그런 가짜 신령들에게 접신되어도 초능력을 발휘할 수 있습니까?"

"그럼요."

"난치병도 고치고 예언도 하고 점도 치고 한다는 말씀입니까?"

"그렇고말고요. 그러한 초능력이라는 무기가 없다면 누가 그런 사람들의 말을 귀담아 들으려고 하겠습니까?"

"선생님 저는 다른 질문을 하나 하겠습니다."

○○ 대학에 식물학과에 재직 중인 50대의 정재운 교수가 말했다.

"좋습니다. 어서 말씀해 보세요."

"저는 『선도체험기』를 세 번이나 읽어보았지만 아무래도 이해가 되지 않는 것이 있습니다. 그게 뭔고 허니 제가 가르치는 제자들에게 제

깐에는 아무리 잘해 주어도 떠날 때는 반드시 저에게 해코지를 하고 떠나곤 합니다. 도대체 그 이유가 어디 있는지 아무리 생각해 보아도 알 수가 없습니다."

"좀더 구체적으로 말씀해 보세요. 제가 확실히 알아듣게 말입니다."

"요즘 대학에서는 학생들과 교수 사이에 벤처 기업이 아주 성행하고 있습니다. 제가 연구하는 분야도 바로 그런 일 하기에 적합한 전공입니다. 벤처 기업을 창업하여 한때는 돈도 벌고 하다가는 사업이 좀 잘된다 싶으면 반드시 따로 독립해 나가곤 합니다. 그렇게 독립해 나가서는 얼마 못 버티고 십중팔구는 반드시 망해버립니다. 그리고 망할 때는 저에게 반드시 화살을 쏘곤 합니다.

그런데 이상한 것은 초창기에 서로 사심 없이 합심 협력할 때는 꼭 사업이 잘됩니다. 그런데 돈이 좀 벌린다 싶으면 꼭 욕심들이 생겨서 분리해 나가면 그때부터 그렇게도 잘되던 일이 꼬이기 시작합니다. 비닐하우스 재배에서도 그렇게도 잘되던 작물들에 이상하게도 병충해가 꼬여들곤 합니다."

"이제야 상황을 알 것 같습니다. 얘기를 듣고 보니 모두가 사리사욕에 의한 인과응보군요."

"사욕 때문에 독립해 나간 아이들은 그렇다 쳐도 저는 왜 도와주기만 하고도 끝내는 도와준 제자들에게 피해를 입어야 하는지 그 이유를 모르겠습니다."

"그 이유를 금생에서 찾을 수 없으면 전생에서 찾아야 합니다. 이유 없는 결과는 있을 수 없으니까요."

"선생님, 예의란 무엇입니까?"

"예의란 각자가 상대에 대하여 자기중심을 잡기 위한 방편입니다. 일단 자기중심이 잡히고 나면 상대와의 적절한 균형도 잡히게 되어 있습니다. 이 중심과 균형이 깨어지면 모든 것이 다 깨어지고 맙니다. 그래서 예의를 중용을 실천하는 수단이라고도 말합니다."

"아주 사이좋던 친구가 사소한 오해가 쌓이고 쌓여서 끝내 절교 상태에 빠지고 말았습니다. 어떻게 하면 옛 우정을 회복할 수 있겠습니까?"

"그 친구에게 항상 주의를 기울이고 있다가 그가 곤경에 처했을 때 사심 없이 도와주면 됩니다."

"예를 들면 어떤 때를 말씀하십니까?"

"그 친구가 친상(親喪)을 당했다든가 그밖에 수해나 화재를 당했다든가 했을 때 도와주시면 그 친구는 과거를 잊고 진정으로 고마워할 것입니다. 그리스와 터키는 영토 문제로 앙숙으로 지내던 사이였지만 터키에 지진이 일어나 막대한 인명과 재산 피해가 발생하자 그리스는 지체 없이 구조대를 파견하여 두 번이나 도왔습니다. 이것이 계기가 되어 두 나라 사이는 좋아졌습니다.

중국과 우리의 국교가 정상화되었을 때 있었던 갈등으로 대만과 우리나라는 대단히 불편한 관계에 있었지만 대만에 지진이 발생하여 큰 인명 피해가 발생하자 우리는 지체 없이 119 구조대를 파견하여 폐허속에 갇혀 있던 한 소년을 극적으로 구출해냄으로써 긴장되었던 두 나라 사이가 갑자기 화해의 기운이 돌게 되었습니다. 국제 관계나 개인 관계나 피장파장입니다. 지성이면 감천이라고 했습니다. 마음이 있는 곳에 뜻은 통하게 되어 있습니다."

"선생님, 수행(修行)은 언제까지 해야 한시름 놓을 수 있겠습니까?"

"수행은 단기 전투가 아닙니다. 그리고 일정한 수업 연한이 있는 학교 교육도 아닙니다."

"그럼 무엇입니까?"

"수행은 일상생활 그 자체입니다. 우리가 이 세상에 살아있는 동안 숨을 멈출 수 없는 것과 같이 수행은 멈출 수 없습니다. 말하자면 수행은 평생 지속되는 장기전입니다."

"선생님, 구도자가 깨닫기 전과 깨달은 후는 근본적으로 어떠한 차이가 있습니까?

"근본적으로 차이가 나는 것은 아무것도 없습니다. 모든 것은 있어온 그대로입니다."

"그럼 무엇이 달라졌다는 말씀입니까?"

"세상과 우주를 보는 눈이 달라질 뿐입니다."

"어떻게요?"

"그전에 어느 불목하니(절에서 허드렛일을 하는 사람)가 일하던 중에 갑자기 외쳤습니다. '아아! 나는 즐겁다. 나는 깨달았다. 나는 오늘도 물 긷고 나무하고, 밥 짓고 빨래한다.' 똑같은 일을 하면서도 깨닫기 전에는 힘겹던 일이 깨달은 후에는 갑자기 즐거워진 것입니다. 왜 그랬을까요?"

"글쎄요."

"고해(苦海)였던 인생이 갑자기 극락(極樂)으로 바뀌었기 때문입니다."

"왜 그랬을까요?"

"무명(無明)이 광명으로 바뀌었기 때문입니다. 고통이 환희로 바뀌었기 때문입니다. 어둡기만 하던 그의 중심에 환한 진리의 불이 켜졌기 때문입니다. 종이 주인으로 탈바꿈했기 때문입니다. 따라서 부자유하기만 하던 사람이 완전한 자유인으로 전환되었기 때문입니다."

"종이 주인이 되었다는 것은 무슨 뜻입니까?"

"지금까지 남의 종노릇만 해 오던 사람이 우주의 주인으로 바뀌었다는 뜻입니다."

"우주의 주인이 되었다는 것은 또 무슨 뜻입니까?"

"우주와 나 자신이 하나가 되었다는 뜻입니다. 우주에 생사유무가 없는 것처럼 우아일체(宇我一體)가 된 사람에게도 역시 생사유무가 있을 수 없습니다. 이것을 일컬어 대자유라고 합니다. 대자유를 얻은 사람은 근심 걱정 따위가 있을 수 없으니 만사가 즐겁지 않을 수 없습니다."

40일 단식 성공담

7월 12일 오후 2시 반경, 박혜정 씨가 찾아왔다. 그녀는 오늘부터 40일 전에 단식을 시작한 4십 대 후반의 간호원 근무 경력이 있는 가정주부 수련생이다. 그녀가 35일 전에 나를 찾아와 느닷없이 말했었다.

"선생님, 지금 저 단식하고 있습니다."

"단식요?"

"네."

"아니 왜 갑자기 단식은 시작했습니까?"

"저는 지금 『선도체험기』를 다섯 번째 새로 읽고 있는데요. 다시 읽을 때마다 새로운 것을 많이 느끼곤 합니다. 이번에는 선생님께서 21일간 단식하셨던 대목을 읽다가 저도 불현듯 단식을 해 보고 싶은 생각이 생겼습니다."

"생식하는 사람은 구태여 단식을 할 필요가 없는데요."

"선생님께서도 생식 중에 단식을 하시지 않았습니까?"

"그때 나는 아직 생식을 하기 전이었습니다. 책이나 말로만 들어 온 단식을 수련 차원에서 한번 직접 체험해 보고 싶어서 시작해 본 겁니다."

"저도 마찬가집니다. 물론 선생님의 단식 체험 이야기를 의심하는 것은 아니지만 저도 꼭 한번 직접 체험해 보고 싶어서 시작했습니다."

"지금이 6월 초순이니까 벌써 여름입니다. 단식은 봄가을에 하는 것이 좋은데 왜 하필이면 여름을 택하셨습니까?"

"저도 사실은 그 점이 좀 걸리긴 했었지만, 이왕 하기로 결심한 이상 마음 내킬 때 시작해 보기로 했습니다."

"그래 단식 시작한 지는 며칠 되었습니까?"

"오늘이 닷새쨉니다."

이렇게 말하는 그녀를 유심히 살펴보았지만 얼굴이 약간 수척해 보일 뿐 다른 이상은 없었다.

"그래 해 볼 만합니까?"

"생각보다 괜찮은데요. 처음 사흘 동안이 좀 괴로웠었는데 사흘이 지나니까 오히려 식사할 때보다 더 마음이 편안합니다."

"일상생활에 지장은 없습니까?"

"전연 지장이 없습니다. 주부로서 밥하고 반찬 만들고 빨래하고 시장 보는 것도 그대로 다 하고 있고, 게다가 도인체조와 조깅도 전과 똑같이 하고 있습니다. 처음에는 약간 기운이 빠진 것 같은 느낌이 들었었는데 그것도 습관이 되니까 아무렇지도 않습니다."

이런 일이 있은 지 보름쯤 뒤에 그녀는 다시 한 번 찾아왔다. 안색은 보름 전이나 매한가지였다.

"이젠 단식 끝냈습니까?"

"아뇨."

"아니 그럼 아직도 단식 중이십니까?"

"네."

"오늘로 며칠째죠?"

"꼭 20일쨉니다."

"가족들이 뭐라고 하지 않아요?"

"처음에는 남편도 시어머니도 굉장히 걱정을 했었는데 제가 멀쩡하게 제 할일을 하나도 어김없이 다 하니까 이제는 아무 말도 없습니다. 남편은 제가 아무 지장 없이 단식하는 것을 보고는 자기도 기회 봐서 한번 해 보겠다고 합니다. 아이들도 처음에는 적극적으로 말리다가 이제는 아무 말이 없습니다. 식구들은 아무 말도 없는데 오히려 이웃과 친지들이 저를 보고 얼굴이 몹시 수척하다면서 어디 아프냐고 걱정들을 합니다."

"그동안 체중은 얼마나 줄어들었습니까?"

"단식 전에는 156(키)에 51(체중)이었는데 단식 시작한 지 사흘 뒤에 46으로 줄어들고는 더이상 줄어들지 않고 그대롭니다. 체중이 46으로 줄어든 뒤에는 물외에는 아무것도 먹지 않았는데도 체중이 그대로 유지된다는 것이 아무래도 신기합니다."

"20일 동안 단식을 하고 나니 어떤 생각이 들었습니까?"

"사람은 먹지 않아도 살 수 있다는 확신을 갖게 되었습니다. 단식을 직접 해 보기 전에는 선생님이 21일간 단식하신 얘기를 『선도체험기』에서 읽고도 과연 그럴 수 있을까 하고 반신반의했었는데 지금은 완전히 확신을 갖게 되었습니다. 그리고 이제는 선생님께서 『선도체험기』에 쓰신 체험담이 전부 다 사실이라는 것도 알게 되었습니다."

"마음이 불안하거나 그렇지는 않습니까?"

"불안하기는커녕 그전보다 마음이 한층 더 차분하고 편안합니다."

"기운은 잘 들어옵니까?"

"확실히 단식 전보다 더 잘 들어옵니다. 그런데 저는 선생님과는 달리 기운이 백회에서는 가끔씩 들어오고 주로 어깨와 등 쪽으로 엄청나게 많이 쏟아져 들어옵니다. 왜 그렇죠?"

"아직은 백회가 완전히 열리지 않았기 때문입니다."

"제 백회는 그럼 언제쯤 열릴까요?"

"지금 조금씩 열리기 시작했습니다. 이제 시간이 흐르면 백회로 들어오는 기운의 양이 점점 더 늘어나게 될 것입니다. 단식은 언제까지 할 작정이십니까?"

"하는 데까지 해 볼 생각입니다. 지금 같아서는 얼마든지 더 할 수 있을 것 같습니다."

"나도 10년 전에 단식을 할 때 21일간을 하고 나서도 앞으로 얼마든지 더 할 수 있을 것 같았는데도 집식구가 하도 걱정 근심을 하고 집안이 마치 초상집같이 되는 바람에 할 수 없이 중단을 했습니다.

박혜정 씨는 여건만 허락하면 내가 못 했던 것을 한번 실천해 보세요. 난 그때 예수처럼 40일 단식을 목표로 시작했었는데 여건이 허락하지 않아서 목표 일수를 채우지 못했었습니다. 가능하면 그 40일을 채워 보세요."

"네, 그렇게 해 보겠습니다."

이렇게 말하고 헤어졌었다. 그 후 나는 그녀 생각을 가끔씩 했었다. 무사히 단식을 하고 있는지 아니면 중단을 하지는 않았는지. 혹시 불의의 사고나 난 것이 아닐까 하는 생각도 들었었다. 그런데 오늘 그녀는 20일 전과 다름없는 멀쩡한 얼굴로 들어오는 것이었다. 나는 그녀를 보자 대뜸 물었다.

"단식은 어떻게 됐습니까?"

"오늘이 바로 단식 시작한 지 40일째입니다."

"그래요. 드디어 내가 못 했던 것을 해 내셨군요. 축하합니다."

"모두가 선생님 덕분입니다."

"아닙니다. 박혜정 씨의 지구력이 승리한 겁니다."

"그것보다 선생님이 의연히 우리들의 한 기준점이 되시어 한자리에 우뚝 서 계시니까 저희들로 용기를 낸 겁니다."

"40일 단식은 쉬운 일이 아닌데 주부의 소임을 다하면서도 그 일을 훌륭히 성취해 내다니 참으로 대단하십니다. 단식하기 전하고 40일 단식을 끝낸 후하고 뭐든지 달라진 것은 없습니까?"

"달라진 것이 한둘이 아닙니다."

"뭐가 달라졌는지 어디 말씀해 보세요."

자신감을 갖게 되었다

"첫째로 제가 지금 하고 있는 수련에 대해 자신감을 갖게 되었다는 겁니다."

"그럼 전에는 자신감이 없었다는 얘긴가요?"

"뭐 반드시 그렇지는 않습니다만 전에는 수련을 하면서도 이게 정말 잘되는 건지 과연 무슨 성과가 있을지 하고 의문에 잠겼었는데, 이젠 무슨 일이든지 열심히 하면 된다는 확실한 자신감을 갖게 되었습니다.

그리고 두 번째로는 무슨 일이든지 심기일전(心機一轉)하여 한마음으로 과감하게 뚫고 나가면 성공할 수 있다는 확신을 갖게 되었습니다. 저의 이 확신은 종교적 신앙과는 성질이 좀 다릅니다."

"어떻게 다릅니까?"

"저는 전에 교회에 열심히 나간 일이 있어서 지금도 교회 친구들이 많습니다. 며칠 전에도 그 교회 친구들과 만난 일이 있습니다. 제가 40일 금식(禁食, 교회에서는 단식을 금식이라고 한다)을 하고 있다고 하니까 깜짝들 놀라면서 제 말을 믿지 않았습니다. 40일 금식은 예수님이나 성인(聖人) 같은 위대한 분들이나 하는 것이지 너 따위가 어떻게 감히 40일 금식을 할 수 있느냐?는 것이었습니다.

내가 무엇이 아쉬워서 거짓말을 하겠느냐고 하면서 정 의심스러우면 집에 계신 시어머니한테 물어보라고 했습니다. 그러자 친구 하나가 핸드폰으로 제 시어머니한테 금방 물어보는 것이었습니다. 시어머니로부터 사실임을 확인한 친구들은 벌린 입을 다물지 못했습니다. 그러면서 어떻게 감히 40일 단식을 할 생각을 다 하게 되었느냐는 것이었습니다."

"그래서 뭐라고 했습니까?"

"솔직히 제가 하고 있는 수련에 대해서 다 말했습니다. 『선도체험기』 시리즈를 읽게 된 얘기며 마음공부, 기공부, 몸공부를 하게 된 얘기를 다 털어놓았죠. 특히 기 수련을 하여 기를 느끼게 되었다는 이야기를 자세히 했습니다. 그랬더니 친구들 얘기가 아무리 그렇다 해도 40일을 굶을 수 있다니 도대체 겁도 나지 않느냐?고 물었습니다. 그래서 제가 뭐라고 했는지 아세요?"

"뭐라고 했습니까?"

"내 안에 하나님이 들어와 있는데 겁날게 뭐냐고 도리어 반문했습니다. 그랬더니 친구들이 저를 보고 눈들이 호동그래지면서 이 애가 미쳐도 단단히 미쳤다는 겁니다. 미치지 않았으면 어떻게 감히 그런 참람(僭濫)한 소리를 할 수 있느냐는 겁니다. 하나님은 우리 인간이 찬양하고 찬송하고 숭배하고 기도하고 믿어야 하는 분이시지 어떻게 감히 그런 무도한 소리를 할 수 있느냐는 것이었습니다."

"그래서 뭐라고 했습니까?"

"그건 너희들이 모르는 소리다. 하나님은 바로 우리들 자신 속에 이미 들어와 계시는데 그걸 너희들이 모르고 있을 뿐이라고 말해 주었습니다. 그래도 제 말을 귓등으로도 듣지 않으려고 하기에 제가 말해 주었습니다.

바리새인들에게서 하늘나라가 언제 오느냐?는 질문을 받은 예수님도 '하늘나라가 오는 것을 눈으로 볼 수는 없다. 또 보아라, 여기 있다 저기 있다 할 수도 없다. 하늘나라는 바로 너희들 자신 속에 있느니라'(누가 17: 20-21)고 하신 말씀을 모르느냐고 말해주었습니다."

"그랬더니 교회 친구들이 뭐라고 했습니까?"

"제 말발이 하도 세니까 뭐라고 적절한 대꾸는 못 하면서도 하여튼 저를 자기네와는 별종의 이단자로 보는 것 같은 눈치였습니다. 교회 친구들은 그저 목사의 말에만 순종하도록 길들여져 있을 뿐 그들 자신이 적극적으로 자기 자신을 믿고 과감하게 모험을 해 본다든가 수련을 밀어붙여 본다든가 하는 것은 상상도 할 수 없는 것 같습니다."

"그것이 이른바 타력(他力) 신앙의 한계입니다. 그들은 목사들에게 양처럼 순하게 길들여져서 평생 교회에 십일조나 열심히 바치면서 살다가 자기 자신 속에 잠재해 있는 진리의 본체에는 접근도 해 보지 못하고 습관적으로 교회에나 왔다 갔다 하면서 이럭저럭 종교적인 노예처럼 살다가 한세상을 하직하곤 합니다. 그리곤 비슷한 생로병사의 윤회를 다람쥐 쳇바퀴 돌 듯 언제까지나 되풀이할 뿐입니다."

"그런데 선생님 저는 이번 40일 단식을 통해서 저 자신 속에 진리 즉 하나님과 우주가 있다는 확신을 갖게 되었습니다. 단식을 하면서 사람은 먹어야만 살 수 있다는 통념이 깨어져 나가면서 인내천(人乃天) 즉 사람이 곧 하늘이라는 진리를 체험으로 깨달은 것 같은 느낌이 듭니다."

"양애란이라는 여자는 아무것도 먹지 않고도 35년 이상을 살면서 지금도 열심히 이타행(利他行)을 하고 있다고 하지 않습니까? 유럽에도 먹지 않고 사는 사람의 이야기는 많이 알려지고 있습니다.

인도의 어느 가난한 집 처녀는 시집을 갔는데 시어머니가 식충이처럼 먹기만 한다고 하도 구박을 하는 바람에 참고 견디다 못 해 어느 날 스스로 다짐했습니다. '내 다시는 음식을 입에 대지 않겠다'고 결심을 하는 순간부터 일체 음식을 입에 대지 않고 평생을 잘살다가 간 일도 있다고 합니다. 저 유명한 테레사 수녀도 생전에 하루에 형식적으로 동전닢만한 빵 한 조각을 먹는 시늉만 했을 뿐 거의 먹지 않고 살았다고 합니다."

"그러니까 나 자신이 바로 진리 그 자체이고 우주이며 그 속에는 무한한 능력과 지혜와 사랑이 깃들어 있다는 말이 사실인 것 같습니다."

"그렇습니다. 박혜정 씨는 40일간의 단식을 통해서 그 사실을 머리나 마음으로만이 아니라 몸으로 터득한 겁니다."

"머리나 마음으로만 깨닫는 것하고 몸으로 터득하는 것하고는 어떤 차이가 있습니까?"

"머리나 마음으로만 깨닫는 것은 모래 위에 지어진 집처럼 홍수가 나거나 폭풍이 불면 흔적도 없이 사라져 버릴 수도 있습니다. 그러나 마음과 기와 몸으로 깨닫고 터득한 진리는 홍수나 폭풍은 말할 것도 없고 지진이 일어나고 천지개벽을 해도 끄떡없고, 심지어 지구의 종말이 와도 전연 손상을 입지 않게 되어 있습니다."

단식과 운기(運氣)

"선생님 그런데 단식이 기공부하고 무슨 관계가 있습니까?"

"관계가 있고말고요."

"어떤 관계가 있습니까?"

"아주 유기적인 관계가 있습니다. 박혜정 씨는 지금 기를 느끼시죠?"

"물론입니다. 제가 만약에 기를 느끼지 못했다면 단식을 하려고 하지도 않았을 겁니다."

"어느 부위로 기운을 많이 느끼십니까?"

"단전과 전중(膻中)과 어깨와 등 부위로 특히 많은 기를 느낍니다."

"단식을 하는 동안 식구들 중에 박혜정 씨의 몸에서 냄새가 난다는 말 들어 보았습니까?"

24

"아뇨. 그런 말 들어보지 못했습니다."

"그게 바로 박혜정 씨는 지금 운기가 아주 활발하게 잘되고 있다는 증거입니다. 우리나라에서는 군사 통치 시절에 많은 정치인들이 정부의 억압에 대한 항의 수단으로 단식을 감행한 일이 있습니다. 그때 기자들의 취재 기사를 읽어 보면 단식 현장에서 나는 고약한 악취에 대해서 언급한 부분이 유난히 눈에 띕니다.

단전호흡을 하여 상당한 경지에 올라 기문이 열리고 운기가 되는 사람이 단식을 했다면 그러한 악취가 나지 않습니다. 그러니까 기운도 느끼지 못하고 운기가 안 되는 사람이 단식을 시작했다면 가족들과 같은 공간에 기거할 수도 없었을 것입니다."

"왜요?"

"단식하는 사람에게서 나는 고약한 냄새 때문입니다. 그러나 운기조식이 되는 사람은 신기하게도 아무리 오래 단식을 해도 몸에서 냄새가 나지 않습니다. 박혜정 씨도 운기가 되지 않은 상태라면 그렇게 주부 역할을 그대로 하면서 가족들과 어울려 살 수 없었을 것입니다."

"단식하는 사람에게서 그렇게 냄새가 나는 이유는 무엇일까요?"

"그동안 몸안에 찌들어 늘어붙어 있던 노폐물이 연소되기 때문입니다. 그러나 기공부를 하면서 오행생식을 하여 온 사람은 이미 소식(小食)으로 그러한 노폐물들이 다 연소되고 제거돼 있으므로 냄새가 나지 않습니다. "

"그렇군요."

"그리고 단식 중에 별로 큰 고통 느끼지 않고 일상적으로 하던 일을 그대로 하면서도 아무 지장 없었던 것도 운기조식(運氣調息) 덕분이라는 것을 아셔야 합니다."

운기조식(運氣調息)

"운기조식이 뭡니까?"

"기공부를 말합니다."

"그럼 단전호흡은 어디에 속합니까?"

"단전호흡 역시 기공부 속에 포함됩니다."

"그렇군요. 제가 이렇게 직접 단식을 해보고 나니까 서화담 선생이 홍수로 길이 끊겨서 양식을 공급받지 못하여 보름 동안이나 음식을 입에 대지 못했는데도 얼굴에 주린 기색이 보이지 않았다는 기록이며, 망우당 곽재우 선생이 솔잎과 이슬만 먹고도 살 수 있었다고 전해져 오는 이야기들이 전부 다 사실이라는 것을 알겠습니다."

"그래서 수승화강(水昇火降)의 비법을 터득한 도인은 천지개벽 시에 먹지 않고도 살 수 있다고 『격암유록』에도 나와 있습니다."

"운기조식하는 사람은 먹지 않아도 능히 살 수 있다는 얘기 같은데 어떻게 돼서 그럴 수 있는지 설명 좀 해 주시겠습니까?"

"운기조식을 하지 않는 보통 사람은 생명 유지에 필요로 하는 생체 에너지 즉 기운의 대부분을 지기(地氣)를 통해서 공급받습니다."

"지기란 무엇이죠?"

"쉽게 말해서 땅에서 나는 기운입니다. 다시 말해서 땅에서 재배하는 곡물, 채소, 과일, 근과 그리고 이것을 먹고 살아가는 초식 동물들의 고기와 이들 초식 동물들을 잡아먹고 살아가는 육식 동물의 고기 등에서 섭취하는 에너지를 말합니다."

"그럼 운기조식을 하지 않는 보통 사람들은 지기(地氣)만을 섭취합니까?"

"반드시 그렇지는 않습니다. 보통 사람들도 호흡은 하고 있습니다. 호흡을 통해서 일반인들도 생명 유지에 필요한 최소한의 생체 에너지인 천기(天氣)는 흡수하고 있습니다."

"천기는 무엇을 말합니까?"

"지기를 뺀 일체의 에너지를 말합니다."

"그러니까 일반인도 천기를 흡수한다는 말입니까?"

"그렇고말고요. 사람은 먹지 않고는 어느 정도 살 수 있어도 숨을 쉬지 않고는 단 일 분도 살 수 없습니다."

"단전호흡을 많이 한 사람이나 해녀들은 물속에 들어가서 십 분 이상씩 머물러 있는 것은 어떻게 된 겁니까?"

"물속에 들어가면 코로 공기를 호흡하지 못할 뿐이지 피부로는 숨을 쉽니다. 완전 밀폐된 공간 속에 사람을 집어넣는다면 1분 이상 살아남기 어렵다는 얘기죠. 다만 물속에서는 지상에서처럼 많은 천기를 흡수할 수 없으므로 물속에서 장시간 버틸 수는 없습니다.

그러나 물속에도 천기가 전연 없는 것은 아닙니다. 다만 그 양이 땅위보다는 적을 뿐이죠. 물고기도 호흡을 하는 것만 보아도 알 수 있습니다. 요컨대 내가 말하고자 하는 것은 기공부를 하는 사람과 기공부를 하지 않는 사람은 천기를 통해서 흡수하는 에너지의 양이 엄청나게 차이가 있다는 겁니다."

"어느 정도 차이가 있을까요?"

"가령 보통 사람은 천기 대 지기의 흡수량이 3 대 7 정도라면 기공부를 하는 사람은 그 비율이 5 대 5 내지 7 대 3 정도는 됩니다."

"그걸 어떻게 알 수 있습니까?"

"내가 그것을 계량적으로 연구는 하지 않았지만 경험으로 미루어 대강은 알 수 있습니다. 기공부의 수준이 높아지면 높아질수록 지기의 흡수량이 적어지는 것만 보아도 알 수 있습니다. 지기의 흡수량이란 쉽게 말해서 식사량을 말합니다.

가령 대주천 정도의 수련이 된 사람의 천기 대 지기의 흡수량이 7 대 3 정도 된다고 합시다. 만약에 이 사람이 단식에 들어간다고 하면 어떻게 될까요. 두말할 것도 없이 천기와 지기의 흡수 비율이 3 대 7 정도 되는 사람보다는 단식에 훨씬 빨리 적응하게 될 것입니다."

"그렇다면 천기 속에는 지기도 포함되어 있다는 얘기가 되는가요?"

"결론적으로 말해서 그렇다고 보아야 합니다. 단식을 한다든가 음식을 먹지 않고도 산다는 것은 생명 활동에 필요한 에너지를 전연 흡수하지 않는다는 말이 아니고, 그것을 단지 지기 대신 천기에서 흡수하는 것을 말합니다."

"선생님, 그렇다면 천기 속에도 지기가 다 녹아 있다는 말이 됩니까?"

"그렇습니다."

"그것을 무엇으로 증명할 수 있죠?"

"박혜정 씨 자신이 40일간 물만 먹고도 살 수 있었다는 사실이 바로 그걸 증명하지 않습니까? 다만 기공부를 착실히 하여 왔기 때문에 기 공부를 안 하는 사람들보다 훨씬 쉽게 40일 단식을 끝낼 수 있었다는 것이 다를 뿐입니다. 기공부를 조직적으로 한 사람은 지기 대신에 천 기 속에서도 생명 유지에 필요한 생체 에너지를 흡수할 수 있는 능력 이 있다는 얘깁니다.

내가 잘 아는 도반(道伴) 중에 교회에 열심히 나가는 어머니를 둔 사 람이 있었습니다. 그는 어렸을 때 자기 어머니가 40일 단식을 하는 것 을 옆에서 지켜보았다고 합니다. 그의 얘기를 들어보면 어머니한테서 풍겨오는 악취 때문에 굉장한 고통을 받았다고 합니다. 그리고 그의 어머니는 단식이 길어지면서 일상생활을 거의 중단할 정도로 기운이 쇠약해진 상태였다고 합니다. 순전히 의지력 하나로 40일간을 끝까지 버텨 나갔다고 합니다.

박혜정 씨와는 여러 가지로 비교가 됩니다. 기공부하는 사람과 안 하는 사람은 단식할 때 이렇게 현저한 차이가 납니다. 그 이유는 순전 히 천기와 지기의 흡수 비율의 차이 때문입니다. 그밖에 박혜정 씨가 이번에 단식하면서 느낀 점이 또 없습니까?"

"있습니다."

"뭔지 말씀해 보세요."

"일단 단식에 들어가면 물외에는 아무것도 먹지 않는 것이 한결 더 속이 편하다는 것을 알았습니다. 저는 단식 중에 시험적으로 가끔씩 요구르트를 몇 모금씩 먹어 본 일이 있었는데 아무것도 안 먹을 때보 다 훨씬 더 속이 불편했습니다. 속이 불편하니까 마음도 역시 불안했습니다. 그리고 먹을수록 더 욕심이 생기는 것을 알 수 있었습니다."

"좋은 경험을 하셨습니다. 본격적으로 단식을 하는 사람들 중에는 물까지도 마시지 않는 경우가 있습니다."

"물마저 안 먹고도 살 수 있을까요?"

"살 수 있습니다. 물도 엄격히 말해서 지기에 속합니다. 지기는 천기 속에 다 녹아있으니까요."

"그런데 선생님께서 단식하신 기록을 읽어 보면 백회(百會)에서 폭포와 같은 기운이 들어오는 것을 감지하셨다는 얘기가 자주 나오는데 저는 기운이 백회로는 가끔 들어올 뿐이고 주로 어깨와 등 쪽으로 많이 들어왔습니다. 왜 그럴까요?"

"박혜정 씨는 아직 백회가 완전히 열리지 않았기 때문입니다. 백회가 이제 조금씩 열리기 시작했습니다."

"언제쯤 완전히 열릴까요?"

"곧 열릴 것 같습니다. 등과 어깨 쪽으로 기운이 많이 들어오는 것은 등과 어깨 쪽에 분포되어 있는 대장경, 소장경, 삼초경, 방광경, 독맥과 같은 경맥에 분포되어 있는 경혈들이 열려 있었기 때문입니다."

"발뒤꿈치와 무릎이 아픈 것은 무엇 때문일까요?"

"발뒤꿈치에는 신경(腎經)의 태종혈과 방광경(膀胱經)의 복삼혈이 있습니다. 그리고 무릎에는 위경(胃經)이 지나가고 있습니다. 발뒤꿈치가 아픈 것은 신방광경에 이상이 있기 때문입니다. 그리고 무릎이 아픈 것은 위경에 이상이 있다는 징후인데 이제 단식도 끝냈으니 영양이 보충되면 곧 좋아질 겁니다."

이때 옆에서 박혜정 씨와 나와의 대화에 유심히 귀를 기울이고 있던 한 수련생이 물었다.

"직장생활을 하면서도 40일 단식을 할 수 있을까요?"

"그건 순전히 기공부의 진도에 달려 있습니다. 내 문하생들 중에는 직장생활을 하면서도 21일 단식을 끝낸 사람이 있습니다. 그러나 직장생활에서 강한 스트레스를 받을 경우에는 단식을 안 하는 것이 안전합니다. 가능하면 휴가를 이용하는 것이 좋을 것입니다."

"휴가는 21일이나 40일씩 얻을 수 없지 않습니까?"

"단식을 꼭 21일이나 40일을 고집할 필요는 없습니다. 오행생식을 일상생활화 하고 있는 사람은 구태여 단식을 할 필요가 없다고 봅니다. 생식을 하는 주요 목적은 자기 몸을 정화(淨化)하자는 겁니다. 오행생식을 일상생활화 하는 것만으로도 이 목적은 충분히 달성되었다고 생각합니다."

"그럼 직장인은 며칠 단식이 가장 적합할까요?"

"일주일, 열흘, 보름 중에서 하나를 선택하는 것이 좋을 것입니다. 이것만 가지고도 사람은 먹지 않고도 살 수 있다는 확신을 실제 체험을 통해서 터득할 수 있습니다."

신(神)은 과연 있는가?

"어떤 사람은 신 역시 있다고 생각하는 사람들에게는 있고 없다고 생각하는 사람들에게는 없다고 하는데 그게 사실입니까?"

"신(神) 역시 인과(因果)의 산물입니다. 신은 인과응보의 이치를 관장하기 위한 존재입니다. 따라서 인과 속에 갇혀 있는 사람들은 별별 재주를 다 부린다고 해도 신의 손안에 잡혀 있을 수밖에 없습니다. 쉽게 말해서 죄를 진 사람은 그가 제아무리 신의 존재를 부인한다고 해도 신의 손아귀에서 벗어날 수 없게 되어 있다는 말입니다. 마치 현실 세계에서 현행범 쳐놓고 경찰의 수사망을 벗어날 수 없는 것과 같습니다."

"그렇다면 죄를 진 사람은 제아무리 신은 없다고 외쳐 보았자 신의 손아귀에서 벗어날 수 없다는 말씀입니까?"

"물론입니다. 신의 존재를 무시하는 것은 자유입니다. 그러나 어떤 사람이 제아무리 신의 존재를 무시한다고 해도 신이 없어지는 것은 아닙니다. 그것은 빚진 사람이 아무리 자기에게는 빚이 없다고 억지를 부려도 채권자가 엄연히 있게 마련이고 그가 빚을 갚지 않는 한 그가 진 빚은 없어지는 것이 아닌 것과 같습니다."

"그럼 신의 존재를 처음부터 무시할 수 있는 사람도 있을 수 있습니까?"

"있습니다."

"어떤 사람이죠?"

32

"인과응보의 세계에서 벗어난 사람입니다."

"인과응보의 세계에서 벗어난 사람은 어떤 사람을 말합니까?"

"마음을 완전히 비운 사람을 말합니다."

"어떤 사람을 보고 마음을 완전히 비운 사람이라고 말할 수 있습니까?"

"욕심에서 벗어난 사람을 말합니다."

"어떤 사람을 보고 욕심에서 벗어난 사람이라고 말할 수 있습니까?"

"탐진치(貪瞋癡), 희구애노탐염(喜懼哀怒貪厭)에서 벗어난 사람을 말합니다. 이런 사람은 신의 관할 영역을 벗어난 사람들입니다. 신도 이 사람들은 어쩔 수 없습니다."

"왜요?"

"자기네 관할 영역 밖에 있기 때문입니다. 구도자가 수행을 하는 목적은 바로 그러한 경지에 들어가기 위해서입니다."

자기 모습을 지켜보라

"선생님, 제 동생이 교통사고로 아내를 잃은 지 반년이 넘도록 슬픔에서 벗어나지 못하고 아직도 시름에 싸여 있습니다. 친형인 저로서 할 수 있는 일은 다 해 보았지만 동생의 슬픔은 끝내 돌려놓지 못했습니다. 동생이 하루 바삐 상처(喪妻)의 시름에서 벗어날 수 있도록 형으로서 할 수 있는 일이 없을까요?"

4십 대 후반의 남자 수련생이 말했다.

"어떡하다가 교통사고를 당했습니까?"

"장인이 위독하다고 해서 급히 지방에 있는 친정에 다녀오던 아내가 탄 고속버스가 빗길에 미끄러지면서 중앙선을 침범하는 순간 마주 오던 트럭과 정면충돌하여 대형 사고가 났습니다."

"저런, 자녀분들은 아무 일 없었습니까?"

"둘 다 중학교에 다니고 있어서 에미를 따라가지는 않았습니다."

"불행 중 다행이군요. 동생은 아내를 지극히 사랑하였던 모양이죠?"

"천생연분이라고 주위에서들 부러워했습니다."

"슬퍼할 때는 슬퍼하게 내버려두세요. 세월이 약이라고 하지 않습니까?"

"그래도 형이 되어 가지고 시름에 잠겨 정신을 못 차리고 있는 동생 보기가 안타까워서 그럽니다."

"동생은 무슨 일을 하고 있습니까?"

"조그마한 기업체를 하나 운영하고 있습니다."

"사업에 지장이 있을 정돕니까?"

"아직 그 정도는 아닙니다."

"그럼 그대로 내버려두십시오."

"그래도 괜찮을까요?"

"기업체를 운영할 정도로 책임감이 있고 유능한 사람이라면 조만간 그 슬픔에서 스스로 벗어나올 때가 있을 것입니다."

"그래도 형으로서 옆에서 지켜보기만 할 수가 없어서 그럽니다. 종이장도 맞들면 낫다는 말이 있지 않습니까?"

"그렇긴 합니다. 동생분하고 요즘도 만나서 얘기도 자주 나누고 합니까?"

"그럼요."

"그럼 기회 봐서 동생분에게 이렇게 말씀해 보세요."

"어떻게 말입니까?"

"상처로 인한 슬픔에 잠겨 있는 자기 모습을 지켜보라고 말해 보세요."

"그렇게 하면 무슨 효과가 있을까요?"

"지금 동생분에게 중요한 것은 한시라도 빨리 아내 잃은 슬픔에서 벗어나는 겁니다. 그렇게 하기 위해서 가장 중요한 것은 자기가 지금 슬픔에 지배당하고 있다는 사실을 깨닫는 것이 급선무입니다. 슬픔을 파도라고 생각하면 됩니다. 요컨대 동생분이 그 파도에 휩쓸리느냐 아니면 그 파도를 타고 넘느냐입니다. 파도에 휩쓸려 있다면 그 사실을 한시 바삐 알아차리는 것이 무엇보다도 중요합니다."

"알아차리는 것이 왜 그렇게 중요합니까?"

"그것이 바로 슬픔에 지배당하느냐 아니면 슬픔을 지배하느냐를 판가름하는 열쇠이기 때문입니다.

"그럼 슬퍼하는 자기 모습을 지켜볼 수만 있으면 됩니까?"

"그렇습니다. 일단 자기 자신을 객관화하여 놓고 관찰만 할 수 있다면 동생분도 멀지 않아 아내 여읜 슬픔에서 벗어나게 될 것입니다."

"과연 그럴까요?"

"자기 자신을 객관적으로 관찰할 수 있다는 것은 슬픔의 파도에 휩쓸리던 경지를 벗어나 파도를 타는 사람의 위치로 돌아왔다는 것을 말합니다. 대체로 구도자냐 범부냐를 판가름하는 잣대가 무엇인지 아십니까?"

"잘 모르겠는데요."

"탐진치(貪瞋癡)에 휘둘리느냐, 아니면 탐진치를 다스리느냐의 차이입니다. 다시 말해서 탐진치를 다스릴 줄 아는 사람이 구도자이고 탐진치에 지배당하는 사람이 범부입니다."

"아니, 그렇다면 상처(喪妻)의 슬픔도 탐진치 속에 들어간다는 말씀입니까?"

"그렇습니다."

"왜 그렇죠?"

"상처의 슬픔은 갈애(渴愛)에 속하기 때문입니다. 갈애는 애욕(愛慾)에서 파생된 겁니다. 애욕 역시 일종의 탐욕에 지나지 않습니다."

"그럼 애욕에 빠지지 않는 지름길은 무엇입니까?"

36

"애욕의 파도에 휩쓸리지 않으면 됩니다."

"애욕의 파도에 휩쓸리지 않는 가장 현실적인 방법은 무엇일까요?"

"애욕에 지배당하지 않도록 자기 마음을 스스로 다스리면 됩니다."

"아예 처음부터 결혼을 하지 않는 것은 어떻습니까?"

"그거야 각자의 선택 사항입니다. 비구나 비구니, 신부나 수사나 수녀가 되려는 사람은 마땅히 결혼을 하지 말아야겠죠?"

"그러나 이미 결혼을 한 사람은 어떻게 합니까?"

"자기 마음을 스스로 다스릴 줄 알면 됩니다."

"구체적으로 어떻게 하는 것이 자기 마음을 스스로 다스리는 것이 됩니까?"

"동생분처럼 상처를 당했을 때도 밀려오는 슬픔의 파도에 휩쓸리지 않고 서핑 선수처럼 도리어 그 파도를 타면 됩니다. 파도를 탄다는 것은 파도 따위에 지배당하지 않고 언제나 그것을 극복할 수 있다는 것을 말해줍니다."

"탐진치는 무엇입니까?"

"그 근원은 바로 욕심입니다. 이기심이라고도 합니다."

"욕심과 이기심을 극복할 수 있는 확실한 지름길은 무엇입니까?"

"마음을 비우면 됩니다."

"어떻게 하면 마음을 비울 수 있습니까?"

"마음을 비우기 위해서는 마음을 열어야 합니다."

"어떻게 해야 마음을 열 수 있습니까?"

"자기 자신을 객관화시켜 놓고 관찰할 수 있으면 됩니다. 만약에 문

제가 남과 관련되어 있다면 나보다 남을 먼저 생각해 주는 마음가짐을
생활화하면 됩니다.”

사진에 찍힌 빙의령

"선생님, 빙의령이 사진에 찍히는 수도 있습니까?"

"있습니다. 왜 그런 질문을 하십니까?"

"일전에 SBS 목요일 '세상에 이런 일이'라는 프로에서 경남 모처에서 대학생 셋이 기념사진을 찍었는데 그중 한가운데 앉은 여학생 뒤쪽에 약간 희미하긴 하지만 그 윤곽은 알아볼 수 있는 별도의 한복 차림의 중년 부인의 영상이 찍혀 있었습니다. 학생들은 그 뒤에도 같은 장소에서 사진을 몇 장 더 찍었는데도 그런 영상은 다시 나타나지 않았습니다.

하도 이상히 여긴 그들은 사진 현상소에 가서 확인해 보았지만 이유를 알 수 없었다고 합니다. 그들은 할 수 없이 사진 전문가에게 감정을 의뢰해 보았지만 역시 그 이유를 알아내지 못했다고 합니다. 저는 그 프로를 보는 순간 『선도체험기』를 읽은 생각이 나서 아무래도 빙의령이 찍혀 나온 것 같아서 선생님께 여쭈어 본 겁니다."

"나도 그 프로를 보았습니다. 빙의령이 사진에 찍혀 나온 것이 틀림없습니다. 심령과학(心靈科學)이 보급된 구미(歐美)에서는 널리 알려진 일인데 한국에서는 심령과학이 무엇인지 모르는 사람들이 많습니다. 그래서 신비한 수수께끼로 처리해 버린 것 같습니다. 그 프로에서는 그런 현상에 대해서 어떤 결론이 났는지 아십니까?"

"결국은 아무도 그 원인을 알아내지 못한 채 그야말로 수수께끼의 신비한 일로 처리하고 있었습니다. 우리나라에서도 70년대에 한국일보에 심령과학에 대한 시리즈가 실려 나갔건만 그 프로를 제작한 PD는 심령과학에 대해서는 완전히 문외한인 것 같았습니다."

"그래서 아는 것이 힘이라고 하지 않습니까? 불가사의한 일을 다루는 프로의 제작진이 심령과학을 모르니까 그런 실수를 저지른 겁니다. 담당 PD가 심령과학에 대한 초보적인 상식이라도 있는 사람이라면 그 프로의 결론을 그렇게 단순한 수수께끼로는 처리하지 않고 제 방향을 찾았을 겁니다.

한국에는 심령과학협회도 있고 간혹 영안(靈眼)이 뜨인 구도자도 있으므로 제대로 결론을 얻을 수도 있었을 겁니다. 만약에 구미인(歐美人)이 이 프로를 보았더라면 한국 영상 문화의 저급한 수준을 속으로 비웃었을 것입니다. 이런 비웃음을 당하지 않기 위해서라도 제작진들은 이제부터라도 좀더 공부를 열심히 해야 합니다."

"당연히 그래야죠. 그런데, 선생님 그 사진에 나온 빙의령은 사진에 찍힌 세 대학생 중 누구에게 빙의(憑依)된 것일까요?"

"빙의령하고 가장 가까운 위치에 있는 여학생에게 빙의된 영(靈)입니다."

"그걸 어떻게 알 수 있습니까?"

"빙의령이 그 여학생과 가장 가까운 거리에 있었다는 것 자체가 세 사람 중에서 그녀와 인연이 있는 것을 말해줍니다."

"그럼 그 여학생은 자기가 빙의된 사실을 알았을까요?"

"그 프로에서는 아무도 모르는 것으로 되어 있었습니다. 그게 사실일겁니다. 왜냐하면 자기에게 빙의가 된 것을 감지할 정도가 되려면 기(氣)공부가 상당 수준에 도달해 있어야 하니까요. 그런데 사진에 찍힌 세 사람 중에서 아무도 기공부를 한 사람은 없었습니다."

수신(水神)은 있는가?

"그 뒤에도 그 프로에서 수신(水神)에 관한 얘기가 나왔습니다. 한 청년이 서울 한강 변두리 마을에 있는 수신비(水神碑)에 오줌을 누는 불경스런 짓을 한 뒤로 갑자기 현기증이 일면서 다리에 힘이 빠지는가 하면 꿈에 백발의 노인과 소복한 세 여인이 교대로 나타나 괴롭히곤 했다고 합니다.

청년은 어쩔 줄 모르고 당황하다가 마을 노인들에게 상의했더니 이 수신비가 세워진 지 60년이 넘었는데 그 비에 불경한 짓을 하든가 해마다 지내던 제사를 안 지내든가 하면 꼭 마을에 불상사가 일어나곤 했다고 합니다. 그때마다 무당을 불러 크게 푸닥거리를 하고 정성스럽게 제사를 지내야만 마을에 불상사가 일어나지 않았다고 합니다.

그러니 그 청년 보고도 수신비에 오줌을 눈 잘못을 깊이 뉘우치고 제사를 지내야 괜찮을 것이라고 말했습니다. 청년은 촌로(村老)들의 말대로 정성스럽게 제물을 차려놓고 불경스러웠던 짓을 참회하는 제사를 지내고 나서는 현기증도 다리에 힘이 빠지는 일도 사라지고 꿈에 나타나던 백발노인도 소복한 세 여인도 나타나지 않게 되었다고 합니다.

제작진은 어떻게 된 영문인지 알려고 모 대학에서 무속(巫俗)만 30

41

년 동안 연구해 온 한 교수에게 자문을 요청했습니다. 그러자 그 교수가 말했습니다. '그 청년이 수신비(水神碑)에 오줌을 누고는 그 사실에 죄의식을 느끼고 있었는데 그 죄의식이 심리적인 부담이 되어 몸도 아프게 되고 백발노인과 소복한 여인의 환상이 되어 나타나 그를 괴롭히게 되었습니다.' 과연 그 교수의 말이 옳을까요? 선생님께서는 어떻게 생각하십니까?"

"나도 그 프로를 보았는데 그 교수의 말에는 동의할 수 없습니다."

"왜요?"

"그 교수는 순전히 그 청년의 심리적인 요인으로만 그 현상을 해석을 하려고 했는데 내가 보기에는 그렇지 않습니다."

"그렇다면 수신(水神)이라는 영적(靈的) 존재가 작용을 했을까요?"

"그렇습니다. 만약에 그 청년이 그 수신비(水神碑)에 대하여 조금이라도 외경심(畏敬心)이 있었다면 그곳에 오줌을 누지는 않았을 것입니다. 그러니까 그곳에 오줌을 누고도 조금도 죄의식 같은 것은 느끼지도 않았을 것입니다. 청년이 죄의식이 그런 현상을 자초했다는 것은 순전히 그 교수의 상상력의 비약에 지나지 않습니다."

"그렇다면 틀림없이 그 청년은 그 수신(水神)에게 당한 것인가요?"

"그렇습니다. 자업자득(自業自得)입니다."

"그렇다면 그 수신은 어떤 존재일까요?"

"그곳 한강변에서 물에 빠져 죽은 사람들의 지박령(地縛靈) 출신들입니다."

"지박령이 무엇입니까?"

"한 지역에 묶여 있는 영적 존재입니다. 도로나 강변, 호수나 해변 또는 산악의 난코스에는 인명 사고가 해마다 되풀이되는 사고 다발 지역이 꼭 있습니다. 일전에 대관령에서 있은 큰 인명 피해를 낸, 고등학생들을 태운 관광버스의 7중 충돌 사고도 과속과 운전 부주의와 지박령들의 합작품입니다.

한 지박령들이 오랫동안 한곳에 머무르면서 영격(靈格)이 향상되면 한 지역을 관장하는 지역신(地域神)이 되는 수도 있습니다. 수신비(水神碑)에 깃들어 있는 신들은 바로 그러한 지역신들입니다. 그 청년은 멋도 모르고 그 수신들에게 무례한 짓을 하다가 된통 당한 것입니다. 만약에 그 청년의 심리적인 요인 때문이라면 제사 지내고 나서 몸이 회복될 리가 있겠습니까?"

"그 교수는 그 청년이 제사를 지내고 나서 죄의식이 사라졌기 때문에 아프던 몸도 좋아졌다고 해석하는 모양이던데요."

"그것은 어디까지나 수신(水神)의 존재를 부인하는 것을 전제로 한 가정에 지나지 않습니다. 만약에 수신비(水神碑)에 깃들어 있는 수신(水神)들이 없었더라면 이런 일은 일어나지도 않았을 것입니다."

"선생님께서는 그러한 지역신(地域神)들을 직접 상대한 일이 있습니까?"

"있습니다."

"그런 일이 몇 번이나 있었습니까?"

"지금까지 두 번 있었습니다. 한번은 1996년 6월 백두산에 갔을 때 비가 내렸습니다. 날씨가 청명해져서 백두산 천지를 볼 수 있게 하려고 백두산 산신령를 부른 일이 있었습니다. 그때 나는 흰 호랑이 모습

을 한 그곳 산신령에게 빙의되어 그를 천도하는 데 한 달 이상을 고전
한 일이 있었습니다. 그때의 백두산 산신령이 바로 그 지역을 관장하
는 지역신(地域神)입니다."

"두 번째는 언제였죠?"

"1998년에 프랑스의 상뜨라는 소도시에 딸아이 결혼식차 갔다가 결
혼식이 거행된 1천 년 된 그곳 성당에서 일단의 기사(騎士) 모습의 지
역신들에게 빙의되어 그들을 천도하는 데 근 한 달 동안 고생한 일이
있었습니다."

"그럼 왜 무속을 30년 동안이나 전공한 그 교수는 그런 말을 했을까요?"

"영적 존재는 직접 자기 영안으로 확인하기 전에는 확신을 가지고
말할 수 없습니다. 그 교수는 30년 동안 무속을 학문의 대상으로 연구
를 한 것이지 기공부를 하여 영적 현상을 직접 체험해 보지 못했으니
까 그런 말을 한 겁니다. 차라리 제작진이 그 수신비에 푸닥거리를 한
무당들을 찾아갔었더라면 수신들의 정체를 정확히 알아낼 수 있었을
것입니다."

"무당들은 기공부를 하는 수행자도 아닐 텐데 어떻게 수신의 정체를
알 수 있을까요?"

"무당이나 박수들은 자기에게 접신된 몸주인 접신령(接神靈)을 통해
서 신령들의 정체를 알아낼 수 있습니다. 구도자들이 자기 자신들의
수행의 힘으로 영안이 열려서 신령(神靈)을 볼 수 있는 것과는 차이가
있습니다."

44

무당이 도인이 되는 길

"결국 자기 눈이냐 남의 눈이냐의 차이군요."

우창석 씨가 끼어들었다.

"그렇습니다. 서구에서는 무당이나 박수를 보고 영매(靈媒)라고 합니다. 그러니까 도인(道人)과 영매(靈媒)의 차이기 무엇인지 알겠습니까?"

"네, 알겠습니다. 결국은 주인과 종의 차이라고 할 수 있군요. 그런데 선생님, 무당들은 하나같이 자기가 무당이 된 것을 불행해 하면서도 무당 신세에서 벗어나지 못하는 것을 한탄합니다. 그것은 자기가 주인이 아니고 종의 신세라는 것을 알기 때문일 것입니다. 이때 무당이 도인으로 격상될 수 있는 방법도 있을 수 있을까요?"

"방법이야 왜 없겠습니까?"

"무당이 정말 도인이 될 수 있는 길이 있다는 말씀입니까?"

"있고말고요. 분명히 길은 있습니다. 단지 보통 사람보다 몇 배 더 어려운 가시밭길이라는 것이 다를 뿐이죠. 옛날 같으면 노예가 노예주가 되고 종이 주인이 되는 것만큼 어려운 일이지만 신분제도가 없어진 지금은 노동자가 사용주가 되는 것만큼 힘든 일이긴 합니다. 그러나 아무리 어려운 가시밭길이라고 해도 뜻이 확고하면 현대 그룹의 정주영 회장처럼 노동자가 고용주가 되지 말라는 법이 없는 것과 같이 무당도 몸주의 멍에에서 벗어나 도인이 되지 말라는 법도 없습니다."

"그 방법을 좀 말씀해 주시겠습니까?"

"우선 마음을 바꾸면 됩니다."

"마음을 바꾸다뇨? 어떻게 마음을 바꿔야 합니까?"

"닫힌 마음부터 열면 마음은 자연히 바뀌게 되어 있습니다."

"마음을 연다는 것이 구체적으로 어떻게 하는 건데요?"

"이기심(利己心) 때문에 닫혀 있던 마음을 열어야 한다는 말입니다. 그러기 위해서는 이기심에서 떠나야 합니다."

"어떻게 하면 이기심에서 떠날 수 있을까요?"

"내 잇속만 챙기겠다는 마음보를 아예 없애 버리면 됩니다."

"어떻게 하면 그렇게 할 수 있겠습니까?"

"남을 나처럼 사랑하면 그렇게 됩니다. 애인여기(愛人如己)하라 그런 얘깁니다. 새벽길을 가다가 아무도 보지 않는 곳에서 거액의 돈뭉치를 발견했을 때, 바로 그 순간에도 자기 자신의 마음을 객관화시켜 냉정하게 살필 줄 알게 되면 이기심에서 벗어날 수 있습니다. 이때 선인(先人)들은 '견득사의(見得思義)하라'고 했습니다. 이득을 보았을 때 그것이 과연 올바른 일인가를 생각해 보라는 뜻입니다. 바꾸어 말해서 이기심(利己心)을 이타심(利他心)으로 바꾸는 것을 말합니다. 마음이 이러한 경지에까지 도달하면 주위 사정도 차츰 달라지게 될 것입니다."

"그게 무슨 뜻입니까?"

"이기심은 이기심을 부르게 됩니다. 끼리끼리 모이게 된다는 말입니다. 유유상종(類類相從)입니다. 이타심이 있는 사람에게는 이기심이 있는 사람이 모여들지는 않습니다. 왜냐하면 번지수가 엄청 다르기 때문입니다. 한편 이타심은 이타심을 부르게 되어 있습니다. 강한 이타심은 보다 강한 이타심의 지배하에 들어가게 되어 있습니다.

그러나 강한 이기심은 그보다 더 강한 이기심에게 지배당하게 되어 있습니다. 이것이 바로 힘의 원리입니다. 무당이 된 원인도 알고 보면 이기심 때문이라는 것을 알아야 합니다. 욕심이 있고 신기(神氣)가 있으면 그 수준의 신령(神靈)을 끌어당기게 되어 있습니다."

"아니 그렇다면 무당이 된 것도 결국은 자업자득(自業自得)이요 인과응보(因果應報)라는 말씀입니까?"

"그렇습니다."

"어려서부터 신이 내린 무당도 자업자득입니까?"

"물론입니다."

"금생에는 아무 잘못도 저지른 일이 없는데두요?"

"금생이 아니면 전생의 업보입니다."

"그럼 몸주인 접신령에게 꽉 잡혀 있는 무당도 그 멍에에서 벗어날 수 있다는 말씀입니까?"

"그렇습니다. 마음이 바뀌면 몸주도 바뀌게 되어 있습니다. 물론 몸주는 자기가 오랫동안 길들여 온 종을 순순히 놓아주려고 하지 않을 것입니다. 온갖 방해를 다 할 것입니다. 그러나 시종일관 일편단심 한 번 작정한 마음을 변치 않고 결사적으로 줄기차게 밀어붙이면 몸주 역시 손 털고 떠날 때가 반드시 올 것입니다."

"그러나 몸주에게 한 번 잡혀 버리면 그렇게 되기가 쉽지 않을 것입니다. 현실적으로도 그런 예가 거의 없구요."

"그러나 마음의 법칙이 변하지 않는 한 가능한 일입니다. 강대국에게 빼앗겼던 나라를 되찾는 독립운동만큼이나 어렵겠지만 그 일이 정당한 이상 반드시 쟁취할 수 있다는 확신을 가져야 합니다. 여기에서도 사기(邪氣)는 어떠한 일이 있어도 정기(正氣)를 범할 수 없다는 사기불범정(邪氣不犯正)의 원칙은 예외 없이 적용되게 되어 있으니까요.

우리가 일제에게 강점당했을 때의 고난의 세월을 생각해 보십시오. 1945년 8월 15일에 해방의 날이 오리라고 누가 감히 생각이나 해 보았겠습니까? 그러나 결국은 우리의 독립 의지는 아무도 꺾을 수 없었습니다. 우리의 줄기찬 독립 의지의 실천이 연합국들의 도움을 받아 비록 분단된 상태에서나마 해방을 맞게 했습니다. 결국은 우리 선열들의 독립 투쟁이 연합국들의 관심을 끌었던 것입니다.

아무리 냉혹한 노예주라고 해도 자기보다 지혜도 뛰어나고 능력도 우수하고 도덕적으로도 탁월한 노예를 언제까지나 품고 있기에는 버거울 때가 반드시 올 것입니다. 사기(邪氣)는 절대로 정기(正氣)를 이길 수 없습니다. 일본이 한국을 삼켜 버리기에는 실로 버거운 상대가 아닐 수 없었던 것입니다. 민족과 민족, 국가와 국가 사이만 그런 것이 아니고 개인과 개인 사이도 마찬가지입니다.

수행(修行)이란 무엇인가?

"수행이란 무엇입니까?"

"수행은 둘에서 시작된 인간이 하나로 되돌아가는 과정입니다."

"둘이란 무엇을 말합니까?"

"만물의 시작입니다."

"왜 만물의 시작이 둘입니까?"

"하나가 무극(無極)이라면 둘은 태극(太極)입니다."

"무극과 태극은 어떻게 다릅니까?"

"무극이야말로 존재의 근원입니다. 여기서 음(陰)과 양(陽)의 태극이 생겨난 것입니다. 만물은 바로 이 태극의 조화로 생겨났습니다. 사람도 마찬가지입니다. 음을 대표하는 여자와 양을 대표하는 남자의 협동작업으로 그들의 자녀는 태어나게 되어 있습니다.

이처럼 인간은 둘에서 시작된 겁니다. 남녀는 본래 하나였습니다. 그것이 둘로 갈라지면서 자녀를 생산하게 되었습니다. 완전한 하나가 상대성(相對性)을 띈 둘이 되면서 불완전한 인간이 태어나게 된 것입니다.

무극이 대양(大洋)이라면 태극은 물거품과 같이 언제 사라질지 모르는 존재입니다. 물거품은 사라져야 할 운명을 타고났습니다. 사라짐이야말로 불완전의 속성입니다. 수행자는 이 불완전을 극복하려는 것입니다."

"그 불완전을 극복하기 위해서 수행자는 어떤 수련을 합니까?"

"우선 자기가 이 세상에 태어난 계기가 된 양성(兩性)을 극복해야 합니다."

"어떻게 하는 것이 양성을 극복하는 것입니까?"

"양성을 극복하는 것은 성욕을 초월하는 겁니다."

"어떻게 하면 성욕을 초월할 수 있습니까?"

"성을 극복하는 데는 기공부가 가장 확실한 지름길입니다. 연정화기(煉精化氣)야말로 성욕을 극복하는 첫 단계입니다."

"그다음 단계는 무엇입니까?"

"연기화신(煉氣化神)입니다. 이때 비로소 인간은 불완전하고 상대적인 둘이 하나가 되는 겁니다. 둘에서 시작된 인간이 하나로 거듭나는 것입니다."

"그렇다면 현상계(現象界)는 무의미하다는 말씀입니까?"

"그렇지 않습니다."

"그렇지 않다뇨?"

"현상계는 현상계 이전의 절대계(絕對界)에 도달하기 위한 도약대의 구실을 한다는 것을 잊어서는 안 됩니다. 현상계 없이는 절대계도 있을 수 없기 때문입니다."

"결국 남녀는 본래의 하나로 돌아가야 한다는 말씀이군요."

"그렇습니다."

"남녀가 본래 하나였다는 것을 어떻게 알 수 있습니까?"

"현대의학은 남자를 여자로 여자를 남자로 성전환할 수 있습니다. 이것은 무엇을 말하는 것일까요? 남자에게는 여자의 요소가 들어 있고 여자에게는 남자의 요소가 들어 있기 때문입니다. 바로 그 때문에 여자에게 남성 호르몬 주사를 계속하면 남성의 징후들이 나타나고 남자에게 계속 여성 호르몬을 주사하면 여성의 징후들이 나타나는 것입니다.

여자와 남자에게는 각각 반대의 성(性)의 요인들이 잠재해 있다는 결정적인 증거입니다. 이것은 남녀는 본래 하나에서 갈라져 나왔다는 것을 말해줍니다. 그러므로 수행을 통해 성을 극복한 성인(聖人)은 색욕(色慾)에 좌우되지 않습니다. 따라서 색욕에 좌우되는 자칭 성인은 전부 가짜일 수밖에 없는 것입니다."

"그러니까 색에서 해방된 사람이야말로 진정한 성인이라는 말씀이군요."

"그렇습니다. 색을 초월한 사람만이 색의 유혹에서 자유로울 수 있습니다. 둘에서 시작된 인간은 하나로 거듭나야 합니다. 이성(異性)에 대한 집착, 물질에 대한 집착, 명예에 대한 집착에서 완전히 벗어난 사람은 이미 하나를 성취했으므로 다시금 현상계에 나타날 인과를 짓지 않게 됩니다."

"연정화기와 연기화신을 이룰 수 있는 기초는 무엇이라고 보십니까?"

"하나가 둘이 된 것은 마음의 작용이므로 마음을 없애는 것이 첫째입니다."

"어떻게 하면 마음을 없앨 수 있겠습니까?"

"마음을 없애려면 마음을 비우면 됩니다."

"어떻게 하는 것이 마음을 비우는 겁니까?"

"우선 이기적인 '나'를 극복해야 합니다."

"어떻게 해야 이기적인 나를 극복할 수 있습니까?"

"나와 남을 둘로 보지 말고 하나로 보아야 합니다."

"왜 그래야 하죠?"

"둘은 본래 하나였으니까요."

"결국은 남을 나처럼 사랑하라는 말씀이군요."

"그렇습니다. 상대적인 둘이 하나로 돌아가는 겁니다."

"그렇게 하기 위해서 우리는 어떤 수행을 해야 합니까?"

"어렵게 생각할 거 하나도 없습니다. 만사에 임할 때 나보다 남을 먼저 생각하는 생활이 몸에 배면 자연 그 방향으로 진행하게 되어 있습니다. 이처럼 적어도 남을 나처럼 사랑하는 애인여기(愛人如己) 정신이 체질화되었을 때 기공부와 몸공부를 해야 구체적인 성과를 올릴 수 있습니다. 애인여기 정신이 체질화되는 것이 바로 마음공부의 성과입니다. 그리고 기공부와 몸공부는 남들에게서 강인(强靭)하다는 말을 들을 수 있을 정도로 끈질기게 진행해 나가야 합니다."

"어떻게 해야 강인하다는 평가를 받을 수 있을까요?"

"마음, 기, 몸 공부를 하루 밥 세끼를 거르지 않듯이 지속적으로 해야 합니다."

생활행공(生活行功)

"선생님, 저는 사법고시 수험생입니다. 수험 공부를 하지 않고 단전호흡을 하면 제법 축기(蓄氣)가 됩니다. 그런데 수험 공부에 한창 몰두하고 나면 평소에 축기한 것이 모조리 다 빠져나갑니다. 그래서 아무리 수련을 열심히 해도 언제나 그 타령입니다. 이런 때는 어떻게 해야 합니까?"

5년째 고시 공부를 하고 있다는 30대 초반의 정창수 씨가 말했다.

"생활행공(生活行功)이 안 되어서 그렇습니다."

"어떻게 하는 것이 생활행공입니까?"

"일상생활 하나하나가 그대로 다 수련이 되도록 하는 것이 바로 생활행공입니다."

"어떻게 하면 그렇게 될 수 있습니까?"

"정창수 씨의 경우 수험 공부도 수련이라고 생각해야 합니다."

"그렇게 생각만 하면 그렇게 됩니까?"

"그렇게 생각만 할 것이 아니라 실제로 일상생활에서 강한 확신을 가지고 그렇게 행동해야 합니다."

"그 방법을 좀 말씀해 주시겠습니까?"

"선도의 기본은 조식(調息) 즉 단전호흡에 있습니다. 이 수련은 호흡에서 시작하여 호흡으로 끝납니다. 그러니까 단전호흡을 일상생활화

하면 됩니다."

"어떻게 하는 것이 단전호흡을 일상생활화 하는 것입니까?"

"행주좌와어묵동정(行住坐臥語默動靜) 염념불망의수단전(念念不忘意守丹田)해야 합니다."

"그게 무슨 말씀입니까?"

"길을 걸어가든지 멈춰 서 있든지, 앉아 있든지 누워 있든지, 말을 하든지 침묵을 지키든지, 움직이든지 조용히 있든지 항상 의식은 단전을 지키고 있어야 한다는 뜻입니다. 그런데 정창수 씨는 공부할 때는 의식이 단전에 가 있지 않고 엉뚱한 곳에 가서 붕 떠 있었기 때문에 평소에 해 놓은 축기까지 소모하게 되는 겁니다."

"시험공부할 때는 모든 걸 다 잊어버리고 공부에만 의식을 두어야 하는 것이 아닙니까?"

"그렇게 하니까 단전은 붕 떠버리게 됩니다. 자동차가 달릴 때는 운전자가 의식을 하지 않아도 배터리에 자동적으로 축전이 되게 되어 있습니다. 왜 그럴까요?"

"그거야 차가 달리면 배터리에 자동으로 축전이 되도록 장치를 해 놓았기 때문입니다."

"수행자도 일상생활을 할 때 자동으로 축기가 되도록 만들어 놓으면 됩니다. 자동차가 달린다고 해서 달리기만 하는 것은 아닙니다. 축전도 하고 기화(氣化)도 합니다. 그와 마찬가지로 선도 수행자는 무슨 일을 하든지 단전에 자동적으로 축기가 된다고 생각합니다."

"그렇게 생각만 해도 축기가 됩니까?"

"물론입니다. 수행의 정도와 믿음의 정도가 높을수록 축기도 잘될 것입니다."

"저도 『선도체험기』에서 그 대목을 읽고 그렇게 해 보았는데도 잘 안되던데요."

"그건 아직 믿음이 약해서 그렇습니다. 겨자씨만한 믿음이 있어도 산을 옮길 수 있다고 예수는 말했습니다. 겨자씨는 작지만 그것이 싹 터서 뿌리를 내리면 어떤 나무보다도 더 큽니다. 따라서 겨자씨만한 믿음이야말로 가장 작으면서도 가장 큰 지극정성이 하늘에 닿은 경우입니다.

한 번 해 보니까 안 된다고 해서 쉽게 포기해 버리면 평생 아무것도 성취하기 어렵습니다. 한 번 해서 안 되면 두 번 해 보고, 두 번 해서 안 되면 세 번, 네 번, 다섯 번... 열 번, 백 번, 천 번, 만 번... 계속하다 보면 반드시 성과를 올릴 때가 찾아옵니다.

그렇게 해서 일단 잠재의식에 깊숙이 각인(刻印)이 되고 최면(催眠)을 걸어 놓으면 그때부터는 일상생활의 동작 하나하나가 그대로 축기의 과정이 됩니다. 이것을 일컬어 옛 선배들은 행주좌와어묵동정(行住坐臥語黙動靜) 염념불망의수단전(念念不忘意守丹田)이라고 한 것입니다. 수행은 자기와의 싸움입니다. 이 싸움에서 이기려면 강인(强靭)한 지구력이 있어야 합니다. 이 지구력의 유무가 수행의 성패를 판가름한다는 것을 알아야 합니다."

"그렇게까지 하여 생활행공이 성취되려면 고시 공부는 못하는 것 아닙니까?"

"정창수 씨의 일상생활 속에서 고시 공부만은 빠져 있다고 생각하니까 그런 생각을 하게 되는 겁니다. 그러나 사실은 그렇지 않지 않습니까?"

"그렇습니다."

"고시 공부는 지금 정창수 씨에게는 분명 일상생활 그 자체입니다. 정창수 씨에게는 고시 공부가 일상생활인데도 일상생활이 아니라고 생각하니까 고시 공부할 때만은 축기가 되기는커녕 도리어 손기가 되는 겁니다."

"그럼 고시 공부도 일상생활이라고 강하게 염원하기만 하면 될까요?"

"그렇습니다. 그 염원이 뜨뜻미지근하면 아무 효과도 없을 것입니다."

"그럼 어떻게 해야 합니까?"

지극정성(至極精誠)

"그 염원이 지극정성이 되어 하늘에 사무쳐야 합니다. 그래야 하늘까지도 감동시킬 수 있습니다."

"지성(至誠)이면 감천(感天)이란 말이 바로 그 말입니까?"

"그렇습니다."

"감천(感天) 즉 하늘을 감동시킨다고 할 때의 하늘은 무엇을 말합니까?"

"그때의 하늘은 존재의 근원을 말합니다."

"그럼 그 존재의 근원은 어디에 있습니까?"

"그건 우리들 각자의 내부에 있습니다."

"그럼 하늘은 무엇입니까?"

"하늘은 허공입니다."

"허공은 무엇입니까?"

"허공은 우주입니다."

"우주가 있다는 것은 무엇을 보고 알 수 있습니까?"

"우리 눈에 보이는 삼라만상이 다 우주의 표현체입니다."

"그 우주가 우리 내부에 들어 있다는 말씀입니까?"

"그렇습니다."

"저는 그것이 실감되지 않는데요."

"그것이 실감된다면 수행은 완성된 겁니다. 우리는 우리 자신 속에 우주가 있다는 것을 실감하기 위해서 수행을 합니다. 나 자신이 바로 우주 그 자체임을 깨닫는 정도에 따라 수련 등급은 천차만별입니다. 그러나 나 자신은 우주와 한몸이라는 것을 깨닫는 것 자체가 이미 우아일체(宇我一體)의 시작입니다."

"우아일체를 보통 수행자가 감각적으로 알 수 있는 방법이 있습니까?"

"있습니다. 그러나 그것도 수행 정도에 따라 여러 단계가 있습니다."

"제일 초기 단계가 무엇입니까?"

"우주의 생체 에너지 즉 기(氣)를 느끼는 단계입니다."

"기를 느낀다는 것은 무엇을 말합니까?"

"나 자신 속에 잠재해 있는 존재의 근원인 소우주가 대우주에 편만(遍滿)한 생체 에너지인 천기(天氣)와 교류가 시작되었다는 것을 말해 줍니다. 기를 느낀다는 것이 별거 아닌 것 같지만 알고 보면 나와 우주는 별개의 존재가 아니라는 것을 알려주는 확실한 신호이기도 합니다.

기를 느끼는 것이야말로 선도수련의 첫 걸음입니다."

"그다음 단계는 무엇입니까?"

"기문(氣門)이 열리는 단계입니다."

"기문이 열린다는 것은 무엇을 말합니까?"

"기를 느끼는 단계는 대우주의 기운과 소우주인 내 기운이 겨우 닫혀있는 문틈으로 교류하는 경우라면, 기문이 열리는 차원은 내 안의 소우주의 문이 대우주를 향해 활짝 열린 단계를 말합니다.

이때 비로소 대우주의 천기는 소우주의 기운과 본격적인 교류가 시작됩니다. 소우주와 대우주의 기운이 단전에서 조화를 이루면서 경맥(經脈)을 따라 조금씩 유통하기 시작하는 단계입니다. 기를 단순히 느끼기만 할 때보다는 소우주인 나와 대우주와의 합일감(合一感)이 한 차원 더 고양되는 단계입니다."

"그다음 단계는 무엇입니까?"

"소주천(小周天)입니다."

"소주천은 무엇입니까?"

"경맥(經脈)상으로 인체의 양대 간선도로라고 할 수 있는 임맥(任脈)과 독맥(督脈)을 기운이 한 바퀴 꿰뚫어 흐르는 것을 수행자가 실감하는 단계입니다. 대우주와의 합일감은 한 층 더 고양되고 수련은 그전 단계와는 비교가 안 될 정도로 안정감을 얻게 됩니다. 생활행공이 시작되는 단계입니다.

사람에 따라 여러 가지 초능력이 발휘되는 경지여서 수행자에게는 민감한 주의가 요구되는 단계이기도 합니다. 의통(醫通)이 열리거나 예지력(豫知力)이 생기기도 하고, 자신과 상대의 전생의 장면들이 화면으로 뜨기도 합니다. 이때 경솔한 수행자는 점장이, 초능력자, 무당, 박수, 사이비 교주 등으로 잘못 풀려나가기도 합니다."

"그다음 단계는 무엇입니까?"

"대주천(大周天) 단계입니다. 이때 비로소 백회(百會)가 열리고 그곳으로 들어온 기운이 십이정경(十二正經)과 기경팔맥(奇經八脈)을 통하여 온몸에 골고루 순환하게 됩니다. 이때부터 무슨 일을 하든지 그 동작 하나하나가 다 축기와 연결됩니다. 생활행공이 정착되는 단계입니다. 이 경지에 도달되게 하면 정창수 씨도 고시 공부 자체가 다 축기의 과정이 될 수 있습니다."

"어떻게 하면 저도 그런 영광을 맛볼 수 있을까요?"

"수련에 가일층 정성을 기울여야 합니다. 벽돌은 쌓은 것만큼 높아집니다. 수련 역시 벽돌 쌓기와 같다고 할 수 있습니다. 정성을 기울인 것만큼 어김없이 성과가 나타나게 되어 있습니다. 그러나 그 성과가 누구에게나 천편일률적으로 동시에 나타나는 것이 아니어서 인내력이 없고 조급한 사람은 실망하거나 좌절하기 쉽기는 합니다. 그러나 그 성과가 조만간 나타나는 것만은 확실합니다.

그래서 수련생에게 조급증은 금물입니다. 봉우 권태훈 옹의 말대로 '가고 가고 가는 가운데 알게 되고, 행하고 행하고 행하는 속에 깨닫게 됩니다. 거거거중지 행행행리각(去去去中知 行行行裏覺)'입니다.

요컨대 수행을 일상생활화 하는 가운데 자연히 이치를 알게 되고 깨달음이 오게 되어 있습니다. 문제는 실천입니다. 실천하다가 보면 하

59

나하나 체험으로 터득하게 되어 있습니다. 이 체험이 쌓이고 쌓여서 기문이 열리고 소주천, 대주천이 되는 것입니다.

수행은 머리로 하는 것이 아니고 체험으로 한 단계 한 단계 쌓아 올라가는 과정입니다. 수험 공부는 머리로만 하지만 수행은 온몸으로 부딪쳐 나아갑니다. 두뇌 활동은 온몸의 한 부분에 지나지 않습니다. 두뇌 활동을 축기 과정으로 전환시키는 것은 순전히 수행자의 의지 여하에 달려 있습니다. 분발하십시오."

공자는 깨달은 사람입니까?

"선생님 공자는 깨달은 사람입니까?"

우창석 씨가 물었다.

"공자는 깨달은 사람이 아닙니다."

"그런데 어떻게 세계 4대 성인(聖人) 취급을 받을 수 있습니까?"

"세상에서 성인이라고 일컫는 사람 중에는 깨닫지 못한 사람도 많습니다. 공자가 바로 그런 사람들 중의 하나입니다."

"공자가 깨닫지 못했다는 것은 어떻게 알 수 있습니까?"

"『논어』에 보면 공자는 죽음이 무엇이냐?고 묻는 제자에게 삶도 미처 모르거늘 죽음에 대해서 어떻게 알 수 있겠느냐?고 했습니다. 이것은 공자가 아직도 인생의 겉만 알았지 속은 몰랐다는 것을 말해 줍니다. 그는 이 세상에서 사람이 살아가는 도리를 가르쳤을 뿐 생사가 무엇인지는 모르고 있었습니다.

그는 단지 윤리 도덕을 가르친 도덕군자요 학자였을 뿐입니다. 그는 소크라테스나 노자나 장자, 붓다나 예수처럼 인간 존재의 근원을 알려고는 하지 않았습니다. 관심 밖의 일이니 알 리도 없고 따라서 깨달음도 있을 수 없는 일입니다. 공자에게는 생사일여(生死一如)니 만물제동(萬物齊同)이니, 너 자신을 알라느니, 진리는 밖에 있는 것이 아니고 안에 있다느니 하는 말은 분명 낯선 소리임에 틀림이 없습니다."

"진리는 밖에 있는 것이 아니고 안에 있다고 한 말은 무슨 뜻입니까?"

"여기서 말하는 바깥 세계는 시공과 물질이 지배하는 현상계(現象界)입니다. 현상계를 일컬어 유한계(有限界)라고도 합니다."

"구체적으로 유한계는 어떤 것입니까?"

"눈에 보이는 물질의 세계, 부귀영화의 욕망이 판치는 세계를 말합니다. 부세(浮世) 또는 속세(俗世)를 말합니다. 거품처럼 한 번 일어났다가는 곧 스러져 없어지는 세계를 말합니다. 붓다가 말한 몽환포영로전(夢幻泡影露電)의 세계를 말합니다."

"그렇다면 안에서 찾으라는 말은 무엇을 말합니까?"

"물질과 시공의 간섭을 받지 않는 내부 세계에서 찾으라는 말입니다."

"내부 세계란 한 말로 무슨 뜻입니까?"

"생사(生死)와 시비(是非), 선악(善惡), 고저(高低), 증감(增減), 미추(美醜), 애증(愛憎)의 상대계(相對界)를 벗어난 절대적인 정신의 세계를 말합니다."

"좀더 구체적으로 말씀해 주실 수 없겠습니까?"

"몸의 세계가 유한계라면 마음의 세계는 무한계입니다. 몸은 한번 태어났으면 반드시 생노병사의 과정을 거쳐 지구의 물질계에서 사라지게 되어 있습니다. 그러나 마음은 태어나는 일도 없고 죽는 일도 없습니다. 몇백 광년이 걸리는 프레아데스 성단(星團)에도 마음만 먹으면 순식간에 갔다 올 수 있습니다. 마음은 물질과 시공의 간섭을 받지 않습니다. 이 마음은 그것을 소유한 인간의 체험에 따라 그 앎의 영역을 무한히 넓힐 수도 있고 무한히 좁힐 수도 있습니다."

"그런데 진리는 안에도 있고 밖에도 있다는 말은 무슨 뜻입니까?"

"그것은 안팎을 하나로 보았기 때문에 나온 말입니다. 진리인 하늘은 원래 안팎이 없습니다. 상하사방도 없습니다. 물질계도 정신계도 따로 있는 것이 아니고 알고 보면 하나입니다. 이때 진리는 안에도 있고 밖에도 있을 수밖에 더 있겠습니까. 자기 내부에서 일단 진리를 깨달은 사람은 다음 단계로 진리는 안에만 있는 게 아니고 밖에도 동시에 있다는 것을 알게 됩니다. 원래 안팎이 따로 있는 것이 아니니까요. 그러나 깨닫는 순서만은 안이 먼저고 밖은 그다음입니다."

우주와의 통전(通電)

"선생님께서는 진정한 깨달음은 구도자가 존재의 근원을 파악하는 순간 우주의 근원적인 에너지와의 통전(通電) 현상을 겪어야 한다고 하셨습니다. 그 통전 현상이 어떤 것인지 구체적으로 말씀해 주십시오."

"구도자가 진리의 정체를 수행 끝에 알게 되었다고 해도 그 앎의 질이 문제입니다. 그저 머릿속으로 우주는 하나이고 나는 그 우주의 유기적인 한 부분이라는 것을 알게 되었다고 해도 자기 몸속에 우주 에너지의 흐름이 통전(通電)의 순간처럼 찌르르 하고 감전(感電) 현상을 일으키면서, 전에 없는 황홀함과 환희와 활력을 맛보지 못했다면 그것은 단지 지식으로만 진리를 알아차린 것에 지나지 않습니다. 이것을 불교에서는 혜해탈(慧解脫)이라고 합니다.

생산 공장은 통전이 되어야 발전소의 전기를 생산 라인에 마음대로 이용할 수 있습니다. 그때 공장과 발전소는 전기 에너지에 관한 한 하나로 연결이 됩니다. 그와 마찬가지로 구도자는 우주 에너지 발전소와 직접 통전이 되어야 비로소 우주와 하나가 됩니다.

지식으로만 깨달은 사람은 마치 공장에 전기 시설은 다 해 놓아서 전기 회사와 계약만 체결되면 언제든지 전기를 쓸 수 있다는 것만은 잘 알면서도 아직 통전은 안 되어 있는 것과 같습니다. 그 이치는 뻔히 알고 있으면서도 정작 전기는 통하지 못하고 있는 것입니다."

"구도자가 우주 에너지와 진짜로 전기가 통했을 때는 어떤 현상이 일어납니까?"

"그 순간 그 구도자는 우주 자체로 탈바꿈하게 됩니다. 우주에 생사가 따로 없듯 그에게는 생사가 있을 수 없습니다. 그래서 이것을 일컬어 생사대사(生死大事)라고도 합니다. 이처럼 우주와 통전한 사람을 보고 신(神)이라고 말하는 사람도 있습니다. 그렇다면 우주와 통전(通電)한 구도자는 신 자신이 되어 버리는 겁니다. 신이 어디 밖에 따로 있는 것이 아니고 그 자신이 바로 신인 것입니다. 생사를 초월한 신(神)말입니다."

"그러면 통전되는 순간에 그 구도자는 신과 같은 능력을 구사할 수도 있을까요?"

"그런데 이것을 알아야 합니다. 비록 구도자가 우주와 통전이 되었다고 해도 그 통전의 정도는 천차만별일 수 있습니다. 생산 공장의 크기와 규모와 종류와 용도에 따라 전기를 끌어다 쓰는 정도 역시 천차만별이듯 통전 현상을 일으킨 구도자라고 해도 그의 능력과 지혜와 이타심의 정도 역시 천차만별일 수밖에 없습니다. 그러나 아무리 규모가 작은 공장이라도 전기를 끌어 쓸 수 있는 한 발전소와 한몸으로 연결이 되듯 아무리 그 통전 정도가 낮은 구도라고 해도 그가 우주와 하나로 합쳐진 것만은 틀림이 없습니다.

남녀의 사랑

"남녀의 사랑을 어떻게 생각하십니까?"

"구도자의 처지에서 보면 극복해야 할 대상일 뿐입니다."

"왜 그렇습니까?"

"이성(異性) 간의 사랑은 고작해야 새 생명을 탄생시켜 생로병사의 윤회만 가져올 뿐입니다. 그러므로 구도자는 이성 간의 사랑에 매달려 보았자 생사에서는 결코 벗어날 수는 없다는 것을 절실히 깨닫게 됩니다. 따라서 이성 간 사랑에 매달려 보았자 생사에서는 영원히 벗어날 수 없다는 것을 알아차리려 합니다."

"이성 간의 사랑이 부질없다는 것을 알아차렸다면 그다음 단계는 어떻게 해야 합니까?"

"사랑의 범위를 획기적으로 넓혀나가야 합니다. 배우자 사랑에서 자연적으로 가족 사랑으로 이어지고 그것이 다시 고향 사랑으로, 다시 나라 사랑으로, 거기서 한 단계 뛰어 올라 인류 사랑으로, 거기서 다시 전체 사랑으로 확대되어야 합니다."

"전체 사랑이란 무엇인데요?"

"삼라만상을 전부 다 사랑하는 겁니다. 사랑이 어느 한 부분에만 머물러 있는 한 분쟁과 갈등과 비극은 끊임없이 계속됩니다. 간단한 예로 인간애(人間愛) 다시 말해서 인간 중심주의가 현대의 환경 파괴를 몰고 왔다는 것을 알아야 합니다. 우주 환경은 결코 사람만 살게 되어 있는 것이 아닙니다. 우주 안에 존재하는 만물만생(萬物萬生)이 다 함께 상부상조하면서 살게 되어 있다는 것을 알아야 합니다. 동식물은 자연스런 먹이 사슬을 형성하여 생태계의 균형을 유지해 가면서 살아가게 되어 있습니다.

모든 동식물이 인간을 위해서 존재하는 것처럼 말한 구약성경의 구절은 잘못되었다는 것을 인류는 최근에 와서야 깨닫게 된 것입니다. 그러나 구도자들은 2천 5백 년 전부터 이 사실을 알고 있었습니다. 붓다의 보편적인 만물 사랑인 대자대비(大慈大悲)가 바로 그것입니다. 그러므로 전기가 통하는 남녀의 사랑은 이러한 보편적인 사랑을 구현하기 위한 도약대의 구실을 할 때에만 그 존재 의미가 살아나게 될 것입니다.

우주와 합일된 사람에게는 개아(個我)인 에고는 이미 사라졌습니다. 따라서 우주가 그 자신입니다. 우주 안의 모든 것 역시 그 자신입니다. 어느 한 부분을 위해서 다른 부분을 희생시킨다는 사고방식은 통하지 않습니다. 그것은 손이 존재하기 위해서 다리를 잘라야 한다는 이론이 통할 수 없는 것과 같습니다."

늘 깨어 있는 관찰자(觀察者)가 되어라

"선생님, 죽음이 없다는 것을 입증하는 간단한 방법이 없을까요?"
우창석씨가 물었다.

"왜 없겠습니까? 있습니다."

"그게 어떤 거죠?"

"요즘 시중에 나도는 책들 중에서 죽었다가 살아난 사람들의 이야기를 수집하여 편집한 책들이 있습니다. 그 책들을 읽어 보면 일단 의학적으로 사망 선고를 받았다가 몇 시간 또는 며칠 만에 다시 살아난 사람들의 이야기들이 다양하게 수록되어 있습니다. 구미(歐美)에는 여러 대형 병원들을 돌아다니면서 수천수만 건의 이러한 사례들만 수집하여 집중적으로 연구하는 학자들이 있습니다."

"정말 사람이 죽었다가 다시 살아날 수도 있습니까?"

"물론 간혹가다가 의사의 오진(誤診)으로 인한 의료 사고도 아예 없는 것은 아니지만 거의가 다 의학적으로는 사망한 사람들이 다시 살아난 예들이 틀림없습니다."

"그것은 무엇을 뜻합니까?"

"우리가 흔히 말하는 의학적인 죽음, 다시 말해서 육체의 죽음은 진짜 죽음이 아니라는 얘기가 되는 겁니다."

"혹시 가사(假死) 현상이 아닙니까?"

"그렇지 않습니다. 의사는 분명 사망 선고를 내렸는데도 그 사람의 의식은 죽지 않고 그대로 자기 자신을 관찰(觀察)하고 있었다는 것이 틀림없습니다. 이처럼 자기 자신을 지켜보는 주시자(注視者)가 있는 한 진정한 죽음은 있을 수 없습니다. 왜냐하면 늘 깨어있는 관찰자는 죽는 법이 없기 때문입니다."

"그럼 사람에게는 누구에게나 그러한 관찰자가 있습니까?"

"그렇습니다."

"그걸 어떻게 알 수 있습니까?"

"그 질문에 대답하기 전에 지금 우창석 씨가 내 앞에 앉아 있다는 사실은 인정하십니까?"

"그거야 어떻게 인정하지 않을 수 있겠습니까?"

"그렇다면 인정한다는 말입니까?"

"그렇고말고요."

"그렇다면 누가 그것을 인정한다고 보십니까?"

"그거야 저 자신이죠."

"우창석 씨 자신이라는 말입니까?"

"그렇죠."

"그가 바로 우창석 씨를 지켜보는 관찰자입니다."

"사람에게는 거짓 나와 참나가 있다고 선생님께서는 늘 『선도체험기』에서 말씀해 오셨습니다. 그렇다면 그 관찰자는 거짓 나입니까? 참나입니까?"

"관찰자 속에는 참나와 거짓 나가 섞여 있습니다. 그러나 참나만이 자신을 객관적으로 관찰할 수 있으므로 관찰자는 참나의 성격이 우세하다고 볼 수 있습니다."

"관찰자 속에는 참나의 성격이 우세하다는 것은 어떻게 알 수 있습니까?"

"이기적인 거짓 나 즉 에고는 바로 그 이기심에 가려서 자기 자신을 객관적으로 관찰할 수 없습니다. 따라서 사물을 객관적으로 살필 줄 아는 관찰자일수록 마음공부가 많이 되었다고 할 수 있습니다. 수행자는 마음공부를 할 때 주로 관법(觀法) 수련을 합니다."

"관법 수련이 뭡니까?"

"수행자가 자기 자신을 관찰하는 수련을 말합니다. 흔히들 명상(瞑想)이라고 합니다. 또 참선(參禪)이라고도 합니다. 수행자가 자기 자신을 객관적으로 관찰할 수 있다면 그의 수련은 일단 정상 궤도에 올라섰다고 할 수 있습니다."

"왜 그렇습니까?"

"자기 자신을 객관화하여 관찰할 수 있는 능력을 체득한 사람은 자기중심이 잡히기 때문입니다. 자기 자신을 감시할 수 있는 사람이야말로 이기심에 사로잡힌 거짓 나에서 벗어나 있는 사람입니다."

"어째서 그렇습니까?"

"이기심은 사물을 객관적으로 관찰하는 데 방해만 된다는 것을 체험으로 알기 때문입니다. 따라서 수행이 깊어지면 깊어질수록 감시자의 기능은 강화되게 되어 있습니다. 자기 자신을 늘 감시하여 잘못된 길로 빠지지 않게 주시하는 사람을 보고 우리는 구도자라고 합니다. 그 구도자의 수행이 한층 더 발전되어 남을 지도할 수 있는 경지에 오른 사람을 우리는 도인(道人), 성인(聖人) 또는 스승이라고 합니다."

"구도자냐 아니냐를 구별할 수 있는 기준이 있습니까?"

"대체로 눈을 보면 알 수 있습니다. 말과 행동은 남을 속일 수 있어도 눈만은 남을 속이지 못합니다."

"눈이 어떻게 다릅니까?"

"눈에 초점이 확실히 잡혀 있고 맑고 투명하고 온화한 빛이 나면 구도자라고 할 수 있습니다. 늘 의식이 깨어 있는 관찰자(觀察者)가 거짓 나를 완전히 압도했을 때 일어나는 현상입니다. 그러나 이기심과 사욕에 사로잡혀 있는 사람의 눈동자는 항상 흐릿하고 초점도 명확하지 않습니다."

"정신병자나 술 취한 자의 눈동자가 풀려 있는 것은 무엇 때문일까요?"

"의식이 흐려져서 자기 자신을 객관적으로 감시하고 주시할 수 있는 능력을 상실했기 때문입니다."

"그럼 수행이란 무엇입니까?"

"늘 깨어 있는 겁니다. 깨어 있지 않고는 관찰자(觀察者)도 주시자(注視者)도 감시자(監視者)도 될 수 없습니다. 군대에서는 불침번이 감시하는 한 도둑은 내무반에 침입하지 못합니다. 깨어서 늘 자기 자신을 지켜보는 사람에게는 희구애노탐염(喜懼哀怒貪厭)에서 오는 무지(無智)와 어리석음이 접근할 수 없습니다. 바로 이 무지와 어리석음이 생사윤회의 원인이 됩니다. 늘 깨어 있는 사람에겐 의식이 꺼져가는 혼침(昏沈)이 다가오지 못합니다. 혼침 역시 무지와 어리석음과 죽음을 끌어들입니다."

"주시자(注視者)는 자기 자신을 어디까지 관찰할 수 있습니까?"

"계속 주시하다가 보면 자기 존재의 근원까지 궤뚫어보게 됩니다. 결국은 자기 자신과 존재계(存在界)는 한몸이라는 것을 깨닫게 됩니다. 그리고 그 존재계를 있게 만든 우주의 근원 에너지와도 자기 자신과는 한몸이라는 알게 됩니다. 이때 그 구도자의 의식에는 엄청난 변화가 일어나게 됩니다."

"어떤 변화 말입니까?"

"삼라만상이 바로 자기 자신이라는 실상이 피부에 와닿게 됩니다. 자기 자신이 바로 진리인 하늘의 표현물이라는 것을 알게 된다는 얘기입니다. 사람이 곧 하늘이라는 인내천(人乃天) 사상을 가졌던 우리 조상들의 얘기가 실감으로 포착되는 것입니다. 또한 생사가 바로 하나임을 알게 됩니다. 만물도 하나요 생사도 하나입니다. 이때 관찰자는 삼라만상의 주재자가 다름 아닌 자기 자신이라는 자각을 갖게 됩니다. 이러한 관찰자에게 세상의 부귀영화야말로 뜬구름에 지나지 않는 겁니다."

단군의 가르침

"선생님, 혹시 도서출판 풀길(전화 02-567-9628)에서 펴낸 이동희 장편소설『단군의 나라』3부작을 읽어보셨습니까?"

우창석 씨가 물었다.

"네 읽어 보았습니다."

"어떻게 생각하십니까?"

"세 권이나 되는 거작으로 우리의 국조인 단군을 주제로 한 본격적인 소설을 썼다는 것 자체가 우리 문단에서는 처음 있는 일입니다. 이 소설의 주인공인 사학자이며 대학 교수인 도형은 단군의 역사적 존재를 상아탑 속에서가 아니라 실제로 현장을 답사해 가면서 확인하려고 갖은 애를 다 쓰고 있습니다. 그의 진지한 학문적 태도 역시 인상적이었습니다.

주인공은 기존 식민사학자들이 위서(僞書)라고 억지 주장하는 단군에 관한 사서인『환단고기』,『규원사화』,『단기고사』,『부도지』등을 바탕으로 단군 시대의 우리 영토였던 만주와 중국을 답사하고 심지어 북한의 단군릉까지 돌아봅니다.

남북통일과 민족 동질성 회복의 구심점을 이 소설은 우리 민족의 정신적 뿌리인 단군에게서 찾고 있습니다. 이러한 주제를 현실적으로 소화하는 데 있어서 주인공 도형은 육이오의 비극으로 점철되는 초등학교 동창생 연희와 담임선생인 석 선생, 그리고 그의 학문적 제자인 연희의 딸 희연과의 얽히고설킨 관계로 절묘하게 조화를 이루려 시도하고 있습니다. 우리 문단에서 지금껏 아무도 관심을 가져 본 일이 없는 주제를 이렇게 심혈을 기울인 역작으로 완성한 저자에게 경의와 찬사를 보내고 깊은 심정입니다."

"그런 작품은 좀더 일찍 나왔어야 했을 텐데 다른 작가들은 왜 아직 단군에게 관심을 기울이지 않았을까요?"

"아직도 일제(日帝)가 우리 민족을 영원히 자기네 노예로 길들이기 위해 날조해 놓은 식민사관(植民史觀)에서 벗어나지 못하고 있는 우리나라 기존 사학계에서는 아직도 단군을 사갈시(蛇蝎視)하고 있기 때문입니다. 사실상 단군은 우리 민족의 정신적 뿌리입니다.

그런데도 소위 강단 사학자들은 지금도 '단군'이라는 말만 입에 올려도 국수주의자(國粹主義者)로 몰아붙이거나 정신병자 취급을 합니다. 그러니까 웬만한 각오가 되어 있지 않는 한 그 누구도 사학계에서는 단군 얘기를 꺼내는 것조차 금기시(禁忌視)되고 있습니다."

"아니 해방된 지 반세기가 넘었는데도 아직까지 우리나라 사학계에는 식민사학자들이 그렇게 판을 치고 있다는 말입니까?"

"미안한 일이지만 그게 아직은 우리나라 국사학계의 실상입니다. 나는 그에 대해서 내 소설 『다물』과 『소설 한단고기』 그리고 『소설 단군』에서 입이 닳도록 얘기했으니까 의심스러우면 한번 읽어 보세요."

"알겠습니다. 그건 그렇구요. 저는 『단군의 나라』를 읽어 보고 나서 저자는 단군에 관한 역사적 실상을 추구하는 데만 신경을 쓴 나머지 정작 단군이 말하고자 한 핵심은 놓치지 않았나 하는 생각이 들었습니다.”

“나도 그 생각을 했었는데 옳은 지적을 해 주었습니다. 그 소설 첫머리에 보면 다음과 같은 구절이 나옵니다. ‘우리는 어디서 왔는가? 어디로 가는가? 그리고 우리는 무엇인가? 나는 누구인가?’ 이는 존재의 근원에 관한 물음입니다. 이 물음은 대단히 철학적이고 종교적이고 구도자적인 의문입니다.

이러한 의문에 대한 해답은 역사학, 문헌사학, 고고학과 같은 학문적 탐구만으로 성취될 수 있는 성질의 것이 아닙니다. 다시 말해서 과학적, 학문적 지식의 축적만으로 해결이 되지 않는다는 얘기입니다.”

“그럼 무엇으로 해결할 수 있습니까?”

“이것은 의식의 변화가 없이는 해결이 불가능한 분야입니다. 지식과 학문으로는 의식을 변화시킬 수 없다는 얘기입니다. 그럼 어떻게 해야 할 것인가? 나는 이 책의 저자 못지않게 한때 우리나라 상고사와 단군 문제에 몰두한 일이 있었습니다. 단군의 실재(實在)를 추구하다가 지식의 한계에 부딪쳐 끝내 단군의 가르침 쪽으로 방향을 돌리게 되었습니다.”

“단군의 가르침은 어디서 찾아야 합니까?”

“그 질문에 대답하기 전에 내가 먼저 묻겠습니다.”

“네, 좋습니다. 말씀하십시오.”

“석가모니의 가르침은 어디에서 찾아야 합니까?”

“불경(佛經)에서 찾아야 합니다.”

“그렇습니다.『팔만대장경』이라는 방대한 불경 속에서도『반야심경』,

『금강경』, 『화엄경』, 『법화경』, 『능엄경』 등에는 그의 가르침의 핵심이 실려 있습니다. 그럼 예수의 가르침은 어디에서 찾아야 합니까?"

"마태, 마가, 누가, 요한의 4대 복음 속에서 찾아야 합니다."

"그렇다면 단군의 가르침은 어디에서 찾아야 합니다."

"『천부경』, 『삼일신고』, 『참전계경』의 3대 경전에 실려 있습니다."

"맞습니다. '우리는 어디서 왔는가? 어디로 가는가? 그리고 우리는 무엇인가? 나는 누구인가?' 위 물음에 대답하는 구절이 『천부경』과 『삼일신고』 속에 고스란히 다 들어 있습니다."

"그 요점만 좀 말씀해 주시겠습니까?"

"그러죠. 『천부경』 속에는 '인중천지일(人中天地一)'이라는 구절이 있습니다. 그 뜻은 사람 속에 하늘과 땅이 하나가 되어 들어 있다는 말입니다. 다시 말해서 사람은 우주 그 자체라는 말입니다.

그리고 『삼일신고(三一神誥)』 신훈(神訓)에 보면 '자성구자(自性求子)하라. 강재이뇌(降在爾腦)니라' 하는 구절이 있습니다. 자기 자신의 존재의 근원을 구하는 사람에게 하는 말입니다. '자성(自性)의 핵심을 구하라. 그러면 너희 뇌 속에 이미 내려와 있느니라'는 뜻입니다. 그러니까 자성(自性)은 밖에서 구할 것이 아니라 그 근본을 구하는 사람에게는 이미 그의 뇌 속에 내려와 있다는 얘깁니다. 모든 존재의 내부에는 본래부터 자성이 자리잡고 있다는 겁니다.

"자성(自性)은 무엇입니까?"

"글자 그대로 스스로 존재하는 모든 사물의 근원입니다. 옛 선인들은 이것을 하나, 하나님, 하늘, 또는 하느님, 하늘나라, 천국이라 불렀습니다. 또 신(神)이라고도 했습니다. 현대인들은 이것을 우주의식이라고도 합니다. 존재의 뿌리를 말합니다.

그래서 소크라테스도 '너 자신을 알라'고 했습니다. 예수도 '하늘나라는 너희들 자신 속에 있나니라(누가 17: 20-21)' 했습니다. 석가모니도 일체중생실유불성(一切衆生悉有佛性)이라고 했는데 그 뜻은 모든 중생들에게는 불성(佛性)이 있다는 말입니다."

"불성(佛性)은 무엇을 말합니까?"

"여기서 불성은 자성(自性)과 같은 뜻입니다. 하나, 하나님, 하늘, 하느님, 우주의식, 신(神), 공(空)을 말합니다. 우주의식 또는 우주의 본성(本性), 니르바나를 말합니다. 이것만 알면 '우리는 어디서 왔는가?' 하는 물음에 '우리는 하나 즉 우주의 본성에서 왔다'고 자신 있게 대답할 수 있습니다."

"그럼 '어디로 가는가?' 하는 물음에는 뭐라고 대답해야 합니까?"

"하나에서 왔다가 다시 하나로 되돌아가는 겁니다. 시작 없는 하나에서 왔다가 끝없는 하나로 되돌아갑니다. 마치 바닷물이 증발하여 구름도 되고 안개도 되고 비도 되고 눈도 되었다가 때가 되면 다시 바닷물로 되돌아오는 것과 같은 이치입니다."

우리는 무엇인가?

"그리고 우리는 무엇입니까?"

"우리는 하나(자성, 우주의식)입니다."

"그럼 나는 누구입니까?"

"나는 하나입니다."

"그러나 저자의 질문은 그런 답을 원하는 것 같지 않던데요."

"나도 그걸 잘 알고 있습니다. 그가 질문한 '우리는 어디서 왔는가?'
는 사학자의 물음입니다. 우리 민족의 출자(出自)는 어디인가? 하는 것
입니다. 과연 단군이 역사적 실존 인물이며 우리는 정말 그의 자손인
가? 하는 것입니다.

주인공 도형의 의도대로 과연 우리 민족은 단군의 자손이라는 것이
문헌사학과 고고학적으로 입증되었다고 칩시다. 다시 말해서 학문과
지식으로 우리 민족의 출자가 밝혀졌다고 해도 그것으로 근본 문제가
완전히 다 해결된 것은 아닙니다. 필연적으로 그다음 문제가 제기되지
않을 수 없게 될 것입니다.

그럼 단군은 어디서 왔는가? 그리고 단군은 어디로 갈 것인가? 그리
고 우리는 무엇이고 나는 누구인가? 이러한 문제는 여전히 미해결의
문제로 남게 될 것입니다. 이에 대하여 단군의 가르침인 『삼일신고』
진리훈에는 다음과 같이 나와 있습니다.

'지감(止感), 조식(調息), 금촉(禁觸)하여 일의화행(一意化行) 반망즉
진(返妄卽眞) 발대신기(發大神機)하나니, 성통공완(性通功完)이 시
(是)니라.'

이것을 쉬운 우리말로 바꾸면, '마음공부, 기공부, 몸공부를 함으로
써 큰 뜻을 행동에 옮기어 거짓을 돌이켜 참된 수행을 쌓으면 신령스

러운 기틀이 크게 발현하게 되는데 이것을 성통공완이라고 한다'는 뜻입니다.

위에 나온 말들을 요약하면 이렇습니다. 내가 누구의 자손이고 내 출생지는 어디라는 것이 학문적으로 밝혀져 보았자 우리는 어디로 갈 것이며 우리는 무엇이고 나는 누구인가? 하는 의문은 여전히 해결되지 않는다는 얘기입니다.

이들 의문들에 대한 근본적인 해결은 의식의 일대 전환 즉 깨달음에서 찾아야 합니다. 인간 각자는 바로 우주의식 그 자체임을 체험해야 합니다. 단군, 석가, 예수, 노자, 장자 같은 성현(聖賢)들의 가르침도 이와 같습니다. 인간이 바로 우주 그 자체이고 하나님이고 우주의식 그 자체라는 겁니다. 그런데 이러한 의식의 일대 전환 즉 깨달음을 얻는 것은 학문과 지식의 축적만으로는 불가능합니다."

학문과 수련의 차이

"그럼 어떻게 해야 합니까?"

"수련을 해야 합니다. 단군의 가르침 역시 이것을 강조하고 있습니다. 그 가르침은 단군이 백성들을 가르쳐 온 『천부경』, 『삼일신고』, 『참전계경』 속에 고스란히 다 수록되어 있습니다. 단군은 분명 너희 자신 안에서 찾으라고 했지 바깥에서 찾으라고는 하지 않았습니다. '자성구자(自性求子)하라 강재이뇌(降在爾腦)니라' 하는 말이 바로 그 가르침입니다. 지감, 조식, 금촉으로 성통공완하라는 구절은 깨달음에 이르는 구체적인 방법을 제시한 것입니다.

'우리는 어디서 왔는가? 어디로 가는가? 그리고 우리는 무엇인가? 나는 누구인가?' 이 물음에 대하여 우리는 서슴지 않고 다음과 같이 대답할 수 있어야 합니다.

'우리는 우주의 근원에서 왔다가 우주의 근원으로 되돌아간다. 그리고 우리는 우주의 근원이다. 나는 우주 그 자체이다.'

이러한 깨달음에 도달하려면 학문이나 지식으로는 제아무리 용을 써 보아도 반드시 벽에 부딪치게 됩니다. 오랜 기간 차곡차곡 수행을 쌓아가는 과정에서 의식의 일대 전환이 있어야 합니다. 이것을 『삼일신고』는 성통공완(性通功完)이라고 했습니다.

단군은 우리에게 성통공완하는 방법을 『천부경』, 『삼일신고』, 『참전계경』으로 아주 구체적으로 가르쳐 주고 있습니다. 단군이 이 지금으로부터 4333년 전에 현재까지 알려진 어떠한 성인(聖人)보다도 일찍이 세상을 다녀간 목적과 사명은 어느 하나의 민족만을 위해서는 결코 아니었습니다.

그것은 삼대경전을 아무리 샅샅이 훑어보아도 고유명사가 하나도 눈에 뜨지 않는 것만 보아도 알 수 있습니다. 삼대경전 속에는 고대로부터 우리 민족을 지칭하는 한, 한겨레, 배달, 조선이라는 낱말조차 찾아볼 수 없습니다. 그리고 우리 민족의 시원을 상징하는 백두산이니 태백산이니 하는 산 이름도 없습니다. 그런가 하면 우리의 국조를 말하는 환인, 환웅, 단군이라는 용어조차 눈에 띄지 않습니다. 어느 특정 민족이나 지역에 대한 얘기는 일체 보이지 않습니다.

그래서 그런지 삼대경전 속에는 사람 이름도 땅 이름이 일체 나오지 않습니다. 필자가 아는 한 고유명사가 일체 등장하지 않는 경전은 삼대경전 외에는, 노자의 『도덕경』이 있을 뿐입니다. 『도덕경』을 쓴 것은 노자이지만 그의 도맥(道脈)의 출처는 황제(黃帝)입니다. 황제가 배달족이라는 것은 널리 알려져 있습니다.

이처럼 삼대경전과 『도덕경』에는 일체의 고유명사가 없다는 것은 무엇을 의미하는 것일까요? 삼대경전은 어느 특정한 민족만을 가르치기 위한 것이 아님을 말해 줍니다. 시간과 공간을 초월하여 온 우주 안의 어느 별에 사는 인간에게도 두루 통하는 가장 보편타당(普遍妥當)한 진리들이 삼대경전 속에는 농축되어 있습니다. 그 가르침의 핵심은 생사를 초월하여 홍익인간(弘益人間)할 수 있는 성통공완한 인간을 양성해 내자는 것입니다.

단군은 우리 인간들이 자신의 실체를 제대로 깨달아 생사의 고통에서 벗어나기를 원했지 어리석은 무리들처럼 선악(善惡) 청탁(淸濁) 후박(厚薄)을 뒤섞어 제멋대로 날뛰다가 종국엔 생장소병몰(生長消病歿)의 고통 속에 빠져 헤매기를 원한 것은 결코 아닙니다. 마음이 환히 밝아진 철인(哲人)이 되기를 원했지 욕심에 시달리는 어리석은 무리가 되기를 바란 것은 결코 아닙니다."

"철인(哲人)이 뭡니까?"

"성통공완한 사람입니다. 단군은 애인여기(愛人如己)와 홍익인간(弘益人間)을 원했지 어느 특정한 민족의 번영만을 원한 것이 아니었습니다. 식민사학자들이 단군 사상을 국수주의(國粹主義)로 몰아 부치는 것은 삼대경전을 읽어 보지도 않은 무식함을 스스로 폭로한 것밖에는 되지 않습니다. 이렇게 볼 때 단군은 한 민족의 국조(國祖)이기는 하지만 결코 어느 특정 민족이나 국가의 범위를 훨씬 능가하는 범인류적인 차원의 성인(聖人)이었음을 말해 줍니다."

"우리나라의 식민사학자들이 단군을 그렇게 싫어하는 이유는 어디에 있습니까?"

"일본 제국주의자들이 이 땅을 강점했던 시기에 한국인을 영원히 자기네 노예로 길들이기 위해 조작해 놓은 식민사학을 그대로 전수받았기 때문입니다. 따라서 우리나라 사학은 아직도 광복을 모르고 있다고 할 수 있습니다."

"단군은 왜 삼대경전을 백성들에게 가르치려고 했을까요?"

"지구상에 사는 모든 인간에게 진리를 깨우쳐 주기 위해서였습니다. 홍익인간(弘益人間) 이화세계(理化世界)가 바로 그것을 말하는 것입니다. 석가모니와 예수가 역사적인 실존 인물이냐의 여부를 규명하는 것보다 더 중요한 것이 무엇인지 아십니까?"

"글쎄요."

"석가모니와 예수가 무슨 말을 했느냐 하는 것입니다. 석가와 예수가 아무리 인류를 위해 훌륭한 일을 했다고 해도 그가 제자들에게 가르친 내용이 후세에 전하지 않았다면 그는 결코 지금까지 인류의 큰 스승으로 추앙받지 못했을 것입니다. 그와 마찬가지로 단군의 역사적 실존이 아무리 과학적으로 입증되었다고 해도 그의 가르침인 삼대경전이 전해지지 않았다면 단군은 그저 막연히 우리나라의 국조(國祖) 정도로밖에는 존경받지 못했을 것입니다.

그러나 다행히도 그의 가르침인 삼대경전이 우리 손에까지 전달이 되었으므로 우리는 그것을 토대로 수련을 할 수 있고 우리 존재의 근원을 깨달을 수 있게 되었습니다. 이 경전을 읽은 사람들이 진리를 깨달을 수 있었다는 데 무엇보다도 큰 의미가 있습니다. 단군은 우리 민족의 국조이기 이전에 전 인류의 성인(聖人)입니다. 그것도 석가나 노자가 지금으로부터 2천 5백 년 전에 지구를 찾은 것과는 대조적으로 무려 지금으로부터 4천 3백여 년 전에 이 땅을 찾아왔었습니다."

"식민사학자들은 지금도 『천부경』과 『삼일신고』와 『첨전계경』의 개요가 실려 있는 『환단고기』를 위서(僞書)라고 하는 데 대해서는 어떻게 생각하십니까?"

"어떤 경전이 가짜냐 진짜냐를 구별할 수 있는 기준이 있습니다. 그게 무엇인지 아십니까?"

"모르겠는데요."

기운이 실려 있는 경전

"수행을 많이 해 본 구도자가 읽어 보면 알 수 있습니다. 철학서(哲學書)는 철학자가 알아보고 소설은 소설가가 알아보고, 음악은 음악가가 알아보는 것과 같이 경전의 진부는 구도자가 알아봅니다. 특히 기수련을 해 본 구도자라면 삼대경전을 대하면 금방 강한 기운을 느끼되 됩니다.

가짜 경전에서는 전연 기운을 느낄 수 없습니다. 그리고 가짜 경전을 가지고는 아무리 수련을 해 보아도 아무런 효과도 없습니다. 그러나 진짜 경전은 그와는 정반대입니다. 읽는 순간 강하고도 포근한 기운을 느끼는 것은 말할 것도 없고 수련 효과도 뛰어납니다. 나는 수련 초기에 우연히 『천부경』을 읽으면서 수련을 하기 시작하면서 뜻밖에도 강한 기운이 들어오는 것을 느끼고는 나만 그런가 확인해 보려고 도우(道友)들에게도 권해 보았더니 똑같은 효과를 내는 것을 보고 놀란 일이 있었습니다.

기운이 가장 강하게 흐르는 것은 『천부경』이고 그다음이 『삼일신고』, 『참전계경』 순이었습니다. 그러나 자세히 감정해 보면 각 경전의 기운이 다 독특한 데가 있었습니다. 『천부경』의 기운이 웅장한 맛이 있다면, 『삼일신고』는 온화하면서도 포근한 맛이 느껴졌고, 『참전계경』은 부드러우면서도 차분한 맛이 있었습니다.

그래서 나는 수 년 동안 『천부경』과 『삼일신고』는 짧으니까 아예 달달 외웠습니다. 하루에도 수없이 이들 두 경전을 외우곤 했습니다. 길을 걸으면서도 버스나 전철 칸에서도 틈만 나면 열심히 암송했습니다. 엄청난 기운의 구름을 타고 하늘을 나는 기분이었습니다. 승유지기(乘遊至氣, 지극한 기운을 타고 노닌다는 뜻)란 바로 이런 것을 두고 말하는 것이었습니다."

"『참전계경(參佺戒經)』은 어떻게 외우셨습니까?"

"『참전계경』은 너무나 길어서 한꺼번에 다 외울 수는 없었습니다. 그래서 하루에 총 366개 조항 중 10개 조항씩 외웠습니다. 삼대경전의 특징은 무엇인지 아십니까?"

"네 압니다. 불경이나 성경은 사건 서술체가 아니면 스승과 제자 사이의 대화체로 되어 있는데 삼대경전만은 그렇게 되어 있지 않고, 학문으로 말하면 공식(公式) 또는 공리(公理)나 정리(定理)나 원리 같기도 하고 경구(警句)나 좌우명(座右銘)이나 금언(金言)이나 격언(格言)식 문체로 되어 있습니다."

"아주 잘 보셨습니다. 삼대경전 외에 이와 비슷한 문체로 씌어진 경전은 아까도 말했지만 노자의 『도덕경』이 있을 뿐입니다. 신기한 점은 『천부경』이 81자의 한자로 씌어졌는데 노자의 『도덕경』 역시 81개 조항이라는 겁니다. 그리고 『도덕경』은 그 전체적인 내용과 맥락이 『천부경』과 유사한 점이 있다는 것입니다."

"왜 그럴까요?"

"노자의 도맥의 뿌리가 황제(黃帝)라고 하여 노자의 학문을 황노학(黃老學)이라고도 합니다. 그러면 황제는 누구한테서 학문을 전수했을까요? 황제의 스승이 바로 배달국 제14대 치우 환웅천황 시대의 자부선인(紫府仙人)입니다.

황제는 자부선인에게서 삼황내문경(三皇內文經)을 비롯한 여러 경전을 전수받았습니다. 그 유명한 의서(醫書)인 황제내경(黃帝內經) 역시 자부선인의 학문에 뿌리를 둔 것은 두말할 필요도 없습니다. 삼대경전도 물론 포함되어 있었을 것입니다. 황제의 학문을 이어받은 노자의 『도덕경』이 『천부경』에 그 뿌리를 두었으리라는 것은 쉽사리 짐작할 수 있는 일입니다.

선도(仙道)가 무엇인지 구도(求道)가 무엇인지 수련(修鍊)이 무엇인지 아무것도 모르는 식민사학자들이 삼대경전의 참뜻을 이해할 리가 없습니다. 그러한 문외한들이 제아무리 삼대경전을 위서(僞書)라고 헐뜯어 보았자 그것을 곧이들을 사람은 아무도 없습니다. 단군의 정체도 모른 채 일본 제국의 어용 사학자들에게서 배운 식민사학의 망상에서 지금까지도 깨어나지 못하고 있는 그들이 불쌍하고 한심할 뿐입니다."

"불경이나 성경에서도 기운이 느껴집니까?"

"물론입니다. 그러나 선도 수행자에게는 삼대경전에서 가장 강한 기운을 느끼게 됩니다. 이것은 삼대경전이 아직도 기운이 살아 있는 경전이라는 것을 말해 줍니다."

"삼대경전에서 기운이 느껴지는 것은 무엇 때문일까요?"

"삼대경전에는 진리의 정수(精髓)가 수록되어 있기 때문입니다."

"진리가 무엇인데요?"

"진리는 우주 전체를 움직이는 에너지 즉 기운입니다. 그래서 기공부를 하는 사람이 이 기운을 느끼는 것은 당연한 일입니다."

통장 남편의 돌연사(突然死)

아침 식탁에서 아내가 말했다.

"사람이 아무 이유도 없이 갑자기 죽는 수도 있어요?"

"원인 없는 결과가 어디 있겠소. 사람이 죽었다면 반드시 원인이 있을 꺼요."

"어제 저녁에 볼일이 있어서 통장 댁엘 갔더니 통장이 날보고 얘기 좀 하자고 한사코 붙드는 바람에 앉았더니, 글쎄 자기 남편이 20일 전에 교회에서 신자들 앞에서 멀쩡하게 강연을 하다가 갑자가 꽈당 하고 마루에 쓰러져서 그 길로 병원에 실려갔는데 미처 병원에 도착하기도 전에 숨이 끊어졌대요."

"저런! 그래서 의사는 사인이 뭐라고 했는데?"

"원인불명이라고 했대요."

"그래도 무슨 병명은 나왔을 게 아니오?"

"심장마비로 인한 돌연사라고 하던가?"

"통장 남편은 직업이 뭐였는데?"

"S대학 교수래요."

"전공이 뭔데?"

"철학이라고 하던가?"

"그 사람은 무슨 운동 같은 거 안 했답디까?"

"그렇지 않아도 내가 그걸 물어보았다구요."

"그랬더니 뭐라고 합디까?"

"가끔 산책하는 거 외에는 아무 운동도 한 일이 없었대요."

"몇 살인데?"

"예순한 살."

"몸은 뚱뚱하지 않았다고 합디까?"

"보통이었대요. 몸이라도 뚱뚱했다면 살이라도 빼려고 운동을 했을 텐데, 그렇지도 않으니까 구태여 힘들여 운동할 생각을 하지 않았나 봐요."

"인과응보군."

"그게 무슨 뜻이예요?"

"61세가 되도록 건강관리에 너무나 무관심한 결과가 돌연사를 가져온 거라는 얘기요."

"그래서 나도 통장에게 중년이 넘어서도 규칙적인 운동을 안 하는 사람은 백발백중 제명을 못 산다고 말해 주었어요. 중년이 되어서도 운동을 안 하는 것은 방전된 배터리를 방치해 두는 것과 같다고 말해 주었어요. 그렇지 않아도 남편이 어디서 단전호흡이 건강에 좋다는 얘기를 듣고 무슨 도장에 등록하고 두 달째 나가다가 그런 사고를 당했다지 뭐예요."

"너무 늦은 거요. 죽은 사람은 내가 보기에는 인영(人迎) 6·7성(盛)이었을 꺼요. 양(陽)체질로서 인영 6·7성인 사람은 뚱뚱하지도 않고 겉으로는 멀쩡해도 언제 어떻게 쓰러질지 몰라요. 이 병은 현대 의학의 최첨단 장비로도 진단이 안 되는 병이예요. 오직 내경(內經) 맥진법(脈診法)에 의해서만 잡히게 되어 있어요. 5년 전에 돌아가신 내 스승한 분도 맥을 보니 인영 한쪽이 6·7성이더라구.

그래서 하루에 꼭 한 시간씩 속보(速步)로 걷기 운동을 하고 일주일에 한 번씩 등산을 하시라고 권했더니 담당 의사가 아무렇지도 않다는데 무슨 소리냐고 하시더니, 몇 개월 뒤에 갑자기 현관에서 쓰러져서병원 응급실에 실려 가신 지 이틀 만에 뇌졸중으로 숨을 거두시지 않았소.『격암유록』이나 성경에 보면 천지개벽 때나 말세에는 둘이 앉아서 밥을 먹다가도 한 사람이 갑자기 쓰려져 죽는 일이 다반사로 일어난다고 적혀 있어요."

"그걸 보면 우리가 40대에 등산을 시작한 건 정말 잘한 일이죠?"

"그렇구말구. 우리가 등산을 시작한 지도 벌써 20년이 넘었소. 1979년 10월 19일, 박정희 대통령이 시해당하기 바로 전 일요일이라 잊혀지지도 않는구만. 그때 등산 갔다 오면 옷에서 나는 땀내와 함께 풍겨오는 고약한 악취를 맡고는 등산의 필요성을 더욱 절감했었지.

만약에 우리가 등산을 하지 않았더라면 이 고약한 악취 나는 독성 노폐물이 그대로 몸속에 쌓여서 결국은 불치의 병을 만들었을 것이 아니오? 그걸 생각하면 끔찍한 생각이 들어서도 매주 일요일이면 하루도 거르지 않고 등산을 한 덕분에 우리는 그 후 한 번도 앓아서 눕는 일 없이 건강을 유지해 오지 않았소?"

"그렇고말고요. 등산 시작하기 전에 나는 비만 때문에 제대로 앉아 있지도 못하고 늘 누워서 지내다시피 했었다구요. 그래서 통장에게 규칙적인 운동 안 하면 이 세상 어떤 성인(聖人)도 반드시 제 명대로 못 살고 쓰러질 거라고 했더니 무슨 운동을 해야 좋으냐고 하기에 우선 선릉(宣陵)을 매일 새벽에 두 바퀴씩이라도 돌아야 한다고 했어요. 그랬더니 오늘 새벽에 보니까 과연 그 여자가 나왔더라구요."

"남편의 전철을 밟고 싶지는 않았던 모양이군."

"아 그럼요. 건강하게 오래 살고 싶지 않는 사람이 어디 있겠어요?"

"남편이 그렇게 갑자기 갔으니 생계는 누가 담당한답디까?"

"원룸이 다섯 채나 세놓는 것이 있어서 생계는 문제가 없는 모양입니다."

"이이들은 몇이나 되는데?"

"딸 둘, 아들 하나 삼 남맨데 둘은 시집 장가 다 보내고 대학 다니는 딸만 하나 데리고 있는 모양입디다."

"통장은 무슨 일 하던 여자랍디까?"

"그 여자도 E 여자 대학 정외과를 나와서 모 대학 교수로 있다가 그만두었다고 합디다."

"아니 그럼 다 알 만한 사람들이 그렇게 건강관리에 무관심했다는 말요?"

"그러게 말예요. 둘 다 몸에 별 이상이 없었고 뚱뚱하지도 않았으니까 운동할 필요성을 전연 느끼지 못했던가 봐요."

"차라리 자주 앓기라도 하든가 뚱뚱하기라고 했더라면 그렇게까지 건강에 무관심하지는 않았을 걸 그랬군. 좌우간에 중년 넘어서까지 아무런 규칙적인 운동도 하지 않고는 건강을 유지할 장사가 없다는 나의 평소의 지론을 입증시켜 준 실례요."

"진짜 그런 것 같아요. 그런 걸 보면 인명재천(人命在天)이란 말은 맞지 않는 것 같아요."

"그렇소. 사실은 인명재천이 아니라 인명재아(人命在我)가 맞아요."

"정말 그럴까요?"

"그렇대두 그러네. 내가 열심히 수행을 쌓아 내 속에 있는 우주를 다 품어 버리면 내가 바로 하늘이 되는 거예요. 그렇게 되면 하늘이 곧 내가 되는 것 아니겠소."

"그럼 비행기를 타고 여행을 하다가 추락 사고로 사망한 경우는 어떻게 되죠?"

"그럴 때 흔히 사람들은 인명재천이라고 하지만 사실은 그가 그렇게 항공 사고를 당한 것도 사실은 그가 전생에 쌓은 업장 때문이라는 것을 생각하면 인명재천(人命在天)이 아니라 인명재아(人命在我)가 맞는 거라고요. 사람이 죽고 사는 것도 다 인과응보가 틀림없으니까 그렇게 말할 수 있는 거요."

"결국 모든 것이 내 탓이란 말이군요."

"그렇대두 그러네. 심은 대로 거둘 뿐이예요."

〈56권〉

아들의 권태와 무능을 극복하려면

"선생님 제 아들놈은 지금 고2인데 학교 공부에는 게으르고 무능해서 대입 시험은 쳐 볼 생각조차 하지 말라고 담임이 말할 정도입니다. 이럴 때는 무슨 방법이 없을까요?"

50대의 수련생인 한기섭 씨가 말했다.

"지렁이도 기는 재주가 있고 굼벵이도 구르는 재주가 있다고 합니다. 아무리 게으르고 무능하다고 해도 아드님에게 무슨 재주 하나는 있을 것 아닙니까?"

"재주가 하나 있다면 그건 만화 읽는 재주입니다."

"만화 그리는 재주가 아니고 읽는 재주 말입니까?"

"그렇습니다. 차라리 만화 그리는 재주라도 있다면 그것에라도 희망을 붙여 볼 텐데 그럴 처지도 못 됩니다."

"아드님과 자주 대화는 나누십니까?"

"대화해 봤자 서로 통하지 않으니까 아예 대화 끊어진 지 오래 되었습니다."

"아니 그럼 부자간에 한지붕 아래 살면서도 서로 대화가 없다는 말씀입니까?"

"부끄럽습니다만 그렇습니다."

"과연 지적이 천리군요"

"면목없습니다."

"그럼 부자간에 여름철 휴가라도 내어 단 둘이 캠핑 여행을 떠나 보세요."

"캠핑 여행이요?"

"네. 아무리 대화가 없는 부자간이라고 해도 한 일주일간만 같이 여행하면서 한 천막 속에서 서로 몸을 비벼대면서 생활하다가 보면 무언가 새로 발견되는 것이 있을 것입니다. 아마도 아드님에 대해서 새로운 눈을 뜨게 될 것입니다. 틀림없이 지금까지 새까맣게 몰랐던 새로운 사실들을 발견하게 될 것입니다.

여지껏 부인이나 다른 식구들의 입을 통해서만 들어왔던 간접 정보로 형성되었던 편견과 오해들도 깨닫게 될 것입니다. 이처럼 순전히 한기섭 씨 자신이 직접 관찰하여 얻어진 참신한 객관적인 정보들을 냉정하게 잘 분석해 보십시오. 틀림없이 아드님의 진로가 환히 눈 안에 들어올 것입니다."

"그래도 별 가능성을 발견할 수 없을 때는 어떻게 하죠?"

"실체험을 해 본 다음에 그러한 결론을 내려도 늦지 않습니다."

"그럴까요?"

"이 우주 안에 존재하는 삼라만상은 모두가 존재할 만한 가치와 이유가 있어서 존재합니다. 핑계 없는 무덤은 없다는 말 그대로 존재할 이유도 없는 것은 없습니다. 한기섭 씨는 아드님에게서 그 존재 이유가 무엇인지 그것을 꿰뚫어 보아야 합니다.

어쩌면 지금까지 아드님에게서 발견된 나태와 무능은 한낱 허상(虛相)일 수도 있습니다. 그 허상 뒤에 숨어 있는 진상을 찾아내어야 합니다. 그것이 어버이 된 사람의 의무이기도 합니다. 자식의 교육을 교사에게만 맡겨 놓을 수는 없습니다. 교사의 능력을 무시해서가 아니라 그도 인간이니까 실수를 저지를 수 있으니까요.

아드님이 이유 없이 이 세상에 태어났다고 생각하지는 말아 주십시오. 반드시 태어난 이유가 있습니다. 그 이유를 찾아내어 아드님에게 삶의 의미를 고취시켜 주는 것이야말로 어버이 된 사람이 마땅히 자식에게 다해야 할 의무입니다. 교사가 해야 할 일을 못 다할 때는 부모가 대신 그 소임을 다해야 합니다."

"제 아들놈에게서 과연 선생님 말씀대로 어떤 잠재 능력이 있을지 저는 그것부터가 의문입니다."

"그것은 아드님을 너무 과소평가하는 겁니다. 사람에게는 누구를 막론하고 무한한 잠재력이 있다는 것을 아셔야 합니다."

"과연 그럴까요?"

"그렇구말구요. 사람은 누구나 아상(我相)에서만 완전히 벗어나면 자기 존재의 근원에 성큼 다가서게 되고 끝내 그 근원과 하나가 되도록 되어 있습니다."

"자기 존재의 근원이 무엇인데요?"

"그게 바로 우주의식(宇宙意識)입니다."

"우주의식이 무엇입니까?"

"우주를 움직이는 의식체(意識體)입니다."

"그 의식체가 무엇입니까?"

"우주를 관장하는 기운입니다."

"기운은 무엇입니까?"

"천지 기운입니다. 옛날식으로 말하면 하늘, 하느님, 하나님, 신(神)을 말합니다. 사람은 아상만 벗어나면 누구나 다 신(神)이요 하느님입니다."

"그럼 제 아들놈에게 나타나는 나태와 무능은 무엇입니까?"

"그건 바로 아드님이 극복해야 할 숙제일 뿐입니다. 내가 한기섭 씨에게 아드님과 함께 일주일쯤 캠핑을 하라고 한 것은 그 숙제를 풀 수 있는 가능성을 모색해 볼 수 있게 하기 위해서입니다.

사람이 곧 하늘이요

사람이 곧 하늘이요, 사람 속에 우주가 하나 되어 들어 있다는 말은 절대로 빈말이 아닙니다. 인내천(人乃天)이요 인중천지일(人中天地一)입니다. 누구나 수행을 통해서 터득할 수 있는 진리입니다."

"사람은 누구나 다 하늘이요 우주를 품고 있다면 그것을 깨달은 사람과 깨닫지 못한 사람이 공존하는 것은 무엇 때문입니까?"

"깨닫지 못한 사람은 깨달은 사람을 본받아 빨리 깨닫게 하기 위해서입니다. 만약에 이 세상에 다 같이 깨달은 사람만 있거나 깨닫지 못한 사람들만 있다면 활력이 끊어진 무기력 장세(場勢)만 지배하게 될 것입니다.

　잘난 사람도 있고 못난 사람도 있어야 못난 사람은 잘난 사람을 따라잡으려 하고 잘난 사람은 못난 사람을 이끌어 주려고 하는 활력이 생겨 서로 어울려 힘차게 돌아가게 됩니다. 양기(陽氣)만 있거나 음기(陰氣)만 있으면 활력이 생기지 않습니다. 음양이 서로 어울려야 활력이 생겨서 우주가 돌아가게 되어 있습니다.

　그런데 관찰을 해 보면 모든 존재는 예외 없이 그 존재의 근원에 접근해 가려는 속성을 갖고 있습니다. 각 존재가 그것을 의식하든지 의식하지 못하든지 관계없이 다 같이 존재의 근원에 다가가고 있다는 것입니다."

　"그렇다면 나태하고 무능한 사람이 있고 근면하고 유능한 사람이 있는 것은 무엇 때문입니까?"

　"그것은 아상의 두께가 서로가 똑같지 않기 때문입니다. 아상은 짐과도 같습니다. 짐을 많이 진 사람은 동작도 사고(思考)도 굼뜨고 짐이 가벼운 사람은 동작도 잽싸고 머리도 팽팽 잘 돌아가는 것과 같습니다. 그런데 그 짐은 항상 그대로 있는 것이 아닙니다. 비록 지금 무거운 짐을 지고 있다고 해도 당장이라도 어떤 계기를 만나 심기일전(心機一轉)하여 게을렀던 사람이 부지런해지고, 무능했던 사람이 유능해지고, 성질이 고약했던 사람이 착해지고, 미련했던 사람이 슬기로워지면 그 짐은 금방 가벼워지게 될 것입니다.

　그러니까 한기섭 씨는 어떻게 해서든지 아드님에게서 좋은 점을 발견하여 칭찬을 하여 기를 북돋우어 주고, 비뚤어진 마음을 바로잡게 하고, 미련함에서 벗어나 슬기로워지게 하면 자기 문제는 자기 스스로 풀어 나갈 수 있게 될 것입니다."

인생(人生)은 거래(去來)다

"선생님, 시집간 저의 누이동생은 남편하고는 사이가 아주 좋은 편인데 같이 사는 시어머니하고는 아예 상극입니다. 고부(姑婦)간은 으레 그렇다 하지만 제 누이동생에게는 정말 심각한 문제가 아닐 수 없습니다. 무슨 좋은 수가 없을까요?"

정지현 씨가 말했다.

"남편은 뭘 하는 사람입니까?"

"그저 평범한 회사원이죠 뭐."

"시아버지는 생존합니까?"

"10년 전에 이미 돌아가셨답니다."

"남편은 외아들입니까?"

"네."

"며느리 사랑은 시아버지라고 했는데, 시아버지가 살아 있다면 고부간의 긴장을 완화시키는 견제 역할을 했을 텐데 아쉽군요. 시어머니는 어떤 분이십니까?"

"그저 평범한 부인이죠."

"전에 직장생활을 한 경험은 없었습니까?"

"없다고 합니다."

"그럼 남편 여읜 뒤에 아들 하나만 바라고 살아왔다고 할 수 있겠군요."

"그렇습니다."

"여동생이 결혼한 지는 얼마나 되었습니까?"

"만 1년 되었습니다."

"시누이는 없습니까?"

"없습니다. 아들 하나뿐이랍니다."

"누이동생은 직장에 나갑니까?"

"아뇨."

"시어머니는 절이나 교회에 나갑니까?"

"아뇨. 아무 종교도 믿지 않는다고 합니다."

"그럼 누이동생이 시어머니하고만 사이가 좋아지면 문제될 것이 없겠군요. 아직 아이는 없습니까?"

"네."

"그럼 세 식구가 한 아파트에서 단출하게 사는데 고부간에 갈등을 빚고 있다면 매일 싫어도 서로 얼굴을 대해야 하는 처지이니 은근히 쌓이는 스트레스가 보통 문제가 아니겠는데요."

"그래서 이대로 가다가는 병이 날 것 같아서 어떤 때는 이혼까지도 생각을 한 모양입니다. 그러나 남편을 사랑하고 있으니까 억지로 참고 사는 모양입니다."

"그렇다면 여동생은 고부간의 갈등을 해소하기 위해서 지금까지 무슨 노력을 해 왔습니까?"

"자기 깐에는 애도 쓸 만큼 써 보았는데 별 효과가 없는 모양입니다."

"애를 썼는데도 효과가 없다고 했는데 왜 그런지 생각해 보았습니까?"

"저도 거기까지는 미쳐 생각해 보지 못했습니다."

"여동생의 노력이 시어머니의 마음에 가닿지 않았기 때문입니다."

"그게 무슨 말씀이십니까?"

"쉽게 말해서 여동생이 시어머니에 대한 불쾌한 감정을 풀지 않고 꽁하니 가슴속에 묻어둔 채 임시방편으로만 접근하려고 하기 때문입니다. 시어머니는 그것을 여자의 직감으로 포착했기 때문에 여동생이 제아무리 노력을 해도 시어머니에게 그 진정이 통하지 않는다는 얘기입니다."

"그럴 때는 어떻게 해야 하죠?"

"여동생이 시어머니에게 대한 꽁한 마음부터 완전히 풀어 버려야 합니다."

"어떻게 해야 그 꽁한 마음을 풀어 버릴 수 있을까요?"

"우선 여동생이 시어머니의 처지가 되어 보아야 합니다. 시어머니는 10년 전에 지아비를 잃고 아들 하나만을 인생의 보람으로 알고 아들을 위해 온갖 정성을 다 기울여 왔을 겁니다. 외로운 그녀에겐 아들은 단순한 아들만이 아니라 정신적으로는 남편이나 애인처럼 의지해 온 존재이기도 했을 겁니다.

이러한 아들을 어느 날 며느리에게 내어주게 되었으니 얼마나 허전하겠습니까? 시어머니가 훌륭한 인격자가 아닌 평범한 여인이라면 자기에게서 모든 것을 앗아간 며느리에게 생리적으로 적대감과 혐오감을 느끼지 않을 수 없었을 것입니다. 시어머니의 이러한 심리에 대한 대비책 같은 것도 세워놓지 않은 채 시집을 온 누이동생은 우선 시어머니의 과장된 미소 뒤에 숨은 이러한 적대감과 혐오감의 파장을 접하고는 무조건적으로 대항의식을 키워왔을 것입니다.

상대가 미워하니 이쪽도 그에 대항할 수밖에 없었을 것입니다. 이 본능적인 대항 의식이 쌓이고 쌓이면서 꽁한 마음이 자꾸 굳어지기만 해 왔을 것입니다. 여동생이 이러한 꽁한 마음을 그대로 품은 채 제아무리 시어머니에게 잘해 보려고 해 보았자 그것은 순전히 형식적인 것으로밖에는 시어머니 눈에 비치지 않았을 것입니다."

"과연 그렇겠는데요."

"틀림없습니다."

"그런 때는 어떻게 해야 합니까?"

"여동생이 그 시어머니에게는 며느리가 아니라 친딸의 입장이 되어야 합니다."

"그렇게 할 수 있을까요?"

"그건 여동생이 마음먹기에 달려 있습니다. 내가 시어머니의 친딸이라면 어떻게 해야 할까? 하고 마치 탤런트가 자기가 맡은 역할을 연구하듯 진지하게 연구해 보면 금방 해답은 나오게 되어 있습니다. 그렇게 작정한 순간부터 여동생은 자기가 시어머니의 며느리라는 것을 완전히 잊고 그야말로 효성이 지극한 친딸이 되어 진정으로 시어머니의 편이 되어야 합니다. 물론 지금까지 이유 없이 자기를 미워한 시어머니에 대한 꽁한 마음도 완전히 풀어 버려야 합니다.

그러자면 여동생은 자존심도 고집도 이기심도 버려야 합니다. 그렇게 하지 않고는 그 꽁한 마음이 풀리지 않을 것이기 때문입니다. 시어

101

머니가 친어머니가 되는 순간 그전에는 보이지 않았던 시어머니의 실상이 눈 안에 들어오기 시작할 것입니다. 그때부터는 무엇을 어떻게 해야 할 건지 환하게 손안에 잡혀 들어오게 될 것입니다.

여동생에게 있어서 행복한 결혼생활을 위해서는 이것은 꼭 거쳐야 할 필수 과정이라는 목적의식을 갖는 것이 제일 중요합니다. 일단 목표가 설정되었으면 그 목표를 달성하기 위해서 전심전력을 기울여야 합니다. 그렇기 위해서는 자기 자신을 잊고 시어머니와 하나가 되어야 합니다. 그러하여 흐르는 냇물처럼 시어머니 자신 속에 침투해 들어가야 합니다. 이렇게 마음을 완전히 열고 지성으로 섬기는 며느리를 마다할 시어머니가 이 세상에 어디 있겠습니까?"

"선생님 말씀이 천만번 지당한데요, 동생이 그걸 실천할 만한 재목이 될 수 있을지 그게 걱정입니다."

"인간은 이 세상에 태어나 한 가족의 일원이 되면서부터 스스로 자기 삶을 터득해 나가게 되어 있습니다. 인생의 성패는 대인 관계를 어떻게 슬기롭게 타개해 나가느냐에 달려 있습니다. 가족의 일원이 되든지 회사나 군대 조직의 일원이 되든지, 시집을 가든지 장가를 들든지 우리는 사람과 사람과의 관계 속에서 한평생을 운명적으로 살아가게 되어 있습니다.

여기서 처세술의 지혜를 일찍부터 터득한 사람은 언제나 자기 주변 사람들을 자기편으로 만들 줄 압니다. 인생살이에서 늘 같은 공간 속에서 살아가는 사람들 속에 적(敵)을 두고 늘 마음의 갈등을 느끼면서 살아가는 것만큼 괴롭고 불행하고 소모적이고 비건설적이고 비경제적인 것은 없습니다. 현명한 사람들은 일찍부터 이러한 불편을 깨닫고 이를 해소하기 위해서 전력투구하게 됩니다. 그럼 어떻게 하면 주변 사람들을 내 편으로 만들어 언제나 나를 돕게 할 수 있을까요? 어떻게 생각하십니까?"

"저 자신이 늘 주변 사람들에게 필요한 존재가 되어야 하지 않을까요?"

"옳은 말씀입니다. 그럼 어떻게 해야 내가 주변 사람들에게 늘 필요한 존재가 될 수 있겠습니까?"

"그건 제가 항상 주변 사람들보다 인격적으로나 학문적으로나 수행 면에서나 도움이 될 수 있으면 되지 않겠습니까?"

"옳은 말씀입니다. 그러나 그렇게 되려면 항상 주변 사람들을 가르칠 수 있는 스승이 되어야 하는데 그건 상당한 연륜을 쌓지 않은 이상 누구나 다 그렇게 될 수 있는 것은 아니지 않습니까?

가령 어떤 회사의 신입 사원이 되었다던가, 이등병으로 어느 일선 부대에 배치되었다든가, 정지현 씨의 여동생처럼 껄끄러운 시어머니를 모시는 며느리가 되었다든가 했을 때는 어떻게 해야 하느냐 그겁니다. 어느 조직에서든지 제일 졸자(卒者)로 들어가면 텃세가 심하고 구박이 자심합니다. 이때 어떻게 하면 주변 사람들을 자기편으로 만들 수 있겠습니까?"

"어려운 문제인데요."

"잘 생각해 보면 어려운 문제도 아닙니다. 『선도체험기』를 50권까지 읽었다는 한 독자가 찾아와서 이런 말을 한 일이 있습니다."

"무슨 말인데요?"

"그가 『선도체험기』를 50권까지 읽은 동안에 제일 감동한 대목이 있는데 그것은 '남에게 구걸하거나 얌체 짓하지 말고 먼저 주고 나중에 받는 거래형(去來型) 인간이 되라'는 구절이었다고 했습니다. 그는 나이 50이 될 때까지 장사를 해 왔지만 이 대목을 읽으면서 갑자기 가슴이 찡해 오면서 눈이 번쩍 띄었다고 합니다.

남을 먼저 생각하는 생활

그는 그때까지 장사를 해 오면서 어떻게 하든지 이익을 남기는 데만 급급했지 고객에게 이익을 챙겨 주는 일에는 전연 무관심해 왔다는 것이었습니다. 그러나 거래형(去來型) 인간이 되라는 대목에 새로운 눈이 떠진 이후로는 내 이익만 챙길 것이 아니라 거래선(去來先)이나 고객에게도 혜택이 돌아가게 하자는 생각을 먼저 하게 되었다는 겁니다. 일단 이렇게 마음을 먹고 구체적인 방법을 강구하기 시작했습니다.

그는 말했습니다.

'나와 가장 관계가 깊은 사람들에게 나는 무엇을 해 줄 수 있을까? 어떻게 하면 부모와 아내와 거래선(去來先)과 고객들에게 이익이 돌아가게 할 수 있을까? 하고 생각해 보니 의외로 할일은 많았습니다.

지금까지 도움만 받아 온 부모와 섬김만 받아 온 아내의 처지가 되어 어떻게 하면 부모와 아내를 기쁘게 해 줄 수 있을까? 하고 생각하니 내가 해야 할 일이 자꾸만 눈앞에 떠올랐습니다. 부모와 아내뿐만 아니라 거래선과 고객들 입장이 되어 생각해 보니 역시 내가 해 줄 수 있는 일이 얼마든지 있었습니다.

내가 지금까지 장사를 할 수 있게 해 준 고객에게 내가 할 수 있는 일은 될수록 질 좋고 값싸게 상품을 공급해 주는 일이었습니다. 그렇게 하자니까 자연 박리다매(薄利多賣)를 택하지 않을 수 없게 되었습니다. 처음에는 나한테 다소 손해가 되는 것 같았으나 이윽고 다른 점포와 가격을 비교해 본 고객들이 몰려들기 시작했습니다. 결과적으로 매상이 오르면서 수익도 점차 늘어나기 시작했습니다.

그전에는 어떻게 하면 고객들에게서 많은 이익을 올리느냐 하는 데만 신경을 쓰던 내 머리가 이제부터는 어떻게 하면 고객을 유익하게 할 수 있느냐에 더 신경을 쓰게 되었습니다. 이런 일이 계속되면서 저 자신에게도 놀라운 변화가 일어나기 시작했습니다.

고객의 주머니만을 노렸을 때는 어쩐지 마음이 그렇게 편하지 않았었는데, 고객의 이익을 생각하면서부터 제 마음이 이상하게도 편해지기 시작했습니다. 그뿐 아니라 마음에 느긋한 여유까지 생기게 되었습니다. 이것이야말로 저에게는 정말 희한한 일이 아닐 수 없었습니다.

제가 만약에 『선도체험기』를 계속 읽지 않았더라면 그 이유를 알아내지 못했을 것입니다. 그러나 이제는 그 이유를 알게 되었습니다. 제가 고객을 상대로 이기심만을 충족시키려 했을 때는 어쩐지 마음이 늘 불안하고 찜찜하기만 했었는데 고객의 이익을 늘 생각하면서부터 제 마음이 편안해지기 시작한 것은 이기행(利己行)이 이타행(利他行)으로 바뀌었기 때문이라는 것을 알게 되었습니다.

내 잇속만을 차릴 때 늘 마음이 편치 않고 우울한 것은 그것이 진리를 따른 것이 아니었기 때문입니다. 그러나 남을 위해 좋은 일을 할 때

늘 내 마음이 편안하고 즐거운 것은 그것이 진리와 합치되는 행위이기 때문입니다. 저는 저 자신이 이것을 직접 체험해 보고 나서야 비로소 이타행을 하는 성현(聖賢)들의 얼굴에 늘 평안과 관용의 기운이 떠도는 이유를 알게 되었습니다.

저는 이 이치를 터득하고 나니 지금까지의 인생이 얼마나 허무한 것이었는가 하는 것을 뼈저리게 느끼기 시작했습니다. 저는 이제야 비로소 사람 사는 도리를 깨닫게 되었습니다. 공자가 조문도석사가의(朝聞道夕死可矣) 즉 '아침에 도를 깨우치면 저녁에 죽어도 여한이 없겠다'고 말한 심정을 이제는 저도 알 수 있게 되었습니다.'

이처럼 남을 먼저 생각하는 삶이 바로 자기 자신을 위한 삶이 된다는 것을 지식이나 머리로가 아니라 실체험을 통하여 가슴으로 여동생에게도 깨닫게 해 주어야 합니다. 며느리가 되어 가지고 시어머니 하나 자기편으로 만들지 못한대서야 어떻게 한 가정의 안주인이 될 자격이 있다 할 수 있을 것이며 한 남편의 아내 될 자격이 있다 할 수 있겠습니까? 남편은 이미 자기편이 되었겠다 이제 시어머니의 마음만 사면 되는데 그걸 못 해서야 되겠습니까?"

"그러나 제 여동생에게는 자라난 환경이 그쪽과는 달라서 적응하기가 무척 어려운 것 같습니다."

"그것도 마음먹기에 달려 있습니다."

"어떻게 하면 되죠?"

"주어진 환경이 자기와 맞지 않는다고 맞서려고 하거나 거부반응을 일으킬 것이 아니라 무조건 그 환경에 순응하도록 해야 합니다. 다시 말해서 자기 자존심과 고집과 개성 같은 것을 버리고 그 환경 속에 자기 자신을 조화시키는 겁니다. 그리고 어떻게 하든지 시어머니의 편이 되어 주고 그녀를 위해서 할 만한 일이 없는가를 살펴보고 연구해야 합니다. 시어머니에게 필요한 것은 무엇이고 아쉬운 것은 무엇이고 좋아하는 것은 무엇인가를 재빨리 파악해야 합니다.

당나라 때의 측천무후(則天武后)는 평범한 장사치의 딸로 태어나 소녀 때 일개 최하급 궁녀(宮女)인 무수리로 시작하여 마침내 중원 천하를 호령하는 당나라의 최고 통치자가 되었습니다. 그녀가 어떻게 일개 평민의 딸로 태어나 여자의 몸으로 그런 최고 지위에 오를 수 있었는지 아십니까?"

"모르겠는데요."

"그녀는 인생은 거래라는 것을 일찍부터 터득한 귀재(鬼才)라고 할 수 있습니다. 최하급 궁녀가 된 그녀는 궁녀의 하녀인 무수리였습니다. 그러나 그녀는 그때부터 그 천재적인 기지를 발휘하기 시작했습니다."

"어떻게 했는데요?"

"처음에 자기가 속한 조(組)의 조원들을 하나씩 자기편으로 만들었습니다."

"어떤 방법으로 그렇게 했습니까?"

"그녀가 궁(宮)에 들어올 때 미리 가지고 들어온 패물(佩物)들을 나누어줌으로써 조원들을 모조리 자기편으로 만들어 버렸습니다. 그다음에는 같은 방법으로 조장을 휘어잡았습니다. 그렇게 되자 그녀에 대한 칭찬과 인기가 자자했습니다. 게다가 타고난 용모도 있고 재치도 사교술도 언변도 있어서 다른 궁녀들 속에서 단연 돋보였습니다. 동료 와 상사의 인기를 독차지하다시피 했으므로 그녀를 시기하거나 모함 하는 궁녀도 없었습니다.

혹 그녀의 손이 미치지 못하는 곳에 라이벌이 나타나도 모든 정보를 한 손에 장악하고 있던 그녀에게 이 낌새가 제때에 통보되었습니다. 민 첩한 그녀는 제때에 상대의 음모를 무산시킬 수 있었습니다. 결국 그녀 는 라이벌까지도 자기편으로 만들어버렸습니다. 필요할 때 선물할 물건 이 없을 때는 자기가 끼고 있던 반지나 팔찌나 목걸이도 아낌없이 내어 주었습니다. 선물할 물건이 바닥이 나면 친가에서 조달하여 썼습니다.

마침내 일개 궁녀에서 출발하여 고종(高宗)의 총애를 받게 된 그녀는 호랑이에게 날개가 달린 격이 되었습니다. 타고난 총명과 재색과 권모 술수에 능한 그녀는 이때부터 승승장구하여 문무백관과 환관(宦官)과 시녀(侍女)들을 모조리 자기편으로 만들어 버렸습니다. 그리하여 그녀 는 마침내 온갖 난관들을 다 극복하고 황후(皇后)가 되었습니다.

아들도 낳았습니다. 그 아들이 성장하고 고종이 죽자 황위를 이을 차례가 되었습니다. 그러나 그녀는 그 아들을 죽여 버리고 마침내 측 천무후라는 여황제 자리에 오르게 되었습니다. 누가 보아도 부당한 짓 을 저질렀건만 조정 대신을 비롯하여 문무백관들은 모조리 그녀의 편 이었으므로 아무도 이의를 제기하지 못했습니다.

측천무후가 황위를 계승해야 할 자기 친아들을 죽이고 그녀 자신이 황위에 오른 것을 옳다고 생각할 사람은 없을 것입니다. 바로 이 때문에 그녀가 세운 여러 업적에도 불구하고 그녀에 대한 후세의 평가는 별로 좋지 않습니다. 그러나 일개 최하급 궁녀에서 출발하여 중원 천하를 호령한 여황제가 되기까지의 그녀의 처세술에 대해서만은 아무도 이의를 제기하지 못할 것입니다. 각고의 노력 끝에 성취한 황후 자리에 만족하지 않고 끝내 여황제가 되려는 권력욕 때문에 천륜을 어긴 그녀였지만 그녀의 처세술만은 누구도 부정할 수 없을 것입니다.

이것을 보면 인생의 성패는 거래(去來)에 있다고 할 수 있습니다. 이 세상에 거래가 분명한 사람으로서 누구에게든지 외면당하는 일은 없습니다. 그러나 공짜 좋아하는 거지근성을 가진 사람이나 얌체 짓 좋아하는 자를 좋아할 사람은 없습니다. 그러므로 상대자와 당당하게 거래를 틀 줄 아는 사람만이 최후의 승자가 될 수 있는 것입니다.

시어머니가 나의 행복한 결혼생활을 위해 꼭 필요한 즉 필수불가결(必須不可缺)한 존재라면 그를 위해 무엇을 주저할 것이 있겠습니까? 남을 위하는 것은 곧 나를 위하는 겁니다. 즉 여인방편자기방편(與人方便自己方便)입니다."

"선생님께서 말씀하시는 취지는 저도 충분히 알겠습니다. 허지만 여동생을 만나서 당장 어떻게 하라고 충고를 해 주는 것이 좋겠습니까?"

"제일 먼저 시어머니에게 마음을 열고 어떻게 하면 그녀에게 도움이 되는 일을 할 수 있을까? 하는 생각을 늘 품고 관찰을 하라고 일러 주십시오. 며칠 동안만 관찰해도 시어머니가 원하는 것이 무엇이라는 것이 드러날 것입니다. 과거 북한에서 남파한 고정 간첩들의 행적을 가만히 살펴보면 한 가지 공통된 요소가 있었습니다. 그게 무엇인지 아십니까?"

"모르겠는데요."

"가난한 서민들이 사는 동네에 자리를 잡고 유심히 주위를 살펴봅니다. 가장이 갑자기 실직을 당해서 생활이 궁핍하여 당장 끼니를 잇지 못할 만큼 급박한 가정이 눈에 띄면 은밀히 접근하여 돈을 꾸어 주어 기근을 면하게 해 줍니다. 이런 일이 몇 번 거듭되는 동안 인간적으로 친해지면 간단히 그 가장을 자기편으로 만들어 버립니다. 이렇게 하여 그의 은혜를 입은 사람들의 비호를 받는 고정 간첩은 좀처럼 세상에 드러나지 않습니다.

간첩들도 자기 임무를 수행하기 위해서 이처럼 먼저 주고 나서 받는 식의 거래를 틉니다. 며느리가 행복한 결혼생활을 위해서 같은 방법을 이용하지 말라는 법이 있을 수 없습니다. 그 기회는 조금만 기다려도 반드시 오게 되어 있습니다. 혹시 여동생의 시어머니는 부자입니까?"

"그렇지는 않습니다. 그저 평범한 중하위층 서민이라고 할 수 있습니다."

"그렇다면 반드시 돈이 필요할 때가 있을 것입니다. 그런 때를 위해 예비를 해두었다가 재빨리 도와드리면 고부간의 분위기를 일시에 확 바꾸어 버릴 수도 있습니다. 아니면 평소에 무엇을 가지고 싶어하시나 관찰해 두었다가 시어머니 생일날 같은 때 듬뿍 선물을 해도 됩니다. 마음의 준비만 되어 있다면 기회는 얼마든지 오게 되어 있습니다."

교회 잘 나가느냐?

"선생님, 저는 아주 완고한 기독교 가정에서 태어났고 처가도 역시 거의 맹신적인 기독교 가정입니다. 그래서 양쪽 집안 어른들은 오래간만에 만나도 '어떻게 지내느냐?'고 묻는 것이 아니고 '교회 잘 나가느냐?'고 묻습니다. 그런데 저는 이런 광신적인 기독교 가정의 분위기가 숨이 막힐 지경입니다. 이런 때는 무슨 해결책이 없을까요?"

삼십 대 중반의 남자 수련생인 나경운 씨가 말했다.

"그렇습니까? 그럼 어떻게 숨이 막힐 것 같은지 좀 구체적인 상황 설명을 해 보세요."

"제 친가와 처가는 물론이고 제 처까지도 교회에 열심히 나가는 것이 유일한 삶의 목적이고 의미입니다. 그래서 저처럼 선도수련을 하는 사람을 용납하려 하지 않습니다."

"실례를 들어보세요."

"일상생활을 자기들과 똑같이 하지 않으면 마치 이단자 취급을 합니다. 심지어 제가 등산하는 것까지도 심히 못마땅해 합니다."

"등산이야 기독교인들도 많이 하지 않습니까?"

"그런데 저는 직장엘 다니기 때문에 일요일밖에는 등산할 시간이 없거든요."

"그럼 나경운 씨는 주일 예배에 안 나가십니까?"

"안 나가는 게 아니라 등산 때문에 못 나가는 거죠."

"나경운 씨가 기독교 가정을 떠나려는 것이 아니고 그들과 조화를 이루고 살려면 그렇게 해서는 안 되죠."

"그럼 어떻게 해야 합니까?"

"나경훈 씨도 열심히 교회에 나가야 합니다. 기독교인의 제일차적인 의무는 주일 예배에 참석하는 거 아닙니까? 기독교인으로서 주일 예배에 나가지 않으면 그건 기독교인이 아니죠. 내가 만약 나경운 씨의 처지라면 그렇게 하지는 않을 겁니다."

"그럼 어떻게 해야 하죠?"

"나경훈 씨는 지금 부모와 함께 한집에서 살고 있습니까?"

"네."

"그렇다면 부모님께서 걱정하시는 것도 당연합니다. 부모님의 주일 예배 시간은 몇 시입니까?"

"오후 1시입니다."

"주일에 교회에서는 보통 예배를 새벽, 아침, 오전, 오후, 저녁 시간 등 5, 6회로 나누어 실시하고 있습니다. 등산 갔다 와서 오후 1시 이외의 다른 시간을 택하면 안 되겠습니까?"

"부모님께서는 예배만은 온 가족이 같은 시간에 꼭 나가야 한다고 하십니다."

"그럼 등산 시간을 적절히 조절하면 됩니다."

"어떻게요?"

"적어도 12시까지는 등산에서 돌아와 식구들과 점심을 들고 교회에

다 함께 즐겁게 같이 나가면 됩니다."

"그럼 오전 중에 등산을 마치라는 말씀입니까?"

"그렇죠."

"그럼 등산을 몇 시에 하라는 말씀입니까?"

"새벽에 일찍 일어나면 됩니다. 등산 시간을 여섯 시간으로 잡을 때 집에서 산까지 가고 오는 시간을 넉넉잡고 두 시간을 잡는다고 해도 새벽 네 시에 일어나면 됩니다. 한국의 어느 도시에서든지 등산로까지는 한 시간 거리 안에 다 들어 있습니다. 마음만 먹는다면 얼마든지 그렇게 할 수 있습니다."

"그래도 일주일 동안 쌓인 피로도 있는데 일요일엔 좀 늦게까지 자야 하는 것 아닙니까?"

"일요일 아침에 반드시 늦잠을 자야만이 일주일 동안의 피로가 풀리는 것은 아닙니다. 나는 근 10년 동안 일요일이면 새벽 3시에 일어나 등산을 떠나곤 합니다. 왜냐하면 일요일의 낮 일정(日程)에 맞추기 위해서입니다.

그래도 피로가 쌓이기는커녕 도리어 등산하는 동안에 피로는 다 풀려버립니다. 생활 리듬은 정하기에 달려 있습니다. 아무리 완고한 기독교 신자들이라고 해도 나경운 씨가 그렇게 일찍 등산을 다녀오고도 식구들과 똑같이 교회에 나가는 것을 보면 도리어 놀라워하고 대견해할 것입니다.

더구나 나경운 씨가 식구들 중 누구보다도 항상 성실하고 건강하다면 어느 부모나 아내가 이를 마다하겠습니까? 지금이라도 늦지 않았으니 그렇게 생활 습관을 바꿔 보세요. 그것이 정 어려우면 예배 끝난 뒤에 등산을 다녀와도 됩니다."

"주일 예배 뒤에는 친지들의 애경사도 있고 만나야 할 사람도 있어서 그렇게 하기는 어려울 것 같습니다."

"그렇다면 새벽 4시에 일어나도록 하십시오. 처음 시작하기는 좀 어렵지만 일단 습관만 들여놓으면 그렇게 하는 것이 가족들과의 마찰을 피할 수 있어서 제일 좋습니다."

"알겠습니다. 그렇게 해 보도록 노력해 보죠."

"그 외에 다른 문제는 없습니까?"

"왜요? 또 있습니다."

"어디 말씀해 보세요."

"제가 다니는 교회에서는 우리나라의 국조인 단군을 미신적인 우상 숭배 대상으로 봅니다. 여러 기독교 교파들 중에서도 유독 제 가족이 속해 있는 교파에서는 유달리 더 극성스럽게 단군상 타파 운동을 전개하고 있습니다. 단군상을 훼손하는 것은 거의 다 이 교파에서 목사들의 사주하에 전개되고 있습니다."

"그럼 나경운 씨 가족들도 그 운동에 적극 가담하고 있습니까?"

"물론입니다. 그래서 저는 미국의 국조(國祖)인 조지 워싱턴상 타파 운동 전개하는 미국 기독교 단체들이 있다는 얘기 들어 보았느냐면서 국조와 종교는 별개의 것이라고 아무리 설득을 해도 마이동풍(馬耳東風)이요 쇠귀에 경 읽기입니다. 단군은 신화이고 실존했던 것이 아니라고 그들은 믿고 있습니다.

그건 일본 제국주의자들이 우리 민족을 영원히 자기네 노예로 길들이기 위해서 왜곡 날조해 놓은 식민사관이고, 식민사학의 거두인 이병도 박사도 운명하기 직전에 조선일보에 단군은 실존한 우리 국조라고 고백하지 않았느냐고 그 신문 기사를 보여주면서 아무리 설명해도 담당 목사의 말만 믿기 때문에 들으려 하지 않습니다. 그 배타성과 맹신성에 치기 떨립니다."

"그래도 나경운 씨가 가족과 헤어지기로 작정하지 않은 이상 마음을 그렇게 먹어서는 안 됩니다."

"그럼 어떻게 해야 합니까?"

"어떻게 하든지 가족들과 화해하고 협력하고 조화를 이루도록 노력해야 합니다."

"어떻게 하면 그렇게 할 수 있습니까?"

물처럼 유연하고 겸손하게

"물처럼 유연하고 겸손하면 그렇게 할 수 있습니다. 물은 흐르다가 장애물이 가로막으면 절대로 맞부딪치는 일이 없습니다. 언제나 바위와 같은 장애물은 슬기롭게 피해서 지나갑니다. 그러면서도 자기 존재를 애써서 과시하려고 하지 않습니다. 언제나 다소곳합니다. 그러면서도 자기가 할 일은 하나도 빼놓지 않고 다 실천합니다. 그래서 물은 끝내 아무도 이길 수 없는 대양을 이루게 됩니다.

그러니까 나경운 씨도 물의 성질을 잘 관찰해 두었다가 적절히 이용해야 합니다. 가족들과 직접적인 충돌을 빚지 않으면서도 결국은 자기 목적을 훌륭하게 달성할 수 있도록 말입니다. 물은 만사에 유연하고 겸손하기 때문에 종내(終乃)엔 막강한 힘을 발휘할 수 있습니다. 나경운 씨도 그렇게 하면 됩니다.

난관 앞에서 조금도 좌절하지 말고 이를 도리어 비약을 위한 발판으로 이용해야 합니다. 그렇게 하는 동안에 무궁한 지혜가 피어납니다. 그러자면 기독교를 적대 세력으로 보지 말고 좋은 친구로 생각해야 합니다."

"선도인(仙道人)이 어떻게 기독교인(基督敎人)을 좋은 친구로 대할 수 있다는 말입니까?"

"자기 고집만 꺾기로 마음만 먹는다면 얼마든지 그렇게 할 수 있습니다. 기독교든 불교든 선도든 최후의 목표는 진리와 하나가 되는 겁니다. 단지 다른 것이 있다면 모든 종교는 부처님의 가호를 받든지 예수님의 십자가의 보혈에 의지하든지 남의 힘에 기대어 그 목표에 도달하자는 것이지만, 구도자는 오직 자기 자신의 힘에만 의지하여 그 목표에 도달하겠다는 것이 다를 뿐입니다.

이때 타력(他力) 종교는 남의 힘에 기대야 하기 때문에 자연히 신앙에 의존하게 되고 그것에 매달리다 보니 맹신적이고 배타적이고 폐쇄적이고 광신적인 성향을 띄게 됩니다. 그러나 처음부터 끝까지 자력(自力)에 의존하는 구도자는 남의 힘에 의존하지 않으므로 남의 힘을 믿어야 하는 신앙 같은 것에 매달릴 필요가 없습니다.

따라서 무엇을 맹신할 필요도 없고 배타적일 필요도 없습니다. 맹신과 배타성은 항상 경직되기 쉽습니다. 경직되면 어떻게 되느냐? 늘 동맥경화증에 걸릴 위험이 있습니다. 그러나 타력에 일체 구애받지 않고 자기 힘에만 의존하는 구도자들은 얼마든지 유연하고 겸손하고 자유 자재로 행동할 수 있습니다.

유연한 물방울은 굳은 바위를 뚫을 수 있습니다. 다시 말해서 부드러운 것은 딱딱한 것을 이길 수 있다는 얘기입니다. 그러니까 유연성과 겸손은 얼마든지 배타성과 맹신을 이길 수 있습니다. 나경운 씨는 그러한 자신감을 가져야 합니다. 이러한 자신감을 가질 수 있을 때 어떠한 난관도 뚫고 나갈 수 있는 지혜가 열리게 되어 있습니다."

"선생님 말씀대로 그렇게만 될 수 있으면 정말 좋겠는데. 그러나 현실적으로 그러한 일이 가능할까요?"

"우리가 지난 55년 동안 불구대천(不俱戴天)의 원수로 여겨 오던 북한의 집권층과도 화해와 협력을 추구하는 판인데 왜 그것을 못 한단 말입니까? 지금은 견해 차이 때문에 마찰과 갈등을 빚는 시대가 아닙니다. 모든 갈등을 딛고 화해와 협력의 시대로 나아가야 합니다. 종교 문제로 가족 사이에 알력을 일으킬 것이 아니라 상부상조하는 쪽으로 마음을 바꾸어야 합니다."

"허지만 저희 부모님은 전연 그럴 생각이 없는데 저만 그럴 수는 없는 일이 아닙니까?"

"갈등을 빚지 않기로 작정한 나경운 씨부터 먼저 하나하나 실천하면 됩니다. 물처럼 유연하고 겸손하게 나오면 이것을 마다할 부모가 어디 있겠습니까?"

"그럼 제가 보는 데서 단군상을 때려 부숴도 못 본 척하라는 말씀입니까?"

"절대로 성내지 말고 좋은 말로 그 부당성을 타일러야 합니다."

"그래도 듣지 않을 때는 어떻게 합니까?"

"그 잘못된 생각이 바뀔 때까지 느긋하게 기다려야 합니다."

"저처럼 성질이 급한 놈이 어떻게 기다리기만 할 수 있겠습니까?"

"부모와 함께 살려면 그럴 수밖에 없습니다. 물방울이 어떻게 바위를 뚫는가를 생각하면 못 참을 것도 없습니다. 그렇게 하는 가운데 그야말로 물방울처럼 끈질긴 지구력(持久力)과 인내력(忍耐力)을 키워 나가야 합니다. 지구력과 인내력이야말로 모든 구도자가 갖추어야 할 최고의 지혜이고 미덕입니다. 역경을 기회로 바꿀 수 있는 것은 바로 지구력과 인내력입니다. 이것을 전화위복(轉禍爲福)이라고 합니다. 그렇게 될 때 완고한 기독교 가정은 나경운 씨에게는 도리어 축복이 아닐 수 없게 될 것입니다. 난관 극복의 지혜를 싹트게 해 주었기 때문입니다. 그 외에 다른 어려움은 없습니까?"

"왜 없겠습니까? 또 있습니다."

"뭡니까?"

"제가 단전호흡하는 것을 모두가 싫어합니다. 저의 삶의 방식이 아무래도 기독교적인 것과는 상충되고 이질적인 데가 있기 때문에 그런 것 같습니다."

"나경운 씨는 가정에서 단전호흡을 할 때 어떻게 합니까?"

"제 방에서 반가부좌한 자세로 합니다."

"배타적인 기독교인들은 불상(佛像) 역시 우상이라고 때려 부수려고 합니다. 나경운 씨가 반가부좌한 것을 보면 아마도 불상을 연상했을지도 모릅니다. 그럴 때는 기독교 가정의 분위기를 존중해서 될 수 있는 대로 그들이 싫어하는 자세는 취하지 않는 쪽이 좋습니다."

"그럼 반가부좌하지 말고 단전호흡을 하라는 말씀입니까?"

"그렇습니다."

"어떻게 반가부좌를 하지 않고 단전호흡을 할 수 있습니까?"

"단전호흡은 반드시 반가부좌를 틀어야만 할 수 있는 것은 아닙니다. 마음만 먹는다면 어떠한 자세를 취하고도 단전호흡은 할 수 있습니다. 행주좌와어묵동정(行住坐臥語黙動靜) 염념불망의수단전(念念不忘意守丹田)하라고 하지 않았습니까? 운기조식(運氣調息)은 어떠한 자세, 어떠한 환경 속에서도 마음만 먹으면 얼마든지 할 수 있습니다."

"어떻게 하면 그럴 수 있습니까?"

"마음이 단전에만 가 있으면 운전 중에도 식사 중에도 독서 중에도 심지어 예배 중에도 얼마든지 단전호흡을 할 수 있습니다. 게다가 남이 전연 눈치채지 못하게 할 수 있는 것이 단전호흡입니다. 사람은 목숨이 붙어있는 한 누구나 숨은 쉬게 되어 있습니다. 단전호흡은 이 숨 쉬는 방법이 보통 사람들과는 약간 다를 뿐입니다. 내가 속으로 어떤 생각을 하고 있는지 옆 사람이 전연 눈치채지 못하는 것처럼 단전호흡 역시 아무도 눈치채지 못하게 얼마든지 할 수 있습니다.

그런데도 불구하고 식구들이 단전호흡하는 것을 싫어하는 줄 뻔히 알면서도 우정 티를 내면서 과시할 필요는 없습니다. 공부 제대로 잘하는 학생이 남들 앞에서 티를 내지 않는 것과 마찬가지로 수련 잘하는 사람은 남이 전연 눈치채지 못하게 얼마든지 할 수 있습니다. 단전호흡은 일정한 궤도에 오르게 되면 잠재의식에 입력이 되어 자동적으로 되게 되어 있습니다. 그 수준에 오르게 되면 그에게는 자연호흡이 바로 단전호흡이 되어 버립니다. 제아무리 완고한 크리스천이라고 해도 이것까지 못 하게 말릴 수는 없을 것입니다.

더구나 요즘은 목사들 중에도 단전호흡하는 사람이 많습니다. 기공부가 목회 활동에 큰 도움이 되기 때문입니다. 그리고 전국의 선방에는 신부와 수녀 복장을 한 사람들이 적지 않게 눈에 띕니다. 지금은 종교인도 자기 것만 고집할 때가 아니라는 것을 일깨워 드려야 합니다. 이밖에 또 무슨 어려움이 없습니까? 혹시 나경운 씨가 오행생식하는 것을 반대하지 않으시던가요?"

"그것도 처음에는 굉장히들 반대했습니다. 뭐니 뭐니 해도 식보(食補)가 제일이라면서 밥을 잘 먹어야 한다고 했습니다. 그러나 제가 생식하는 것만은 꺾지 못했습니다."

"왜요?"

"생식하기 전에는 제가 불면증과 소화불량으로 늘 고생을 했었는데 생식을 하면서부터 식구들이 보기에도 불면증이 사라지고 소화불량도 없어지는 것을 보고는 더이상 부모님도 잔소리를 안 하십니다."

"그건 참 불행 중 다행입니다. 그렇게 하여 세월이 흐르다 보면 반드시 나경운 씨에게 결정적으로 유리한 기회가 오게 될 것입니다."

"결정적으로 유리한 기회라뇨?"

"나경운 씨의 수련이 그러한 난관 속에서나마 일취월장하여 마침내 빛을 볼 날이 오게 될 것이라는 말입니다."

"빛을 볼 날이라면 어느 때를 말합니까?"

"나경운 씨가 인격적으로나 건강 면에서나 경제적으로나 지금의 대가정을 이끌어 나갈 실질적인 가장이 될 때가 반드시 오게 될 것입니다. 그때는 연로한 부모님을 나경운 씨가 부양해야 될 처지가 될 것입니다. 그때쯤 가서는 어떠한 삶의 방법이 인간의 생활을 더 풍요롭게 하는 데 더 실질적으로 기여하게 되는지 판가름 나게 될 것입니다. 배타적이고 폐쇄적인 것과 개방적이고 유연한 것 중 어느 것이 경쟁력이 있는지 알게 될 것입니다."

"또 한 가지 질문이 있습니다."

"말씀하십시오."

"제가 금융기관에 다니고 있으니까 교회에서는 저를 보고 경리 일을 맡아달라고 하는데 저는 교회 일에 깊이 말려들고 싶지 않아서 승낙을 보류하고 있습니다. 어떻게 하는 것이 좋을까요?"

"시간이 많이 걸리는 일입니까?"

"그렇지는 않을 것 같습니다. 실무를 맡은 사람은 따로 있으니까 저는 전문적인 사항을 자문해 주기만 하면 됩니다."

"크게 부담이 되지 않는다면 교회의 요구를 들어주는 것이 좋을 것 같습니다. 내 도움을 필요로 하는 사람이나 집단에게 도움을 주는 것은 좋은 일입니다. 삶의 행복은 바로 상부상조하는 데서 오게 되어 있으니까요."

위치 바로 찾기

"선생님, 우리는 왜 힘들게 애써서 수련을 해야 합니까?"

우창석 씨가 물었다.

"잘못된 자기 위치를 바로 찾기 위해서입니다."

"그럼 제가 지금 서 있는 위치가 잘못되었다는 말씀입니까?"

"그렇습니다."

"어떻게 잘못되어 있습니까?"

"지금의 우창석 씨 모습은 우창석 씨의 참모습이 아닙니다. 그것을 알았기 때문에 우창석 씨는 지금까지 수련을 하여 온 겁니다. 그런데 이제 와서 새삼스레 그런 질문을 하면 어떻게 됩니까?"

"제 머리가 둔해서 그러니 다시 좀 말씀해 주시겠습니까?"

"겸손하고 솔직한 것을 높이 사서 다시 말해 보지요. 우창석 씨의 본래 보습은 육체를 쓴 지금의 모습이 아닙니다."

"그럼 어떤 모습이었습니까?"

"우창석 씨의 본래 모습은 지금처럼 육체를 뒤집어쓰지 않았으므로 그 무엇에도 구애받지 않는 가장 자유자재하면서도 원하기만 하면 무엇이든지 될 수 있는 유유자적한 그러한 우주의 근본 에너지인 허공 그 자체였습니다."

"그런데 왜 지금과 같은 인간이 되었을까요?"

"그건 우창석 씨 스스로 수행을 통해서 알아내야 할 과제입니다. 단지 한 가지 확실하게 말할 수 있는 것은 우창석 씨가 우주의 근본 에너지체에서 지금의 모습으로 변한 것은 순전히 우창석 씨 자신이 저지른 인과응보라는 겁니다. 인과응보가 무엇이라는 것은 아십니까?"

"인과응보의 대체적인 뜻은 알고 있습니다. 그럼 제가 어떻게 하면 제 본래의 모습으로 되돌아갈 수 있겠습니까?"

"우창석 씨는 군대에 다녀왔습니까?"

"네."

"그럼 분해는 결합의 역순이란 말 잘 알죠?"

"잘 알고말고요."

"그럼 우창석 씨가 원래의 모습에서 지금의 모습으로 변해 온 역순을 밟으면 됩니다."

"어떻게 하면 그렇게 할 수 있는지 말씀해 주십시오."

"내가 늘 말해 온 세 가지 공부를 꾸준히 해야 합니다."

"언제까지 그 세 가지 공부를 해야 합니까?"

"육체라는 인과를 벗고 나서도 다시는 생로병사의 윤회에 휘말리지 않을 수 있을 때까지입니다."

"그렇게 되려면 제가 어떠한 상태에 있어야 합니까?"

"몸이 건강하고 마음이 편안한 상태에 늘 머물러 있어야 합니다. 몸이 건강하고 마음이 늘 편안한 상태를 우리 조상들은 강령(康寧)이라고 했습니다. 유복하게 오래 사는 물질적이고 세속적인 행복보다는 건강과 마음의 평안을 으뜸으로 삼았던 것입니다. 이러한 사람에게는 어떠한 악조건도 새로운 진화를 위한 도약대가 될 수 있습니다. 따라서 그의 사전에는 불행이라는 단어가 끼어들 여지가 없습니다. 수련은 적어도 이 정도는 되어야 합니다."

"수련이 그 정도가 되어야 할 이유가 있습니까?"

"수련이 그 정도에 도달하지 못한 사람은 도인이라고 할 수도 없고 남을 가르칠 수 없기 때문입니다."

"남을 가르칠 수 있을 정도만 되면 되겠습니까?"

"가르치는 정도만 가지고는 모자랍니다."

"그럼 어떻게 해야 합니까?"

"가능한 한 남을 자기 수준으로 끌어 올려서 새로운 스승이 되게 해야 자기 소임을 다했다고 할 수 있습니다."

"선생님, 제가 이런 질문을 하는 것은 저에게 남에게 말 못할 고민이 있기 때문입니다."

"무엇인지 말씀해 보세요."

"갑자기 숨이 콱콱 막혀 죽을 것 같은 때가 있습니다. 까무러치거나 인사불성이 되곤 할 때도 있습니다. 수련 초기에는 그때마다 병원 응급실로 실려가서 수액 주사 같은 것을 맞는 등 부산을 피우면서 이럭저럭 땜질식으로 위기를 모면하곤 했습니다. 그러면서도 저는 왜 가끔씩 가다가 갑자기 이런 이변이 발생하는지 알 수 없었습니다. 물론 병원에서도 심인성 질병이라고만 말할 뿐 그 이유를 몰랐습니다.

그러다가 『선도체험기』를 읽으면서부터 그것이 인과응보라는 것을 어렴풋이 알게 되었지만 수련이 깊지를 못해서 그런지 정확한 원인은 알 수 없었습니다. 이제는 선생님께서도 저를 가르쳐 오신 지도 한 3년 되었으므로 그 원인을 알고 계실 것으로 생각됩니다. 왜 그런지 말씀해 주실 수 있겠습니까?"

"그건 우창석 씨가 누생(累生)에 걸쳐서 포도청 관리로 있으면서 많은 피의자들을 고문해 왔기 때문입니다."

"아니 그럼 제가 이근안 경감처럼 고문 기술자였다는 말씀입니까?"

"그렇습니다. 고문 도중에 피의자의 목을 졸라 자백을 강요했기 때문에 그 보복을 당하고 있는 겁니다."

"포도청 관리였다면 공무 집행상 어쩔 수 없이 그런 일을 한 것이 아니겠습니까? 그런데 그것이 이런 보복을 꼭 받을 만한 짓이었을까요?"

"가슴에 손을 얹고도 그러한 고문 행위가 정녕 공무 집행상 어쩔 수 없는 일이었다고 장담할 수 있겠습니까?"

"글쎄요. 그것까지는 솔직히 말해서 장담을 할 수 없을 것 같습니다."

"왜요?"

"일하다 보면 아무래도 사심(私心)이 개입하지 않을 수 없었겠죠."

"바로 그겁니다. 남의 몸에 손을 대어 상대에게 고통을 주는 고문 행위를 자꾸만 계속하다 보면 처음에는 공무로 시작했던 일이 어느덧 자기도 모르는 사이에 습관이 되고 그것이 다시 중독이 되어 버리곤 합니다. 고문을 해야 할 피의자가 뜸할 때는 공연히 몸이 근질근질해집니다. 이런 때 고문을 해야 할 피의자가 나타나면 자기도 모르는 사이에 형성된 고문 중독증을 해소하기 위해서 과잉 고문을 하게 됩니다.

이때 고문자는 피고문자에게서 자기도 모르는 사이에 뭐라고 말할 수 없는 쾌감을 맛보게 됩니다. 이른바 가학음란증(加虐淫亂症) 비슷한 거죠. 요컨대 이것이 업장(業障)이 되는 겁니다. 이런 일을 여러 생(生)에 걸쳐서 거듭했다면 그 업장은 켜켜이 쌓였을 것입니다. 이 업장에서 벗어나려면 앞으로도 상당 기간 고생을 해야 할 것입니다."

"단단히 각오를 해야겠군요."

"그렇습니다. 그러니까 전생을 알고 싶으면 현생의 자기 삶을 유심히 관찰해 보면 다 알게 되어 있습니다. 과거 생은 현재 생 속에 전부 다 녹아 있으니까요."

"그럼 미래 생도 현재 생 속에 녹아 있습니까?"

"그렇습니다. 그러니까 현재의 자기 삶을 유심히 관찰해 보면 그 속에서 자신의 과거뿐만 아니라 미래까지도 다 내다볼 수 있게 되어 있습니다. 먼 길을 떠난 나그네가 한참 가다가 중도에 높은 고갯마루에 서서 뒤돌아보면 걸어온 길이 보입니다. 그리고 그 자리에서는 앞길까지도 훤히 내다보입니다. 다시 말해서 현재의 한 점 속에 과거와 현재와 미래가 다 같이 농축되어 들어 있다는 얘기입니다.

고생물학자(古生物學者)는 화석화된 고생대의 동물의 뼈 한 조각만 가지고도 그 동물의 과거와 미래의 모습을 능히 추출해 낼 수 있습니다. 죽은 동물의 뼈를 가지고도 그러한데 하물며 살아 있는 사람이야 더 말해 무엇 하겠습니까?"

"그런데 선생님 한 가지 의문이 있습니다."

"말해 보세요."

"제가 수련을 하기 전에는 숨이 꽉꽉 막혀서 쓰러지거나 인상불성이 되는 일이 없었거든요. 그런데 수련을 시작한 뒤로 그런 현상들이 자꾸만 되풀이되고 있습니다. 제가 혹시 수련을 중단하면 그런 고통도 안 받을 게 아닌가 하는 생각이 드는데요. 선생님께서는 어떻게 생각하십니까?"

"수련을 중단하면 그렇게 숨막히는 현상이 일어나지 않을 수도 있습니다."

"그렇다면 제가 아예 수련을 중단해 버리면 어떻게 될까요?"

"그렇게 되면 우창석 씨는 자기 본래의 자리를 영영 찾지 못하게 될 것입니다."

"그럼 어떻게 되죠?"

"과거 생의 누적된 업장에서는 영원히 벗어날 길이 막히게 되고 그렇게 되면 생로병사의 윤회는 끊임없이 되풀이될 것입니다. 따라서 우창석 씨 본래의 자기 자리를 찾아가는 일은 영원히 불가능해지게 될 것입니다. 다시 말해서 우창석 씨는 과거 생의 채무에서 벗어날 길을 스스로 막는 격이 될 것입니다."

"그럼 이왕에 맞을 매라면 일찍 맞는 게 낫겠군요."

"그렇습니다. 그러니까 고통을 당할 때마다 과거 생의 빚을 하나씩 갚아 나가는 것이라고 생각하면 그렇게 고통스러울 것도 없습니다. 자기가 뿌린 씨를 자기가 거두는 것이니까 누구를 원망하겠습니까? 이처럼 인과응보의 이치를 체험으로 깨달은 사람은 어떠한 고난과 역경이 닥쳐와도 그것을 도리어 새로운 도약의 발판으로 삼을 수 있는 지혜를 구사할 수 있습니다."

"마음먹기에 따라 지옥도 극락으로 바꿀 수 있다는 말씀이군요."

"그렇습니다. 그렇게 수련이 자꾸만 발전되면 빙의령를 자기 힘으로 천도할 수 있는 능력도 향상되어 결국은 별로 고통을 느끼지 않고도 힘든 고비를 넘길 수 있게 될 것입니다."

상사가 괴롭힐 때

"저는 개인적인 일로 선생님의 도움을 좀 받고 싶습니다."

20대 후반의 회사원 수련생인 이후성 씨가 말했다.

"어서 말씀해 보세요."

"저는 대학과 군복무까지 마치고 지금 다니는 금융기관에 취직을 한 지 1년쯤 되었습니다. 그런데 제가 속해 있는 팀장의 눈 밖에 난 것 같습니다. 다른 부서로 옮기려고도 해 보았지만, 그것도 여의치 않습니다. 좋은 해결책이 없을까요?"

"팀원이 모두 몇 명입니까?"

"전부 합해서 7명입니다."

"그중에 이후성 씨처럼 팀장의 눈 밖에 난 사람이 또 있습니까?"

"저와 비슷한 동기가 또 한 사람 있습니다."

"팀장이 무엇 때문에 못마땅해 하는지 생각해 본 일이 있습니까? 혹시 맡은 일을 제때에 완수하지 못한 일은 없습니까?"

"그런 일은 없습니다. 업무 성적만큼은 누구에게도 뒤떨어지지 않는다고 자부할 수 있습니다."

"그럼 안 보는 데서 팀장을 욕하고 헐뜯은 일은 없습니까?"

"글쎄요. 제가 일은 좀 잘하는 편이지만 그 대신 입바른 소리를 좀 하는 편입니다. 그러나 대놓고 팀장을 뒤에서 욕하거나 헐뜯은 일은 없습니다."

"이후성 씨 자신도 모르게 혹시 팀장을 비난하는 말을 했을지도 모릅니다. 나도 관리직에 있어 보았지만 내 부하가 나 모르게 나를 뒤에서 헐뜯는 소리를 간접적으로 전해 들었을 때처럼 기분이 상할 때가 없었습니다. 이후성 씨도 혹 그런 일이 없었나 냉정하게 반성해 보세요. 그리고 혹시 팀장과 개인적으로 의가 상했던 일은 없었는지 잘 생각해 보세요."

"그런 일은 별로 없었던 것 같은데요."

"팀장이 취임한 지는 얼마나 되었습니까?"

"한 10개월쯤 되었습니다."

"팀장이 취임했을 때, 명절이나 팀장의 생일 같은 때 혹시 팀장 집에 찾아가 본 일이 있었습니까?"

"아뇨. 없었는데요."

"다른 팀원들은 어떻게 하는지 알아보았습니까?"

"아뇨. 전 그런 데는 일체 관심을 두지 않았습니다. 맡은 일만 열심히 하면 되었지 그렇게 뒷구멍으로 찾아다니고 하는 일은 쑥스럽고 자존심 상하는 것 같아서 하지 않았습니다."

"이후성 씨는 학교 때 성적이 어느 정도였습니까?"

"초중고 대학까지 내내 상위 그룹이었습니다."

"그럼 항상 3등 이내에 들었다는 말입니까?"

"거의 1등이었습니다."

"그럼 수재시군요."

"그렇다고 할 수 있습니다."

"그러니까 이후성 씨는 엘리트 의식이 아주 몸에 배어 있습니다. 엘리트 의식이 강한 사람은 자기 실력만 믿고 상사 앞에서 지나치게 당당합니다. 바로 그 때문에 주변 사람들과의 인간관계를 소홀히 하는 경향이 있습니다. 내가 보기에는 이후성 씨의 그러한 점이 팀장의 눈에는 지나치게 거만해 보이지 않았나 생각됩니다. 벼는 익을수록 머리를 숙인다고 하지 않습니까? 이후성 씨는 팀장에게 겸손하지 못했던 것 같습니다. 바로 그 때문에 아마 팀장의 눈 밖에 났을 겁니다."

"선생님 말씀을 듣고 보니 과연 좀 캥기는 것 같기도 한데요."

"그럴 겁니다."

"그런데 선생님은 어떻게 그것을 그렇게 정확하게 콕 찍어 내셨습니까?"

"나도 젊었을 때 이후성 씨와 비슷한 엘리트 의식에 사로잡혀서 자기 실력만 믿고 상사나 주변 사람들에게 좀 거만을 떤 전력이 있었기 때문입니다. 나는 군대생활을 마치고 신문사 기자생활을 23년간 했는데 바로 이러한 엘리트 의식에 사로잡혀서 잘난 체하다가 승진도 못해 보고 겨우 편집부 차장으로 기자생활을 마감한 쓰라린 경험이 있습니다. 내가 기자생활 23년을 마치고 나와서 선도 수행을 하면서 제일 먼저 깨달은 것이 무엇인지 아십니까?"

"무엇입니까?"

"학교 때는 공부만 열심히 하면 선생님들로부터 인정도 받고 동급생들로부터 부러움도 살 수 있었지만 회사생활에선 업무 성적을 아무리 많이 올려도 학교에서와 같은 대우는 받을 수 없다는 겁니다."

"그럼 회사에서는 어떻게 해야 합니까?"

"실력 좀 있고 아는 것이 좀 많다고 거만만 떨 것이 아니라 그럴수록 더욱더 겸손하고 예의 발라야 합니다. 뒤에 안 일이지만 차 상급자나 차차 상급자가 새로 부임해 오면 대부분의 직원들이 선물이니 금품을 싸들고 그의 집에 찾아가서 인사를 차렸고 명절이나 생일 때도 역시 마찬가지였습니다. 나는 이러한 관례가 있다는 것을 알면서도 제 실력만 믿고 이를 무시해 왔습니다. 그 결과 승진 같은 것은 엄두도 못 내어 보았습니다. 회사가 위기에 몰릴 때는 제일 먼저 감원 대상에 오르곤 했고 실제로 감원이 되기도 했습니다.

요즘은 기업체에서 학벌(學閥)이나 학력(學歷)보다는 실력과 능력 위주로 승진과 봉급이 결정된다고 합니다. 그러나 내가 회사에 다닐 때는 학벌과 학력과 아첨이 판을 치던 호랑이 담배 먹던 시절이었습니다. 그러나 동서고금을 막론하고 변하지 않는 것은 아무리 실력이 출중하다고 해도 겸손하지 못하고 예의 차릴 줄 모르는 사람은 도태당하기 쉽다는 겁니다."

"입만 열면 실력, 능력, 경쟁력, 투명성을 부르짖으면서도 여전히 그 불투명한 속물(俗物)이 되라는 말씀입니까?"

"상급자가 속물일 때는 어쩔 수 없는 일입니다. 아무리 성인(聖人)이라고 해도 속세에서 살아가려면 속물처럼 생각하고 행동하지 않으면 살아남기 어렵게 되어 있습니다. 모난 돌이 징 먼저 맞게 되어 있습니다. 성인이 속인 흉내 내는 것을 굳이 속물과 똑같다고 생각할 필요는 없습니다."

"그럼 어떻게 생각해야 합니까?"

"속세에 사는 한 속인들과 어울려 그들의 습속대로 살아간다고 생각하면 마음이 편할 것입니다."

"그건 비굴(卑屈)이 아닙니까?"

겸손의 미덕

"비굴이 아니라 겸손입니다. 따지고 보면 자기에게 남보다 많은 능력과 지식이 있다고 해서 거만을 부리는 것 역시 속물근성에 지나지 않는다는 것을 알아야 합니다. 이후성 씨는 팀장의 속물근성을 얕잡아 보고 있지만 자기 자신의 엘리트 의식 역시 얼마나 천박한 속물근성에서 나왔는가 하는 것을 반성해야 합니다.

사람들은 실력이 있다고 우쭐하는 사람을 경멸합니다. 그러나 실력이 있으면서도 진정으로 겸손한 사람을 보고는 아무도 얕잡아 보지 않습니다. 얕잡아 보기는커녕 그 친구 인간성이 괜찮다고 누구나 칭찬하고 속으로 은근히 존경해 마지않을 것입니다."

"그럼 선생님, 저도 팀장이 새로 부임해 오면 다른 직원들처럼 선물싸들고 그의 집에 찾아가야 합니까?"

"남들이 다 그렇게 하는데 이후성 씨만 그렇게 하지 않는다면 그 상급자가 성인(聖人)이 아닌 이상 이후성 씨를 좋게 보지는 않을 것입니다. 마음속에 항상 꽁하게 점찍어 두었다가 회사가 어려움에 처하여 감원 할당이 내려오면 누구를 제일 먼저 손볼 것 같습니까?

실력은 좀 못하더라도 명절이나 생일 때마다 열심히 찾아와 인사를 잘 닦는 '충성파'를 자르려 하겠습니까? 아니면 이후성 씨같이 자기 능력만 믿고 뻣뻣이 나오는 직원을 제거하겠습니까? 저질 속물들은 백이면 백 모두 어떻게 하든지 충성파를 감싸고돌 것입니다. 바로 이 때문에 학교 때 우등생이 사회에서는 열등생으로 전락하지 않을 수 없는 것입니다. 이후성 씨야말로 사회에 적응하지 못하는 전형적인 학교 때 우등생이라는 것을 알아야 합니다."

"그러한 저질 속물 상사들을 상대하지 않고도 살아갈 수 있는 방도는 없을까요?"

"그렇게 되려면 속물 사회 조직에 의존하지 않고도 혼자서라도 남의 존경받고 살아갈 수 있는 뛰어난 존재가 되어야 합니다. 위대한 발명가, 독보적인 화가, 음악가, 조각가, 시인, 소설가, 학자, 철학자, 성인(聖人), 국보적인 장인(匠人), 성직자(聖職者), 인간문화재 등등이 되어 이 사회에 꼭 없어서는 안 될 독보적 존재가 되는 길밖에 없을 것입니다. 그러나 이러한 인재들도 일정한 사회 조직 속에서 인정받지 않고는 두각을 나타내기 어렵다는 것을 알아야 합니다."

"그 일정한 사회 조직 속에서 인정을 받기 위한 지름길은 무엇입니까"

"나보다 남을 먼저 생각해 줄 줄 아는 겸손입니다. 물처럼 만물을 감싸 안을 수 있는 겸손이야말로 바위도 뚫는 힘을 발휘하고 말 것입니다."

"그럼 실력보다는 겸손이 먼저라는 말씀입니까?"

"그렇구말구요. 보통의 실력을 가지고도 겸손한 사람은 어떠한 조직 속에서도 살아남을 수 있지만 출중한 실력이 있다고 하여 교만하고 겸손할 줄 모르는 사람은 제일의 감원 대상자 속에 항상 끼어들게 마련이라는 것을 알아야 합니다."

"그럼 선생님, 실력과 겸손은 어느 쪽이 더 경쟁력이 있다고 보십니까?"

"당연히 겸손 쪽입니다."

"정말 그럴까요?"

"그렇습니다. 어느 인간 조직 속에서도 실력 있다고 해서 잘난 척하는 사람은 왕따를 당해도 겸손한 사람은 절대로 왕따 당하는 일이 없습니다. '학자가 되기 전에 먼저 사람이 되어라' 하는 말이 있습니다. 사람이 된다는 것이 구체적으로 무엇을 말하는 것일까요? 교만하지 않고 겸손할 줄 아는 것을 말합니다.

나는 사십 대 후반이 되어서야 겸손의 미덕에 대해서 겨우 눈을 뜨게 되었습니다. 그러나 그때에는 내가 속한 회사 조직 속에서 출세를 하기에는 너무 늦어 있었습니다. 재기발랄(才氣潑剌)한 후배들이 벅찰 정도로 뒤쫓아오고 있었고 요직은 이미 선배들이 다 차지하고 있어서 비집고 들어갈 틈이 없었습니다. 정년은 55세였으니 겨우 8년 밖에 남지 않았습니다. 이젠 옴치고 뛸 수도 없었습니다.

그때까지 내 인생에서 아무도 이 겸손의 미덕에 대해서 뼈아프게 알아듣도록 타일러주고 일깨워주는 선배도 없었습니다. 그러나 숱한 역경과 시행착오 끝에야 겨우 겸손의 미덕을 뼛속 깊이 스스로 깨달았습니다. 그러나 나는 그 깨달음이 뒤늦은 것을 후회하지는 않았습니다. 그야말로 '아침에 도를 깨달으면 저녁이 죽어도 여한이 없으리라'고 한 공자의 심정 그대로였습니다. 앞으로 남은 인생이라도 제대로 살 수 있게 된 것을 천지신명께 고마워했습니다.

왜냐하면 사람들 중에는 숨을 거둘 때까지도 겸손의 미덕을 끝내 못 깨닫는 경우가 얼마든지 있을 것이기 때문입니다. 비록 뒤늦기는 했지만 내가 인생을 헛살지는 않았구나 하는 뿌듯한 심정이었습니다. 온갖 쓰라린 시행착오를 거치는 실체험을 통해서 깨달은 지혜여서 책이나 선배나 스승의 가르침과는 판이한 아주 소중한 것이었습니다. 내가 이제 내 젊은 날의 초상과도 같은 이후성 씨를 보고 뭐라고 도움의 말을 줄 수 있겠습니까? 훌륭한 금융인이 되기 전에 먼저 사람이 되라고 말할 수밖에 없습니다."

"구체적으로 어떠한 사람이 되라는 말씀인가요?"

"적어도 실력이 있으면서도 상사의 눈 밖에 나지 않는 그런 사람이 되라는 겁니다. 그러기 위해서는 상사를 적대시하면 절대로 안 됩니다. 어떻게 하든지 그의 신임을 받고 그와 인간적으로도 친해지도록 해야 합니다. 밖으로만 빙빙 도는 국외자(局外者)가 되지 말고 언제나 자신이 소속한 조직의 주류(主流)가 되라 그 말입니다.

그러기 위해서는 비록 처음에는 자존심이 좀 상한다고 해도 남들 못지않게 정성껏 장만한 선물을 싸들고 기회 있을 때마다 상사의 집을 찾는 것도 마다하지 말아야 합니다. 한 번 두 번 세 번, 빈도가 잦을수록 그 상사와 인간적으로도 친해질 수도 있을 것입니다. 잘하면 그의 충성스런 심복이 될 수도 있을 것입니다. 그렇다고 해서 그의 부정행위까지 거들어 주는 충복(忠僕)이 되라는 얘기는 아닙니다."

"그럼 그 한계를 어디까지 그어야 합니까?"

"적어도 감원 바람이 불 때 감원 대상이 되지 말고, 적당한 기회에 자기 실력에 알맞는 진급을 추천받을 수 있을 정도는 되어야 합니다. 이렇게 하여 세월이 흐르고 진급을 거듭하여 은행 지점장 정도의 재량권 있는 자리에 앉게 되면 그때 가서 자신의 평소의 포부도 펼쳐 보일 수 있을 것입니다.

물론 상사에게는 전례대로 대하되 부하 직원들에 대해서는 투명하고 공정한 인사 관리를 할 수도 있을 것입니다. 요컨대 아첨할 줄 모르는 실력 있는 부하들을 발탁하여 쓸 수도 있고 상부에 추천도 할 수 있도록 하여 아까운 인력이 낭비되는 일은 없도록 해야 할 것입니다. 개중에는 이후성 씨의 인격에 감화를 받아 겸손해진 실력파들도 있을 것입니다."

얼마나 수련을 하면 전생을 볼 수 있을까?

"선생님, 얼마나 수련을 하면 자기 전생을 볼 수 있습니까?"

우창석 씨가 물었다.

"내 존재의 근원에 도달해 보겠다는 목표를 정하고 세 가지 공부를 꾸준히 밀고 나가다가 보면 마음, 기, 몸의 기운이 맑아지게 됩니다. 그때쯤 되면 명상 시에 어느 순간 자기도 모르게 자기 전생의 화면이 떠오르게 되어 있습니다."

"영안(靈眼)이 뜨여야 한다고 하는데 그게 무슨 뜻입니까?"

"전생의 한 장면이 떠오를 정도로 업장(業障)이 엷어져서 투시력이 강해진 것을 말합니다."

"업장이란 무엇인데요?"

"수많은 과거세에 남에게 저지른 좋지 않는 짓을 말합니다."

"업장과 영안과는 어떤 관계에 있습니까?"

"악업(惡業)이 쌓이면 쌓일수록 영안이 어두워지게 되어 있습니다. 안개가 자욱하게 낀 날에는 모든 것이 안개의 장막에 뒤덮여서 백 미터 전방의 지형지물도 건물도 사람도 분간할 수 없을 때가 있습니다. 그러나 바람이 불고 해가 나고 안개가 걷히고 나면 사물의 진상이 하나하나 아주 선명하게 드러납니다. 자연 현상으로 일어나는 안개는 바람과 햇볕의 작용에 의해 사라지지만 인간의 악업은 그렇게 간단히 사라지는 일은 없습니다."

"그럼 어떻게 해야 그 악업을 사라지게 할 수 있습니까?"

"수련을 해야 합니다. 우리가 수련을 하는 목적은 우리의 영안을 가리고 있는 이 안개와 같은 업장을 한 겹 한 겹 걷어내는 작업과도 같습니다. 그리하여 그 업장이 충분히 엷어지면 사물의 진짜 모습들이 하나하나 드러나게 되어 있습니다. 진리의 참모습도 이때 드러나게 되어 있습니다. 그런데 이 업장의 안개를 해소하는 작업은 초조해한다거나 시간을 앞당기려고 서두른다고 해서 되는 것은 아닙니다. 초조해하거나 집착에 사로잡히면 바로 그 집착에 가려서 진실이 더욱더 보이지 않게 됩니다."

"어떻게 하면 진실이 보입니까?"

"마음이 맑아져야 합니다."

"어떻게 하면 마음이 맑아집니까?"

"마음을 열고 마음을 비워야 합니다."

"어떻게 해야 마음을 열고 비울 수 있습니까?"

"나보다 남을 더 사랑하는 마음을 가져야 합니다. 그러므로 업장 해소는 구도자가 얼마나 남을 자기 자신처럼 사랑하면서 진지하고 성실하게 세 가지 공부를 잘하여 나가느냐 하는 데 달려 있습니다. 우리가 어떤 목표를 설정하고 먼 탐험을 떠날 때 그 목표 지점에 도달하기 위한 유일한 길은 목표에 빗나가지 않고 열심히 걷는 것밖에는 없습니다.

걷는 일이 지루하고 짜증이 난다고 해서 목표 지점이 한 치라도 가까워지는 것은 아닙니다. 꾸준히 한 걸음 한 걸음 걷다가 보면 자기도 모르는 사이에 목표 지점에 도달하게 되어 있습니다. 도(道)를 닦아나 가는 동안에 도를 깨닫는 것도 이와 같습니다."

"도란 무엇입니까?"

"모든 존재의 근원적인 에너지입니다."

"그럼 진리는 무엇입니까?"

"진리가 바로 모든 존재의 근원적인 에너지입니다."

"진리는 사물의 이치가 아닙니까?"

"진리는 사물의 이치이면서도 역동적으로 움직이는 기운입니다."

"그럼 우리가 수련을 하여 진리에 도달한다는 것은 무엇을 말합니까?"

"그 진리의 에너지를 우리들 자신의 몸속에 저장하고 순환시켜 우리 자신이 그 기운과 하나가 되는 것을 말합니다."

"구도자는 그 에너지를 어떻게 하면 자기 것으로 만들 수 있습니까?"

"기공부를 하여 기를 느끼는 것이 그 첫걸음입니다. 남이 느끼지 못하는 기를 느낀다는 것은 진리를 인식하는 첫 번째 관문을 통과하는 것입니다. 따라서 마음, 기, 몸 공부를 필수 조건으로 하는 선도에서는 기를 느끼는 단계는 기본입니다."

"수행자는 업장이 엷어지는 것을 알 수 있습니까?"

"물론입니다."

"어떻게 알 수 있습니까?"

"업장의 안개가 전생의 장면이 보일 정도로 걷히는 것을 보고 알 수 있습니다. 이것은 지식으로 설명할 수 있는 것이 아니고 수행자가 느낌으로 파악하는 수밖에 없습니다."

앎과 느낌

"아는 것과 느끼는 것은 어떻게 다릅니까?"

"아는 것은 지식이고 느끼는 것은 체험에서 오는 감각입니다. 사물을 지식으로 파악하느냐 아니면 체험적인 느낌으로 포착하느냐의 차이입니다. 수영을 예로 들어봅시다. 수영하는 방법을 사범에게서 배우는 것은 수영하는 지식을 전달받는 것입니다. 이렇게 해서 아는 것은 지식입니다. 지식은 교사나 책을 통해서도 얼마든지 배울 수 있습니다.

그러나 그러한 지식을 기초로 하여 물속에 직접 뛰어들어가 팔다리를 놀려서 헤엄을 치는 실습으로 몸이 물위에 뜨는 과정을 체험하게 됩니다. 몸이 물위에 뜨는 체험은 말로만 전달해서는 실감을 할 수 없습니다. 그러나 직접 해 본 사람은 압니다. 이렇게 체험을 통해서 알게 되는 것을 느낌이라고 합니다.

따라서 기를 느끼는 것은 체험이지 지식은 아닙니다. 기라는 것은 에너지입니다. 존재의 근원적인 기운입니다. 기운은 힘입니다. 이 기운의 존재 여부는 지식으로는 분별이 하기가 어렵고 오직 느낌으로만 알 수 있습니다. 마치 기온의 차고 더운 것은 지식이 아니라 느낌으로 알 수 있는 것과 같습니다. 사람들은 기온이 차고 더운 것은 느낌으로 알 수 있으면서도 기의 존재를 느끼는 사람은 많지 않습니다."

"그 이유는 어디에 있습니까?"

"기 감각이 무디기 때문입니다."

"기 감각이 무딘 것은 어디에 그 원인이 있습니까?"

"병원에서 수술을 할 때 마취 주사를 놓습니다. 그러면 통각(痛覺)이 무디어져서 메스가 살을 베어도 통증을 못 느낍니다. 그러나 마취에서 깨어나면 수술은 이미 끝났는데도 통증을 느끼게 됩니다. 마비되었던 통각(痛覺)이 되살아났기 때문입니다. 그와 마찬가지로 어떠한 원인으로 기 감각이 마비되거나 무디어져서 기를 못 느끼는 겁니다."

"그럼 어떻게 하면 무디어진 기 감각들 되살릴 수 있을까요?"

"역시 세 가지 수행을 꾸준한 인내력을 가지고 밀고 나가다가 보면 어느 시기에 기 감각이 되살아 날 수 있습니다."

"기 감각을 되살리기 위한 좀더 구체적인 수행법을 말씀해 주시겠습니까?"

"아상(我相)에 물들지 않은 본래의 자기 자신인 본성에 될 수 있는 대로 많이 접근해야 합니다. 그러기 위해서는 인내력과 지구력을 갖고 꾸준히 세 가지 자기 수행을 밀고 나가는 도리밖에 없습니다.

술주정뱅이는 하도 술 마시는 일이 습관화되어 있으므로 술이 몸에 나쁘다는 것을 모릅니다. 그가 술이 나쁘다는 것을 아는 유일한 길은 술 마시는 일을 중단함으로써 술에서 깨어나 본래의 자기 자신을 회복하는 겁니다.

거짓말쟁이는 거짓말이 일상화되어 거짓말하는 것이 나쁘다는 느낌마저 마비되어 있습니다. 양심이 마비되어 있기 때문입니다. 이 사람이 양심을 회복하는 길은 거짓말을 안 하는 길밖에는 없습니다. 거짓말을 장기간 안 하다가 보면 본래의 양심이 되살아나게 됩니다. 그가 처음부터 거짓말을 한 것은 아닙니다. 후천적으로 나쁜 습관이 생긴 것에 지나지 않습니다. 거짓말 안 하는 것이 습관화되면 거짓말을 모르던 본래의 자기 자신으로 되돌아갈 수 있습니다.

기 감각이 무디어진 것도 그럴 수밖에 없는 이유, 말하자면 수련을 게을리한 것과 같은 어떤 원인이 분명 있었을 것입니다. 그 원인을 알아내는 것은 어디까지나 수행자 자신의 몫입니다. 기 감각의 어딘가가 고장이 나 있습니다. 이것도 일종의 병이라고 할 수 있습니다. 마비된 기 감각을 되살리는 길은 마음을 비우고 단전호흡을 열심히 하여 기 감각을 되살리는 길밖에는 없습니다. 게으름을 고치는 지름길은 부지런해지는 것밖에는 없습니다.

사람이 이 세상에 태어나는 것과 자라는 것과 늙고 병들어 죽는 것을 대신해 줄 수 있는 사람은 아무도 없습니다. 아무리 가까운 부모형제도 배우자도, 스승도 심복 부하도 그것을 대신해 줄 수는 없습니다. 생로병사야말로 각자의 업이므로 자기 혼자서 스스로 지고 가야 할 십자가입니다. 기 감각을 되살리기 위해서는 각자가 자기 업에서 벗어나야 합니다. 수행은 이 업에서 벗어나기 위해서 고안된 수련 체계입니다."

"요컨대 마음공부, 기공부, 몸공부를 밀고 나가야 한다는 말씀이군요."

"그렇습니다."

"어떻게 해야 기 감각을 되찾을 수 있겠습니까?"

"기 감각을 되살리는 길은 부지런히 수련하는 길밖에는 없습니다."

"수련에는 마음공부, 기공부, 몸공부의 세 가지가 있다고 하셨는데, 그 세 가지 공부를 단 한마디로 요약한다면 뭐라고 할 수 있을까요?"

"바르게 살펴보는 겁니다. 이것을 좀더 요약하면 '관(觀)'이라고 할 수 있습니다. 관을 바르게 하면 자연히 마음, 기, 몸 공부를 잘하게 되어 있습니다."

"그건 왜 그렇습니까?"

"지감(止感) 조식(調息) 금촉(禁觸) 즉 마음공부, 기공부, 몸공부도 팔정도(八正道)도 육바라밀도 알고 보면 모두가 다 관(觀)에서 파생된 겁니다. 제대로 살필 줄 아는 사람에게는 자연히 지혜가 생겨나게 되어 있으니까요."

"제대로 살펴볼 줄 안다는 것은 무엇을 말합니까?"

"사물을 늘 객관적으로 냉정하게 관찰하는 것을 말합니다. 사물을 있는 그대로 볼 줄 아는 사람은 자연의 이치를 터득할 수 있습니다. 자연의 이치를 터득한 사람은 진리를 깨달을 수 있습니다."

행복이란 무엇인가?

우창석씨가 불쑥 말했다.

"선생님, 행복이란 무엇입니까?"

"너무 어렵게 생각할 것 없습니다. 낮에는 너무 바빠서 근심할 틈이 없고 밤에는 너무 졸려서 걱정할 틈이 없는 생활이 바로 행복입니다."

"그건 좀 너무 평범하지 않습니까?"

"그렇지 않습니다. 행복은 지극히 평범한 생활 속에 있는 것이지 무슨 거창하고 유별난 스타들의 생활 속에만 있는 것은 아닙니다."

"선생님 말씀대로라면 제일 바쁘게 돌아가는 사람이 가장 행복하다는 얘기가 되지 않겠습니까?"

"그렇습니다."

"그럼 어떤 사람이 제일 바쁘게 돌아가는 사람입니까?"

"마음이 편한 사람이 언제나 제일 바쁘게 돌아가는 사람입니다."

"그건 어째서 그렇습니까?"

"마음이 편한 사람에겐 항상 일거리가 대기하고 있으니까요?"

"정말 그럴까요?"

"정말입니다."

"정년퇴직한 노인에게는 할래야 할 만한 일거리가 없지 않습니까?"

"그렇지 않습니다. 자기 능력에 따라 무슨 일이든지 할 각오가 되어 있는 사람에겐 일거리는 언제나 있습니다."

"특별한 재주라도 있는 사람이라면 몰라도 직장에서 사무나 보던 사람이라면 무슨 일거리가 있겠습니까? 가령 평범한 공무원으로 일하다가 퇴직한 65세의 사람이 있다고 칩시다. 그 사람을 누가 돈 주고 고용하려고 하지 않는다면 그 사람이 할 일이 무엇이겠습니까?"

"왜 할일이 없겠습니까? 노인정에 나가서 장기나 두는 것보다는 거리나 산에 흩어진 빈 깡통이나 비닐봉지, 빈병이라도 주어서 쓰레기 재활센터에 넘기면 푼돈도 벌고 청소도 하고 운동도 하니 건강에도 좋고 얼마나 보람 있는 일이겠습니까?"

"그런 궂은일은 자식들이 남 보기에 창피하다고 못 하게 하면 어떻게 하죠?"

"좌우간 뜻이 있으면 길은 열리게 되어 있습니다. 나에게도 유익하고 남에게도 도움이 되는 일이라면 무슨 일이든지 찾을 수 있을 것입니다. 뜻만 있으면 선진국에서처럼 불우한 이웃을 위한 봉사활동도 할 수 있을 것입니다. 정 할일이 없으면 하루에 만 보 걷기를 하고 등산을 하는 것도 좋습니다. 단전호흡도 하고 도인체조도 하고 독서도 하고, 하루도 거르지 말고 일기를 쓰든가 회고록이라도 쓰노라면 어느새 하루해는 훌쩍 지나갈 것입니다.

건강하게 살아 있는 동안 이렇게 부지런히 움직이는 사람은 걱정을 하거나 고민을 하거나 지난 세월을 그리워하거나, 알 수 없는 미래를 동경하거나 불안해할 겨를도 없게 될 것입니다. 행복이란 다른 데 있는 것이 아닙니다. 이렇게 자기 능력이 허락하는 한 숨을 거두는 그 순간까지 앓지 않고 열심히 일하다가 이 세상 뜰 때가 되면 미련 없이 훌쩍 가버리면 됩니다."

"그렇지만 사람이란 어디 그렇습니까? 조금만 틈이 나면 일 안 하고 놀려고 하는 것이 인지상정이 아닙니까?"

"어떻게 하든지 일 안하고 놀려고 하는 것이 인지상정이긴 한데 그것은 어디까지나 잘못된 인지상정이요 지극히 게으른 인지상정입니다. 그런 인지상정이야말로 걱정과 근심의 원천이요 씨앗입니다."

"그 이유가 무엇입니까?"

"일하지 않고 놀려고 하는 것은 게으름 때문입니다. 게을러지면 한가해집니다. 한가한 것은 걱정과 근심이라는 병균이 침입하여 둥지를 틀 온상을 마련해 주는 겁니다. 사람은 원래 무슨 일이든지 일을 하게 되어 있습니다. 그래야 걱정 근심할 틈도 겨를도 없습니다. 일하는 즐거움을 모르는 사람은 불행한 사람입니다. 원래 할일 없는 사람이 불행한 법이지 할일 있는 사람에겐 불행이 끼어들 여지가 없습니다.

인생이란 원래 자전거 타기와 같습니다. 일단 자전거에 올라탄 이상 계속 페달을 밟아야 합니다. 잠시라도 페달을 밟지 않으면 자전거는 쓰러집니다. 마지막 숨을 거두는 그 순간까지 후회 없이 최선을 다하는 인생을 사는 것이 진정 행복한 삶을 사는 것입니다."

불평 없이 사는 비결

"인생을 불평 없이 사는 비결이 있습니까?"

"있습니다."

"어떻게 사는 것이 불평 없이 사는 거죠?"

"돈을 받고 일을 해 주든지 무료 봉사를 하든지, 자신의 건강을 지키기 위해서 걷기와 달리기와 등산을 하든지, 운기조식을 하든지 명상을 하든지, 무슨 일을 하든지 간에 이 모든 일들이 남을 위해서 하는 일이 아니라 바로 나 자산을 위해서 하는 일이라고 생각하면 불평불만이 일어날 이유가 없습니다.

한 시간에 얼마씩 돈을 받고 남의 집 파출부 일을 하면서도 하기 싫은 일을 억지로 하는 것처럼 얼굴을 잔뜩 찡그리고 일을 한다면 자기 자신의 건강에도 해로울 뿐만 아니라 일을 시키는 쪽에서도 유쾌하지는 않을 것입니다. 이왕이면 다홍치마라고 같은 돈을 주면서도 얼굴에 환한 웃음을 띤 사람을 좋아하지 얼굴 잔뜩 찡그린 사람을 누가 좋아하겠습니까? 그런 파출부를 다시 부를 사람은 없을 것입니다."

"그런 식으로 생각하면 모든 월급쟁이는 임금에 관한 한 불평할 이유가 없어지겠군요."

"그렇습니다. 자기가 월급쟁이가 된 것은 자기 자신과 가족을 부양하기 위해서지 고용주를 먹여 살리기 위해서는 아닙니다. 모든 불평의 원인은 자기를 위해서가 아니라 남을 위해서 일한다는 생각 때문에 일어납니다. 그래서 임금 인상 투쟁도 하고 파업도 합니다.

심지어 요즘은 점잖은 의사 선생님들까지도 장기 파업을 하고 있는 실정입니다. 모두가 자기 자신을 위해서 일하는 것이 아니라 남을 위해서 일한다고 생각하기 때문에 일어나는 현상입니다. 그런데 여기서 꼭 짚고 넘어가야 할 것은 그 남이라는 것도 알고 보면 남이 아니라는 사실입니다."

"남이 남이 아니면 도대체 누굽니까?"

"원래 남이라는 것은 없습니다."

"그게 무슨 말씀이십니까?"

"남은 원래 우리 자신입니다. 그래서 우리말에는 원래 '나의 어머니, 나의 아버지, 나의 누나, 나의 나라'라는 말은 없습니다. 그 대신 우리 어머니, 우리 아버지, 우리 누나, 우리나라가 있을 뿐입니다. 그만큼 우리 조상들에겐 서구식 개인 소유 개념이 없었습니다. 이것은 우리 조상들이 일찍부터 일상생활에서도 깊은 도리를 깨치고 있었다는 것을 말해 줍니다.

이것은 무엇을 말하는가 하면 '우리'가 나뉘어져 남과 나로 분리되면 그때부터 뜻하지 않는 비극들이 일어난다는 것을 우리 조상들은 일찍부터 터득했기 때문입니다. 우리가 남과 나로 나누어지게 된 원인은 무엇 때문이겠습니까?"

"욕심 때문이 아닙니까?"

"그렇습니다. 사욕(私慾) 때문입니다. 바로 이 사욕이 우리를 남과 나로 갈라놓았습니다. 인간의 온갖 비극은 바로 여기에서 비롯된 겁니다. 마음속에 욕심이 들어차 있으면 내가 보이고 남이 보입니다. 욕심은 소유욕을 조장하고 자기 소유를 남과 비교하게 만듭니다. 이 비교가 상대적인 열등감을 자아내고 이것이 바로 모든 불평불만의 원인이 됩니다. 바로 이 소유욕 때문에 인류는 평화보다는 전쟁으로 보낸 날들이 훨씬 더 많습니다. 바로 이 소유욕이 만들어낸 가장 극악한 사상이 바로 공산주의입니다."

"공산주의는 원래 재산을 공평하게 나누어 갖자는 주의가 아닙니까?"

"그걸 모르는 게 아닙니다. 재산을 공평하게 나누어 갖자는 사상도 알고 보면 소유욕에서 나온 것입니다. 다시 말해서 소유물의 비교에서 온 상대적인 빈곤감에서 유래된 것입니다. 가난한 사람이 못사는 이유는 순전히 유산계급(有産階級)이 노동자를 착취하기 때문이라는 사상에서 공산주의는 생겨난 것입니다.

그리하여 공산당이 결성되었고 노동자를 단합시켜 자본가들을 쓰러뜨리고 공산주의 국가를 만들었습니다. 그러나 1917년 러시아에서 일어난 공산 혁명으로 수립된 공산 정권은 그로부터 74년 뒤인 1991년에 동구 위성국들과 함께 스스로 멸망해 버리고 말았습니다. 왜 멸망해 버리고 말았을까요?"

"자본주의와의 경쟁에서 패배했기 때문입니다."

"물론 그렇게 말할 수도 있습니다. 그러나 그보다 더 근본적인 원인은 내가 가난해진 원인은 남 때문이라는 생각이 근본적으로 잘못되었기 때문입니다. 내가 가난한 것은 나 자신 때문이지 다른 누구의 탓이 아닙니다. 내가 가난한 것을 남의 탓으로 돌리면 남도 죽고 나 자신도 죽게 됩니다. 실제로 소련에서는 자본가도 공산주의자도 다 같이 망해 버리지 않았습니까?

이것이 바로 공산주의의 흥망사(興亡史)가 인간에게 가르쳐 준 교훈입니다. 내가 수입이 적은 것은 내 탓이 아니고 남의 탓으로 돌리는 한 공산주의, 사회주의, 파업, 노동쟁의의 끊임없는 악순환이 있을 뿐입니다. 그렇게 남과 싸울 시간이 있으면 그 시간에 일을 열심히 하여 돈을 더 버는 것이 훨씬 더 생산적입니다. 남과 싸우는 시간에 상품의 질을 개선하고 서비스를 개선하고 새로운 기술을 개발하여 경쟁력을 향상 시키는 것이 훨씬 더 생산적입니다.

남, 고용주, 자본주는 우리가 싸워서 그의 재산을 빼앗아야 할 상대가 아니라 그와 협력하고 공생공영(共生共榮)해야 할 대상입니다. 남은 어디까지나 선의의 경쟁의 대상이지 싸워서 타도해야 할 대상은 결코 아닌 것입니다. 상대를 싸워서 타도해야 할 대상으로 볼 때는 일시적인 승리는 있을지 몰라도 결국은 공멸(共滅)이 있을 뿐입니다. 거듭 말하지만 공산주의 국가들의 흥망사(興亡史)가 그것을 웅변적으로 증명해 주고 있습니다.

이것은 무엇을 말하는 것일까요? 우리가 남이라고 생각하는 상대라는 것은 알고 보면 한 몸에 달려있는 팔다리와 다르지 않다는 것입니다. 오른손과 왼손은 얼핏 보기에는 서로 떨어져 있는 별개의 존재인 것 같지만 알고 보면 한 몸에 붙어 있는 것입니다. 오른손이 왼손을 때리면 일시적으로는 오른손이 왼손을 이긴 것 같지만 알고 보면 일종의 자해 행위에 지나지 않습니다. 왼손과 오른손은 어디까지나 상부상조해야 할 존재이지 서로 싸워 봤자 손해밖에 볼 것이 없습니다. 그 싸움이 격심하면 공멸(共滅)하는 길밖에 없습니다."

"결국은 남을 위하는 것은 나를 위하는 것이라는 뜻이 아닙니까?"

"바로 그겁니다."

"역지사지방하착(易地思之放下着)이란 뜻도 마찬가지죠?"

"그렇습니다. 그 좌우명들은 남과 나는 따로 있는 것이 아니라는 것을 말해주고 있습니다. 우리가 이 세상을 불평하지 않고 살아갈 수 있는 비결은 남이란 따로 외부에 존재하는 것이 아니라 바로 나 자신 속에 하나로 용해되어 있다는 것을 깨닫는 겁니다. 싸우면 결국 서로 망하고 서로 도와주면 다 같이 행복해진다는 이치를 자각하면 불평 없이 이 세상을 살아갈 수 있습니다."

결가부좌와 깨달음

한 수련생이 물었다.

"어떤 책을 읽어 보니까 깨달음을 얻으려면 반드시 결가부좌(結跏趺坐)를 해야만 한다고 하는데 그게 사실입니까?"

"깨달음은 마음에서 오는 것이지 앉는 자세에서 오는 것은 아닙니다. 깨달음은 때가 된 구도자에게 오는 것인데 길을 걸어가다가도 올 수 있고, 하늘을 쳐다보다가도 올 수 있고, 스승에게 몽둥이질을 당하는 순간에 오는 수도 있고, 바람 소리, 물소리를 듣다가도 오는 수가 있고, 스승의 고함소리를 듣다가도 오는 수가 있고, 꽃을 보다가도 오는 수가 있습니다. 대나무가 바람에 스치는 소리를 듣다가도 오는 수가 있고 글을 읽거나 쓰다가도 오는 수가 있습니다."

"요컨대 구도자가 무엇을 하든지 관계없이 때가 되었을 때 오게 되어 있다는 말씀이군요."

"그렇습니다. 또한 깨달음은 밭에 뿌린 씨가 때가 되면 싹이 트고 잎이 돋고, 꽃이 피고 열매를 맺는 것과 같습니다. 그 하나하나의 과정이 전부 다 깨달음의 연속입니다."

"결가부좌는 우리 한국인에게는 맞지 않는다는 말이 있던데요, 어떻게 생각하십니까?"

"그렇습니다. 결가부좌는 상체가 짧고 다리가 긴 인도인이나 서구인

에게 알맞는 좌법(坐法)이지 상체가 길고 하체가 비교적 짧은 한국인
에게는 맞지 않습니다.

"그럼 한국인에게는 어떤 좌법이 가장 좋습니까?"

"반가부좌(半跏趺坐)나 궤좌(跪坐)가 알맞습니다. 그러나 반가부좌
는 조심해야 합니다. 가령 오른다리를 왼다리 위에 올려놓은 자세로
앉았다면 적어도 한 시간에 한 번씩 그 반대 자세로 바꾸어 주어야 합
니다. 그렇게 하지 않으면 허리가 휠 수도 있습니다."

마음, 기, 몸 공부의 상호관계

권영훈(가명)이라는 중년 수련생이 물었다.

"삼공선도에서는 마음공부, 기공부, 몸공부를 다 같이 중요시하고 있습니다. 그런데 제가 보기에는 기공부와 몸공부는 마음공부를 위한 방편이 아닌가 생각되는데 어떻게 생각하십니까?"

"기공부와 몸공부가 마음공부를 위한 방편이라는 생각에는 동의합니다. 사람은 지구상에 태어날 때는 마음, 기, 몸 세 가지 요인을 함께 구비하게 되어 있습니다. 이 중에서 기와 몸은 지구 환경 속에서 생존하는 데 필수적인 요소입니다. 핵심은 어디까지나 마음입니다.

우리가 달에 지구인을 보낼 때 달 환경에서 생존할 수 있게 특별히 고안된 우주복을 입히듯, 마음을 가진 인간이 지구 환경에서 살아남기 위해서는 기와 몸이 필요합니다. 따라서 마음, 기, 몸이 삼위일체가 되어야 비로소 지구인이 될 수 있습니다. 지구인으로 살다가 목숨이 다하면 기와 몸은 흩어져서 지수화풍(地水火風)으로 되돌아가고 마음의 응집체인 영혼만 남게 됩니다."

"영혼은 무엇 때문에 지상에 태어납니까?"

"수련을 하기 위해서입니다."

"수련은 무엇 때문에 합니까?"

"과거 생의 업장에서 벗어나가 위해서입니다."

"과거 생의 업장에서 벗어나면 어떻게 됩니까?"

"자기 자신의 실상을 깨닫게 됩니다."

"자기 자신의 실상이 무엇입니까?"

"그게 바로 본성(本性)입니다."

"본성은 무엇입니까?"

"모든 존재의 근원인 진리입니다."

"그런데 다른 천체도 얼마든지 있는데 왜 인간은 하필이면 지구에 태어나야 합니까?"

"지구가 수련하는 데 가장 적합한 천체이기 때문입니다."

"지구에서 한생을 마친 영혼은 어디로 갑니까?"

"깨달음의 등급에 따라 그에 알맞는 영혼들이 모여 사는 천체에 태어나게 됩니다."

"기공부인 단전호흡은 관(觀), 명상(瞑想), 주문(呪文), 염불, 기도와 같은 마음공부와는 어떤 관계에 있습니까?"

"기공부는 좀 전에 말한 바와 같이 마음공부의 보조 수단으로 보면 됩니다."

"몸공부도 마음공부의 보조 수단입니까?"

"그렇습니다. 우리가 몸을 받고 이 세상에 태어나는 것 자체가 하나의 숙제입니다."

"무슨 말씀이십니까?"

"영혼이 입고 태어난 몸을 그 수명이 다할 때까지 고장나지 않게 온전하게 보존하는 것 자체가 수행을 위한 하나의 숙제라는 말입니다.

지구인은 자기가 의식하고 있든지 의식하고 있지 않든지 간에 수행자이며 구도자입니다. 자기 존재의 근본을 깨달으라는 사명을 띠고 이세상에 태어난 겁니다.

그 사명을 제대로 완수하려면 우리 영혼을 지구상에서 생존케 해 주는 몸을 잘 다스리고 가꾸어야 합니다. 구도에 대한 열의가 제아무리 치열하다고 해도 몸이 망가져 버리면 지구상에서 구도자의 사명을 완수할 수 없습니다. 비록 어떤 구도자가 진리를 깨달았다고 해도 몸을 제대로 관리하지 않아서 비만과 고혈압으로 일찍 세상을 떠나야 했다면 그는 상구보리(上求菩提)는 했을망정 하화중생(下化衆生)의 사명은 완수하지 못하고 만 것이 됩니다."

"몸공부는 그렇다 치고, 기공부는 마음공부에 어떤 역할을 합니까?"

"기공부는 구도자가 무아(無我)의 경지, 무상무념(無想無念)의 삼매지경(三昧之境)에 신속하게 들어가는 데 결정적인 역할을 합니다. 참선(參禪)하는 구도자로 하여금 화두(話頭)가 잡히게 하는 데도 중추적인 역할을 합니다. 기공부를 안 한 구도자와 기공부를 한 구도자의 차이는 걸어가는 것과 비행기 타고 가는 것과의 차이에 비유할 수 있습니다."

천지불인(天地不仁)

"노자의 『도덕경』에 보면 '천지(天地)는 불인(不仁)'이라는 말이 있습니다. 이게 무슨 뜻인지 잘 모르겠습니다. 깨달음은 여여하다는 뜻인지 아니면 진리에는 선(善)도 악(惡)도 없다는 뜻인지 아니면 선악을 초월한다는 뜻인지 아리송합니다. 정확한 설명을 좀 해 주셨으면 합니다."

"『선도체험기』 40권 『도덕경』 제5장에 보면 다음과 같이 나와 있습니다.

천지는 무심하여 만물을 초개로 알고, 성인 역시 무심하여 백성을 소 닭 보듯 하느니라. 하늘과 땅 사이는 거대한 풀무와 같아서, 그 사이는 텅 비어 있어 다함이 없건만, 움직이기만 하면 만물이 쏟아져 나오느니라. 말이 많으면 자주 막히는 법이니 풀무처럼 속을 비워둠만 같지 못하느니라.

천지불인(天地不仁)을 '천지는 무심하여'로 번역했습니다. 이것을 다른 말로 표현하면 '천지는 공명정대하여'로 해도 됩니다. 천지 즉 대자연은 원래 사물에 대하여 애증(愛憎)이나 호불호(好不好)의 감정 같은 것은 갖고 있지 않습니다. 오랜 가뭄 끝에 하늘이 단비를 내릴 때 사람이 먹을 농작물에는 많이 내리고 사람에게 해를 끼치는 독초에는 적게 내리는 일은 없습니다."

"그렇다면 하늘은 왜 그렇게 만물에 대하여 공평무사해야만 합니까?"

"삼라만상은 원래가 하나니까 그럴 수밖에 더 있겠습니까?"

"그럼 하나님(진리)도 만물에 대하여 그렇다는 말씀입니까?"

"당연한 일입니다."

"그럼 하나님이 착한 사람에겐 복을 내리고 악한 사람에게는 화를 내린다는 말은 틀린 말인가요?"

"권영훈 씨는 무엇을 보고 하나님이라고 부르십니까?"

"모든 존재의 근원입니다."

"존재의 근원인 하나님은 착한 사람에게 복을 내리고 악한 사람에게 화를 내리는 일을 하지 않습니다."

"그럼 무슨 일을 합니까?"

"하나님은 만물에 대하여 공명정대하고 공평무사합니다. 그래서 누구에게 복을 주고 누구에게 화를 내리는 그러한 일은 결코 하지 않습니다."

"그럼 착한 사람에게는 복이 오고, 악한 사람에게는 화가 온다는 선복악화(善福惡禍)는 무슨 뜻입니까?"

"그것은 모든 존재에게 예외 없이 적용되는 인과응보의 법칙입니다. 착한 씨를 뿌린 사람은 복이라는 열매를 거두고 악한 씨를 뿌린 사람은 화(禍)라는 열매를 거둔다는 뜻입니다."

"그럼 하나님은 무슨 역할을 합니까?"

"이 대 우주 안에서 인과응보의 이치가 제대로 차질 없이 잘 돌아가도록 하는 원동력의 역할을 합니다. 따라서 이 우주 전체를 관장하는 진리인 하나님의 처지에서 보면 누구를 좋아하고 미워하고 하는 일은 있을 수 없습니다. 오직 만물을 공평무사하게 대할 뿐입니다.

5남 5녀를 거느린 부모가 그중 어느 한 자식만을 편애한다면 자녀들 사이에 분란을 일으킬 것이므로 현명하다고 할 수 없을 것입니다. 부모에게는 열 자녀가 똑같이 다 소중하고 귀여울 뿐입니다. 누구에게도 차별을 둘 수도 없고 두어서도 안 됩니다. 하나님 역시 만물에 대해서 똑같이 대합니다."

"그런데 어느 경전에 보면 사랑하고 미워하고 질투하고 복수하는 하나님이 있다는 말이 있는데 그건 어떻게 된 겁니까?"

"누구를 사랑하고 미워하고 질투하고 복수하는 하나님은 애당초 있을 수 없습니다. 그것은 진리인 하나님이 아니고 세속화되고 인격화된 저급한 신령(神靈)입니다. 신령과 하나님을 혼동해서는 안 됩니다."

"그럼 누구를 사랑하고 미워하고 질투하고 복수하는 신령은 왜 생겨났을까요?"

"그것 역시 인과응보입니다."

"과거 생의 업장 때문이란 말입니까?"

"그렇습니다."

"그런 신령은 앞으로 어떻게 해야 합니까?"

"그들도 역시 수련을 하여 업장에서 벗어나야 합니다."

"업장에서 완전히 벗어나면 누구를 사랑하고 미워하고 질투하고 복수하는 감정이 일어나지 않게 될 것입니다. 그렇게 되려면 천상 인간으로 태어나서 수행을 쌓은 것이 지름길입니다."

"수행이 완성되면 어떻게 됩니까?"

"그때 비로소 진리인 하나님과 하나로 합쳐지게 됩니다."

"그렇다면 악령(惡靈)도 업장(業障)에서만 벗어나면 하나님과 하나가 될 수 있습니까?"

"물론입니다. 악(惡)이란 하나의 과정이지 고정불변(固定不變)한 것은 아니기 때문입니다. 선(善) 속에도 악(惡)이 있고 악 속에도 선은 있게 마련입니다. 처음부터 선이나 악만 있는 것은 아닙니다. 그리고 면밀히 따지고 보면 애당초 선(善) 따로 있고 악(惡) 따로 있고 한 것은 아닙니다."

"그럼 어떻게 됩니까?"

"따지고 보면 원래 무위(無爲)의 세계에서는 생사가 없는 것과 같이 선악도 없는 겁니다."

"그럼 우리가 늘 눈으로 보고 체험하는 생사는 무엇입니까?"

"그건 시공의 지배를 받는 유위계(有爲界)에서 일어나는 변화의 과정이요 현상일 뿐 본질적으로 생사가 있는 것은 아닙니다. 대양(大洋)에 파도가 치고 거품이 일어났다가 곧 스러지기는 해도 바닷물은 언제나 여여하게 그대로입니다. 여기서 거품은 하나의 현상이요 과정일 뿐 본질은 아닙니다. 그러므로 거품은 본래 없다고 할 수 있습니다.

생사란 거품이 일었다가 스러지는 일종의 통과 현상일 뿐입니다. 우리는 그 거품이 이는 것을 생(生), 그리고 그 거품이 사리지는 것을 사(死)라고 합니다. 그러나 사실은 하나의 통과 현상을 보고 생사라고 말했을 뿐입니다. 이때 바닷물의 입장에서 보면 거품 같은 것은 항상 생겨났다가 사라지는 것이므로 고려의 대상도 되지 않습니다. 왜냐하면 그것은 본질적으로 없는 것과 같기 때문입니다. 그러나 거품의 입장에서 보면 생겨났다가 사라지는 것이므로 생사는 분명히 존재한다고 보는 겁니다.

요컨대 관점의 차이입니다. 거품의 견지에서는 생사는 있는 것이고 바닷물의 견지에서는 생사 따위는 처음부터 없는 겁니다. 거품은 만물의 흥망성쇠이고 바닷물은 변함없는 진리인 하나입니다."

궁금합니다

【질문】

"삼공 선생님! 안녕하십니까? 선생님의 『선도체험기』는 55권까지 읽었습니다. 체험기를 읽으면서 15년 동안 피워오던 담배도 끊었습니다. 무엇보다 선생님의 이메일 주소가 생겨 반갑습니다.

두 가지만 여쭙겠습니다. 첫째 육식에 대한 궁금증입니다. 그전에는 선생님께서 일관되게 육식의 폐단과 금육에 대한 확고한 주장을 펴 오셨습니다. 이에 감화되어 저는 채식만 하고 있습니다. 그런데 요즘에는 필요한 때는 육식을 해도 좋다는 예외 조항을 주셨는데 그 이유가 궁금합니다.

둘째, 초기 체험기에는 선생님의 수련 과정과 몸과 마음의 변화되는 체험을 기록하셨는데, 14권부터는 내내 제자들과의 질의응답 등 외적인 내용만 실려 있고 선생님 자신의 수련 체험기가 전연 없습니다. 이젠 선생님의 수련의 경지가 완성되어서 그런 것인가요?

끝으로 건의 사항이 하나 있습니다. 저처럼 궁금한 것을 이메일로 문의하고 이에 답하시는 경우가 많을 것으로 생각됩니다. 그 내용 중 공개해도 좋은 것은 선생님께서 선별해서 발표하신다면 공부에 많은 도움이 될 것으로 사료되는데 어떻겠는지요?"

【해답】

"첫째 질문에 대한 대답. 물론 구도자라면 채식을 하는 것이 가장 이상적입니다. 육식은 아무래도 간접 살생이 되니까요. 채식을 해도 건강 유지에 아무런 이상도 없다면 얼마든지 채식을 권장합니다. 그러나 채식만 하다가 빈혈 현상이 심화되어 건강을 해치는 사람들이 의외로 많습니다.

뭐니 뭐니 해도 수행의 전제 조건은 건강입니다. 우리가 수행을 하는 목적도 마음의 안정을 찾고 건강해지기 위해서입니다. 건강이 깨지고 나면 수행도 구도도 다 물거품이 되고 말 것입니다. 따라서 무조건 채식을 강행하다가 건강을 해치는 우를 범하기보다는 채식을 해도 건강을 해치지 않는 범위 안에서 하라는 얘기입니다.

수행 정도가 높아지고 기운이 맑아지면 육식은 자연히 싫어지고 채식을 위주로 하게 됩니다. 채식을 하되 이렇게 자연의 순리를 따르라는 얘기입니다. 더 자세한 정보를 알고 싶으면 『선도체험기』 53권 15쪽 이하를 읽어 보시기 바랍니다.

둘째 질문에 대한 대답. 초기 『선도체험기』(14권까지) 이후에는 필자 자신의 수련 체험기는 없고 제자들과의 질의응답만 실려 있다고 했는데, 겉보기엔 그런 것 같지만 자세히 읽어 보면 질문에 대한 응답 역시 일종의 수련 체험기입니다.

필자가 수련을 체험하지 않았다면 여러 가지 질문에 대하여 확신을 가지고 대답할 수 없었을 것입니다. 우리의 교육 과정에도 초중고등,

대학, 대학원의 과정이 있는 것처럼 수련에도 그러한 과정이 있습니다. 언제까지나 똑같은 초, 중기 과정을 되풀이할 수는 없는 일입니다.

그리고 학자에게 학문의 완성이란 있을 수 없는 것과 같이 구도자에게도 구도의 완성이란 있을 수 없습니다. 구도자는 숨을 거두는 그 순간까지 누구나 수행을 해야 합니다. 『선도체험기』 14권과 그 이후는 『선도체험기』의 글 쓰는 형식이 바뀌었을 뿐이지 내용이 바뀐 것은 아닙니다.

건의 사항에 대한 응답. 그렇지 않아도 선도체험기 56권부터 '이메일 문답' 난을 설치 운영하고 있으니 많이 이용하시기 바랍니다."

⟨57권⟩

단전호흡의 기초

단전호흡과 복식호흡의 차이

우창석 씨가 물었다.

"선생님 단전호흡의 기본적인 요령을 좀 말씀해 주십시오."

"우창석 씨는 이미 백회가 열리고 대주천 수련을 지금 하고 있지 않습니까?"

"그렇긴 합니다만 수시로 문의해 오는 후배들에게 어떻게 하면 초보부터 단전호흡을 효과적으로 할 수 있는 요령을 가르칠 수 있을지 막연할 때가 있습니다."

"그럴 때는 남이 쓴 책을 보고 그대로 반복하기보다는 우창석 씨 자신이 체험한 사실을 바탕으로 해서 하나하나 설명해 주는 것이 좋습니다."

"그 말씀은 저도 알아듣겠는데요. 단지 체험만 가지고는 어떻게 말해야 좋을지 가닥이 잡히지 않을 때가 있습니다. 그럴 때는 어떻게 말머리를 꺼내야 할지 모를 때가 많습니다."

"단전호흡을 하려고 할 때 가장 기본이 되는 것은 단전(丹田)이 무엇인가를 알아내는 겁니다. 단전을 모르면 단전호흡을 제대로 할 수 없

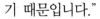

기 때문입니다."

"그럼 단전이란 무엇입니까?"

"단전이란 우리가 단전호흡을 할 때 의식을 두는 곳입니다. 단(丹)자를 옥편에서 찾아보면 '붉을 단, 단청할 단, 마음 단, 약재 혼합할 단' 등으로 나와 있습니다. 여기서 우리가 말하는 단전에 가장 잘 어울리는 것은 '마음 단'과 '약재 혼합할 단'입니다. 그리고 전(田)자는 '밭 전'입니다. 그러니까 이 두 한자를 합쳐보면 '마음 밭'이 됩니다. 우리가 단전호흡을 할 때 우리의 마음이 가 있어야 할 곳이므로 단전은 마음 밭이라고 할 수 있습니다.

그리고 우리가 단전호흡을 할 때 코로 숨을 들여쉴 때 들어오는 바깥 기운인 외기(外氣)와 우리 몸속에서 생성된 내기(內氣)가 바로 단전에서 기묘한 조화(造化)를 일으키어 단기(丹氣)를 형성하므로 '약재 혼합할 단'도 비슷하게 맞아 들어간다고 할 수 있습니다.

따라서 단전이란 우리가 단전호흡을 할 때 마음이 머무는 곳이며 외기와 내기가 기묘한 조화를 일으키어 단기(丹氣)를 만드는 구형(球形) 또는 타원형의 소형 용광로와 같은 것입니다. 이것으로 단전이 무엇이냐는 물음에 대한 대답은 대충 되었다고 할 수 있습니다.

단전호흡을 하려는 사람이 단전이 무엇 하는 것인지도 모른다면 단전호흡을 아무리 해 보았자 그것은 단전호흡이 아니고 심호흡이나 복식호흡 정도밖에는 안 될 것입니다. 심호흡이나 복식호흡은 단전호흡과 비슷하기는 하지만 그 성질상 본질적으로 차이가 있습니다.

심호흡이나 복식호흡은 아무리 많이 해도 기운이 발생하지 않습니다. 그러나 위에 말한 대로 단전을 의식하면서 호흡을 하면 기운이 발생하게 됩니다. 바로 이 기운이 지극히 현묘한 조화를 일으키는 겁니다. 따라서 아무리 열심히 호흡 수련을 해도 기운이 느껴지지 않는 것은 단전호흡이 아닙니다.

단전의 위치

그리고 두 번째로 중요한 것은 단전이 우리 몸의 어디에 자리잡고 있는가를 알아내는 겁니다."

"단전의 위치에 대해서는 말하는 사람이나 책마다 일정하지 않아서 어느 것을 기준으로 삼아야 할지 망설이게 합니다."

"그렇습니다. 그러나 이것도 체험을 바탕으로 해야 가장 정확합니다. 사람의 체격은 백인백색이기 때문에 일정하게 말하기가 어렵습니다. 어떤 사람은 일률적으로 배꼽 밑 5센티 되는 곳이라고 하는가 하면 임맥(任脈)의 경혈(經穴)인 기해(氣海) 근처라고 하기도 하고 또 어떤 사람은 석문(石門)이라고 말하기도 하고 또 어떤 사람은 관원(關元)이라고 말하기도 합니다.

그래서 나는 내 체험을 바탕으로 각자의 배꼽 밑으로 자기 가운데 손가락의 두 마디 약간 넘는 곳에서 다시 안쪽으로 같은 손가락의 두 마디쯤 되는 곳에 단전은 자리잡고 있다고 말합니다. 경혈(經穴)로 말하면 기해와 관원의 중간에 끼어 있는 석문이 가장 정확한 위치입니다. 그래서 단전호흡을 석문(石門)호흡이라고 말하는 사람도 있습니다. 그러나 이렇게 말하는 사람도 석문이 정확히 배꼽에서 어느 정도

거리에 있는지 명확하게 집어내서 말하지는 못합니다.

그러나 뭐니 뭐니 해도 단전의 가장 정확한 위치는 직접 단전호흡을 해 보고 알아내는 것이 가장 실제적입니다. 단전호흡을 해 보아서 따뜻하게 느껴지는 곳이 있는데 그 중심은 달걀만한 것으로 감지됩니다. 이것이 바로 단전입니다. 단전은 외기와 내기의 현묘한 조화가 이루어지는 기(氣)의 방(房)이기도 합니다."

"그러나 처음으로 단전호흡을 하는 사람은 아무래도 기의 방이 완전히 자리잡기까지는 어디에 기준을 두어야 할지 막연하지 않겠습니까?"

"그렇습니다. 그러니까 초보자는 가능하면 적어도 소주천 정도는 수련이 된 스승을 찾아가서 그의 지도를 받아가면서 수련을 하는 것이 안전합니다. 아무래도 만 권의 책보다는 한 사람의 스승이 낫습니다."

"그리고 호흡은 어떤 자세로 어떻게 해야 제일 좋습니까?"

"그것 역시 스승을 찾아가서 동작과 자세를 일일이 직접 지도를 받아가면서 배우는 것이 좋습니다. 누워서 하는 와식(臥式), 앉아서 하는 좌식(坐式) 그리고 서서 하는 입식(立式)이 있습니다. 어느 방식을 택하든지 간에 호흡하기 전에 반드시 도인체조를 하여 온몸의 관절과 근육을 골고루 풀어주어 기혈(氣血)의 유통이 원활하게 한 다음에 단전호흡을 시작해야 효과가 있습니다."

"단전호흡의 초보자는 스승을 찾아가서 배우는 것이 좋다고 하셨는데 그 이유는 무엇입니까?"

"기를 느끼지도 못하는 초보자는 적어도 기를 느끼고 기문이 열려서 운기(運氣)를 할 수 있는 선배 앞에서 호흡을 해야 기(氣)의 동조(同

調) 현상이 일어나 수련이 빠르게 진척됩니다. 기(氣)라는 것은 언제나 물처럼 높은 곳에서 낮은 데로 흐르게 되어 있습니다. 따라서 선배의 강한 기운이 언제나 후배의 약한 기운 쪽으로 흐르게 되어 있습니다."

와식(臥式)

"단전호흡은 어떤 요령으로 하는 것이 좋겠습니까?"

"제일 처음에는 와식(臥式) 자세를 취해야 합니다."

"그 이유는 무엇입니까?"

"초보자는 단전 자리가 잡힐 때까지는 와식을 취하는 것이 가장 안정적이고 효과적이기 때문입니다."

"와식 자세는 어떻게 취합니까?"

"다리를 어깨 넓이로 벌리고 반드시 바닥에 눕습니다. 그리고 배꼽에서 대체로 자기 가운데 손가락의 두 마디 약간 넘는 곳에 있는 단전 부위의 중심인 석문혈에 파스를 동전만 하게 오려서 붙이는 것이 좋습니다. 이렇게 함으로써 단전의 위치를 확실하게 의식 속에 입력시킵니다. 그리고 나서 양 손바닥을 단전 위에 올려놓고 눈은 감고 단전호흡을 합니다.

단전호흡의 요령

"단전호흡은 어떻게 합니까?"

"코로 숨을 들여쉽니다. 자기 능력이 미치는 한 깊고 길고 가늘게 천천히 들여쉽니다. 그렇게 숨을 들여쉬는데 어디까지 들여쉬는가 하면 바로 파스를 붙인 단전까지 들여쉽니다. 들여쉬는 숨이 단전까지 닿지 않는 호흡은 결코 단전호흡이 아닙니다. 그러므로 어떤 일이 있든지 숨이 단전까지 반드시 내려가 닿도록 유의해야 합니다.

흉식(胸式)호흡에만 익숙해져 있는 현대인들이 이와 같은 단전호흡을 하기는 당장에는 힘이 좀 들 것입니다. 왜냐하면 가슴까지만 숨이 들락날락 하는 흉식호흡보다 단전호흡은 그 호흡의 길이가 무려 세 배쯤 길어지기 때문입니다.

그러나 우리 인간의 원래의 호흡법은 단전호흡이었다는 것을 잊어서는 안 됩니다. 우리는 갓 태어난 갓난아기에게서 그것을 발견할 수 있습니다. 지금이라도 주변에 갓난아기가 있으면 당장에라도 어떻게 숨을 쉬는가 유심히 살펴보세요. 틀림없이 어른처럼 가슴이 아니라 아랫배가 상하 운동을 하는 것을 발견하게 될 것입니다."

"갓난아기가 단전호흡을 하는 원인은 어디에 있습니까?"

"순진하고 천진난만하기 때문입니다. 예수는 누구든지 어린애처럼 천진난만해야 하늘나라에 들어갈 수 있다고 말했습니다. 인간은 누구를 막론하고 애당초 갓난아기처럼 천진난만했었습니다. 그러던 것이 나이를 먹으면서 욕심이 생기고 세속에 물들고 오욕칠정(五慾七情)에 찌들면서 희구애노탐염(喜懼哀怒貪厭)에 사로잡혀 느긋하던 성정이 조급하고 난폭해지기 시작합니다. 그와 동시에 호흡의 길이가 점차 짧아지면서 단전호흡이 흉식호흡으로 바뀌게 된 것입니다. 따라서 성격이 모진 사람일수록 호흡이 짧으면서도 거칠고, 착하고 온화한 사람일수록 길고 느긋하다는 것을 알 수 있습니다.

단전 자리잡기

이처럼 반드시 숨이 단전에 닿을 때까지 깊고 길고 가늘게 천천히 들여쉽니다. 그리하여 일단 숨이 단전에 닿은 뒤에는 아랫배가 불룩하게 올라옵니다. 그러나 단전에 닿은 숨이 언제까지나 그 상태로 머물러 있을 수는 없습니다.

숨을 들이쉬었으면 적당한 때에 내쉬어야 합니다. 들이쉰 숨을 억지로 단전에 가두어 둘 수는 없는 일입니다. 들이쉰 숨은 역시 깊고 길고 가늘고 고르게 천천히 내쉬어야 합니다. 중간에 인위적으로 숨을 멈춘다든가 해서는 안 됩니다. 지극히 자연스럽게 들이쉬고 내쉬는 것을 반복해야 합니다.

이때 만약에 옆에 수련이 소주천 이상의 경지에 오른 선배나 스승이나 사범이 지켜보고 있다면 금방 단전이 따뜻하게 달아오를 것입니다. 빠른 사람은 그날로 당장 그렇게 될 것입니다. 그러나 사람은 원래 천차만별이니까 일률적으로 어떻게 된다고 단정적으로 말할 수는 없습니다. 하루나 이틀 만에 기운을 느끼는 사람도 있고 일주일이나 열흘 만에 기운을 느끼는 사람도 있을 것입니다."

"한날한시에 수련을 시작했는데도 그렇게 사람마다 기를 느끼는 데 차이가 있습니까?"

"그렇습니다."

"그건 왜 그렇죠?"

"태어나서 한 번도 수련을 해 본 일이 없는데도 그렇게 차이가 나는 것은 대체로 전생(前生)에 했던 수련 정도에 차이가 있기 때문입니다."

"그렇군요."

"어떤 사람은 아무리 수련을 해도 남들이 느끼는 기운을 느끼지 못 하니까 자기는 수련 체질이 아닌가 보다 생각하고 수련을 단념하는 사 람도 있습니다. 그러나 일단 수련을 시작한 이상 인내심과 지구력을 갖고 꾸준히 밀고 나가야 합니다. 내가 아는 어떤 사람은 수련 시작한 지 무려 3년 만에야 기운을 느낀 사람도 있습니다. 수련 진도에는 빠르 고 늦고의 차이만 있을 뿐이지 안 되는 사람은 없다는 것을 알아야 합 니다."

"와식 수련은 언제까지 합니까?"

"단전이 자리잡을 때까지만 합니다."

"단전이 자리를 잡는 것은 어떻게 알 수 있습니까?"

"흉식호흡만 하던 사람이 갑자기 단전호흡을 시작하면 처음엔 호흡 이 잘되지 않습니다. 숨이 명치나 중완(中脘) 같은 데서 걸려서 내려가 지 않는 수도 있습니다. 그러나 이것도 자꾸만 반복하면 익숙해지고 드디어 단전 부위에 따뜻한 기운을 느끼게 됩니다. 처음에는 지극히 막연하게 느껴지다가도 시간이 흐르면서 그 느낌은 더욱더 뚜렷해집니다.

그렇게 되면 단전이 자리잡은 위치를 확실히 감지하게 됩니다. 단전이 자리를 잡는 것을 감지한다는 것은 기를 느끼는 것이고 마침내 호흡문이 열린다는 것을 말합니다. 이 정도가 되면 이때부터 몸에 신기한 변화들이 일어나게 됩니다."

"어떤 변화들이 일어나죠?"

"우선 몸이 가벼워집니다. 전에는 힘들게 오르던 층계도 두 계단 세 계단씩 훌쩍훌쩍 뛰어 올라도 숨도 차지 않고 전연 힘든 줄 모르게 됩니다. 그리고 그때까지 그를 은근히 괴롭히던 만성 두통, 만성 위장병, 신경성 위염, 심인성 변비 따위의 고질병들이 떨어져 나갑니다. 그리고 성격이 조급하던 사람이 느긋하고 여유 있게 됩니다. 피로가 금방금방 회복됩니다. 이쯤 되면 단전이 완전히 자리잡았다고 할 수 있습니다. 단전이 일단 자리잡게 되면 다음 단계로 넘어갑니다."

"그다음 단계는 뭡니까?"

"축기 과정입니다."

축기(蓄氣, 築氣)

"축기란 무엇입니까?"

"글자 그대로 건물을 지을 때 기초를 쌓듯이 단전호흡으로 생성된 기운으로 수련의 기초를 다지는 과정을 말합니다."

"축기 과정은 왜 필요합니까?"

"단전 자리잡기 과정이 그다음 단계인 축기 과정을 위해 필요했듯이, 축기 과정은 그다음 단계인 운기(運氣) 과정을 위해서 꼭 필요합니다."

"그럼 축기는 어떻게 합니까?"

"축기를 위한 가장 흔한 자세는 반가부좌입니다. 한쪽 다리를 다른 쪽 다리 위에 올려놓는 좌법(坐法)입니다. 이 자세를 취하고 앉아서 허리를 쭉 펴고 어깨에서 힘을 빼고 몸을 곧바로 세우고 눈은 반개(半開)하고 자기 코끝을 응시합니다.

그러고 나서 숨을 코로 들이쉽니다. 깊고 길고 가늘고 고르게 천천히 숨이 단전에 닿을 때까지 들이쉬고 내쉬고 합니다. 이때 콧구멍에 가는 깃털을 가져다 대도 흔들림이 없을 정도로 숨을 면면(綿綿)히 들이쉬고 내쉬어야 합니다. 이때 단전이 있는 아랫배는 마치 아코디언처럼 부풀었다 줄었다 합니다.

좌법에는 이 밖에도 결가부좌(結跏趺坐)와 궤좌(跪坐)가 있습니다. 그러나 결가부좌는 한국인의 체격에는 맞지 않습니다. 다리가 긴 인도인이나 유럽인에게 알맞는 좌법입니다. 그리고 꿇어앉는 궤좌만은 고집하는 사람도 있는데 어떠한 좌법이든지 수련이 잘되는 것을 택하면 됩니다. 어느 한 좌법만을 고집할 필요는 없습니다. 반가부좌를 이용할 때는 척추가 한쪽으로 휘지 않기 위해서 30분 내지 한 시간에 한 번씩 다리를 바꾸어주는 것이 좋습니다.

"축기는 어떻게 해야 합니까?"

"쉽게 말해서 저수지에 물을 채운다고 생각하면 됩니다. 이때 단전호흡으로 만들어지는 기운은 물과 같습니다. 저수지에 물이 가득차면 자연히 흘러넘쳐서 농수로를 따라 논으로 흘러들어 가게 됩니다.

축기(蓄氣, 築氣)란 이처럼 저수지에 물을 채우듯이 단전에 기를 채우는 겁니다. 저수지에 물이 가득차면 흘러넘쳐서 농수로를 통하여 논으로 흘러들어 가듯 단전에 축기가 완료된 기운은 기의 통로인 경락(經絡)을 따라 720여 개의 경혈(經穴)을 거쳐 몸 전체로 골고루 흐르게 됩니다.

단전호흡은 한마디로 축기를 위한 작업이라고 할 수 있습니다. 마치 저수지에 물을 채우기 위해서 지하수를 끌어올리는 펌프질을 하듯 우리는 단전에 기를 채우기 위해서 단전호흡을 합니다."

허기(虛氣)와 진기(眞氣)

"허기(虛氣)와 진기(眞氣)라는 것이 있는 모양인데 그건 어떻게 다릅니까?"

"단전호흡 수련을 시작할 때 마음을 차분하고 바르고 착하고, 성실

176

하고 슬기롭게 갖는 것이 무엇보다 중요합니다. 그리고 수련의 목적을 자기 존재의 근원을 밝히고 생사를 초월하여 성통공완(性通功完)하고 홍익인간(弘益人間)하고 하화중생(下化衆生)하겠다는 원대한 포부를 품는 것이 무엇보다도 중요합니다.

이 정도로 이타심(利他心)이 강한 수련자에게는 신명계(神明界)에서도 감동하여 훌륭한 보호령과 지도령을 보내주어 그의 수련을 음으로 양으로 돕게 합니다. 이처럼 마음이 바르고 착하고 슬기로운 수련자는 신명뿐만 아니라 사람도 돕게 되어 반드시 좋은 스승이나 사형(師兄)이나 도반(道伴)을 만나게 되어 있습니다. 좋은 기운은 좋은 기운을 끌어당기게 되어 있습니다. 이것을 일컬어 끼리끼리 모인다고 하기도 하고 유유상종(類類相從)이라고도 합니다.

그런데도 불구하고 일부 수련자들은 단전호흡으로 초능력을 얻어 바람을 부르고 비를 내리게(呼風喚雨) 하고 난치병을 고치겠다는 욕심을 갖고 시작하는 경우가 있습니다. 욕속부달(欲速不達)이라는 말 그대로 무슨 일에든지 욕심이 앞서면 잘되어 가던 일도 빗나가게 되어 있습니다. 이렇게 욕심이 앞선 상태에서 성급하게 단전호흡을 하면 허기(虛氣)가 진기(眞氣) 대신 발생하게 되어 있습니다.

삼대독자의 며느리로 들어가 시부모로부터 아이 낳지 않는다고 채근당한 부인이 임신을 갈망하면 임신을 하지 않았으면서도 임신한 것과 똑같이 배가 불러오고 헛구역질을 하는 등 임신부와 똑같은 생리적 증후들을 느끼는 수가 있습니다. 단전호흡에서의 허기는 바로 이런 현상을 두고 말하는 겁니다. 실제로는 대주천이 되지 않았는데도 말로만

들어 온 대주천 수행자와 똑같은 증후들을 느끼는 겁니다.

얼마 전에 한 수련생이 필자를 찾아온 일이 있었습니다. 자기는 혼자서 수련을 한 지 10년이 되었고 지금은 소주천, 대주천도 지나고 삼합진공(三合眞空) 수련을 하고 있다고 자랑스럽게 말하면서 필자를 보고 점검을 하고 확인을 좀 해 달라고 했습니다. 그러나 알고 보니 그는 순전히 허기에 사로잡혀 있었습니다.

그동안 누구한테 수련 지도를 받았느냐고 물어보았더니 아무한테도 지도받은 일 없이 순전히 책만 읽으면서 혼자서만 수련을 해 왔다고 말했습니다. 가짜 임부가 상상 임신을 한 것과 같이 그는 상상 수련만 해 온 것이었습니다. 내가 그 실상을 말했더니 그는 내 말을 도저히 믿으려 하지 않았습니다. 그리고 끝내 내 말을 믿을 수 없었던지 다시는 찾아오지 않았습니다. 본인을 위해서는 참으로 딱한 일이 아닐 수 없었습니다.”

“만약에 그 사람이 선생님 말씀을 믿고 다시 찾아와서 공부를 했더라면 어떻게 되었을까요?”

“이미 예행연습을 많이 했으므로 틀림없이 그 진도가 남보다 빨랐을 것입니다.”

“그럼 허기와 진기를 구별하는 방법이 있습니까?”

“진기로 수련을 하면 방금 전에 말한 대로 몸이 실제로 가벼워지고 고질적인 지병이 낫고 조급한 마음이 너그러워지는 등 심신의 변화가 뚜렷하게 나타나면서 그 상태가 언제까지나 계속됩니다. 그러나 허기로 수련하는 사람은 그렇지 못합니다. 진흙 속에 빠진 자동차는 아무리 운전자가 가속기를 밟아보아야 헛바퀴만 돌 뿐입니다. 욕심이 앞선 수련은 자동차 헛바퀴 돌리기와 똑같습니다.

그렇기 때문에 그 자신은 아무리 삼합진공 수련을 한다고 큰소리쳐도 실제로는 기문(氣門)도 열리지 않은 상태였습니다. 진기 수련은 수행이 진척되면서 반드시 실질적인 심신의 진화가 수반되지만 허기 수련은 그렇지 않습니다.

운기(運氣)

"축기 다음에는 어떻게 됩니까?"

"단전이 자리를 잡고 기의 방(房)이 형성되어 축기가 완성되면 자연히 운기가 시작됩니다. 저수지에 물이 가득차면 자연히 흘러넘쳐 농수로로 흘러들어 가는 것과 같습니다. 이와 마찬가지로 일단 단전에 축기된 기운은 경락을 타고 순서대로 흐르게 되어 있습니다."

기의 방(房)

"기의 방(房)이란 어떤 것입니까?"

"기의 방이란 알기 쉽게 말해서 단전에 모여든 기운을 저장하는 용기(容器)라고 할 수 있습니다. 그런데 이 용기는 단순한 용기가 아니라 밖에서 들어 온 외기(外氣)와 몸안에서 발생된 내기(內氣)를 잘 융화시키는, 현묘한 조화(造化) 작용을 일으키는 용광로와도 같습니다. 이것을 도태(道胎)라고도 합니다."

"그러한 기의 방이 형성될 때에는 몸에 어떠한 변화가 일어납니까?"

"단전 중심 부위에 마치 성냥갑만한 이물질(異物質)이 들어간 것 같이 거북한 느낌이 듭니다. 치과에서 빠진 이를 인공으로 새로 해 넣었을 때 느끼는 이물감(異物感)과도 같습니다. 처음에는 너무 거북해서 빼버리고 싶은 생각이 문득문득 들 때가 있습니다만 꾹 눌러 참고 지

내다 보면 차츰차츰 익숙해지게 됩니다."

"기의 방이 형성되고 운기(運氣)가 시작된 다음에는 어떤 현상이 일어납니까?"

"단전에 축적된 기운이 흘러넘치게 되면 자연히 단전을 상하로 종단(縱斷)하여 흐르고 있는 임맥(任脈)을 따라 기운이 아래서 위쪽으로 흐르게 되어 있습니다. 왜냐하면 임맥은 음맥(陰脈)이기 때문입니다. 모든 음맥은 밑에서 위로 흐르게 되어 있습니다. 음맥은 회음(會陰)에서 시작하여 단전을 종단하여 중완(中脘), 전중(膻中), 옥당(玉堂)을 거쳐 승장까지 흐르고 그곳에서 독맥(督脈)의 태단(兌端)과 이어지게 되어 있습니다.

대맥유통(帶脈流通)

단전에서 흘러나온 기운은 이처럼 기의 자연의 흐름을 타고 임맥을 흐르다가 대체로 배꼽 부위에서 우리가 흔히 바지가 흘러내리지 않게 매는 허리띠와 같은 위치에 따라 좌우 네 개씩 배열되어 있는 경혈을 통하여 허리를 횡단(橫斷)하여 흐르게 되어 있습니다.

이 경맥(經脈)을 대맥(帶脈)이라고 합니다. 이 대맥을 따라 단전에서 흘러나온 기운이 왼쪽에서부터 허리를 한 바퀴 뒤로 돌아 다시 단전으로 흘러들어 오게 되어 있습니다. 이것을 대맥유통이라고 합니다.

소주천(小周天)

일단 대맥유통을 끝낸 기운은 다시 임맥을 따라 위로 흐르게 되어 있습니다. 임맥을 따라 승장혈까지 올라간 기운은 잠시 멈추어 축기된 기운을 보충한 뒤에 다시 치뻗어 올라갑니다. 혀끝을 통하여 입천장을 지나 독맥의 태단혈과 이어짐으로써 독맥과 연결되어 머리의 정중앙을 종단하여 올라갑니다.

백회를 지나 몸 뒤쪽의 척추를 따라 정중앙을 종단하여 아문, 명문을 거쳐 아래로 장강까지 흘러내리게 되어 있습니다. 장강에서는 임맥의 회음과 연결되어 임독을 일주하게 되어 있습니다.

저수지에서 흘러넘친 물이 주농수로(主農水路)를 따라 흐르다가 주농수로 옆에 난 갈라진 농수로를 한 바퀴 돌고 나서 다시 주농수로와 합쳐서 흐르는 것과 같다고 할 수 있습니다. 이 갈라진 농수로를 한 바퀴 도는 것이 바로 대맥유통입니다. 이것이 바로 자연스런 기의 흐름입니다."

"그런데 선도에 관한 모든 책에는 거의 예외 없이 임독맥을 운기할 때는 단전에서 회음으로 기운을 내려 장강을 거쳐 명문, 아문을 지나 백회를 통하고 인당, 옥당, 전중, 중완, 하단전 순으로 돌리게 되어 있지 않습니까?"

"그렇습니다. 그러나 그것은 소주천 운기 수련을 할 때 예부터 채택

한 수련 방법일 뿐이지 기의 자연스런 흐름은 그와는 반대라는 것을 알아야 합니다."

"그렇다면 소주천 운기 수련을 할 때는 임독의 기운을 거꾸로 돌린다는 말씀입니까?"

"그렇습니다."

"그 이유는 무엇일까요?"

"그건 아무래도 연정화기(煉精化氣)와 관련이 있습니다. 남자는 남근이 발기할 때 위쪽으로 뻗어 있으므로 미쳐 기화(氣化)되지 않는 정(精)이 이 남근을 통하여 밖으로 새어나갈 우려가 있으므로 그것을 방지하기 위해서입니다. 그러나 여기서 확실히 말해두고 싶은 것은 음맥인 임맥의 자연스런 기의 흐름은 아래서 위로 흐르고, 양맥인 독맥은 위에서 아래로 유통된다는 겁니다.

이것을 확실히 모르면 초보자들은 당황할 때가 있습니다. 이미 세상에 나온 모든 선도에 관한 책들에 쓰여 있는 대로 단전에서 기운을 회음으로 보내고 독맥의 장강, 명문을 거쳐 아문, 니환(백회)으로 올린다는 것만 알고 있는 초보자들은 축기가 되면 기운이 이 자연의 흐름을 따라 임맥의 기운이 위로 오르는 것을 느끼고는 무엇이 크게 잘못된 줄 알고 몹시 당황할 때가 있습니다.

필자 역시 초보자 시절에 이 같은 경험을 하고 심히 당황했었고 그 원인을 알려고 무척 애썼던 일이 있었습니다. 그러나 그때는 단전호흡의 전문가라는 사람들 중에 아무도 그 원인을 정확히 아는 사람이 없었습니다. 그들은 으레 기운이 단전에서 회음과 장강, 명문을 통해 백회로 올라가는 줄 잘못 알고 있었습니다. 그들은 모든 음맥은 아래서 위로 그리고 모든 양맥은 위에서 아래로 흐르고 있으며 임맥은 음맥이고 독맥은 양맥이라는 것을 모르고 있었습니다."

"그럼 소주천 수련 때, 기를 자연의 흐름과는 반대 방향으로 돌려도 아무 지장이 없습니까?"

"의식적으로 소주천 수련을 하고 나면 기는 다시 자연의 흐름을 따라 흐르게 되어 있으므로 아무 지장도 없습니다."

"기운을 임독을 통해 한 바퀴 돌리는 데 초보자는 보통 시간이 얼마나 걸립니까?"

"소주천 수련 때 제일 어려운 관문은 꼬리뼈 부분에 있는 장강과 목뼈에 있는 아문혈입니다. 대체로 이 관문만 무사히 통과하면 처음에는 40분 내지 30분이 걸리지만 익숙해지면 점차로 시간이 짧아져서 2분 내지 1분대로 단축됩니다. 나중에는 소주천을 의식만 해도 즉시 일주를 하게 됩니다. 거꾸로 흐르라고 의식을 걸면 그 즉시 거꾸로 흐르고 자연의 흐름에 맡겨도 의식만 걸면 즉각 일주를 하게 됩니다."

"소주천은 언제 완성됩니까?"

"의식만 걸어도 1분 이내에 임독으로 기운을 일주시킬 수 있으면 소주천이 완성되었다고 할 수 있습니다."

"소주천이 완성되면 그 이전에 비해서 심신에 어떤 변화가 일어납니까?"

"무엇보다도 몸이 뜨겁게 달아오릅니다."

"그 이유는 무엇 때문이죠?"

"양기(陽氣)가 경맥의 간선도로 격인 임독을 통해 유통되기 때문입니다. 나는 환절기만 되면 유달리 추위를 많이 타는 체질인데 소주천 유통이 된 후에는 이러한 증세가 씻은 듯이 사라졌습니다. 그리고 그 이전에는 초가을만 돼도 겨울 내의를 입곤 했었는데 소주천이 된 후로는 한 겨울에 영하 10도 이하로 기온이 내려가도 내복을 입을 수 없을 정도로 몸이 뜨거워졌습니다.

두 번째로는 한여름 찌는 듯한 더위 속에서도 선풍기나 에어콘을 이용하지 않아도 더위에 지치는 일이 없습니다. 세 번째로 아무리 힘든 노동을 하고 나거나, 등산 시에 심한 난코스를 타고 나도 금방 피로가 회복됩니다. 네 번째로 모기, 벌 그 밖의 독충에게 물리거나 돌이나 나무에 긁혀서 상처를 입어도 그전과는 비교도 안 되게 짧은 시간 내에 자연 치유가 됩니다. 다섯 번째로 몸이 깃털처럼 가볍고 항상 머리가 맑고 가볍습니다."

문식(文息)과 무식(武息)

"문식(文息)과 무식(武息)은 어떻게 다릅니까?"

"의식을 단전에 두고 부드럽게 하는 보통 호흡을 문식(文息)이라고 하고, 가령 소주천 수련 때 장강이나 아문 같은 막힌 경혈을 뚫고 지나가야 할 때는 힘있고 거친 호흡을 해야 하는데 이것을 무식(武息)이라고 합니다."

온양(溫養)

"온양(溫養)이란 무엇입니까?"

"실례를 들어 소주천 수련을 하느라고 무식을 많이 사용하여 기운 속에 양기가 충만했을 때 음기와의 적절한 조화를 이루기 위해서 의식을 백회에 걸고 가볍고 부드럽게 하는 호흡을 온양이라고 합니다. 이렇게 하여 머리의 화기와 신장의 음기가 조화를 이루는 수승화강(水昇火降)이 저절로 이루어지게 합니다."

대주천(大周天)

"소주천 다음에는 어떻게 됩니까?"

"대주천입니다."

"소주천과 대주천은 어떻게 다릅니까?"

"소주천은 단전에서 축기된 기운이 임독을 유통하는 것이지만 대주천은 임독뿐 아니라 12정경과 기경팔맥을 전부 유통시키는 과정입니다. 대주천이 되려면 전제 조건이 하나 있습니다."

"그게 뭡니까?"

"백회가 열려야 한다는 겁니다. 제아무리 기운이 12정경과 기경팔맥을 자유롭게 유통하여 전신주천(全身周天)을 한다고 해도 백회가 열리지 않으면 진정한 대주천이라고 할 수 없습니다. 백회가 열림으로써 비로소 우리는 우주의 진기(眞氣)와 하나로 연결되는 겁니다. 이때 수련자는 이미 기운으로 우주와 하나가 된 것을 실감하게 될 것입니다."

"수련만 열심히 하면 백회는 자연히 열리게 되어 있습니까?"

"물론입니다. 만약에 백회가 열릴 때쯤 좋은 스승이 가까이 있다면 그의 도움을 받을 수도 있습니다. 훌륭한 스승은 줄탁지기(啐啄之機)를 제때에 알아내어 제자들을 도울 수 있습니다."

"줄탁지기란 무엇입니까?"

"달걀이 부화될 때는 알 속에 있는 병아리가 주둥이로 알 안쪽 벽을 본능적으로 톡톡 쪼게 되는데 이때 암탉은 제때에 그 기미를 알아채고 곁에서 그 알 껍질을 톡 쪼아주어 병아리가 알을 깨고 나와 세상 빛을 보게 해주는 것을 말합니다. 선도의 스승도 제자가 백회가 열릴 때를 미리 알아내어 그것이 잘 열리도록 유도해 줍니다. 이것을 일컬어 줄탁지기라고 합니다."

"얼마나 수련을 하면 백회가 열립니까?"

"그것은 일률적으로 말할 수 없습니다. 초중고, 대학, 대학원 과정을 정상적으로 마치려면 18년이 걸리는 것처럼 계량적으로 말할 수는 없습니다. 그러나 확실히 말할 수 있는 것은 마음이 바르고 착하고 지혜로운 수련자는 열심히 수행만 하면 조만간에 반드시 백회는 열리게 되어 있는 것은 틀림이 없습니다."

"백회가 열릴 때는 어떠한 현상이 일어납니까?"

"처음에는 머리의 정수리 부분인 백회에 묵직한 것이 내리누르는 듯한 느낌이 한동안 지속됩니다. 그러다가 바늘끝 같은 것이 콕콕 찌르는 것 같은 통증이 느껴지기도 합니다. 한동안 그러다가 어느 한순간에 가는 철삿줄이 정수리를 뚫고 지나간 것 같은 느낌이 들고 뒤이어 그 가는 구멍을 통해서 아주 청량하고 시원하기 짝이 없는 기운이 솔솔 뚫고 들어오는 것을 느낄 수 있습니다.

그 가는 철삿줄 같은 구멍이 시간이 흐르면서 차츰차츰 굵어집니다. 그때마다 점점 더 많은 양의 하늘의 청량한 진기가 솔솔 흘러들어 옵니다. 그러다가 들어오던 기운이 갑자기 뚝 끊어지는 수도 있습니다. 얼마 후에 다시 들어옵니다. 이렇게 간헐적으로 들어오는데 그 빈도가 점점 잦아집니다. 백회에 뚫린 기적(氣的)인 구멍도 차츰차츰 굵어집니다. 그러다가 드디어 세게 틀어 놓은 수돗물 줄기처럼 강하게 들어오기도 합니다.

백회를 통해서 들어온 하늘의 기운은 우선 하단전이라는 용광로 속에 들어가 조화를 이루어 단기(丹氣)를 이룬 후에 소주천을 일주하고, 그다음으로는 기경팔맥에 속하는 임맥, 독맥, 대맥, 충맥, 양교맥, 음교맥, 양유맥, 음유맥을 통하여 양다리를 통과하고 폐대장경, 심포삼초경을 통하여 양팔에도 유통하게 됩니다. 그다음엔 12정경과 위에 말한 기경팔맥도 거의 동시에 유통하게 됩니다."

"대주천과 전신주천(全身周天)은 어떤 차이가 있습니까?"

"중국서 들어온 책에 보면 전신주천 다음에 대주천이 온다고 했고 국내의 모 수련 단체에서 낸 책에는 대주천 다음에 전신주천이 온다고 했는데 내 경험에 따르면 백회가 열리기 전에 기운이 전신을 골고루 유통하는 것을 전신주천이라고 하고, 백회가 열린 후에 오는 전신주천을 대주천이라고 하는 것이 온당하다고 봅니다."

피부호흡(皮膚呼吸)과 육신통

"피부호흡이라는 것은 무엇을 말합니까?"

"피부호흡이란 피부의 모공으로 하는 호흡을 말합니다. 사람은 코로만 숨을 쉬는 것이 아니라 피부로도 숨을 쉽니다. 대주천이 되면 온몸에 퍼져 있는 720여 개의 경혈이 모조리 다 열리게 되므로 피부 호흡량이 늘어납니다.

지렁이는 100프로, 개구리는 50프로를 피부로 숨을 쉰다고 합니다. 사람은 보통 0.6프로를 피부로 숨을 쉰다고 합니다. 그러나 대주천 수련이 되는 사람은 이 피부호흡 량이 획기적으로 늘어나는 것이 사실입니다. 필자는 수련 전에는 초가을만 되면 으레 겨울 내복을 입었었는데 선도수련이 본격화된 이후로는 내내 한겨울에도 내복을 못 입습니다. 피부에 착 달라붙는 내복을 입으면 갑갑해서 못 견딜 정도입니다. 그 당시엔 왜 그런지 몰랐었는데 나중에는 그 이유를 알아냈습니다."

"그 이유가 무엇인데요?"

"바로 피부호흡 때문이었습니다. 얼굴에 방독면을 썼을 때 숨쉬기가 거북한 것처럼 피부에 밀착하는 내복은 피부호흡에 장애가 되는 것이 틀림없습니다. 메리야스 내의는 피부에 밀착되므로 답답해서 입을 수가 없습니다. 그러나 부득이한 경우 땀받이용으로 파자마와 같은 헐렁헐렁한 것은 껴입어도 피부호흡에는 별로 지장이 없습니다."

"그 밖에도 어떤 특징들이 있습니까?"

"하단전(下丹田)의 가동과 함께 중단전(中丹田)과 상단전(上丹田)이 동시에 다 열리게 되므로 불교에서 말하는 육신통(六神通)이나 의통(醫通)과 같은 초능력이 발휘되는 수가 있습니다."

"육신통에는 어떤 것이 있습니까?"

"천안통(天眼通), 천이통(天耳通), 타심통(他心通), 숙명통(宿命通), 신족통(神足通)까지를 오신통(五神通)이라 하고, 여기에 누진통(漏盡通)을 보태서 육신통이라고 합니다."

"천안통이란 무엇입니까?"

"천리안(千里眼)이라고도 하는데 멀리 떨어진 곳에서 일어나는 일을 텔레비전 화면(畵面)을 보듯이 알아내는 일종의 초능력을 말합니다."

"몸은 움직이지 않는데도 원거리에서 벌어지는 일을 알아내는 것은 무엇 때문일까요?"

"신령체(神靈體)가 이탈하여 직접 그 현장에 가서 보는 것으로서 영체이탈(靈體離脫)이라고 합니다. 또 이것을 양신(陽神)이 백회를 통하여 나간다 하여 출신(出神)이라고도 합니다."

"유체이탈(幽體離脫)과 영체이탈(靈體離脫)은 어떻게 다릅니까?"

"아무 수련도 하지 않은 보통 사람의 유체(幽體)가 몸에서 빠져나가는 것을 유체이탈이라 하고, 수련이 많이 진전되어 적어도 대주천 정도가 된 사람은 유체가 발달하여 신령체 또는 양신(陽神)으로 진화되어 있으므로 영체이탈 또는 출신(出神)이라고 합니다."

"천이통(天耳通)은 무엇입니까?"

"선도수련이 대주천쯤 된 사람은 마음공부도 상당한 수준에 도달하여 있을 것이므로 마음을 많이 비웠다고 할 수 있습니다. 마음속에 사심(邪心, 私心)이 없는 사람은 하늘의 섭리의 소리를 들을 수 있습니다. 이것을 천이통이라고 합니다."

"타심통(他心通)은 무엇입니까?"

"자기 마음을 비우고 대주천 정도의 수련이 된 사람은 어떤 사람에게 의식을 집중하면 그 사람의 마음속을 읽을 수 있습니다. 이것을 타심통이라고 합니다."

"숙명통(宿命通)은 무엇입니까?"

"사람의 전생이나 내생을 알아맞추는 초능력을 말합니다."

"신족통(神足通)은 무엇입니까?"

"요즘은 자동차, 기차, 비행기 같은 교통수단의 발달로 거의 쓸모가 없어진 초능력이지만 옛날에는 흔히 경신술(輕身術) 또는 축지법(縮地法)이라고 하여 먼 거리를 단숨에 달려가는 초능력을 썼는데 이것을 말합니다."

누진통(漏盡通)과 출신(出神)

"누진통(漏盡通)은 무엇입니까?"

"이미 말한 육신통 중에서 수행자가 가장 소중히 여기는 최후의 목표이기도 한 경지입니다. 즉 인간의 모든 욕망과 집착에서 완전히 벗어나, 육도사생(六途四生)을 자유롭게 드나들 수 있는 대자유의 경지를 말합니다. 다른 오신통(五神通)은 누진통에 비하면 새 발의 피라고밖에 말할 수 없습니다. 누진통에 도달하지 못한 수행자는 제 아무리 다섯 가지 초능력에 달통했다고 해도 말짱 다 헛일입니다."

"왜 그렇죠?"

"누진통에 비하면 다른 것들은 모두 다 하찮은 허접쓰레기에 지나지 않기 때문입니다. 그래서 구도자들은 예부터 그런 신통술(神通術)이 수행에는 거의 도움이 안 되는 말변지사(末邊之事)라고 일컬어 왔던 것입니다."

"그런데도 어떤 도서(道書)에 보니까 선도수련의 목적은 출신(出神)에 있다고 하던데요?"

"그건 잘못 짚어도 한참 잘못 짚은 겁니다. 출신(出神)은 대주천 수련자에게는 거의 자동적으로 일어나는 현상입니다. 수련자의 신령체 (神靈體) 즉 양신(陽神)이 백회를 통해 육체를 벗어나는 현상입니다. 육체를 벗어난 양신은 자기 주변이나 천상계에 가 볼 수 있습니다.

그러나 적어도 누진통 완성 즉 성통공완(性通功完)하거나 견성해탈 (見性解脫)하기 전에는 함부로 출신(出神)하는 것은 좋지 않습니다. 천상계(天上界)에도 여러 계층이 있는데 아직 진리를 깨닫지 못한 수행자가 자꾸만 출신(出神)하면 고작 간다는 곳이 자기 수행 수준에 걸맞는 곳, 예컨대 낮은 천상계나 성계(星界) 정도입니다.

그런 곳에 자주 들락거리면 그곳이 바로 최고의 경지인 줄 착각을 하게 됩니다. 이렇게 되면 그 수행자의 수련은 여기에서 멈추어 버리고 그 경지에만 집착하여 그것을 토대로 사이비 종교 같은 것을 만들어 내기도 하여 선량한 구도자들을 현혹하여 사회에 큰 물의를 빚기도 합니다.

지구는 구도자들의 배움터요 도량(道場)입니다. 이왕 공부를 하려고 지구상에 태어났으면 최고의 경지인 누진통까지는 가야 합니다. 공부가 끝나기도 전에 자꾸만 낮은 천계에 들락거리는 것은 교실에서 공부해야 할 학생이 수업 시간 빼먹고 바깥 세상에 몰래 빠져나가, 사복 갈아입고 담배 피우고 술 먹고 음란 영화 몰래 보는 것만큼이나 바람직스럽지 못한 짓이라는 것을 알아야 합니다.

그러므로 대주천 수련자는 일단 자기에게도 출신(出神)할 수 있는 능력이 있다는 것을 확인하기 위해서 한두 번 출신해 보았으면 그것으로 만족하고 누진통을 이룰 때까지는 꾹 참고 공부에 전념해야 합니다. 거듭 말하지만, 수련의 목적은 누진통을 이루어 인중천지일(人中天地一)의 경지를 터득하는 데 있지 출신(出神)하는 데 있지 않다는 것을 깊이 명심해야 합니다."

부동심(不動心)

"누진통을 이루면 어떻게 됩니까?"

"부동심(不動心)을 갖게 됩니다."

"부동심이란 무엇입니까?"

"생로병사(生老病死)에서 벗어난 확고부동한 경지를 말합니다. 다시 말해서 인중천지일(人中天地一)의 경지입니다. 자기 자신 속에 우주가 하나 되어 통째로 들어 있는 경지입니다. 우주 삼천 대천세계를 주재하는 주인의 자리에 앉아 있는 자신을 발견하게 되는 것을 말합니다.

다시 말해서 불출호지천하(不出戶知天下)의 경지를 말합니다. 집 바깥에 나가지 않아도 천하의 모든 일을 알 수 있는 경지를 말합니다. 부동심을 갖게 되면 스피노자의 말대로 내일 지구의 종말이 오더라도 오늘 사과나무를 심을 만한 마음의 여유를 갖게 됩니다.

그에겐 이미 생사가 따로 없기 때문입니다. 따라서 말세(末世)나 천지개벽(天地開闢)이 지금 당장 닥쳐온다고 해도 눈 하나 깜짝하지 않습니다. 어떠한 일이 있어도 미동(微動)도 하지 않는다는 말입니다. 우주가 바로 자기 자신이고 자기 자신이 바로 우주이니 어찌 생사 따위가 그를 괴롭힐 수 있겠습니까?"

육도사생(六途四生)

"육도사생(六途四生)이란 무엇입니까?"

"지옥(地獄), 아귀(餓鬼), 축생(畜生), 아수라(阿修羅), 인간계(人間界), 천상계(天上界)가 육도(六途)이고, 생물이 태어나는 형태를 말하는 태생(胎生), 난생(卵生), 습생(濕生), 화생(化生)을 사생(四生)이라고 합니다. 다시 말해서 살아 움직이는 모든 것을 말합니다."

"의통(醫通)은 무엇입니까?"

"오신통(五神通)과 비슷한 종류로서 난치병을 고쳐주는 초능력을 말합니다."

연정화기(煉精化氣)

"수련의 경지가 대주천까지 간 뒤에는 어떤 공부 과정이 있습니까?"

"연정화기(煉精化氣)의 과정이 있는데 이것이 구도자에게는 아주 중요한 고비입니다."

"연정화기란 무엇입니까?"

"자기 몸의 정(精)을 단련하여 기(氣)로 바꾸는 것을 말합니다. 수행자에게 가장 어려운 난관이 셋이 있는데 그것은 수면욕(睡眠慾), 식욕(食慾), 성욕(性慾)입니다. 이 중에서도 수면욕과 식욕은 웬만한 수행자는 극복할 수 있습니다만 성욕만은 그렇게 만만하게 볼 수 있는 것이 아닙니다.

이 성욕이야말로 구도자의 수행을 방해하는 최대의 난관입니다. 그래서 비구(比丘), 비구니(比丘尼). 신부(神父), 수녀(修女), 수사(修士)는 성욕을 멀리하기 위해서 아예 처음부터 결혼을 하지 않습니다. 그러므로 과거의 수많은 수행자들이 색탐(色貪)을 이기지 못하고 환속(還俗)하거나 파문당한 예가 허다합니다. 기독교 개신교의 선구자인 마르틴 루터 같은 사람도 신부로서 수녀와 결혼하여 파문당한 사람입니다.

그러나 바로 이 연정화기를 할 수 있는 수행자는 이성(異性)의 유혹을 능히 극복할 수 있는 능력을 갖게 됩니다. 결혼을 한 수행자라면 아내와 성행위를 하면서도 사정(射精)을 안 할 수 있는 능력을 갖게 됩니다. 이것을 일컬어 접이불루(接而不漏)라고 합니다. 다시 말해서 성욕과 사정을 자유자재로 조정할 수 있을 뿐만 아니라 정액(精液)을 기(氣)로 바꾸어 수행을 돕는 에너지로 만들어 운기(運氣)하는 능력을 갖게 됩니다. 이것을 연정화기(煉精化氣)라고 합니다."

연기화신(煉氣化神)

"연기화신(煉氣化神)은 무엇을 말합니까?"

"연정화기를 이룬 사람은 성욕을 자유자재로 다스릴 수 있는 능력을 갖게 된다고 해도 남성은 아직도 남근(男根)은 발기가 됩니다. 이것은 아직도 성욕이 있다는 증거입니다. 그러나 여기서 한 단계 더 뛰어오르면 아예 성욕 자체도 일어나지 않게 됩니다. 제아무리 고혹적(蠱惑的)인 미인이 유혹을 해도 남근 자체가 미동도 하지 않는 단계를 말합니다. 성욕에서 완전히 해방된 경지입니다."

채약(採藥)

"채약(採藥)이란 무엇입니까?"

"기를 고체화시키는 것을 말합니다. 그 능력의 대소에 따라 소약(小藥)이니 대약(大藥)이니 하지만 이것을 구도자에게는 아무런 의미도 없는 일종의 잡술(雜術)에 지나지 않습니다. 이것 역시 수련에는 아무 도움도 안 되는 말변지사(末邊之事)입니다."

삼합진공(三合眞空)

"삼합진공이란 무엇입니까?"

"대주천 후에 운기가 활발해지면 상단전(上丹田)과 중단전(中丹田), 하단전(下丹田)이 하나로 연결되고 백회에서 회음까지 하나의 굴뚝으로 휑하니 뚫린 것 같은 느낌을 갖게 됩니다. 수행이 이 경지에 도달하면 수련자는 축기된 단전의 기운을 순식간에 자기 몸 어디에도 보낼 수 있을 뿐만 아니라 지구상 어느 곳이든지 보낼 수 있는 능력을 갖게 됩니다. 그리고 이 우주 내의 어디에 있는 기운이든지 필요하면 금방 끌어다 쓸 수 있습니다."

"그럼 단전호흡에는 어떠한 과정이 있습니까?"

"기공부, 즉 운기조식(運氣調息)을 단전호흡이라고 하는데 그 과정을 살펴보면 다음과 같습니다. 기 느낌, 축기, 기의 방(房) 형성, 대맥(帶脈) 운기(運氣), 소주천(小周天), 온양(溫養), 대주천(大周天), 삼합진공(三合眞空), 피부호흡(皮膚呼吸), 채약(採藥), 연정화기(煉精化氣), 연기화신(煉氣化神), 출신(出神)의 과정이 있습니다."

수련은 꼭 순서대로 해야

"어떤 책에는 선도수련은 반드시 스승의 지도하에 일정한 순서를 밟아서 수행하지 않으면 안 된다고 하는데 그 말이 맞습니까?"

"물론 구도자가 다행히도 좋은 스승을 만나 그의 자상한 지도를 받아 가면서 수행을 한다면 그 이상 다행한 일이 어디 있겠습니까? 그러나 실제로는 스승의 지도를 받지도 못하고 혼자 산속에 들어가 수행에 정진하여 오직 혼자 힘으로 스스로 깨달음을 얻은 독각성인(獨覺聖人)도 적지 않습니다. 내가 알기로는 원불교를 창설한 소태산(小太山) 대종사(大宗師)나 대행(大行) 스님 같은 분들이 그 좋은 실례입니다.

이분들이 남긴 어록(語錄)에 따르면 자기도 모르는 사이에 신명(神明)들의 도움을 받아 선도수련을 한 것입니다. 운기조식이나 단전호흡, 소주천, 대주천이 무엇인지도 모르면서 자기도 모르게 호흡을 하여 소주천, 대주천, 출신까지 마친 분들입니다. 내가 만나 본 수행자들 중에는 단전호흡만 열심히 했는데도 나중에 책을 읽어 보니 자기도 모르는 사이에 소주천, 대주천, 출신까지 했다는 사람도 있었습니다. 점검을 해 보았더니 그의 말이 거짓이 아니었습니다."

"스승에게 배우지 않고도 순전히 혼자서 그렇게 수련이 되는 이유는 어디에 있습니까?"

"전생에 수련을 많이 해 본 경험이 있기 때문입니다. 만약에 어떤 구도자가 전생에 대주천까지 수련을 한 경험이 있었다면, 금생에 다시 수련을 할 경우 단숨에 대주천 경지에까지 도달할 수 있습니다."

"그런데 어떤 사람은 10년 동안이니 수련을 했으면서도 허기(虛氣)만 돌린 것은 무엇 때문입니까?"

"우선 수련을 하는 목적을 분명히 해야 되는데 그렇지 못한 경우입니다. 상구보리(上求菩提)하고 하화중생(下化衆生)하겠다는 뚜렷한 목표가 설정되어 있어야 합니다. 남들이 다 한다니까 나도 덩달아 따라 한다든가, 비를 내리게 하고 바람을 부르고 난치병을 고치고 숙명통, 타심통, 천안통을 얻어 보겠다는 욕심이나 호기심으로 이 공부를 시작하면 사람과 신명의 도움을 받을 수 없습니다. 따라서 선도수련의 기본은 우선 마음의 자세가 확실히 되어 있어야 합니다."

"그 마음의 자세란 어떤 것입니까?"

"바르고 착하고 슬기롭게 세상을 살아가겠다는 마음입니다. 이러한 마음속에서만이 지극한 이타심(利他心)이 생겨납니다. 나보다도 남을 먼저 위하는 마음을 가져야 좋은 기운이 모여들게 되어 있습니다. 단전호흡은 이러한 기본 자세를 갖춘 뒤에 해야 좋은 성과를 거둘 수 있습니다. 단전호흡은 바로 우주의 정기(正氣)를 불러들여 자신의 몸속에 운영하는 일련의 작업이요 행위입니다."

"호흡의 기본 요령을 다시 한 번 말씀해 주십시오."

"단전호흡이 완전히 정착될 때까지 단전에서 의식이 떠나지 말아야 합니다. 행주좌와어묵동정(行住坐臥語默動靜) 염념불망의수단전(念念不忘意守丹田)해야 합니다. 길을 가든지 멈추어 있든지, 앉아 있든지 누워 있든지, 말을 하든지 침묵을 지키고 있든지, 움직이고 있든지 조용히 앉아 있든지 항상 단전에서 의식이 떠나면 안 된다는 얘기입니다.

이러한 자세로 일사천리로 꾸준히 밀고 나가기만 해도 자기도 모르는 사이에 소주천, 대주천, 연정화기, 출신까지 되는 수가 있습니다. 그러나 가능하면 좋은 스승을 만나 그의 자세한 지도를 받는 것이 제일 안전합니다. 낯선 길을 떠날 때는 먼저 가 본 사람을 인도자로 삼는 것이 가장 좋습니다."

신인일치(神人一致)

"어떤 책을 보니까 선도수련을 하여 출신(出神)을 하면 신인일치가 된다고 하는데 선생님께서는 어떻게 생각하십니까?"

"출신(出神)이 되었다고 해서 반드시 신인일치가 되는 것은 아닙니다. 여기서 말하는 신(神)은 우주를 관장하는 하느님 또는 우주의식(宇宙意識)을 말합니다. 따라서 신인일치는 우아일체(宇我一體)와 같은 뜻입니다. 이 말은 진리를 깨달아 누진통(漏盡通)을 얻어 부동심(不動心)을 갖게 되는 것을 말합니다.

그런데 구경각이 무엇인지 모르는 사람들은 출신하여 천신에게 접신(接神)되는 것을 신인일치라고 착각하고 있습니다. 구경각은 하느님 자신이 되는 것이지 천신의 종이 되는 것은 아닙니다. 부동심은 출신(出神)을 한다고 해서 저절로 굴러 들어오는 것은 결코 아닙니다.

부동심을 얻으려면 먼저 나보다 남을 위하는 마음이 매사에 선행되어야 합니다. 그리고 어떠한 불상사를 당하더라도 그것을 남의 탓으로 돌리지 말고 무조건 자기 탓으로 돌릴 줄 알아야 합니다. 다시 말해서 애인여기(愛人如己)와 역지사지방하착(易地思之放下着)이 일상생활화되어 있어야 합니다. 이러한 마음을 갖지 않고는 삼천 대천세계(三千大千世界)의 대우주를 내 품안에 안을 수 없습니다.

제아무리 출신을 하여 천지간을 마음대로 드나들 수 있다고 해도 부동심을 얻지 못하면 말장 다 헛일입니다. 따라서 기공부는 어디까지나 마음공부의 보조 수단에 지나지 않는다는 것을 알아야 합니다. 출신 (出神)이 수련의 종착점이라고 생각하면 큰 오산입니다.

어찌 기공부뿐이겠습니까? 몸공부 역시 마음공부의 보조 수단입니다. 마음공부를 완벽하게 수행하려면 반드시 기공부와 몸공부가 동시에 균형을 맞추어 진행되어야 합니다. 이 세 가지 공부 중 어느 하나가 빠져도 제대로 된 공부라고는 말할 수 없습니다. 구도의 종착점은 구경각(究竟覺)이어야지 출신(出神)일 수는 없습니다."

"구경각에 도달한 사람은 그이상 더 수련을 하지 않아도 됩니까?"

"결코 그렇지 않습니다. 우리가 지구라는 별에 인간으로 태어난 것 자체가 여러 가지로 부족한 데가 많기 때문에 공부를 하기 위해서입니다. 득음(得音) 후에도 목소리 내지 않으면 허사입니다. 그러니까 우리는 비록 구경각을 얻었다 해도 숨이 다하는 그 순간까지 배움을 그쳐서는 안 됩니다."

"구경각에 도달한 사람도 죽을 때까지 공부를 해야 된다는 말씀입니까?"

"그렇습니다. 비록 구경각(究竟覺)에 도달한 성인(聖人)도 계속 기공부와 몸공부를 하지 않으면 각종 성인병과 비만(肥滿)에 걸려 운신을 제대로 못 하게 되는 수가 왕왕 있습니다. 이 세상에서 살아서 움직이는 생불(生佛)이나 성인(聖人)으로 추앙받던 고위 성직자도 성인병(成人病)으로 고생하다가 죽는 경우가 흔히 있는 것은 그 때문입니다.

그러므로 우리는 숨이 붙어 있는 마지막 순간까지 세 가지 공부를 쉬지 말아야 합니다. 우리 인간에게는 마음 외에도 숨을 쉬게 하는 기

(氣)와, 시공과 물질의 제한을 받는 몸이 있는 것은 공부를 효과적으로 하기 위해서입니다. 기와 몸이야말로 마음공부를 가장 능률적으로 신속하게 할 수 있는 강력한 매체입니다.

그리고 지구처럼 공부하기 좋은 환경이 다른 별에는 없습니다. 우리가 지구상에 인간으로 태어난 것은 크나큰 축복이라는 것을 알아야 합니다. 지구에서의 한 시간의 공부는 천상(天上)에서의 만 시간의 공부보다 훨씬 더 큰 효과를 얻게 됩니다. 그러므로 우리는 목숨이 붙어 있는 한 공부에 촌음(寸陰)을 아껴야 합니다.

그런데도 불구하고 지상에서의 이 귀중한 시간을 허랑방탕하게 보낸다던가, 도박과 마약, 축재(蓄財)와 엽색(獵色), 부귀영화(富貴榮華)를 추구하기 위한 사기, 협잡, 협박, 공갈, 폭력, 부정부패로 허비하는 것은 얼마나 안타까운 일입니까? 제 살을 제가 깎아 먹는 어리석기 짝이 없는 짓이 아닐 수 없습니다."

잡념은 왜 일어나는가?

"명상이나 관(觀)을 하거나, 화두를 잡다가 보면 끊임없는 번뇌, 망상, 잡념으로 괴로움을 당하게 되는데 그 이유는 어디에 있습니까?"

"잠재의식 속에 저장되어 있으면서, 아직 해소되지 않았던 과거 또는 과거생(過去生)의 심리적 갈등이 재현되어 정리되기를 기다리고 있기 때문입니다."

"그럴 때는 어떻게 하는 것이 좋겠습니까?"

"그 번뇌, 망상, 잡념 속에 휘말려 들어가지 말고 그저 조용히 관(觀)

하십시오. 수행이 높아져서 마음이 많이 열리면 열릴수록 그리고 깨달음이 깊어지면 깊어질수록 그러한 심리적 갈등은 자연히 하나하나 해소되어 말끔히 정리될 때가 반드시 올 것입니다.

실례를 들어보겠습니다. 어떤 사람이 친구의 퇴직금을 몽땅 사기횡령했습니다. 하도 오래 전 일이라 깡그리 잊어버리고 있었는데 어쩌다가 구도자가 되어 명상을 하다가 보니까 자꾸만 그때 일이 떠올라 양심이 찔려 왔습니다. 그는 그 일을 조용히 관(觀)했습니다. 그때의 자기 잘못이 진정으로 뉘우쳐졌습니다.

당장이라도 그 친구에게 달려가 횡령한 그 돈을 되돌려주고 진정으로 사과하고 싶은 생각이 굴뚝같았지만 지금은 그 친구의 행방을 아무리 찾아도 알 길이 없었습니다. 그러나 자기 잘못을 진정으로 뉘우치고 깨달은 이상 그는 다시는 그런 잘못을 저지르지 않을 것입니다. 이것으로 일단 그 일은 정리가 되는 겁니다. 이런 과정을 통하여 그의 과거의 업장은 하나하나 정리되게 되어 있습니다."

"조용히 관만 하는데도 그렇게 된다는 말씀입니까?"

"그렇습니다. 관은 사물에 대한 지혜의 눈을 뜨게 하여 잘못을 바로잡아 고쳐 주는 일을 하기 때문입니다. 관은 따뜻한 햇볕과도 같아서 그 영향권 안에 들어오는 어떠한 번뇌, 망상, 잡념이든지 눈처럼 녹게 하여 걸러 주는 강력한 정화 능력이 있습니다. 이것이 바로 관의 위력입니다."

"그럼 그 관(觀) 속에는 에너지가 실려 있습니까?"

"그렇습니다. 올바른 관은 온갖 갈등을 바로잡는 막강한 힘이 실려 있습니다."

단전호흡의 핵심

"단전호흡의 핵심은 무엇이라고 생각하십니까?"

"수행자가 기(氣)를 느끼는 겁니다. 기(氣)야말로 기 수련의 핵심입니다. 요즘 일본인이 쓴 단전호흡에 대한 저서들 중에는 단전호흡이 건강에 좋다는 얘기만 있지, 기를 느끼고 운용하는 데 대해서는 일언반구도 언급되지 않은 책들이 있습니다.

그리고 남의 것 베껴 먹기 좋아하는 국내의 일부 사이비 수행자들 중에는 이 책들을 근거로 하여 수련 단체를 만들어 수련생을 모집하여 돈을 버는 일까지 있습니다. 이들은 모두가 기(氣)라는 것이 있다는 것을 막연히 알 뿐 기를 느끼고 체험한 일은 한 번도 없는 사람들입니다.

단전호흡은 마땅히 기를 느끼고 운용하는 일이 핵심이 되어야 합니다. 그런데도 국내에서 오랜 전통을 가졌다는 일부 도장에서도 사범들 중에 기를 느끼지 못하는 경우가 수두룩합니다. 그리하여 수련생들 중에서 기에 대해서 질문하는 것을 몹시 싫어합니다.

이들이 가르치는 단전호흡은 이름뿐이지 실제로는 심호흡이나 복식호흡에 지나지 않습니다. 심호흡과 복식호흡은 건강을 증진시키는 데는 도움을 줄지언정 소주천, 대주천, 연정화기와 같이 심신의 변화와 함께 영적인 진화를 이루는 일과는 아무런 관계도 수 없습니다. 기를 모르는 도장은 헬스센터의 역할은 할 수 있을지언정 진정한 단전호흡과는 아무런 관련도 없습니다."

"결국 기를 모르는 단전호흡은 노른자 빠진 계란과 같다는 말씀이시군요."

"그렇습니다. 우선 기를 감지하지 못하는 사람이 단전호흡을 가르친다는 것은 장님이 길잡이가 되겠다는 것만큼이나 후안무치(厚顔無恥)한 짓입니다. 기를 느끼지 못하는 사람은 무엇보다도 단전호흡을 논할자격이 없습니다. 기를 못 느끼면서 기를 가르치겠다는 것은 고자가장가들어 아이를 낳겠다는 것만큼이나 어처구니없는 짓입니다."

"선생님께서는 누진통 이외의 모든 초능력은 수행자에게는 백해무익하다고 하셨는데 이 그 이유는 어디에 있습니까?"

"모든 수련의 목적은 각자가 자기 마음을 다스리고 깨달아 부동심(不動心)과 평상심(平常心)을 얻자는 것이지 호풍환우(呼風喚雨) 즉바람을 부르고 비를 내리게 하거나 난치병을 고치거나 남의 전생을 알아맞추고 예언을 하고 점을 치는 것이 아닙니다. 자기 존재의 실상을깨닫는 것 이외의 어떠한 초능력이든지 그것이 구도에 도움을 주지 못하는 한 수행자를 현혹시키는 백해무익한 것일 수밖에 없습니다."

"초능력은 왜 생겨납니까?"

"원래 초능력은 수행 도중의 구도자에게 수련에 도움이 되게 하기위해서 생겨난 자연의 섭리입니다. 그러므로 올바른 수행자는 자기에게 초능력이 생겨나도 함부로 남에게 발설하거나 과시하지 않습니다. 오직 구도에 실패한 사이비 종교의 교주들만이 초능력을 과시하여 신도들을 모으고 축재와 엽색을 하고 자신을 우상화하고 신격화합니다."

"난치병 고쳐주고 점 잘 치는 사람은 일단 의심해야 되겠군요."

"그렇습니다."

"초능력 이외에 수련자를 현혹시키는 것은 또 없습니까?"

"있습니다."

"그게 뭐죠?"

무당과 수행자의 차이

"교주가 약간의 초능력을 구사하면서 말끝마다 '하늘의 소리'니 '하늘의 뜻'이니 '하늘의 글'이니 '천음(天音)'이니 '하늘의 도맥'이니 하면서 자기가 하는 말에 권위를 세우려고 하는 경우가 있습니다. 책도 써 내고 도장도 운영합니다. 이런 사람은 일단 조심해야 합니다."

"왜 그렇죠?"

"만약에 어떤 사람이 천계의 어느 천신(天神)의 도맥을 이었다고 말했다면 그렇게 말한 사람의 정체는 무엇이겠습니까?"

"글쎄요. 혹시 그 천신(天神)의 사자(使者)가 아닐까요?"

"그렇습니다. 천신의 사자라면 천신과 사람 사이의 중개자라는 뜻입니다. 신과 사람의 중개자를 우리는 영매(靈媒) 또는 무당(巫堂)이라고 합니다. 무당은 수행자도 아니고 구도자도 아닙니다. 따라서 무당은 구경각을 얻어 일체의 존재의 뿌리인 하늘 그 자체도 하느님도 부처도 될 수 없습니다.

구도자는 누구나 구경각을 얻으면 하늘이요 하느님이요 부처입니다. 다시 말해서 그는 소우주로서 대우주와 하나로 통합되어 우아일체를 이루고 있는 것입니다. 부동심을 얻어 불출호지천하(不出戶知天下)의 성인(聖人)이 되는 겁니다. 구도자가 좀스럽고 구차하게 무당이 연결해 주는 천계의 도맥 따위에 연연할 수는 없는 일입니다. 진리를 깨달은 사람은 '내가 바로 하늘이요 하느님이요 부처요 우주 전체'인데 무슨 하늘의 도맥 따위를 바란단 말입니까?"

"구도자가 진리를 깨달으면 과연 하느님 자신이 될 수 있을까요?"

"물론입니다. 내 말을 못 믿겠으면 과거의 경전과 성인들의 얘기를 참고하기 바랍니다."

"과연 성인들도 그런 말을 했습니까?"

"물론입니다. 우리 조상들은 사람이 곧 하늘이라고 하여 '인내천(人乃天)'이라고 했습니다. 이것은 공연한 소리가 결코 아닙니다. 우주의 이치를 깨달은 마음이 밝아진 철인(哲人)이 아니고는 할 수 없는 말입니다. 『천부경』에도 '인중천지일(人中天地一)'이라는 구절이 있습니다. '천지일(天地一)'은 우주 전체라는 뜻입니다. 사람 속에 우주 전체가 들어 있다는 뜻입니다.

예수 그리스도 역시 '하늘 나라는 네 안에 있나니라'(누가 17:21)고 말했습니다. 그리고 석가모니도 '일체유심조(一切唯心造)요 즉심시불(卽心是佛)'이라고 했습니다. 모든 것은 마음먹기에 달려 있고 그러한 마음이 곧 부처라는 뜻입니다. 그는 또 말하기를 '일체중생실유불성(一切衆生悉有佛性)'이라고 했습니다. 모든 중생들에게는 예외 없이 불성이 있다는 뜻입니다. 이것은 우리 인간은 자기 마음만 깨달으면 누구나 하늘이요 하느님이요 부처가 될 수 있다는 얘기입니다."

"그러니까 천신의 도맥을 사람에게 이어 준다는 것은 무당들이나 할 소리지 참된 수행자가 할 소리는 결코 아니군요."

"그렇습니다. 그런 사람들을 유심히 살펴보면 대체로 마음공부는 거의 되어 있지 않습니다. 수행 중에 출신(出神)하여 자기 수준에 맞는 낮은 단계의 천계에 가서 얻어 온 정보를 무고한 수련자들에게 퍼뜨리고 있을 뿐입니다."

"천계에는 몇 가지 단계가 있습니까?"

"불교에서는 삼천 대천세계(三千大千世界)를 말하고 어떤 사람은 십천(十天), 십일천(十一天)을 말하지만 여러 단계가 있는 것은 틀림없습니다."

"그렇군요."

"지구에 태어난 사람들은 의식하고 있든지 의식하지 못하고 있든지 간에 그 자신이 존재의 근원을 깨닫기 위해서 태어났습니다. 그것을 의식하고 있는 사람이 구도자이고 그것을 의식하지 못한 사람이 중생입니다.

어쨌든 간에 지구는 하나의 커다란 배움터요 도량(道場)이요 교실입니다. 학생은 교실에서 열심히 공부를 해야지 선생님 몰래 땡땡이 치고 학교 밖에 나가 노는 것은 안 됩니다. 출신할 수 있는 능력이 있다고 해서 자꾸만 천계에 들락거리는 것은 공부하기 싫은 학생이 공부 시간 빼먹고 밖으로 나도는 것과 같습니다.

맹자(孟子)는 공자(孔子)의 손자인 자사(子思)의 문하에서 공부를 하고 있었습니다. 그러나 어머니의 뜻을 어기고 배움터를 떠나 집에 돌아왔습니다. 어머니가 '왜 왔느냐?'고 묻자, '공부하기 싫어서 왔다'고 말했습니다. 이 말을 듣자 베틀에 앉아 옷감을 짜고 있던 그의 어머니는 베틀에 걸려있는 다 된 옷감을 칼로 뭉텅 잘라 버렸습니다.

그러자 맹자가 '아니! 어머니 왜 다 된 옷감을 칼로 자르십니까?'하고 물었습니다. 그러자 맹자의 어머니가 대답했습니다. '네가 학문을 중단하고 집에 온 것은 잘 짜나가던 옷감을 칼로 뭉텅 자르는 것과 무엇이 다르냐?'하고 되물었습니다. 맹자는 이 말에 자기 잘못을 깊이 뉘우치고 그 길로 다시 배움터에 돌아가 공부에 전념했다고 합니다. 이것을 일컬어 맹모단기지교(孟母斷機之敎)라고 합니다.

조선 왕조 선조 때의 유명한 서예가 한석봉(韓石峯)도 공부 도중에 어느 날 밤 집에 돌아온 일이 있었습니다. 그의 어머니가 '왜 왔느냐?'고 묻자, '공부하기 지루해서 왔다'고 말했습니다. 때마침 떡가래를 썰고 있던 한석봉의 어머니는 불을 끄고 아들은 천자문을 쓰고 자기는 떡을 썰기로 했습니다. 둘은 시합에 들어갔다가 한참 뒤에 다시 불이 켜졌습니다. 한석봉은 한 글자도 제대로 못 썼지만, 그의 어머니는 밝을 때와 똑같이 쪽 고르게 떡을 썰어 놓았습니다. 한석봉은 여기서 자기 잘못을 깊이 뉘우치고 다시 공부에 진력했다고 합니다.

수행자가 출신(出神)하여 천계에 자주 들락거리는 것은 공부하기 싫은 학생이 공부 시간 빼먹고 밖에 나가 수준 낮은 사람들이나 불량배와 어울리는 것과 같습니다. 공부의 수준이 낮으니까 결국은 그 수준에 맞는 층과 어울리게 되어 있습니다. 구경각을 얻지 못한 수행자가 천계에 들락거려 보았자 그때의 자기 공부 수준에 맞은 낮은 천계밖에는 갈 데가 없습니다. 그는 그곳을 최고의 천계로 착각을 하고는 그곳 얘기를 지상의 수준 낮은 수련생들에 퍼뜨리고 금품을 갈취합니다. 이 것은 수행자들에게는 백해무익한 짓이 아닐 수 없습니다.

거듭 말하지만 구도자는 누구나 구경각(究竟覺)을 얻으면 그 자신이 바로 하느님이고 부처님이고 하늘 그 자체라는 것을 그들은 새까맣게 모르고 있습니다. 인내천(人乃天)도 인중천지일(人中天地一)도 부동심 (不動心)도 실제로 체험하지 못했으니까 그런 엉뚱한 짓을 하는 겁니 다. 수행자들은 그런 함정에 빠지지 않도록 특히 조심해야 합니다."

"그런 가짜에게 걸려들지 않으려면 어떻게 해야 합니까?"

"수련생 각자가 중심을 잡아야 합니다. 그리고 교주가 난치병을 고 친다든가 쪽집게처럼 과거를 알아맞춘다고 해서 현혹되지 말아야 합 니다. 좌우간에 비정상적이고 기이한 짓을 하는 사람은 일단 의심하고 경계해야 합니다. 자칫 한 번 잘못 빠져들면 맹종자(盲從者)나 맹신자 (盲信者)가 되고 결국은 광신자(狂信者)로 전락되어 그 함정에서 벗어 나지 못하고 폐인이 되어 버리고, 가산(家産)은 교주에게 갈취당하고 가족은 풍비박산이 되어 버리고 맙니다.

초능력은 이렇게 위험한 것입니다. 지혜로운 사람이 구사하면 좋은 일에 쓰이지만 탐욕한 자가 쓰면 사람들을 해치는 가공할 흉기가 됩니 다. 그러나 지혜로운 사람은 비록 초능력이 있어도 구사하지 않습니다."

"그건 무엇 때문입니까?"

"아무리 지혜로운 스승이라도 초능력을 구사하면 그의 문하생들은 그 순간부터 그의 진리의 가르침보다는 그의 초능력에 넋을 빼앗겨 공부는 뒷전으로 밀려나기 때문입니다. 스승에게 비록 죽은 사람을 살리는 초능력이 있다고 해도 그의 제자들이 스스로 생사의 고리를 끊는 깨달음을 갖게 하지 못하는 한 그따위 초능력을 아무 쓸모가 없습니다."

"왜 그럴까요?"

"죽은 사람을 살려보았자 고작 2, 30년쯤 더 생명을 연장하는 것 이외에 무슨 이익이 있겠습니까? 생사를 뛰어넘는 깨달음을 성취한 구도자의 눈으로 볼 때 아무런 깨달음도 얻지 못한 중생의 삶을 2, 30년 연장한다는 것은 부질없는 헛수고에 지나지 않습니다. 이것이 구도의 진실입니다. 그러므로 초능력은 사람의 넋을 빼앗는 백해무익한 짓에 지나지 않는 겁니다.

그러나 사람들을 현혹시키는 바로 그 이유 때문에 가짜들은 초능력을 얻으려고 혈안들이 됩니다. 그래서 가짜와 초능력은 약장사에게 붙어 다니는 요술처럼 떼려고 해도 뗄 수 없는 유기적인 관계를 갖고 있습니다. 약장사에게는 요술이 고객을 끄는 미끼라면 가짜에게는 초능력이 신도들을 끌어들이는 미끼입니다."

"듣기로는 가짜나 사이비 교주들이 구사하는 초능력은 수련의 결과로 얻어지는 것이 아니라는 말이 있던데요."

"그렇습니다. 가짜가 구사하는 초능력은 수련의 결과로 얻어지는 것이 아니고 접신(接神)으로 얻어지는 겁니다."

"접신이란 어떻게 되어 이루어집니까?"

"무당에게 신(神)이 내리는 것과 거의 같습니다. 가짜들은 자력으로 수행을 하는 것이 아니고 자기 수준에 맞는 저급한 신령(神靈)이 자기에게 내려와 초능력을 갖게 되기를 기원합니다. 이를 위해 산속에 들어가 하는 백일기도도 있고 천일기도도 있습니다. 이것이 이른바 강신술(降神術)입니다. 이렇게 내린 저급령(底級靈)을 무당들은 '몸주'라고 합니다. 가짜들이 초능력을 발휘하는 것은 무당들이 족집게 점을 치는 것과 마찬가지로 바로 몸주의 작용입니다."

"몸주의 작용이란 무슨 뜻입니까?"

"접신된 저급령(底級靈)이 시키는 대로 말하고 움직이는 것을 말합니다."

"그것을 어떻게 알 수 있습니까?"

"수행이 많이 되어 도안(道眼)이 뜨인 수도자에게는 그런 것들이 일목요연하게 눈에 들어오게 되어 있습니다. 그래서 가짜들은 어리숙한 사람들은 속일 수 있어도 수행이 많이 된 구도자의 눈은 속일 수 없습니다."

"그렇다면 우리가 가짜에게 속지 않는 길은 수행을 많이 쌓아 도안이 뜨이는 길밖에 없겠군요."

"그렇습니다. 그러나 비록 도안이 뜨이지 않았다고 해도 마음의 중심이 잡혀 있고 사물을 바르게 볼 줄 아는 수행자들은 우선 초능력 자체를 말변지사(末邊之事)로 간주하니까 결코 가짜에게 말려드는 일이 있을 수 없습니다. 정상적인 구도자는 초능력 따위에 애초부터 관심을 기울이지 않습니다.

가짜에게 잘 말려드는 유형(類型)

가짜에게 잘 말려드는 사람들은 대체로 일정한 유형(類型)이 있습니다."

"어떤 유형입니까?"

"첫째 게으른 사람들입니다. 게으른 수행자들은 늘 어떻게 하면 힘들이지 않고 쉽게 도를 성취할 수 있을까 하고 궁리합니다. 자력으로 수행을 할 생각은 하지 않고 남의 힘을 빌리려고 합니다. 그러다가 어디에 '희한한 도인'이 나타나 3백만 원만 내면 3주일 안에 백회를 열어준다더라 하는 소문이 나돌면 얼씨구나 하고 달려갑니다.

최근에도 많은 순진한 구도자들이 이런 희한한 도인에게 속아 돈만 3백만 원씩 떼이고 허탕을 친 예가 있습니다. 그러나 조금만 사려가 있는 수행자라면 이런 허황된 소문에 그렇게 간단히 넘어가지는 않았을 것입니다."

"바로 그 소문 속에는 어떤 함정이 있었던 모양이죠?"

"물론입니다. 그러나 그 함정은 게으른 수행자의 귀는 솔깃하게 했을지 모르지만, 부지런하고 성실한 구도자의 이목은 전연 끌 수 없습니다."

"왜 그렇습니까?"

"선도수련에서 백회가 열리는 것은 수행자 스스로 자력에 의해 이루어지는 것이지 누가 밖에서 어떤 작용을 가해서 되는 것은 아니기 때문입니다. 농부가 봄철에 밭에 씨앗을 뿌리면 햇볕과 비와 바람의 도움을 받아 그 씨 자체의 생명력의 작용으로 씨눈이 트이고 싹이 돋아나고 줄기가 뻗어나고 잎이 열리고 꽃이 피고 열매를 맺게 됩니다.

  수행자도 이처럼 그 자신의 생명력의 작용으로 단전호흡을 하여 기를 느끼고 기의 방(房)이 형성되고 축기가 이루어지고 대맥과 소주천 운기가 되면, 그다음 단계로 계속 수행이 진전되면 마치 작물에 꽃이 저절로 피어나듯, 백회도 때가 되면 스스로 열리게 되어 있습니다. 만약에 수행자가 대주천, 삼합진공, 연정화기, 연기화신. 출신의 과정까지 겪은 올바른 스승 밑에서 제대로 수련을 쌓으면 혼자서 하는 것보다 수행 과정은 상당히 단축될 것입니다. 그러나 스승은 결코 제자의 백회를 인위적으로 열어주지 않습니다.

  꽃봉오리는 마땅히 자연의 섭리에 따라 피어나야 하는 것처럼 수행자의 백회 역시 자기 내부의 생명의 성장력에 따라 자연스럽게 열려야 합니다. 만약에 농부가 자연적인 개화를 기다릴 수 없다고 억지로 꽃봉오리를 열었다면 그 꽃은 자연의 아름다움을 상실하게 될 것입니다. 자연의 질서를 어겼기 때문에 자연의 아름다움을 잃을 뿐만 아니라 좋은 씨앗을 얻기도 어려울 것입니다.

  백회를 연다고 하여 정수리에 손가락을 댄다든가 대침을 꽂는다든가 하는 사례가 있는데 모두가 위험하기 짝이 없는 일로서 가짜 스승들이나 하는 짓입니다. 진짜 스승이라면 산파가 산모의 출산을 돕듯이 수행자의 백회가 열리는 것을 도와줄 수는 있습니다. 스승이 제자의 백회 열리는 것을 제때에 알아맞추어 도와주는 것을 줄탁지기(啐啄之機)를 포착한다고 합니다.

  자연은 자연의 질서를 존중해 줄 때 제대로 진화하게 되어 있습니다. 그래야만이 작물의 꽃도 제대로 피고 열매도 착실하게 맺게 됩니다. 농부는 다만 이 자연의 질서를 따라 해충과 잡초를 제거해 주고, 비료를 주고, 풍수해와 가뭄으로부터 농작물을 보호만 해 주면 됩니다. 그 이상의 간섭은 오히려 작물의 성장을 해치게 됩니다. 그와 마찬가지로 수행자는 아직 열릴 때도 안 된 백회를 열겠다는 욕심으로 성급하게 무슨 도사연하는 사람의 감언이설에 속아서는 안 됩니다."

"가짜에게 잘 말려드는 두 번째 유형에는 어떤 것이 있습니까?"

"두 번째는 욕심을 부리는 사람들입니다. 욕속부달(欲速不達)이라는 말이 있습니다. 무슨 일이든지 성급하게 욕심을 부리면 더욱더 늦어집니다. 수행자는 무엇보다도 탐심을 비워야 합니다. 왜냐하면 속에 탐심이 많으면 많을수록 수련은 진척이 되지 않고 엉뚱한 곳으로 빗나갈 수 있기 때문입니다.

요즘 어떤 수련 단체에서는 한 달 안에 책임지고 견성해탈(見性解脫)시켜준다고 장담하면서 수행자들을 공공연히 모집하는 일이 있습니다. 게으르고 욕심 많은 수행자들의 귀를 솔깃하게 하는 유혹이 아닐 수 없습니다. 이것 역시 말도 안 되는 감언이설(甘言利說)이요 혹세무민(惑世誣民)입니다.

견성해탈은 어디까지나 구도자 자신의 수행 정도에 따라 그 자신의 내부 생명의 큰 깨달음에 의해 이루어지는 것이지 외부에서 어떤 사람이 만들어 주는 것은 결코 아닙니다. 내 스승이 아무리 훌륭하다고 해도 그가 나 자신의 생로병사(生老病死)를 대신해 줄 수 없는 것과 같습니다.

수행자 자신이 어디까지나 자력으로 마음공부와 기공부, 몸공부를 꾸준히 밀고 나가는 동안에 마음을 비우고 업장을 해소하여 생사윤회의 고리를 끊고 부동심을 얻어 대자유의 경지에 올라 마침내 구경각(究竟覺)에 도달하는 것이지 누가 억지로 견성해탈을 시켜준다는 것은 우선 자연의 이치에 어긋납니다. 벼가 빨리 자라지 않는다고 벼 이삭을 뽑아 올리는 어리석은 농부나 할 수 있는 엉뚱하고 터무니없는 발상입니다."

"수행의 길에는 함정도 많고 위기도 많군요."

"그렇습니다. 원래 좋은 일에는 마(魔)가 많이 끼게 되어 있습니다."

"그래서 호사다마(好事多魔)라는 말이 생겨난 모양이죠?"

"그렇습니다."

"그 많은 함정과 위기를 제대로 극복해나가려면 구도자는 어떻게 해야 합니까?"

"지뢰밭을 지나듯, 살얼음판을 걷듯이 잠시도 마음을 놓지 말고 정신을 똑바로 차려야 합니다. 호랑이한테 물려가도 정신만 똑바로 차리고 있으면 반드시 살길은 열리게 되어 있습니다. 이처럼 정신 똑바로 차리는 것을 도계(道界)에서는 무엇이라고 하는지 아십니까?"

자기성찰(自己省察)

"관(觀)이 아닙니까?"

"그렇습니다. 관이라고도 하고 자기성찰(自己省察)이라고도 합니다. 구도의 출발점은 바로 자기성찰입니다. 자기성찰은 흔히들 반성(反省)이라고도 합니다. 관찰(觀察)이라고도 하고, 회광반조(廻光反照), 명상(瞑想)이라고도 합니다. 수행자에게 있어서 가장 강력한 무기는 바로 자기성찰입니다. 소크라테스가 '너 자신을 알라'로 제자들에게 시종일관 가르친 것도 바로 자기성찰을 하라는 말입니다.

단군왕검의 수행법인 지감(止感), 조식(調息), 금촉(禁觸)도 그리고 여기에서 나온 마음공부, 기공부, 몸공부도 운기조식(運氣調息)도 단전호흡도 그리고 석가모니의 팔정도(八正道)와 육바라밀도 그리고 염불도 예불도, 예수의 이웃 사랑도 믿음도 기도도, 힌두교의 주문(呪文)인 만트라도 탄트라 비법도 다 나름대로 진지한 자기성찰에서 유래된 것입니다."

"그렇다면 도대체 자기성찰이란 무엇입니까?"

"일종의 자기 정화작용(自己淨化作用)입니다. 적어도 하루에 한 시간 이상씩 걷거나 달리기를 하는 사람은 자기도 모르는 사이에 자기 자신과의 오붓한 대화를 나누게 됩니다. 걷는 동안에 일상생활에서 일어나는 어려운 문제들이 자연스럽게 머리에 떠오르게 됩니다. 그 문제를 해결하기 위해서는 자연 그 문제의 원인을 캐기 시작하고 원인이 밝혀지면 스스로 해결책이 떠오르게 됩니다.

자기 잘못이 밝혀지면 진지하게 반성도 하게 되고 다시는 그런 실수를 되풀이하지 않겠다는 각오도 새롭게 다지게 됩니다. 이렇게 하여 일상적인 문제와 대인 관계에서 야기되는 난관들을 뚫고 나갈 수 있는 해결책이 떠오르게 되면 일신상의 모든 난제들이 스스로 정리가 됩니다. 따라서 들뜨거나 흥분되었던 마음이 차분하게 가라앉게 됩니다.

진정한 마음의 평화는 이때 찾아오게 됩니다. 달리기나 걷기를 일상생활화 하고 있는 사람들의 눈빛이 맑고 얼굴이 밝고 빛나는 것은 이 때문입니다. 안정이 찾아오면 그때부터 수행자라면 자기 존재의 근원에 대하여 관심을 갖지 않을 수 없게 됩니다. 나는 누구인가? 나는 무엇인가? 내 뿌리는 어디에서부터 뻗어 온 것일까? 끊임없는 자기성찰을 통하여 그는 결국 그 근원에 도달하게 됩니다.

나 자신을 위시한 만물만생(萬物萬生)의 뿌리는 결국 하나라는 결론에 도달하게 됩니다. 만물제동(萬物齊同)이요 만법귀일(萬法歸一)이요 만물동근(萬物同根)입니다. 왜 그런가? 형상 있는 모든 것은 형상 없는 것에서 나왔기 때문입니다. 이 형상 없는 것이 바로 하나요 공(空)이요 무(無)입니다. 끝없는 자기성찰이 도달한 결론입니다. 형체 있는 모든 것은 하나의 꿈이요 허깨비요, 물거품이요 그림자요, 이슬이요 번갯불 같은 것입니다. 즉 몽환포영로전(夢幻泡影露電)입니다. 이것 역시 끊임없는 관찰과 자기성찰이 가져온 결론입니다.

만물은 돌아가는 수레바퀴요 이것을 돌아가게 하는 것은 그 자신은 움직이지 않고 언제나 한자리에 고정되어있는 굴대입니다. 그렇다면 만물의 근원은 바로 이 움직이지 않는 근본 에너지입니다. 만물을 돌아가게 하면서도 그 자신은 미동도 하지 않는 힘 즉 에너지입니다. 이것이 바로 하나입니다. 만법귀일(萬法歸一)입니다. 하나는 끝없는 하나에서 시작되고 그 하나는 또한 끝없는 하나로 끝납니다. 다시 말해서 하나는 전체고 전체는 하나입니다. 자기성찰로만이 도달할 수 있는 깨달음의 경지입니다."

"구도자가 일단 자기성찰을 통하여 만물제동(萬物齊同), 만물동근(萬物同根), 만법귀일(萬法歸一)의 경지에 일단 도달했다면 그 후에는 어떻게 해야 되겠습니까?"

"득음(得音)한 명창이라도 목청을 계속 쓰지 않으면 헛일입니다. 득음한 사람은 그 순간부터 계속 목청을 써야만 합니다. 쓰지 않으면 소리는 죽어버리고 맙니다. 득도(得道)한 구도자도 마찬가지입니다. 깨달음의 순간부터 그것을 생활화해야 합니다. 그 깨달음이 참다운 것이라면 그 순간부터 우선 생활이 달라져야 합니다."

"생활이 어떻게 달라져야 한다는 말씀입니까?"

"어떠한 충격을 받더라도 마음이 흔들리지 말아야 합니다. 자기 입으로는 깨달았다고 큰소리친 사람이 어느 날 아무 이유도 없이 갑자기 사형(死刑)을 당하게 되었다는 소식을 듣고 억울해하고 당황한다면 그것은 머리로만 깨달은 것이지 몸으로 깨달은 것은 아닙니다. 깨달음이 무엇인지 모르는 한낱 민초(民草)들에게는 그 자신의 이유 없는 임박한 죽음 이상으로 충격적인 사건은 있을 수 없습니다. 그러나 구경각(究竟覺)을 얻은 구도자라면 어떠한 죽음 앞에서든지 초연할 수 있습니다."

"그 이유가 무엇일까요?"

"그에게는 이미 생사가 없기 때문입니다. 그가 얻는 부동심(不動心)과 평상심(平常心)이 그를 그렇게 만든 것입니다. 이 부동심이야말로 구도자에게는 가장 큰 한소식입니다."

"부동심이 왜 그렇게 대단합니까?"

"부동심은 생사(生死)를 초월할 때 생겨나는 것이기 때문입니다."

"그것이 무슨 말씀입니까?"

"생사란 진리를 깨우치지 못한 민초나 중생들에게나 있는 것이지 부동심을 얻은 구도자에게는 있을 수 없는 것이기 때문입니다."

"도대체 그 부동심이란 무엇입니까?"

중심축(中心軸)

"부동심이란 수레바퀴를 돌리는 굴대와 같은 것으로서 만물을 돌아가게 하는 중심축(中心軸)입니다. 만물의 중심, 우주의 중심 그 자체입니다. 그 중심축을 중심으로 돌아가는 피동체의 눈으로 볼 때는 생사가 있을지 모르지만 중심축 자신의 눈으로 볼 때는 생사 따위는 있을 수 없습니다.

그것이 바로 사람이 곧 하늘인 인내천(人乃天)의 경지요, 사람 속에 우주 전체가 들어 있는 인중천지일(人中天地一)의 경지입니다. 하늘은 사람의 마음속에 있는 것이지 밖에 있는 것이 아닙니다. 따라서 그에겐 이미 천서(天書)니 하늘의 도맥(道脈)이니 선계(仙界)의 기운이니 하는 것은 아무 의미도 없습니다.

사람은 진리를 깨달은 그 순간부터 이미 하늘이요 하느님이요 부처님입니다. 스스로 노력하면 누구나 될 수 있는 경지입니다. 그런데도 사람들은 스스로 그렇게 될 생각은 하지 않고 하늘만 높다고 합니다.

태산이 높다 하되 하늘 아래 뫼이로다
오르고 또 오르면 못 오를 리 없건만
사람이 제 아니 오르고 뫼만 높다 하더라.

오르고 또 오르는 것이 바로 수행이요 구도의 과정입니다. 수행과 구도는 마음만 먹으면 누구나 할 수 있습니다. 오르지 않고 생사에 집착할 것이 아니라 끝까지 올라가서 그것에서 벗어나야 합니다."

"그렇다면 생사는 무명중생(無明衆生)의 창작품이란 말씀입니까?"

"바로 맞추셨습니다. 부동심을 얻은 구도자는 이미 부동심 그 자체입니다. 그런 사람에게 어떻게 생사 따위가 있을 수 있겠습니까?"

"그밖에 또 달라진 것이 있습니까?"

"있습니다."

"무엇입니까?"

"그의 생활의 중심축에는 항상 이기심보다는 이타심이 자리잡게 됩니다. 남을 위하는 것이 바로 자기 자신을 위하는 것이라는 생각이 그의 중심을 차지하게 됩니다."

"왜 그렇죠?"

"하나를 포착하여 하나 자체가 되어 있기 때문입니다."

"하나가 무엇입니까?"

"하나가 바로 만물의 근원입니다. 그에게는 이미 너와 나가 따로 없습니다. 생각하는 관점이 개체에서 전체로, 사(私)에서 공(公)으로 바뀐 것을 말합니다. 무슨 일을 당하든지 나보다 남을 먼저 생각하게 됩니다. 부분보다는 전체를 생각하게 됩니다.

어떤 의무감에 사로잡혀서 주위의 시선을 의식해서가 아니라 거의 즉각적으로 그리고 조건반사적으로, 습관적으로 그렇게 됩니다. 가령 전철을 타고 서서 가다가도 앞자리에 앉은 사람이 자리를 뜨면 그 즉시 그 자리에 앉기 전에 주위에 노약자나 임신부가 없는가 살펴본 다음에 있으면 앉게 하고 없으면 천천히 앉습니다.

산행(山行)을 하다가도 빈 깡통이나 비닐봉지가 눈에 띄면 그대로 지나지 못하고 자기 배낭 속에 집어넣어야 속이 편합니다. 버리는 사람만 있고 줍는 사람이 없으면 산은 얼마 안 가서 쓰레기 천지가 되어 버릴 것이 너무나도 뻔하기 때문입니다. 대낮에 길을 가다가 가로등이 켜져 있으면 끕니다. 공동 수도에서 물이 흐르고 있으면 일부러 수도 꼭지를 잠그지 않고는 그냥 지나치지 못합니다."

번뇌 다스리기

"술 담배도 수련에 장애가 되지만 실은 수련 초년생들에게 이것보다 더 큰 장애가 되는 것은 가부좌만 틀고 앉았다 하면 기다렸다는 듯이 달려드는 온갖 번뇌망상과 걱정 근심입니다. 저는 이런 것을 한데 뭉뚱그려서 번뇌라고 하는데, 이 번뇌를 없앨 수 있는 좋은 방법이 없을까요?"

"흐르는 강물을 없앨 수 없는 것처럼 사람에게서 번뇌를 없앨 수는 없습니다. 번뇌는 우리 마음속에 흐르는 강물과 같아서 없앨 수 있는 성질의 것이 아닙니다. 그러나 흐르는 강물은 다스릴 수 있는 것과 같이 우리는 흐르는 번뇌를 다스릴 수는 있습니다. 번뇌를 다스리고 싶으면 번뇌가 생겨나는 원천을 알아야 합니다."

"번뇌의 원천은 무엇입니까?"

"번뇌의 원천은 인과응보입니다."

"그럼 어떻게 해야 번뇌에서 벗어날 수 있겠습니까?"

"번뇌에서 해방되려면 인과응보의 고리에서도 벗어나야 합니다."

"인과응보는 왜 생겨났습니까?"

"그건 욕심 때문입니다. 욕심이란 씨앗을 뿌렸기 때문에 인과응보라는 윤회의 고리가 만들어졌고 그 고리를 끊기 위한 공부를 하기 위해서 우리 인간들은 이 지구상에 태어난 것입니다. 그러므로 번뇌망상, 걱정 근심은 우리가 숙명적으로 풀어야 할 숙제입니다."

"어떻게 하면 번뇌에서 벗어날 수 있는지 가르쳐 주십시오."

"마음을 비우면 됩니다."

"마음을 비우다뇨?"

"마음에서 욕심을 비워버리라는 말입니다."

"욕심이란 무엇입니까?"

"이기심입니다."

"이기심이 무엇입니까?"

"남은 생각지 않고 자기 자신밖에 모르는 마음을 이기심이라고 합니다."

"그럼 그 이기심을 없애라는 말씀입니까?"

"그렇습니다."

"어떻게 하면 이기심을 없앨 수 있겠습니까?"

"남은 생각지 않고 내 이익만 챙기는 이기행(利己行) 대신에 나 자신보다는 남을 먼저 생각하는 이타행(利他行)을 실천하면 됩니다."

"과연 이타행을 하면 번뇌에서 벗어날 수 있을까요?"

"틀림없습니다."

"믿어지지 않는데요."

"백 번 듣기보다 한 번 실행해 보는 것이 더 낫습니다. 백문이불여일행(百聞而不如一行)입니다."

"백문이불여일견(百聞而不如一見)이란 말은 들어보았어도 백문이불여일행(百聞而不如一行)이란 말은 금시초문입니다."

"그럴 겁니다. 그 한문 구절은 내가 처음 쓰기 시작한 것이니까요."

"그럼 착한 사람은 번뇌망상도 걱정 근심도 없다는 말씀인가요?"

"그렇습니다. 바보처럼 착한 사람에게는 원래 번뇌망상이나 걱정 근심 따위가 기생(寄生)할래야 기생할 빈틈이 없습니다. 번뇌망상과 걱정 근심은 원래 이기심의 산물이니까요. 바보처럼 착한 사람에게는 이기심 같은 것은 없습니다.

자원 봉사하는 사람들의 말을 들어보면 그 일이 비록 힘들고 고단해도 돈으로는 보상받을 수 없는 뿌듯한 삶의 환희가 마음속 깊은 곳에서 용솟음쳐 오르는 것을 느낀다고 합니다. 그와 동시에 봉사하는 동안에 자기도 모르게 마음과 몸이 정화되는 것을 확실히 감지할 수 있다고 합니다.

그러나 이러한 기쁨은 순수한 봉사일 때만이 가질 수 있는 기쁨입니다. 다시 말해서 오른손이 하는 일을 왼손이 모르게 할 때 느끼는 희열입니다. 아무런 집착도 욕심도 없는 이타심이 구사될 때 즉 응무소주이생기심(應無所住而生其心)할 때 일어나는 순수한 희열입니다. 그러나 그 봉사가 세상에 알려지고 매스컴의 각광을 받기 시작하면 그때부터 순수한 기쁨은 사라진다고 합니다."

"왜 그럴까요?"

"매스컴의 각광을 받은 순간부터 남의 시선을 의식하게 되니까 자연히 그의 신경이 매스컴의 동향에 묶이게 된다는 것입니다. 매스컴의 동정에 관심을 기울이다 보니 봉사의 순수성이 사라져 버리고 그때부터는 봉사 자체보다는 명예에 더 마음을 쓰게 됩니다.

명예에 대한 집착이 봉사 정신을 압도해 버린 경우입니다. 그래서 자원 봉사를 하는 사람은 끊임없는 자기성찰을 통해서 자기 개혁을 단행함으로써 자원 봉사의 순수성을 유지하여 새로운 업보를 쌓지 않도록 노력을 기울여야 합니다. 그러므로 이타행도 온갖 집착에서 떠나 그 순수성이 유지될 때 비로소 번뇌에서 벗어나게 됩니다."

"이타행도 여러 가지가 있을 텐데 어떤 것이 가장 보람이 있겠습니까?"

"자기가 수행 중에 깨달은 진리를 한 치의 가감도 없이 그대로 남에게 전달해 주어 그들도 자기와 같은 깨달음의 희열을 맛보게 해 줌으로써, 그의 영혼을 진화시켜 주는 일입니다. 남에게 도와주는 물질에는 한계가 있지만, 마음에서 마음으로 전달되는 진리에 대한 깨달음은 무한한 것입니다.

이타행은 다른 말로는 하화중생(下化衆生), 홍익인간(弘益人間), 이화세계(理化世界)입니다. 그러나 이타행(利他行)을 남을 이롭게 하는 행위라고 생각하면 미구에 피곤해서 계속 그 일을 수행해 나갈 수 없을 것입니다."

"그럼 이타행이 남을 이롭게 하는 일이 아니고 누구를 이롭게 하는 일입니까?"

"구경각을 성취한 사람의 마음속에는 이미 남이라는 관념이 없습니다. 만법귀일(萬法歸一)과 만물동근(萬物同根)을 몸으로 깨달은 그에게는 이미 나와 남이 따로 존재하지 않습니다. 따라서 그에게 있어서 이타행(利他行)은 바로 이기행(利己行)입니다. 다시 말해서 여인방편 자기방편(與人方便自己方便)입니다.

남을 위하는 것은 이미 나를 위하는 것이 됩니다. 그러니까 아무리 이타행을 많이 해도 피곤을 모르게 됩니다. 이쯤 되면 그에게서는 이미 번뇌망상과 걱정 근심은 뿌리째 뽑혀져 나간 것이 됩니다."

단군 정신 빠져버린 단군릉

"그리고 그동안 내내 단군에 대하여 별로 좋지 않게 평가해 오던 북한이 갑자기 1994년에 평양 근처인 강동(江東)에 고구려의 장수왕릉을 본딴 단군릉을 어마어마한 규모로 급조한 뒤 마치 자기네가 남한에 비해서 민족적 정통성이 있는 듯이 선전하는데 그 점에 대해서는 어떻게 생각하십니까?"

"들리는 소문에 의하면 북한은 최근까지도 단군을 별 볼 일 없는 봉건 군주 정도로 깎아내리다가 모 중국 동포 사학자의 건의를 김일성이 받아들여 급조하게 되었다고 합니다. 북한은 평양이 단군조선의 발상지라고 주장하고 있지만 그건 단군에 대한 실사(實史)인 이암의 「단군세기(檀君世紀)」와도 맞지 않습니다. 이 기록에 따르면 단군조선 시대에 역대 단군이 상주했던 진조선(眞朝鮮)의 서울은 지금의 만주 하얼빈입니다.

그리고 북한은 무조건 그들이 세운 단군릉의 주인공이 단군이라고 말하는데 47명의 단군들 중에서 어느 단군을 말하는지 모호합니다. 북한은 아직도 단군은 한 사람뿐이라고 막연하게 알고 있는 것 같습니다. 더구나 그렇게 엄청난 규모로 단군릉을 조성했으면서도 북한은 단군 정신에 대해서는 아무것도 모르고 있습니다."

"왜 그럴까요?"

"단군 정신의 핵심은 역대 단군들이 백성들에게 가르쳤던 『천부경 (天符經)』, 『삼일신고(三一神誥)』, 『참전계경(參佺戒經)』의 삼대경전 안에 수록되어 있는데, 북한은 아직 이들 경전들에 대해서는 일언반구 의 언급도 없습니다. 삼대경전을 모르니까 단군 정신에 대하여 무슨 말을 할 수 있겠습니까?"

"북한은 왜 삼대경전에 대하여 함구하고 있을까요?"

"삼대경전은 단군 사상이요 정신입니다. 그런데 단군 정신은 공산주 의 철학인 변증법적 유물론과는 맞지 않기 때문입니다. 일시무시일(一始無始一), 인중천지일(人中天地一), 일종무종일(一終無終一), 경천(敬天), 애인(愛人), 숭조(崇祖), 홍익인간(弘益人間), 이화세계(理化世界), 애인여기(愛人如己), 상부상조(相扶相助)와 같은 단군의 핵심 사상들 은 공산주의 철학과는 전연 번지수가 다릅니다.

하나는 전체고 전체는 하나이며, 사람 속에 우주가 통째로 다 들어 있다든가. 경천(敬天), 애인(愛人), 숭조(崇祖) 즉 하늘을 경배하고 이 웃을 사랑하고 조상을 숭배하는 사상은 공산주의 사상과는 정면으로 배치됩니다.

유물사관(唯物史觀)을 받드는 공산주의는 하늘도 신(神)도 인정하지 않습니다. 더구나 조상 숭배는 종파주의를 만든다는 구실로 북한에서 는 호적과 족보까지도 없애버렸습니다. 또 공산당 독재만을 강조하는 공산주의 사상에서는 홍익인간 사상이 용납될 수 없습니다. 단군릉만 지어 놓고 단군 사상이 외면당하는 한 그것이 제아무리 거창하다고 해 도 빈 껍질에 지나지 않습니다.

만약에 충무공 이순신 장군의 묘를 지어 놓고도 그의 유비무환, 백
전백승의 전략 전술과 백의종군 정신과 신묘한 전략 전술의 지혜가 존
중되지 않는다면 그 묘는 빈 껍질에 지나지 않을 것입니다. 북한은 단
군릉을 조성해 놓고 그 능의 주인공이 덮어놓고 우리 민족의 국조(國
祖) 단군이라는 것만 막연히 내세웠지 구체적인 단군 사상이나 정신에
대해서는 내내 묵비권을 행사하고 있습니다."

"그건 그렇고 지금 북한이 강동에 세운 단군릉의 진짜 주인공은 누
굽니까?"

"이암의 「단군세기」에는 47명의 역대 단군의 역사가 기년체(紀年體)
로 간략하게 기술되어 있는데 그중 유일하게 장지(葬地)가 밝혀진 것
은 제5대 구을(丘乙) 단군밖에 없습니다. 그분의 장지가 바로 강동에
예부터 전해 내려오는 단군릉과 일치합니다."

"그렇다면 지금 평양에 조성된 단군릉은 제5대 구을 단군의 능이군요."

"그렇습니다. 북한은 바로 이 구을 단군의 능을 발굴한 겁니다."

"거기서 무슨 유물이 나왔습니까?"

"남자와 여자의 인골(人骨)과 비파형 단검이 나와서 단군릉에 전시
하고 있다고 합니다."

"구을 단군이 세상을 뜬 지가 얼마나 되었습니까?"

"단기 249년, 서기전 2084년이니까 지금으로부터 4084년 전입니다."

"4084년이나 되었는데 어떻게 인골이 삭지 않고 보존될 수 있을까요?"

"장지는 다행히도 석회층이어서 인골이 석회화되어 보존될 수 있었
다고 합니다. 북한 학자들은 자기공명 연대측정 장치로 연대측정을 해

본 결과 5011년이 나왔다고 합니다. 외국 학자들도 측정해 보고 그것을 인정했다고 합니다."

"그럼 「단군세기」의 기록과는 무려 927년이나 연대 차이가 나는 것은 무엇 때문일까요?"

"「단군세기」의 기록이 정확한지 기계가 정확한지는 앞으로 학자들이 규명해야 할 과제입니다. 그리고 좀 기이한 것은 단군릉의 층계가 1994층이라고 합니다."

"무엇 때문이죠?"

"1994년에 만들었으니까 그렇게 했다고 합니다."

"이왕이면 단기 4327년에 완공했으니까 단기와 연관시켰어야지 왜 하필이면 서기연도에 맞추어 계단을 만들었을까요?"

"단군릉에 서기연도를 가미한 것은 아무래도 정통성에 어긋나는 일이 아닐 수 없습니다."

기몸살은 구조조정이다

우창석 씨가 말했다.

"선생님, 저는 요즘 석 달이 멀다 하고 기몸살이 자주 나는데 그때마다 힘이 겨워서 죽을 지경입니다. 기몸살을 이겨낼 수 있는 무슨 효과적인 대책 같은 것은 없을까요?"

"기몸살이 오면 앓는 것 외에 다른 효과적인 대책은 없습니다. 수행자에게 있어서 기몸살은 고통이 아니라 일종의 축복으로 받아들여져야 합니다."

"축복이라뇨? 당장 아파서 죽을 지경인데도요?"

"그렇습니다. 그 이유를 이제부터 말하겠습니다."

"그보다는 기몸살에 대한 가장 효과적인 치료 방법부터 말씀해 주실 수 없겠습니까?"

"기몸살이 왔으면 앓는 것 이상으로 효과적인 치료 방법은 따로 없습니다.."

"그럼 기몸살은 왜 생깁니까?"

"기몸살은 비유해 말하자면 기업체의 구조조정과 같습니다. 새롭게 변한 환경 속에서 살아남기 위해서 기업체는 어차피 구조조정을 단행해야 합니다. 적자 경영을 흑자 경영으로 바꾸어 경쟁력을 확보하지 못하면 살아남을 수가 없기 때문입니다. 수행자도 마찬가지입니다. 특히 기공부를 하는 수행자는 기공부가 향상될수록 그로 인하여 새롭게 변한 심신의 상황에 적응하기 위해서 그때그때 심신의 구조조정을 해야 합니다. 이것이 바로 기몸살입니다.

가령 소주천을 하던 수행자가 대주천을 하게 되었다면 운기되는 기의 양이 엄청나게 늘어납니다. 그러나 그는 소주천 할 때의 심신의 구조를 그대로 유지하고 있습니다. 이때 그의 심신은 소주천에서 대주천 운기에 걸맞는 심신의 상태로 바꾸는 작업을 해야 합니다. 이것이 바로 기몸살입니다. 우리의 생체가 새 환경에서 살아남기 위한 심신의 개혁 작업입니다. 몸살은 살아 있는 사람만이 할 수 있습니다. 앞으로 살아갈 수 있는 희망이 있음을 보여주는 생체 활동입니다. 몸살을 앓을 수 없는 생체가 있다면 그것은 이미 삶을 포기한 식물인간입니다.

20평짜리 아파트에서 살던 가족이 식구가 불어나서 30평짜리 아파트로 이사하지 않을 수 없게 되었다고 칩시다. 살던 아파트를 팔고 새 아파트를 구입하여 이사를 하자면 온 식구가 큰 홍역을 치루어야 합니다. 이것도 일종의 몸살이요 구조조정입니다. 가장이 돈을 많이 벌고 사회적 지위가 높아지면 찾아오는 손님도 많아지고 하여 그때마다 어차피 집을 늘여나가야 합니다. 집을 한 번 옮길 때마다 이사하느라고 온 식구들이 고생을 해야 합니다. 이러한 이사는 비록 고생스럽다고 해도 기분 좋은 일이 아닐 수 없습니다. 그와 마찬가지로 기몸살은 수련이 향상되면서 심신이 겪는 일시적인 고통입니다.

그러나 잘살던 가정이 가장의 사업이 부진하여 집을 줄여야 할 때도 이사를 하려면 여러 가지 어려움을 겪어야 합니다. 이것 역시 일종의 구조조정입니다. 기업체가 불황에 살아남기 위해서 군살을 빼고 규모를 줄일 때도 마찬가지 고통이 뒤따르게 되어 있습니다. 수행자가 수행이 진전되어 자주 기몸살을 앓는 것은 돈 많이 벌고 사회적 지위가 높아져서 자주 크고 좋은 집으로 이사를 해야 하는 것과도 비교될 수 있는 축복이라고 해야 합니다."

"그럼 기몸살을 한 번씩 되게 앓고 날 때마다 수행 정도가 한 단계씩 상승한다고 보아도 괜찮습니까?"

"물론입니다."

"기몸살을 앓을 때마다 수행 정도가 단계적으로 높아지는 것을 어떻게 알 수 있습니까?"

"기공부하는 사람은 호흡을 해 보면 알 수 있습니다. 단전호흡을 하면서 자신의 몸을 면밀히 관찰해 봅니다. 우선 앓고 난 뒤에는 그전과는 달리 단전에 쌓이는 기운의 강도(强度)가 확실히 다르다는 것을 알게 될 것입니다."

"어떻게 다릅니까?"

"들이쉬고 내쉴 때마다 단전에 쌓이는 기운이 그전보다 훨씬 더 강하고 뜨겁다는 것을 확실히 알게 될 것입니다. 강하고 뜨겁기만 한 것이 아니고 그 기운이 전보다 더 맑고 청신하다는 것도 감지하게 될 것입니다. 이것은 자기 자신만 느끼는 것이 아니라 도반(道伴)들도 함께 느끼게 됩니다. 기운이 강해지면서 식사량도 그전보다 줄어들게 될 것입니다. 머리가 더 명석해지고 예지력과 투시력도 강화될 것입니다."

"기몸살을 심하고 오래 앓을수록 수련 효과도 커진다는 말씀입니까?"

"그렇습니다. 혹독하고 철저하게 구조조정을 한 기업체일수록 군살이 다 빠지고 몸이 가벼워져서 경쟁력이 높아지듯 수행자의 기몸살도 심하고 오래 앓으면 앓을수록 그 효과는 깊고 커집니다. 따라서 기 수련자는 기몸살을 힘겨워하거나 귀찮아할 것이 아니라 하늘이 내리는 축복으로 알고 기꺼이 받아들여야 합니다. 수련은 마음만 하는 것이 아니고 몸도 기(氣)도 함께 한다는 것을 알아야 합니다. 수행이란 결국은 끊임없는 자기 혁신 과정입니다."

"그 자기 혁신은 언제까지 진행됩니까?"

"기한이 정해진 것은 아닙니다. 처음도 끝도 없는 영원한 과정이 있을 뿐입니다."

"그래도 어느 한 과정들을 구분 짓는 마디 같은 것들은 있을 것 아닙니까?"

"물론입니다. 그 중요한 마디들 중의 하나가 수행자가 자신 속에서 우주 전체를 발견하는 겁니다. 이와 같은 끊임없는 자기 혁신 과정은 자기 자신 속에 우주 전체가 들어 있음을 깨닫게 되는 기초 작업입니다. 매사에 자기 개인보다는 전체를 생각하는 습관이 몸에 배이고 우주로부터 항상 청신한 기운을 받아들이게 될 때 수행상 가장 큰 고비를 넘긴 것이 됩니다."

무당의 신내림을 막을 수 있는가

정미화라는 중년 부인이 말했다.

"선생님, 『선도체험기』를 읽어 보니까 『선도체험기』가 무당의 신내림을 막게 해 주었다는 대목이 몇 군데 나오는데 그게 사실입니까?"

"사실입니다. 『선도체험기』 내용은 주인공들에게 원치 않는 피해를 입히지 않으려고 이름과 장소는 대체로 가명을 쓰지만 내용 자체는 언제나 사실입니다."

"보통 무당의 신내림은 아무도 막을 수 없다고 하지 않습니까? 그런데 어떻게 그런 일이 있을 수 있습니까?"

"선도에서는 신령계(神靈界)의 규모를 보통 10단계로 봅니다. 그중 1단계에서 4단계까지는 도심(道心)이 무엇인지 모르는 중생(衆生), 민초(民草)들의 욕망의 세계입니다. 신내림이란 수행 정도가 4단계 이하의 영계의 신령들이 사람에게 접신(接神)하려 할 때 벌어지는 현상입니다."

"영계의 신령들이 무엇 때문에 사람에게 접신하려고 합니까?"

"인간이었을 때 이루지 못한 소망이나 욕심을 인간을 통하려 달성하려는 욕구 때문입니다."

"그런데 어떻게 돼서 『선도체험기』가 신내림을 막아줄 수 있습니까?"

"『선도체험기』 내용은 저자가 도심이 발동해서부터 일어나는 체험들을 빠짐없이 기록한 책입니다. 따라서 독자가 이 책에 심취하고 이

236

책의 내용대로 살아간다면 적어도 5단계의 도(道)의 경지에 올라가 있거나 올라가려고 애쓰는 과정에 있다고 할 수 있습니다. 제아무리 영력(靈力)이 강한 신령이라고 해도 4단계 이하의 영들은 도심(道心)이 반드시 있어야 하는 5단계 이상의 구도자나 수행자들에게는 범접(犯接)할 수 없습니다."

"그렇다면 『선도체험기』에 나온 모 부인의 경우는 어떻게 돼서 신내림을 받지 않으면 죽을 수밖에 없다는 무당의 강요를 무릅쓰고 『선도체험기』를 안고 끝내 신내림을 피할 수 있었을까요?"

"그 부인은 사주팔자에 이미 신내림을 받기로 예정이 되어 있었습니다. 그 예정대로 신내림을 받아야 할 때가 다가왔습니다. 그러나 그녀는 무당이 되어 신주(神主)에게 평생 부림당하는 생활은 죽기보다 싫었습니다. 그래서 어떻게 하면 신내림을 피할 수 있을까 골똘히 궁리하던 끝에 한 친구의 소개로 『선도체험기』를 접하게 되었습니다. 처음 『선도체험기』를 사서 읽으려 하자 책의 글자가 온통 새빨개져서 읽을 수가 없었습니다."

"그건 무엇 때문입니까?"

"그녀에게 들어올 신령이 그런 식으로 『선도체험기』를 읽지 못하게 방해를 한 것입니다. 그녀가 만약에 그 책을 읽고 도심(道心)을 갖게 되면 그 신령은 그녀에게 들어가 안주할 수 없기 때문입니다. 도심이 없는 신령은 도심을 가진 사람에게 접신할 수 없게 되어 있기 때문입니다.

그러나 그녀는 이러한 방해를 무릅쓰고 끝까지 그 책을 놓지 않고 읽어 냈습니다. 『선도체험기』를 읽으면서 그녀의 수행 단계가 5단계에서 6단계 7단계로 자꾸만 높아지면서 그녀에게 접신하려던 신령은 어쩔 수 없이 애초의 의도를 포기하고 다른 사람을 물색하지 않을 수 없게 됩니다."

"그런데, 신내림의 징후가 왔을 때 예수님이나 부처님의 힘을 빌어 이를 피하려 해도 끝내 성공한 사람이 없다고 하는데 그건 무엇 때문일까요?"

"그것이 바로 타력 신앙(他力信仰)의 한계입니다. 타력 신앙으로 제아무리 열심히 기도를 하고 주문을 외어 보았자 타력의 한계에서 벗어날 수 없습니다. 이 경우 이것은 자기 일신상에 닥쳐온 불행을 없애기 위한 일종의 기복(祈福) 신앙일 수밖에 없습니다.

기복 신앙은 자기 힘으로 스스로 심신이 변하여 도심을 획득한 자력 수행과는 근본적으로 다릅니다. 남에게 얻어먹고 사는 사람과 당당하게 자기 힘으로 벌어서 경제 자립을 성취한 사람의 차이와 같습니다. 인간에게 접신하려는 신령은 자기보다 수행 단계가 높은, 도심이 강한 사람에게는 도저히 접근할 수 없습니다. 이것이 하늘의 법칙이며 자연의 도리입니다."

"그렇다면 무당이 되고 싶지 않으면 도심을 키우면 되겠습니까?"

"물론입니다."

"도심을 어디까지 키우면 되겠습니까?"

"예수님과 부처님이 바로 내 마음속에 있구나 하는 깨달음이 올 때까지 키우면 접신에서는 해방될 수 있습니다."

"거기가 바로 수련의 한계입니까?"

"아닙니다."

"그럼 어디가 수련의 한계입니까?"

"나라고 하는 가아(假我)가 사라져야 합니다."

"가아가 무엇인데요?"

"욕심의 덩어리입니다. 욕심의 덩어리가 완전히 해소되면 다시 말해서 마음을 완전히 비우면 그때 비로소 자기 존재의 실상을 깨닫게 됩니다."

"자기 존재의 실상은 무엇입니까?"

"모든 존재의 시발점이며 근본 바탕입니다."

"그 존재의 실상을 깨닫기만 하면 모든 수행은 끝납니까?"

"그렇지 않습니다."

"그럼 무엇이 또 있습니까?"

"존재의 실상을 깨닫기만 해서 되는 것이 아니라 자기 자신이 바로 그 존재의 실상 그 자체라는 것을 체득해야 합니다. 내 속에 우주가 들어 있다는 것을 깨달아야 합니다. 그래야 만 우주의 무한한 힘과 지혜와 덕을 원할 때마다 이용할 수 있습니다. 이것이 바로 인중천지일(人中天地一)의 경지입니다."

【이메일 문답】

무기력한 매일매일

안녕하세요. 22살의 대한민국 육군입니다. 내성적이고 말없는 성격에 사람을 기피하는 증상이 있어 언제나 고민이었는데 군에 와서 이런 것이 큰 장애가 되어 지금은 심한 열등감과 함께 항상 자신감이 없어 주위 사람들에 의해 이리저리 끌려다닙니다.

제가 어떻게 해야 할지를 알고 있으면서도 막상 실행하려고 하면 남의 시선이 무섭고 또한 그들이 날 어떻게 생각할까 두려워 항상 망설이다가 나중에 후회를 하곤 합니다. 매일매일이 이런 일의 반복입니다.

어떻게 해야 할까요? 생각만 있을 뿐 그것이 행동으로 실천되지 않으니 너무 답답합니다. 제 자신이 너무 한심하게 느껴질 때도 있습니다. 좋은 가르침 부탁합니다.

답답생 올림

【필자의 회답】

우리 옛 속담에 '호랑이한테 물려가도 정신만 차리고 있으면 살길이 열린다'는 말이 있습니다. 여기서 무엇보다도 '정신을 차리라'는 말에 주목하시기 바랍니다. 정신을 차린다는 말은 자신이 방금 처해 있는 사태를 바르게 인식하고 파악하라는 얘기입니다.

우선 무엇 때문에 자기가 내성적인 인간이 되었고 사람을 기피하게 되었는지 알아내야 합니다. 무슨 일이든지 원인을 알아야 대책을 세울 수 있으니까요. 내성적이고 폐쇄적인 사람이 된 원인은 대체적으로 강한 피해 의식을 가진 사람인 경우가 많습니다. 심하면 자폐증(自閉症)에 빠져 폐인이 되는 수도 있습니다. 이런 때는 그 원인을 깊이 있고 치밀하게 분석하는 자기성찰(省察)이 있어야 합니다. 어리석은 자만이 자기 자신을 자폐증 환자가 되게 내버려둡니다.

자기 자신을 자폐증 환자가 되도록 언제까지 방치하는 것은 자살 행위와 같습니다. 만약에 자기가 자폐증 초기 증상을 앓고 있다는 것을 알고도 아무런 대책을 세우지 않는다면 그 사람은 이 지구상에 살 자격이 없다고 할 수 있습니다. 자멸하지 않기 위해서는 어떻게 하든지 지금의 수렁에서 빠져 나와야 합니다.

우선 피해 의식에서 벗어나야 합니다. 피해 의식은 왜 생겨나는 것일까요? 남에게 억울한 일을 당했다든지 심한 난관에 봉착했을 때 처음부터 마음이 열리고 여유가 있는 사람은 피해 의식에 사로잡히지 않습니다. 자기에게 닥친 어떠한 어려움이든지 남의 탓으로 돌리지 않고 내 탓으로 돌리기 때문입니다. 실례로 그런 사람은 자기의 전 재산을 믿었던 친구에게 사기를 당했어도 친구 탓으로 돌리지 않고 오직 자기 탓으로 돌립니다. 모든 것을 내 탓으로 돌리는 사람에겐 피해 의식이라는 것이 생겨날 여지가 없습니다.

피해 의식은 모든 책임을 남의 탓으로 돌릴 때 비로소 생겨납니다. 그래서 한번 사기를 당한 사람은 자기에게 다가오는 사람은 누구든지 다 사기꾼으로 보이게 마련입니다. 한번 애인에게 배신을 당한 처녀는 모든 남자가 다 배신자로 보입니다. 이러한 피해 의식 때문에 그 처녀는 그때부터 모든 남자를 잠재적인 가해자로 인식하게 되고 자연 내성적인 인간이 되어 남자를 무조건 기피하게 됩니다.

여기서 우리가 얻어낼 수 있는 결론은, 우리가 사기를 당하고 배신을 당하고도 피해 의식에 사로잡히느냐 사로잡히지 않느냐 하는 것은 순전히 마음먹기에 달려 있다는 것입니다. 사기당하고 배신당한 원인을 남의 탓으로만 돌리는 사람은 심한 피해 의식 때문에 자멸(自滅)의 길을 걷고, 그것을 내 탓으로 돌리는 사람은 피해 의식에 사로잡히는 일없이 씩씩하게 뻗어나갈 수 있다는 것입니다.

자아, 여기서 질문자는 어느 길을 택하시겠습니까? 선택은 자유입니다. 만약에 내성적인 대인기피증(對人忌避症)에서 벗어나고 싶다면 이제부터라도 꼭꼭 닫았던 마음의 문을 열고 주변 사람들과 어울려야 합니다. 동료나 상급자들은 기피해야 할 대상이 아니라 서로 돕고 지내야 할 공생공조(共生共助) 관계에 있다는 것을 알아야 합니다. 이웃은 절대로 기피해야 할 대상이 아니라 상부상조(相扶相助)해야 할 대상이라는 것을 깨달아야 합니다.

지금이라도 적이 기습남침을 감행하여 전면전이 벌어진다면 질문자가 살아남을 수 있는 길은 같은 분대원인 전우들과 분대장이나 소대장과 같은 상급자들과 함께 적을 물리치는 수밖에 없다는 것을 알아야 합니다. 따라서 내 주변 사람들은 기피해야 할 대상이 아니라 서로 협조해야 할 대상이라는 것을 알게 될 것입니다. 전투 시에 전우들과 지휘관들이 전사한다면 자기 자신도 위태로워질 것입니다. 그러나 그들이 건재하는 한 자기도 건재할 수 있을 것입니다.

여인방편자기방편(與人方便自己方便)입니다. 즉 남에게 유익한 일은 나 자신에게도 유익한 일입니다. 그래서 『참전계경(參佺戒經)』에서는 애인여기(愛人如己)하라고 가르쳤습니다. 남을 자기 자신처럼 사랑하라는 말입니다. 예수도 '이웃을 내 몸처럼 사랑하라'고 가르쳤습니다. 경전이나 누구의 가르침 때문이 아니라 사람이 세상을 살아나가는 실상(實相)과 이치가 그러한 것입니다.

우리는 이것을 실체험을 통해서 알 수 있습니다. 그렇다면 피해 의식 때문에 내성적인 사람이 된다든가 대인기피증(對人忌避症)에 시달린다든가 하는 일이 얼마나 가소로운 일이겠습니까? 그러면 이제부터 질문자가 지금의 자폐증(自閉症) 초기 증상에서 벗어날 수 있는 방법은 무엇일까요?

첫째 지금과 같은 자폐증을 가져온 마음을 바꾸어야 합니다. 피해 의식은 근본적으로 이기적인 발상에서 나온 것입니다. 나 자신의 이익만 챙기다가 보니 조금만 남에게서 불쾌한 일을 당해도 금방 피해 의식을 갖게 됩니다. 피해 의식은 자기 자신만 망칠 뿐 아니라 이웃에게 도 피해를 주게 되어 있습니다.

사리사욕(私利私慾)만 챙기다가는 개인은 물론이고 가족도 집단도 다 같이 망하게 되어 있습니다. 가장 비근한 예로 한국의 대표적인 기업인 현대건설이 2차 부도 직전까지 몰리게 된 것은 무엇 때문입니까? 여러 가지 다른 원인들도 많겠지만 그중의 하나는 우선 현대그룹 내의 형제들끼리 주도권 싸움을 벌였기 때문입니다. 형제들이 사리사욕에 눈이 어두워지면 가족도 기업도 망하게 되어 있습니다.

'세계는 넓고 할 일은 많다'던 대우의 간판 기업인 대우자동차가 부도 를 맞게 된 것은 무엇 때문입니까? 노사(勞使)가 회사의 장래는 안중에 없이 제 몫 챙기기에만 열중하다가 그렇게 된 것입니다. 관리자들이 사 리사욕에 사로잡히면 조선 왕조처럼 나라도 망하게 되어 있습니다.

따라서 우리는 살기 위해서라도 사리사욕에 사로잡히지 말아야 합 니다. 이기심을 추구하다가는 공멸(共滅)밖에 남는 것이 없습니다. 그 러면 공생공영(共生共榮)하는 길은 무엇일까요? 그것은 나보다 남을 먼저 생각하는 이타행(利他行)을 생활화하는 겁니다.

대한민국 육군의 한 구성원이라면 자기 개인의 이익보다는 조직과 동료의 이익을 앞세워야 합니다. 밤늦게 취침 직전에 사역병 차출이 자기 소대에 떨어졌다고 합시다. 남의 눈치볼 것 없이 질문자가 한번 벌떡 일어나 보십시오. 그리고 남들이 제일 하기 싫어하는 일을 한번 손수 실천해 보십시오. 동료가 몸이 아프다고 불침번을 좀 바꾸어 달 라고 청해 오면 거절하지 말고 들어주십시오.

'남을 위하는 일이 바로 나 자신을 위하는 일이다'는 좌우명을 한번 실생활에서 실천해 보십시오. 이러한 일이 한두 번으로 끝나는 해프닝이나 이벤트성이 아니라 항구적으로 계속된다면 우선 동료들과 상관들이 질문자를 보는 눈이 확 달라질 것입니다.

물론 안 하던 일을 처음에 할 때는 대단히 쑥스러울 것입니다. 그렇다고 해서 응당 해야 할 일을 행동에 옮기지 못한다면 셰익스피어의 희곡에 나오는 햄릿처럼 우유부단(優柔不斷) 속에서 영원히 벗어나지 못하고 말 것입니다. 언제나 첫걸음이 중요합니다. 한 번, 두 번, 세 번 하는 동안에 자기도 모르는 사이에 곧 길들여질 것입니다.

행위는 습관을 낳고 습관은 성격을 낳고 성격은 운명을 바꿉니다. 세상에서는 흔히 사람이 타고난 운명은 인력(人力)으로는 어쩔 수 없다고들 하지만 그건 올바른 말이 아닙니다. 운명은 그 당사자가 마음을 어떻게 먹느냐에 따라 전적으로 달라질 수 있습니다. 질문자는 지금 이 순간부터라도 자기 자신이 바로 자기 운명의 주인이라는 사실을 확신하시기 바랍니다.

지금까지는 내성적이었다면 개방적인 성격으로 얼마든지 바꿀 수 있다는 자신감을 가져야 합니다. 대인기피증에서 사교적으로, 퇴영적(退嬰的)인 성격에서 진취적(進取的)인 성격으로, 수동적인 성격에서 능동적인 성격으로, 결심만 한다면 얼마든지 그렇게 할 수 있다는 자신감을 갖기 바랍니다.

지금까지는 늘 남에게 질질 끌려다니는 인생을 살아왔다면 이제부터는 자기 자신뿐만 아니라 남들까지도 이끌어갈 수 있는 적극적인 인간으로 탈바꿈 할 수 있습니다. 내 운명은 항상 내 손아귀에 있다는 것을 알아야 합니다. 이렇게 능동적이고 적극적이고 진취적인 생활을 영위하기 위해서는 무엇보다도 건강해야 합니다. 건강한 몸에 건강한 마음도 깃들 수 있기 때문입니다.

그러면 군대생활을 하면서도 건강해질 수 있는 방법은 무엇일까요? 우선 단전호흡을 해 보십시오. 30분 동안 맨손 체조를 하여 온몸의 근육과 관절을 골고루 푼 다음에 두 다리를 어깨 넓이로 벌리고 반드시 바닥에 누우십시오. 그리고 자기 배꼽 밑으로 자기 가운데 손가락 두 마디쯤 되는 곳에 파스를 동전만 하게 오려 붙이십시오.

그리고 그곳에서 다시 안쪽으로 3센티쯤 되는 곳에 달걀만한 단전(丹田)이라는 것이 있다 생각하고 그곳에 의식을 두고 숨을 천천히 내쉬어 바로 그 복압(腹壓)이 단전까지 닿도록 합니다. 숨을 내쉬어 아랫배가 충분히 가라앉으면 자연스럽게 천천히 가늘고 길고 고르게 숨을 들여쉬십시오. 이때 두 손은 단전 위에 놓습니다. 이렇게 숨을 가늘고 길게 고르게 그리고 깊숙히 내쉬고 들여쉬는 것을 되풀이하십시오.

하루에 20분 내지 30분씩만 계속 이렇게 단전호흡을 해도 얼마 가지 않아서 단전이 따뜻하게 달아오르게 될 것입니다. 이렇게 하여 단전이 따뜻하게 달아오르기 시작하면 단전이 자리를 잡게 됩니다. 흉식호흡보다는 호흡의 길이가 세 배 이상 기니까 마음도 느긋해지고 열등감도 대인기피증도 많이 완화되고 뿌듯한 자신감을 되찾을 수 있게 될 것입니다.

군대생활 중이라 단전호흡을 하기가 쉽지 않을 것입니다. 그러니까 가능하면 취침 시에 그렇게 하는 것이 좋습니다. 만약에 단전호흡이 마음먹은 대로 잘 안된다면 하루에 만보(萬步)씩 구보를 하든가 그것도 어려우면 속보(速步)로 걷든가 하십시오. 걷거나 달리면 하체 운동을 많이 하게 되므로 자연히 단전이 강화되어 단전호흡에도 유익합니다.

하루에 20 내지 30분씩의 단전호흡이나 하루 만보(萬步)씩 구보(驅步)나 속보(速步)를 일상생활화 하십시오. 단체 행동을 해야 하는 군대 생활이라 어렵겠지만 휴식 시간을 이용하면 얼마든지 할 수 있습니다. 시간이 없어서 단전호흡을 못 한다는 사람이 있는데, 그런 사람은 시간이 있어도 못 합니다. 시간이 없어서가 아니라 마음이 없어서 못 하는 겁니다. 마음이 있는 곳에는 시간도 반드시 있게 마련입니다.

구하면 얻을 것이요 두드리면 열리게 되어 있습니다. 부뚜막에 있는 소금도 손으로 가져다가 입에 넣어야 짭니다. 생각만 있을 뿐 행동이 따르지 못하는 무기력증은 한시바삐 자기 힘으로 극복해야 합니다.

그리고 어떻게 하다가 필자를 알게 되어 이 메일을 띄웠는지 모르겠습니다만 그만한 결단력만 있으면 무슨 일인들 왜 못하겠습니까? 만약에 필자가 쓴『선도체험기』55권째를 읽다가 이메일 주소를 알게 되었다면 그 책을 1권서부터 구해서 차례차례 읽으시기 바랍니다. 내성적 성격, 사람을 기피하는 증상, 열등감 따위를 극복하는 데 큰 도움을 줄 것입니다.

〈58권〉

인간의 영혼은 우주에서 오는가?

다음은 단기 4333(2000)년 12월 27일부터 그 이듬해인 4334(2001)년 2월 27일 사이에 필자와 수련생 사이에 벌어졌던 대화와 그 밖의 필자의 선도 체험 이야기를 수록한 것이다.

40대 초반의 정영식이라는 남자 수련생이 물었다.

"선생님, 인간의 영혼은 우주에서 옵니까?"

"아뇨. 누가 그런 소리를 합니까?"

"어느 책에 보니까 그렇게 나와 있었습니다."

"잘못 짚은 겁니다."

"그럼 인간의 영혼은 어디에서 옵니까?"

"영혼은 오지도 않고 가지도 않습니다. 단지 살아 있는 우리들 각자와 함께 있을 뿐입니다. 그리고 우주 역시 우리와 동떨어진 곳에 있는 것이 아닙니다. 우리가 지금 있는 이곳이 바로 우주입니다. 그리고 우리들 자신이 바로 우주입니다. 영혼은 어디에서 왔다가 어디로 훌쩍 떠나버리는 그러한 것이 아닙니다."

"그럼 영혼은 정확히 어디에 머물러 있습니까?"

"영혼은 항상 있을 만한 곳에 머물러 있습니다. 그러나 사막에는 물이 깃들 수 없는 것처럼 죽은 사람에게는 영혼이 깃들 수 없습니다. 영혼은 항상 살아 있는 사람에게만 머물러 있습니다. 마치 달리는 자동차에는 운전자가 있어야 하듯이 말입니다. 그러나 폐기된 자동차에는 운전자가 없듯이 죽은 사람에게는 영혼이 머물러 있지 않습니다."

"그런데 어느 책에 보면 어떤 사람의 영혼은 광음천(光音天)에서 내려왔다고 했는데 그건 어떻게 된 겁니까?"

"그 책에서 말한 광음천은 인간과 동떨어진 어느 먼 천계를 말하는 것이 아니고 어느 존재의 수행 단계를 말합니다."

"그럼 천계(天界)라는 것은 있습니까?"

"있습니다."

"어디에 있습니까?"

"우리 자신들 속에 있습니다."

"그런데 왜 저는 아직 저 자신 속에서 천계를 발견할 수 없을까요?"

"그건 정영식 씨의 수행 정도가 낮아서 아직은 자기 자신 속에서 천계를 찾아내지 못했기 때문입니다. 그러나 수행이 자꾸만 깊어지면 어느 땐가는 자신의 내부에서 홀연히 천계를 발견하게 될 것입니다."

"지옥은 그럼 어디에 있습니까?"

"지옥 역시 각자 자신 속에 있습니다."

"그런데 왜 불교나 기독교 같은 종교에서는 사람이 죽으면 착한 사람은 천당에 가고 악한 사람은 지옥에 떨어진다고 말합니까?"

"그건 그 종교가 몇천 년 전 사람들의 의식 수준에 맞추어 포교를 하다가 보니 그렇게밖에 말할 수가 없었기 때문입니다. 말하자면 그때 사람들의 지식수준에 맞게 선교를 하려다 보니 그러한 방편을 쓰게 된 것입니다.

진리를 깨달아야 알 수 있는 무위계(無爲界)에서는 시간과 공간의 제한을 받지 않습니다. 시공의 제한을 받지 않는다는 말은 우리가 사는 시공(時空)과 물질의 제한을 받는 유위계(有爲界)에 사는 민초들에게는 도저히 이해할 수 없는 일입니다. 그러한 우민(愚民)들에게 성인(聖人)들이 깨달은 진리의 세계를 있는 그대로 전달한다는 것은 거의 불가능한 일이었습니다.

그렇다고 해서 하화중생(下化衆生)해야 할 사명을 가진 그들이 그대로 내버려 둘 수는 없었습니다. 차선책으로 착상된 것이 비록 진리를 깨닫게 하지는 못한다 해도 그 근처까지는 인도해 주자는 것이었습니다. 그것이 바로 착한 일을 권장하고 악한 일을 징계하는 권선징악(勸善懲惡)이었습니다. 우민(愚民)들은 시간과 공간이 없는 세계는 이해를 할 수 없으니까 착한 사람은 죽으면 극락에 가고 악한 사람은 죽으면 지옥에 간다고 말할 수밖에 없었습니다. 나쁜 아이는 호랑이가 잡아간다고 말하는 것과 같은 이치입니다.

그러나 진리를 깨닫고 나면 깨달은 사람 자신이 바로 하늘이고 우주 그 자체입니다. 영혼이고 천당이고 지옥이고 다 그 우주 안에 있습니다. 시공(時空)과 물질이 지배하는 현상계에 익숙해진 사람의 관념으로는 도저히 이해할 수 없는 일이지만, 현상계 너머의 진리의 세계는 시간과 공간 그리고 물질의 지배를 받지 않습니다. 그러므로 가고 오는 것, 죽고 사는 것, 있다가 없어지는 것, 길고 짧은 것 따위가 그곳에는 없습니다. 그러니까 유한의 잣대를 가지고 무한을 잴 수는 없는 일입니다.

그 진리는 유위계의 언어로는 표현하기 어렵습니다. 유한의 언어로 무한의 세계를 표현한다는 것은 애당초 불가능한 일입니다. 그렇다고 해서 무한을 깨달은 사람이 무한을 깨닫지 못한 이웃들을 그대로 방치해 둘 수는 없는 일입니다. 그래서 유한계의 언어로 할 수 있는 최대한의 지혜를 발휘하여 그것을 표현하려고 갖은 노력을 다합니다. 그렇게 하여 쓰여진 것이 인류의 가치 있는 공동 유산으로 대대로 물려져 내려오는 각종 경전들입니다.

'도를 도라고 명명했을 때의 도는 이미 도가 아니다'라고 노자는 말하면서도 여전히 그의 『도덕경』을 쓰지 않을 수 없었습니다. 그 이유는 비록 불완전한 언어로라도 진리의 파편이나마 무지한 이웃들에게 전달하기 위해서였습니다."

"어떤 책에 보면 양신(養神)을 하여 출신(出神)을 할 수 있으면 천계에 갈 수 있다고 했는데 그건 그럼 어떻게 된 겁니까?"

"그것은 아직 진리를 깨닫지 못했기 때문에 나온 허황된 소리에 지나지 않습니다."

"진리를 깨닫는다는 것이 도대체 무엇인데요?"

"수련자가 자기 존재의 근원을 밝혀내는 것을 말합니다."

"자기 존재의 근원이 무엇인데요?"

"그것을 보고 자성(自性)이라고도 하고 진리라고도 말하고 무극(無

極)이라고도 말합니다. 또 하나라고도 하고 공(空)이라고도 말하고, 도
(道)라고도 말하고 무(無)라고도 말합니다. 그런가 하면 신(神), 천주
(天主), 하느님 또는 하나님이라고도 말하고 우주의식이라고도 말합니
다. 또 하늘이라고도 하고 우주라고도 합니다.

그러나 솔직히 말해서 그 어떠한 말로도 그 정체를 정확히 표현할
수는 없습니다. 도를 도라고 이름 붙였을 때는 이미 도가 아닌 것입니
다. 그저 인간의 지혜가 허용하는 한 최대한의 근사치를 이끌어냈을
뿐입니다."

"그럼 영혼이라는 것이 과연 있기는 있습니까?"

"영혼 역시 이 우주 내의 삼라만상(森羅萬象) 중의 하나입니다."

"무슨 뜻입니까?"

"우리가 현상계에서 인식할 수 있는 모든 것은 알고 보면 몽환포영
로전(夢幻泡影露電)에 지나지 않습니다. 무위계(無爲界)에서 볼 때는
삼라만상의 하나하나는 실체 없는 허깨비에 지나지 않는다는 얘기입
니다."

"영혼 역시 그렇다는 말씀입니까?"

"그렇습니다."

"영혼까지도 환상에 지나지 않는다면 일체(一切)는 아무것도 아니라
는 말씀입니까?"

"그렇습니다. 자기 자신을 포함한 일체가 아무것도 아닌 공허(空虛)
그 자체라는 것을 깨닫는 순간 그 구도자는 우주 전체를 자기 안에서
발견하게 됩니다. 이것을 일컬어 견성(見性)이라고 합니다. 이 상태를

일컬어 사람 속에 우주 전체가 들어 있다고 말합니다. 인중천지일(人中天地一)이 바로 그 말입니다. 그러니까 정영식 씨처럼 영혼 따위에 연연하는 한 이러한 경지는 평생 맛보지 못할 것입니다."

"그러니까 영혼이라는 관념 자체에서도 벗어나라는 말씀입니까?"

"그렇습니다. 그다음 단계로의 진입을 위해서는 어차피 그 경지에서는 벗어나야 하지 않겠습니까?"

"저는 영혼이 있는 한 언제까지나 윤회를 계속할 수 있고 윤회를 계속할 수 있는 한 '나'라는 개성은 언제까지나 유지된다고 생각해 왔거든요. 그런데 그 영혼까지도 아무런 실체도 없는 허깨비에 지나지 않는다면 저라는 개성은 이 우주 안에서 말살당하는 것 아닙니까?"

"영혼이니 개성이니 하는 허깨비에 매달려 있는 한 견성을 한다는 것은 요원한 일입니다. 영혼과 개성은 구도자에게는 눈앞을 가린 절벽과도 같습니다. 그 절벽 저쪽을 보려면 절벽을 뛰어넘어서야 합니다. 병아리가 달걀 껍질을 깨고 나오지 못하는 한 언제까지나 달걀 속의 경지에서 한 걸음도 발전하지 못할 것입니다. 구도자에게 있어서 개성이니 영혼이니 하는 것은 병아리에게 있어서의 달걀 껍질과 같은 존재입니다."

눈 가장자리가 파르르 떨리는 병

60대 중반의 한경숙이라는 여자 수련생이 물었다.

"선생님, 저는 요즘 눈 가장자리가 시도 때도 없이 파르르 떨리는가 하면 가운데 손가락과 무명지가 갑자기 저려 오기도 합니다. 병원에 가서 정밀 진단을 받아 보았지만 아무 이상도 없다고 합니다. 무엇 때문에 이런 현상이 벌어지는 것일까요?"

"혹시 최근에 누구와 심하게 다퉜거나 몹시 속상하는 일이 있었습니까?"

"있었습니다. 그걸 어떻게 아십니까?"

"우선 대답만 하십시오."

"시누이한테 너무나도 말 못 할 억울한 일을 일방적으로 당했습니다. 가족 간의 일이라 창피해서 법에 호소할 수도 없고 하여 속으로 꾹 참고 부글부글 끓기만 하다가 보니 속병이 든 게 아닌가 합니다. 그런데 선생님께서는 그걸 정확하게 알아맞추셨습니다."

"울분과 적개심과 증오심을 삭이지 못하고 그것들에게 휘둘리게 되면 이러한 감정들을 관장하는 수궐음심포경과 수소양삼초경락이 흐르는 눈 가장자리가 파르르 떨리든가 가운데 손가락과 무명지가 저리든가 합니다. 일종의 위험 신호입니다."

"위험 신호라뇨? 도대체 무슨 위험 신호입니까?"

"그 증세가 심해지면 풍(風)을 맞을 수 있다는 신호입니다."

"풍을 맞는다는 말이 무슨 뜻입니까?"

"맞을 중(中) 자, 바람 풍(風) 자를 합쳐서 중풍(中風)이라고 합니다."

"중풍이라면 말을 못 하든가 반신불수가 되든가 식물인간이 되는 뇌졸중을 말씀하시는 겁니까?"

"그렇습니다."

"중풍은 한번 맞으면 현대 첨단 의학도 고칠 수 없는, 좀처럼 낫지 않는 고질병이라고 하는데, 전 그럼 어떻게 하죠?"

"고치도록 하셔야죠."

"양의학도 힘들다는데 그럼 한의학으로 고칠 수 있습니까?"

"의학의 힘을 빌리려고 하시지 말고 자신의 심인성(心因性) 질병은 마음을 스스로 다스릴 수 있으면 누구나 고칠 수 있습니다."

"마음을 다스린다고 해서 현대 의학도 못 고치는 난치병을 고칠 수 있을까요?"

"고칠 수 있고말고요. 한경숙 씨의 마음먹기에 따라 돈 한푼 안들이고도 얼마든지 고칠 수 있는 병입니다."

"그럼 제가 어떻게 마음을 먹어야 하겠습니까?"

"시누이한테서 아무리 억울하고 분한 일을 당했다고 해도 그 여자에게 향하는 그 불같은 울분과 증오심을 놓아버려야 합니다."

"허지만 원인 제공자는 저쪽이고 제가 격분하고 증오심을 갖게 된 것도 그쪽 때문인데, 제가 어떻게 격분하지 않고 증오심을 품지 않을 수 있겠습니까?"

"그러나 격분과 증오심을 품고 있으면 있을수록 한경숙 씨는 중풍에 걸릴 위험성만 높아질 것입니다."

"그건 왜 그렇습니까?"

"그 대상이 누구든지 간에 격분과 증오심 자체는 그것을 품고 있는 사람에게는 맹독(猛毒) 작용을 일으키기 때문입니다. 그것을 품고 있는 시간이 길어지면 길어질수록 그 맹독의 세력 범위는 점점 넓혀져 갈 것입니다. 그것이 일정 수준에 도달하면 드디어 치명적인 중풍으로 발전할 것입니다. 이러한 비극적인 사태를 막을 수 있는 유일한 길은 분노와 증오심을 삭혀 버리는 길밖에 없습니다."

"그것이 그렇게 맘대로 되나요?"

"그것은 순전히 한경숙 씨의 마음먹기에 달려 있습니다."

"제가 분심(忿心)과 증오심(憎惡心)을 버린다는 것은 상대를 용서해야 한다는 말씀인데 상대에게 실컷 얻어맞고 나서 비굴하게 상대를 용서해야 한다는 것이 저에게는 도저히 납득이 가지 않습니다."

"그렇다고 해서 한경숙 씨가 그 여자에게 복수를 하겠다는 겁니까?"

"사실 속시원히 앙갚음을 하고 싶은 생각은 굴뚝같지만 그것은 아직 제 자존심이 허락하지 않아서 보류하고 있을 뿐입니다."

"잘 생각하셨습니다. 복수는 반드시 복수를 낳아 끊임없는 복수의 악순환만을 가져올 것입니다. 차라리 인과응보에 맡겨 버리십시오. 그러니까 한경숙 씨가 절치부심(切齒腐心)할 억울한 일을 당했다고 해도 복수할 생각이 없으면 그 울분과 증오심을 거두어 버려야 합니다.

남을 위해서가 아니라 한경숙 씨 자신이 중풍이라는 치명적인 난치병에 걸리지 않기 위해서입니다. 상대를 위해서가 아니라 바로 한경숙 씨 자신이 살기 위해서라도 그 울분과 증오심을 한시도 지체 없이 지금 당장 버려야 합니다. 결과적으로 그것이 상대도 살고 한경숙 씨도 사는 길입니다."

"거기까지는 무슨 뜻인지 저도 이해를 할 수 있을 것 같습니다. 그러나 제가 울분과 증오심을 버렸다고 해서 문제가 해결되는 것은 아닙니다."

"그럼 무슨 문제가 또 있습니까?"

"시누이의 부당한 요구입니다."

"어떤 요구인데요?"

"그 사연을 얘기하자면 좀 길어집니다."

"간단히 요점만 얘기해 보세요."

"지금부터 30년 전에 남편은 정부가 필요로 하는 인재양성 계획의 일환으로 미국으로 유학을 떠나게 되었습니다. 남편에게는 남동생은 없고 단지 시집간 여동생이 하나 있었을 뿐입니다. 시아버지는 일찍 돌아가시고 시어머니만 살아 계셨습니다. 남편은 당연히 시어머니를 모셔가려 했지만 시누이가 산 설고 물 선 타향만리 미국까지 데려가실 것이 아니라 자기가 모시겠다고 자청하고 나섰습니다.

저는 어린 남매밖에 없었지만 시누이한테는 한 살부터 여덟 살까지, 한두 살 터울의 오 남매가 있었습니다. 그래서 시어머니 역시 딸 쪽을 택했습니다. 시누이는 남대문 시장에서 의류상을 했으므로 당시 50대 초반이었던 시어머님은 시누이의 아이 기르는 일을 도맡았습니다. 시어머니는 외손주 다섯을 다 키워놓으시고, 평생 앓아눕는 일 없이 건강하게 사시다가 5년 전에 갑자기 이질을 앓다가 돌아가셨습니다.

남편은 미국서 석박사 과정을 다 마치고 미국의 유전학 계통 연구소에서 일하다가 정부의 요청으로 작년에 귀국했습니다. 남편은 연구밖에 모르는 사람입니다. 저는 사업 수완이 좀 있었던지 다 쓰러져 가는 가방 공장을 인수받아 그동안 물불을 가리지 않고 일한 덕분인지 미국의 경제 호황 때문인지 약간의 재산을 모을 수 있었습니다.

어머니 부려먹고도 대가 요구하는 시누이

귀국하자마자 시누이는 오빠 대신 어머니를 봉양한 대가로 무려 2억원을 당장 내놓으라는 것이었습니다. 우리가 모시겠다는 시어머니를 자기 아이들을 기르기 위해서 자발적으로 붙잡아 실컷 부려먹고는 이제와서 시어머니 부양비 2억 원을 내놓으라고 생떼를 쓰니 말이 됩니까?

그만한 돈도 없거니와 설사 있어도 고아원에 기증을 할지언정 그렇게는 할 수 없다고 딱 잡아떼니까 자기 아들딸까지 동원해서 씨종자를 말려 죽이겠다느니 집에 불을 콱 싸질러 버리겠다느니 하고 온갖 협박공갈을 하면서 저와 남편에게 행패를 부렸습니다. 시누이는 분명 아이들을 아래위도 모르는 패륜아(悖倫兒)로 키웠습니다. 제가 성인(聖人)이 아닌 이상 어떻게 격분하지 않을 수 있겠습니까? 선생님 말씀대로 제가 비록 그들을 용서했다고 해도 그들은 계속 우리를 괴롭힐지도 모릅니다. 그럴 때는 어떻게 하죠?"

"그것은 한경숙 씨의 내외의 태도 여하에 달려 있습니다. 시누이네 생활 형편은 어떻습니까?"

"남편은 10년 전에 세상을 떠났지만 시누이는 지금도 장사를 하고 있으므로 중류 정도의 생활은 유지하고 있습니다."

"그럼 순전히 재욕(財慾) 때문에 벌어진 연극이군요."

"그렇죠. 탐욕이 빚어낸 저질(底質) 소동입니다."

"한번 공짜 돈맛을 알면 계속 손을 내어밀 것입니다. 그러니까 아예 처음부터 상대를 하지 말아야 합니다. 그들의 부당한 요구를 들어주지 않겠다는 단호한 결심만 되어 있으면 겁날 것은 아무것도 없습니다. 남편은 그 일을 어떻게 생각하고 있습니까?"

"그 사람은 돈에 대해서는 일체를 저한테만 맡겨 놓고 있습니다. 그래서 시누이도 남편한테는 아무 말도 안하고 저한테만 달려듭니다."

"그럼 한경숙 씨의 태도 여하에 달려 있습니다. 한 치의 양보도 없는 확고부동한 태도를 보이면 더이상 어쩌지 못할 것입니다. 문제는 한경숙 씨 자신이 자기 마음을 어떻게 다스리느냐에 달려 있습니다."

"마음을 어떻게 다스리면 됩니까?"

"상대가 어떠한 협박공갈로 나오더라도 추호도 마음이 흔들리지 말아야 합니다. 아무리 형제간이라도 그렇게 부당하게 협박공갈로 재산을 갈취하려는 것은 범죄 행위입니다. 혹시 시부모한테 물려받은 재산이라도 있습니다."

"그런 거 한푼도 없습니다."

"그렇다면 꿀릴 것은 아무것도 없습니다. 시누이 측이 공갈협박을 할 때는 몰래 녹음을 해 두었다가 법적인 문제가 야기될 때 증거로 이용하도록 하세요. 이쪽의 태도가 완강하여 손톱도 안 들어가겠다고 판단되면 상대는 슬그머니 꼬리를 사리고 물러나게 될 것입니다. 제아무리 행패를 부려보았자 결국은 주먹으로 바위 치기라는 것을 깨닫게 될 테니까요."

"그런데 선생님 전 왜 이렇게 그 일만 생각하면 숨이 막히고 가슴이 덜덜 떨리죠?"

"아직도 시누이에 대한 울분과 증오심이 그대로 한경숙 씨의 가슴속에 시퍼렇게 살아 있기 때문입니다."

"어떻게 하면 이 숨 막히고 가슴 떨리는 증세에서 벗어날 수 있을까요?"

"객관적으로 볼 때 이번 소동의 원인 제공자가 시누이인 것은 틀림없지만 한경숙 씨는 그러한 세속적인 차원을 떠나서 그렇게 생각하지 말아야 합니다."

"그럼 어떻게 생각해야 합니까?"

"이번 사건의 책임을 시누이 탓으로 돌리면 울분과 증오는 점점 더 깊어만 갈 것이고 끝내 그 수렁에서 벗어날 수 없습니다. 그러니까 그러지 마시고 모든 것을 시누이가 아니라 한경숙 씨 자신의 탓으로 돌려야 합니다."

"아니 시누이가 제 발로 저를 찾아와서 그 소동을 벌인 것이 확실한데 그걸 어떻게 제 탓으로 돌릴 수 있습니까?"

"세속적인 인간의 생각으로는 도저히 그렇게 할 수 없겠죠. 그러나 우리 구도자는 그 세속적인 한계를 뛰어넘어야 합니다. 그리하여 전부를 내 탓으로 돌려야 합니다. 그렇게 하지 않는 한 한경숙 씨의 가슴 떨리는 현상, 눈 가장자리가 파르르 떨리고, 중지(中指)와 무명지(無名指)가 마비되는 현상을 막을 길이 없을 것입니다."

"그건 왜 그렇습니까?"

"인간은 자기 존재의 근본을 깨닫고 보면 너와 나는 따로 떨어져 있는 것이 아니라 하나이기 때문입니다. 우리는 개체이면서도 하나의 전체입니다. 하나이면서도 전부이기 때문입니다. 나와 남은 알고 보면 하나라는 얘기입니다. 그렇기 때문에 남을 미워하면 그 미워하는 마음의 파장이 상대에게 전달되어 그에게 해를 끼침과 동시에 그 증오심 자체가 독이 되어 그 증오심을 품은 사람 자신에게도 독이 되어 퍼져 나가게 되어 있습니다.

증오심은 독이다

따라서 증오심을 품으면 상대도 나도 다 같이 해독을 입게 되어 있습니다. 그러므로 누구를 미워한다는 것은 결과적으로는 자기 자신을 미워하는 것과 같습니다. 예수는 2천 년 전에 이미 이 사실을 깨달았으므로 원수를 사랑하라고 가르쳤던 것입니다. 원수를 미워하는 것은 결국 자기 자신을 미워하는 것이기 때문입니다.

이러한 이치를 깨닫게 된 구도자들은 어떤 일이 있어도 남을 미워하지 않습니다. 그래서 구도자는 설혹 누구한테서 이유 없이 매를 얻어 맞고 반사적으로 화가 치밀더라도 그것을 재빨리 남의 탓으로 돌리지 않고 자기 탓으로 돌려 버리고 맙니다. 그러나 남의 탓으로 돌릴 때는 어김없이 앙갚음의 악순환이 끊임없이 계속되게 되어 있습니다. 이 악순환의 고리를 끊어 버리기 위해서라도 우리는 모든 것을 내 탓으로 돌려 버려야 합니다. 그래야 비로소 마음이 편해집니다."

"이치로 따지면 그럴 것 같습니다. 그러나 수행이 부족해서이겠지만 저는 아무리 그렇게 생각하려 해도 그렇게 되지가 않습니다. 그럴 때는 어떻게 하죠?"

"그럴 때는 한경숙 씨가 시누이에게 그렇게 느닷없이 봉변을 당한 것을 인과응보라고 생각하십시오."

"아니 그럼 그런 봉변을 당할 만한 일을 제가 전생에 시누이에게 했

다는 말씀입니까?"

"물론입니다. 이 우주 안에 원인 없는 결과란 절대로 있을 수 없기 때문입니다."

"그렇다면 제가 전생에 시누이에게 그렇게도 몹쓸 짓을 했단 말입니까?"

"현재로는 도저히 그것을 인정하고 싶지 않겠지만 한경숙 씨가 시누이에게 그렇게 봉변당할 만한 꼬투리가 전생에 있었던 것만은 틀림없습니다."

"요컨대 제가 전생에 시누이한테 해코지한 앙갚음을 지금 당하고 있다는 말씀이 아닙니까?"

"그렇습니다."

"참으로 이해하기 어려운 일이군요."

"세속인의 맨정신으로는 이해하기 어려운 것은 틀림없습니다. 중생의 한계를 벗어나 성인(聖人)의 경지에 들어가는 것이 그렇게 쉬울 리가 있겠습니까? 이 경계선을 뛰어넘으면 성인이 되는 것이고, 뛰어넘지 못하면 세속인의 한계 속에서 다람쥐 쳇바퀴 돌듯 생로병사의 윤회의 굴레에서 언제까지나 벗어나지 못하게 될 것입니다.

그래서 우리는 이 세상을 살아가다가 도저히 이해할 수 없는 억울한 일을 당할 때마다 인과응보의 이치가 나에게 또 한 번 크게 도약할 수 있는 계기를 만들어 주는구나 하고 생각해야 합니다. 그리고 우주의 근본 자리인 하늘로부터 그야말로 큰 힘을 받고 싶으면 남의 탓이 아니고 모든 것을 내 탓으로 돌려야 합니다. 그렇게 하면 어김없이 수행자는 특히 기공부하는 구도자는 큰 기운을 받게 되어 있습니다."

"왜 그럴까요?"

"하늘과 우리들 각 개인은 근본적으로 하나이기 때문입니다. 개인인 나 자신의 주파수와 우주의 근본 자리인 하늘의 주파수가 일치되어 있기 때문입니다. 이 우주의 근본 자리인 주체를 우리 조상들은 하늘이라고 했습니다. 그런데 알고 보면 그 하늘과 상호반응을 일으키는 우리 인간의 본질 역시 하늘이라는 겁니다.

이 하늘의 뜻을 구현하는 쓰임인 방편이 바로 하느님입니다. 인간의 본질이 만약에 하늘이 아니라면 어떻게 이러한 상호감응 현상이 일어날 수 있겠습니까? 하느님의 본질은 착하기 때문에 우리가 착한 일을 하면 복을 받고 악한 일을 하면 화를 당하게 되어 있습니다. 또 하느님의 본질은 맑기 때문에 맑으면 오래 살고 흐리면 요절하게 되어 있습니다. 또 하느님의 본질은 후덕(厚德)하기 때문에 후덕한 사람은 존귀해지고 각박(刻薄)한 사람은 천박해지게 되어 있습니다. 이것은 무엇을 말하는가 하면, 하늘나라에 들어가려면 무엇보다도 착하고 맑고 후덕한 사람이 되어야 한다는 것을 말해 줍니다."

"하늘나라에 들어간다는 것은 무엇을 말합니까?"

"알기 쉽게 말해서 진리를 깨달아 마음이 밝아진 사람이 되는 것을 말합니다."

"하늘나라는 어떠한 곳입니까?"

"서로 상반되는 대립적인 요소가 없어진 세계를 말합니다."

"서로 상반되는 대립적 요소란 무엇을 말합니까?"

"사랑과 미움이 없는 것을 말합니다. 따라서 삶과 죽음, 밝음과 어둠,

있음과 없음, 남자와 여자가 없는 것을 말합니다. 요컨대 하늘나라에는 남자와 여자가 없으므로 시집가고 장가가는 일이 없으므로, 시누이도 올케도 없다는 얘기입니다. 싸우는 두 객체도 알고 보면 하나의 몸 뚱이에 달린 양손과 같은 것에 지나지 않습니다.

그러니까 상대의 잘못을 내 잘못으로 돌리면 오히려 마음이 편해지지만 상대의 잘못을 자꾸만 까발리고 미워하면 할수록 나 자신도 괴로워져서 심하면 병까지 얻게 되는 겁니다. 미워하면 괴롭고 사랑하면 편안해지는 것은 우리 마음이 하늘나라의 특성을 그대로 가지고 있기 때문입니다.

분쟁이 발생했을 때 상대의 탓으로 돌리면 당장은 좋을 것 같지만 지내 놓고 보면 마음이 시원하기는커녕 도리어 가슴이 답답하고 괴로운 것은 이 때문입니다. 그러나 분쟁이 발생했을 때 무조건 내 탓으로 돌리면 당장에는 큰 손해를 보는 것 같고 억울할 것 같지만 결국은 마음이 편안하고 후련해지는 것도 알고 보면 상대와 나는 하나이기 때문입니다.

잘못은 분명 상대에게 있는데도 그것을 내 탓으로 돌리기 위해서는 단연 용기가 필요합니다. 그러나 그것은 보통 용기가 결코 아닙니다. 확실히 속인이 성인으로 거듭나는 위대한 용기입니다. 그것은 어찌 보면 남이 죽을 자리에 내가 대신 죽어 주는 용기만큼이나 위대한 결단을 필요로 합니다. 물에 빠져 죽어 가는 사람을 보고 자기도 모르게 물 속에 뛰어들어 구해 주는 것은 이러한 위대한 용기의 소산입니다. 이것을 흔히들 살신성인(殺身成仁)이라고 합니다."

"매스컴에 요즘도 가끔 보도되는 기사인데 알고 보면 물에 빠져 허덕이는 어린이를 구해 주고 대신 죽어간 그 주인공은 지극히 평범한 사람인 수가 많습니다. 그러한 범인(凡人)이 어떻게 남의 죽음을 대신해 줄 수 있을까 의문이 들곤 합니다. 제가 보기에는 그 사람은 분명 진리를 깨달은 구도자는 아닌 것 같은데 어떻게 그런 용기 있는 일을 할 수 있었을까요?"

"진리는 구도자만의 전유물은 결코 아닙니다. 그것은 어떠한 사람이든지 마음먹기에 따라 한순간에도 성인이 되고 깨달은 사람인 부처가 될 수 있다는 것을 말해 주는 살아 있는 증거입니다. 그래서 석가모니는 일체중생실유불성(一切衆生悉有佛性)이라고 말하지 않았습니까? 어떠한 사람이든지 부처가 될 수 있는 소질이 있다는 말입니다.

물에 빠져 죽어 가는 어린이를 구해주고 자기 자신은 힘이 부쳐 대신 빠져 죽어 간 사람 중에는 부양해야 할 처자를 거느린 가장인 경우도 많습니다. 그가 미처 자신의 처지를 생각해 볼 틈도 없이 강한 의타심에 자신을 맡겨 버렸던 결과입니다. 비록 순간적이지만 무의식적으로 남을 구해야겠다는 생각이 떠오른 것은 생사를 초월한 의리가 발동되었기 때문입니다. 이것이 바로 하늘나라의 관행입니다. 다시 말해서 하늘나라에는 생사가 없다는 것을 그는 무의식적으로 직감했기 때문에 일어난 현상으로 보아야 합니다.

물에 빠져 죽어 가는 사람을 우선 구해 주어야겠다는 생각뿐 시공에 구속된 유위계 속의 자신의 처지는 그 순간 떠오르지 않았을 것입니다. 그도 자기가 죽어 가는 사람 대신 희생당해야 한다는 것을 알았다면 그런 용기가 발휘되지 않았을 수도 있습니다. 그러나 이 세상에는 한 사람을 살리면 그 대신 자기가 죽어야 한다는 것을 분명히 알고도 죽음을 택한 용감한 사람도 있습니다."

막시밀리안 콜베 신부

"실제로 그러한 사람이 있습니까?"

"있습니다. 역사에는 그러한 의인들의 얘기가 많이 전해 내려오고 있습니다. 그러한 실례 중에서 2000년 1월 7일자 중앙일보 '분수대'라는 고정란에 조현욱 문화부 차장이 쓴 얘기는 심히 감동적입니다."

"어떠한 줄거리인데요?"

"1월 7일은 1894년에, '아우슈비츠의 성자'로 세계에 알려진 막시밀리안 콜베 신부가 이 세상에 태어난 날입니다. 나치 독일이 유럽을 석권했던 1941년 7월 말경이었습니다. 폴란드의 그 유명한 아우슈비츠 강제수용소 광장에는 수백 명의 포로들이 숨을 멈추고 도열해 있었습니다. 수용소장이 카랑카랑한 쇳소리를 냈습니다.

'간밤에 도망친 놈이 아직 안 잡혔다. 너희들 중 10명을 그 대신 아사(餓死) 감방으로 보낼 작정이다.'

수용소장은 줄 서 있는 포로들 사이를 돌아다니면서 되는 대로 한 명씩 지적했습니다.

'너!'

'너, 너, 그리고 너도!'

이때 사형 선고를 받은 한 청년이 흐느낌 속에서는 다음과 같은 한

탄의 소리도 들려왔습니다.

'내가 죽어 버리면 불쌍한 아내와 아이들은 누가 돌본단 말인가?'

바로 이때 중년 사내가 소장 앞으로 걸어 나와 말했습니다.

'저 사형수 중의 한 사람 대신 내가 죽을 수 없겠소?'

'누구 대신 죽겠다는 것인가?'

'부양할 아내와 아이들이 있다는 저 사람 대신 말입니다.'

'너는 누구냐?'

'난 가톨릭교의 사제입니다.'

그의 시선을 받으면서 잠시 말이 없던 수용소장의 입에서 허락이 떨어졌습니다.

'좋다, 그렇게 하라.'

그 후 콜베 신부는 아사(餓死) 감방에서 보름 동안 굶주린 뒤, 그 해 8월 14일 독약 주사를 맞고 숨을 거두었습니다. 그동안 그가 갇힌 아사 감방에선 다른 감방에서 흔히 들려온 저주와 발광의 울부짖음 대신 처음으로 노래와 기도 소리가 들려왔다고 합니다. 그때 콜베 신부가 죽음을 대신해 준 프란치스코 가조프니체크 중사는 아우슈비츠 수용소에서 살아남아 가족의 품으로 돌아갔습니다.

1982년에 로마 교황청은 콜베 신부를 성인(聖人)으로 추대했습니다. 막시밀리안 콜베 신부의 일생은 아우슈비츠의 생존자였던 마리아 비노프스카가 1971년에 전기(傳記)로 펴내어 프랑스 학술원상을 받았습니다. 한국어판은 성바오로출판사에서 간행했고 제목은 『막시밀리안 콜베』입니다."

내가 이 얘기를 이렇게 일부러 인용하는 이유는 같은 살신성인(殺身成仁)이면서도 물에 빠져 죽어 가는 어린이를 구해 주고 대신 죽어 간, 처자를 거느린 가장과 자기가 죽을 줄을 뻔히 알면서도 남을 위해 대신 죽어간 콜베 신부의 경우는 약간 다르다는 것을 말하기 위해서입니다."

"어떻게 다릅니까?"

"전자는 자기가 죽을 줄은 미처 모르고 물속에 뛰어든 경우이고 후자는 자기가 죽을 것을 뻔히 알면서도 남을 위해 대신 죽어간 것입니다. 전자의 경우는 보통 사람도 할 수 있는 일이지만 콜베 신부의 경우는 보통 사람이 흔히 할 수 있는 일이 아닙니다."

"왜 그렇습니까?"

"죽음을 뛰어넘는 일은 아무나 쉽사리 할 수 있는 일은 아니기 때문입니다. 죽을지 살지 모르는 모험은 웬만한 용기가 있는 사람이면 누구나 할 수 있는 일이지만 죽음이 확실히 예정된 모험은 아무나 그렇게 손쉽게 달려들 수 있는 일이 아니기 때문입니다."

"그럼 어떤 사람이라야 그런 일을 할 수 있을까요?"

"삶과 죽음의 경계선을 넘은 사람이 아니면 그렇게 할 수 없습니다."

"어떻게 해야 삶과 죽음의 경계선을 넘었다고 할 수 있습니까?"

"수행을 하는 사이에 자기도 모르게 삶과 죽음은 없다는 것을 깨닫는 것을 말합니다."

"선생님, 정말 생사(生死)는 없다고 할 수 있습니까?"

"그렇습니다."

"그것을 어떻게 알 수 있습니까?"

"생사는 알고 보면 실체(實體)가 아닙니다."

"실체가 아니면 무엇입니까?"

"허상(虛像)입니다."

"허상이라뇨?"

"그렇습니다."

"무엇을 허상이라고 합니까?"

"환상이나 뜬구름 같은 것을 허상이라고 합니다. 그래서 선인(先人)들은 '생(生)은 한 조각구름이 일어나는 것이고 사(死)는 그 한 조각구름이 사라지는 것'이라고 했습니다. 생사는 존재 양상의 변화 과정이지 그 존재의 실체는 아닙니다."

"그럼 실체는 무엇입니까?"

"생사를 주관하는 주체(主體)입니다."

"주체가 무엇입니까?"

"변화 과정을 관찰하려면 변화하지 않는 기준이 있어야 합니다. 바퀴가 굴러가려면 그 바퀴의 중심을 지탱해 주는 굴대가 있어야 합니다. 이 굴대가 바로 주체입니다. 차축(車軸)은 바퀴를 굴러가게 하면서도 그 자신은 움직이지 않습니다. 차축이 움직인다면 어떻게 바퀴가 굴러갈 수 있겠습니까? 바퀴가 원활하게 굴러가려면 그 바퀴를 지지해 주는 든든한 차축이 있어야 하는 것처럼 우주의 삼라만상이 원활하게 굴러가려면 그 변화 과정을 지탱해 주는 변하지 않는 중심축(中心軸)이 있어야 합니다.

이것이 바로 우주의 중심입니다. 이 중심이야말로 변하지 않으면서

도 변화를 주관하는 주체입니다. 이 우주의 중심이 바로 하늘 또는 하
늘나라입니다. 생사도 유무도 시간도 공간도 없는 절대의 세계, 실상
(實相)의 세계, 무위(無爲)의 세계입니다. 똑같은 원리를 인간에게도
적용할 수 있습니다. 삶은 한 조각구름이 일어남이고 죽음은 그 한 조
각구름의 사라짐이라면 이 삶과 죽음을 관장하는 중심축인 주체가 바
로 자성(自性)이요 본성(本性)입니다.

구도자가 수행을 하는 목적은 이 본성을 꿰뚫어보자는 데 있습니다.
성(性)을 꿰뚫는다고 하여 성통(性通)이라고 합니다. 그리고 수행 도중
에 이 본성을 얼핏 보기만 하는 것을 견성(見性)이라고 합니다. 견성을
한 뒤에 보림을 철저히 하여 진리의 실체를 체득하는 것을 해탈(解脫)
이라고 합니다."

"어떻게 하면 그렇게 될 수 있겠습니까?"

"인생이란 개성도 실체도 없는 하나의 환상이요, 공수래공수거(空手
來空手去)하는 것 이외에 얻어갈 것은 아무것도 없다는 것을 지구에
사는 동안에 터득해야 합니다. 그래야만이 이 세상에 아무런 집착도
하지 않게 됩니다. 집착이 없어야 미련도 원한도 공포도 증오도 기쁨
도 노여움도 탐욕도 애정도 다 부질없다는 것을 알게 됩니다.

생사를 초월한다는 것은 희구애노탐염(喜懼哀怒貪厭), 희로애락애
오욕(喜怒哀樂愛惡慾), 희로우사비공경(喜怒憂思悲恐驚)에서 벗어나
는 것을 말합니다. 개아(個我)가 사라지고 진리의 핵심 속에 녹아들어
가는 것을 말합니다."

"그렇게 해서 성통공완하고 견성해탈하면 어떻게 됩니까?"

"그때 비로소 온갖 변화를 관장하는 우주의 중심축에 자리잡을 수 있게 됩니다."

"우주의 중심축에 자리잡는다는 말은 무슨 뜻입니까?"

"우주 전체를 내 속에 품을 수 있게 된다는 뜻입니다. 이때 비로소 그는 불출호지천하(不出戶知天下)의 경지에 도달하게 될 것이며 사람이 곧 하늘이라는 이치를 바로 깨닫게 될 것입니다. 더이상 부러울 것도 아쉬울 것도 없는 경지입니다. 이웃을 위해서 자기 생명을 기꺼이 내던져도 조금도 아쉽지 않게 됩니다. 왜냐하면 그에게는 이웃의 생명이 곧 자기 자신의 생명이기 때문입니다."

성공의 지름길

우창석 씨가 말했다.

"선생님, 대학 입시나 취직 시험에 낙방하고 고민하는 젊은이들에게 유익한 얘기를 좀 들려주셨으면 좋겠습니다."

"실패의 원인을 외부 조건이나 환경에서 찾지 말고 자기 자신에게서 찾는 사람은 비록 지금은 실패를 했다고 해도 다음 언젠가는 반드시 성공할 수 있습니다."

"외부 조건이란 무엇을 말씀하시는 건지 좀 구체적으로 설명해 주시겠습니까?"

"그러죠. 시험에 떨어진 원인을 자기 자신에게서 찾지 않고 외부 조건 예컨대 시험 문제가 너무 어려웠다든가, 남들처럼 과외 공부를 못했다든가, 우리나라의 시험 제도가 근본적으로 잘못되어 있다든가. 시험 치는 날 일진이나 운수가 나빴다든가, 시험관이 너무 엄격했다든가, 부모가 시험 뒷바라지를 잘못해 주었다든가 하는 등등의 외부 조건에서 찾는 한 다음 시험에서 성공의 가능성은 점점 더 희박해진다는 것입니다."

"그럼, 시험이 실패한 결정적인 원인을 어디서 찾아야 합니까?"

"언제나 자기 자신의 마음속에서 찾아야 합니다."

"왜 그렇습니까?"

"외부 조건이나 환경은 일조일석에 마음대로 바꿀 수 없지만 자기 마음은 자기가 원하는 대로 노력만 하면 얼마든지 바꿀 수 있기 때문입니다. 낙방의 원인을 바꿀 수 없는 외부 조건이나 환경 탓으로 돌릴 것이 아니라면, 자기 노력 여하에 따라 얼마든지 바꿀 수 있을 뿐만 아니라 실로 무한한 가능성이 있는 자기 마음 탓으로 돌려야 합니다. 그래야만이 무한한 능력을 구사할 수 있습니다.

그러나 외부 조건이나 환경 탓으로 돌리는 한 그는 자기 마음이 발휘할 수 있는 능력을 스스로 제한하는 것밖에는 되지 않습니다. 사람들은 흔히 자기 마음의 능력을 스스로 비하(卑下)하는 경향이 있는데 이것이야말로 자기 자신의 능력을 자진하여 묶어 버리는 어리석은 짓이 아닐 수 없습니다. 자기 마음이야말로 미개발된 무한한 가능성이 잠재되어 있는 귀중하기 짝이 없는 잠재능력의 보고(寶庫)라는 것을 알아야 합니다."

"자기 마음의 보고를 어떻게 하면 효과적으로 이용할 수 있겠습니까?"

"내 마음은 남이 아니라 나만이 내 의지대로 가꿀 수 있고 이용할 수 있다는 자신감을 가질 필요가 있습니다."

"무엇이든지 하면 된다는 자신감 같은 것 말씀입니까?"

"그렇습니다. 언제나 실패를 도리어 귀중한 재도약의 발판으로 삼을 줄 아는 도전 정신 말입니다. 실패는 좌절을 위해서 있는 것이 아니라 언제나 재도약을 위한 발판이 되기 위해서 있는 것이기 때문입니다. 성공이란 언제나 불굴의 도전 정신을 가지고 돌진하는 사람을 위해서 있는 것이기 때문입니다."

"그렇다고 해서 너무 성공에만 집착해도 도리어 그 집착 때문에 공부가 방해당하는 일이 있지 않습니까?"

"그렇습니다. 그러니까 목표는 설정하되 목표 달성에만 집착할 것이 아니라 자기 능력껏 최선을 다한다는 심정으로 여유 있는 태도로 임해야 합니다. 이번 시험에 떨어지면 내 인생은 끝장이라는 절박한 한계선을 그어 놓으면 그것이 도리어 자기 자신을 구속하여 원만한 실력 발휘를 못하게 합니다."

"그럴 때는 어떻게 하죠?"

"무엇을 말입니까?"

"시험에 합격하면 물론 좋겠지만 떨어질 수도 있지 않습니까?"

"물론이죠."

"떨어질지도 모른다는 강박관념이 자신을 괴롭힐 땐 어떻게 하느냐 그겁니다."

"떨어지면 떨어졌지 어떻게 하겠습니까? 그러나 아직 떨어지지도 않았는데 떨어지면 어떻게 하나? 하고 미리 걱정을 할 필요는 없습니다. 떨어지면 그때 가서 걱정해도 늦지 않는 것을 미리부터 사서 고생을 할 필요는 없다 그겁니다.

내일 일은 내일 걱정해도 늦지 않다는 얘깁니다. 미래의 일은 미래의 일이고 우리는 당장 지금 해야 할 일에만 최선을 다하면 됩니다. 쓸데없는 내일 걱정 때문에 지금 해야 할 일까지 망치는 어리석음은 범하지 말아야 합니다."

"시험에 합격하기 위해서 자기 깐에는 최선을 다했는데도 떨어졌다면 어떻게 하죠?"

"자기 깐에는 최선을 다했다고 하지만 여전히 합격한 사람이 떨어진 사람보다 많은 것을 보면 자기가 다한 최선이라는 것도 알고 보면 합격자들보다 못했다는 것을 알 수 있습니다. 이런 때는 자기가 실패한 원인이 무엇인가를 철저히 분석하여 다음 기회에는 물샐틈없는 준비를 철저히 하여 또 다시 실패하는 일이 없도록 해야 합니다.

비록 시험에는 실패했다고 해도 자신감과 희망이 꺾이지 않는 한 완전히 실패한 것은 아닙니다. 우리는 실패를 두려워할 것이 아니라 자신감과 희망이 꺾이는 것을 두려워해야 할 것입니다. 그러나 좌절을 모르는 사람에겐 이 세상에서 두려워할 것은 아무것도 없다는 것을 알아야 합니다."

"그렇지만 바로 그 좌절 때문에 많은 사람들이 자폐증 환자가 되어, 폐인이 되거나 자살을 택하는 일이 있지 않습니까? 그런 사람들에 대해서는 어떻게 생각하십니까?"

"좌절 때문에 인생을 포기하는 것처럼 어리석은 일도 없습니다."

"왜 그렇게 생각하십니까?"

"그들이 생각하는 좌절이란 사실은 아무 실체도 없는 허깨비에 지나지 않는다는 것을 깨닫지 못 하고 있기 때문입니다."

좌절(挫折)은 환상이요 과정이다

"아니 그렇다면 좌절은 환상이란 말씀입니까?"

"그렇습니다."

"왜 그렇죠?"

"좌절은 실체가 아니라 단지 지나가는 하나의 과정입니다."

"과정이라뇨?"

"고정되어 있는 실체가 아니라 스쳐 지나가는 바람과 같다는 얘기입니다. 바람은 제아무리 심한 폭풍이라고 해도 스쳐 지나가는 현상이지 고정된 실체는 아니라는 말입니다."

"그럼 삼라만상 중에 변함없는 실체라는 것도 있기는 있습니까?"

"사실 그런 것은 없습니다. 상(相)이나 상(像)이라는 것 자체가 모두가 무상(無常)한 것이기 때문입니다. 따라서 좌절(挫折)이라는 것도 알고 보면 호수 위에 바람이 불면 일어나는 물결과 같은 것입니다. 낙제생이 좌절 때문에 인생을 포기하는 것은 좌절을 영원불변한 것인 양 착각했기 때문입니다."

"그러한 불상사를 예방하기 위해서는 어떻게 해야 되겠습니까?"

"대책은 자기성찰(自己省察)밖에 없습니다. 좌절이나 실패가 인생의 하나의 과정이요 환상에 지나지 않는다는 것을 알아내는 수단은 자기성찰밖에는 없습니다. 이 자기성찰을 흔히들 관(觀)이라고 합니다. 자기 자신의 처지를 제3자의 처지에서 객관적으로 살펴보는 것을 말합니다.

자기성찰을 일상생활화 할 수 있는 사람에게는 좌절이라는 것이 있을 수 없습니다. 그에게는 낙방도 실패도 하나의 과정이요 환영(幻影)이므로 별로 관심의 대상이 되지 않습니다. 그에게는 대입 시험이나 취직 시험은 결코 그의 인생의 전부가 될 수 없습니다. 그에게는 무엇이 되느냐가 중요한 것이 아니라 어떻게 사느냐가 항상 중요한 명제입니다.

다시 말해서 세속적인 출세에 집착하지 않으므로 그것에 집착하는 사람보다 훨씬 더 자기 기량을 자유롭게 발휘할 수 있습니다. 이 세상에서 무슨 일을 하든지 남과의 약속을 잘 지키고, 자기가 맡은 일에 항상 최선을 다하는 사람, 거짓말하지 않고 자기보다 남을 먼저 생각하는 착한 사람은 반드시 주변 사람들의 눈에 띄게 되어 있습니다."

"왜 그럴까요?"

"닭의 무리 속에 섞인 한 마리의 학은 누구의 눈에도 뜨이게 되어 있습니다. 특히 남을 부리는 관리자의 입장이 되어 보면 더 잘 알 수 있습니다. 무슨 일을 하든지 정직하고 착한 사람은 언제가 그의 상관의 눈에 들게 되어 있습니다. 바르고 착하고 슬기롭게 사는 사람은 조만간 인신(人神, 사람과 신)의 도움을 받게 되어 있습니다.

그 대신 거짓말 잘하고 매사에 자기 잇속밖에 챙길 줄 모르는 사람은 그가 제아무리 고시에 합격하여 판사가 되고 검사가 되고 변호사가 되고, 고급 공무원이 되고 국회의원이 되었다고 해도 얼마 안 가서 그의 상관이나 동료들의 눈에 띄게 되어 구조조정 때 감원 대상에 들거나 퇴출당하게 되어 있습니다.

그러므로 반드시 시험에 통과하여 대학생이 되고, 대기업체의 사원이나 임원이나 사장, 회장이 되는 것만이 중요한 것이 아니라, 비록 3D 업종에 취직하거나 일용 노동자가 되었다고 해도 바르고 착실하고 슬기롭게 일해 나가다가 보면 반드시 남의 이목을 끌게 되어, 그가 되기 싫다고 해도 자꾸만 승진이 되어 남들이 우러러보는 위치에 올라서게 되어 있습니다. 그래서 어떻게 사느냐가 무엇이 되느냐보다 훨씬 더 중요합니다. 처음부터 높은 지위를 탐하지 말고 주변 사람들에게 겸손하고, 바르고 착하고 지혜롭게 살도록 힘써야 합니다."

"그러나 아무리 바르고 착하고 슬기롭게 살아보려고 애써 보아도 상관이나 남의 이목을 끌기는커녕 도리어 바보 취급을 항상 당하고 최하위에 머물러 있는 사람도 이 세상에는 흔하지 않습니까?"

"단기적인 안목으로 보면 물론 그런 일이 있을 수도 있겠죠. 그러나 긴 눈으로 보면 그렇지도 않습니다. 가벼운 것은 반드시 물위에 떠오르게 되어 있는 것처럼 바르게 보고 바르게 사는 사람은 비록 일시적으로 괴로움을 당하는 일이 있어도 틀림없이 어느 땐가는 물위에 떠오르게 되어 있습니다."

가벼운 것은 떠오른다

"이 경우 가벼운 것은 무엇입니까?"

"욕심을 비운 것을 말합니다. 욕심을 비운 사람은 이 세상일에 집착을 하지 않으므로 항상 위로 뜨게 되어 있습니다. 그 대신 욕심이 많은 사람은 이 세상에 대한 집착이 강하기 때문에 그 무게로 인해서 항상 밑으로 가라앉게 되어 있습니다."

"그래도 욕심이 많은 사람일수록 사회적 지위가 높아지는 수가 있지 않습니까?"

"세속적인 지위나 명예가 높아지는 것은 뜨는 것이 아니라 밑으로 가라앉는 겁니다. 속(俗)과 성(聖)은 항상 반비례한다는 것을 알아야 합니다."

"무엇이 속(俗)이고 무엇이 성(聖)입니까?"

"바른 일보다 남의 이목에 더 신경을 쓰는 것을 속(俗)이라고 합니다. 그러나 남의 이목 따위에 개의치 않고 자기의 양심(良心)이 옳다고 생각하는 일을 꾸준히 밀고 나가는 것을 성(聖)이라고 합니다. 그러니까 남의 이목 따위에 신경 쓰지 않고 늘 주변 사람들에게 겸손하고 약속 잘 지키고 거짓말하지 않으며, 언제나 자기 분수를 지킬 줄 알고, 앉을 자리 설 자리를 구별할 줄 알며, 자기 자신보다 남을 먼저 생각할 줄 아는 예절 바른 사람은 반드시 주변 사람들의 존경을 받게 되어 있습니다. 비록 이웃의 주목을 끌지 못한다고 해도 하늘이 돕게 되어 있습니다."

"왜 그렇습니까?"

"자기보다 남을 먼저 생각하는 사람의 주위에는 항상 강한 자력(磁力)이 형성되어 동류들을 자기도 모르게 끌어당기게 되어 있기 때문입니다. 그 동류란 윗사람이 되는 수도 있고 스승이 되는 수도 있고, 동료가 되는 수도 있고 후배나 제자가 되는 수도 있습니다.

비슷한 모든 존재는 끼리끼리 모이게 되어 있는 것이 자연의 이치입니다. 황새는 황새끼리, 기러기는 기러기끼리, 쥐는 쥐끼리, 개미는 개미끼리, 벌은 벌끼리 모이는 것과 같이 사람도 착실한 사람은 착실한 사람들끼리, 구도자는 구도자끼리, 사기꾼은 사기꾼끼리, 도둑은 도둑끼리 모여들게 되어 있는 것이 자연의 이치입니다. 이것을 유유상종(類類相從)이라고 말합니다."

"학교 성적이 오르지 않는다고 자살하는 학생은 어떻게 보십니까?"

"성적이 오르지 않는다고 자살하는 것은 상인이 매상(賣上) 오르지 않는다고 자살하는 것과 같이 경솔한 짓입니다. 장사 열심히 하는 사람은 매상이 오르고, 게으른 사람은 매상이 떨어지게 되어 있습니다. 학교 성적 역시 공부 열심히 하면 오르고, 게으르면 떨어지게 되어 있습니다. 상인의 노력 여하에 따라 매상이 오르고 내리는 것과 같이 학교 성적 역시 학생의 공부 여하에 따라 오르기도 하고 내리기도 합니다."

"그렇지만 아무리 열심히 공부를 해도 성적이 오르지 않을 때는 어떻게 합니까?"

"그런 일은 좀처럼 없습니다."

"그래도 자기 깐에는 최대한의 노력을 기울였는데도 여전히 성적이 오르지 않을 때가 있지 않습니까?"

"그렇다고 해도 자살할 필요까지는 없습니다."

"그럼 어떻게 합니까?"

"자기성찰(自己省察)을 해야 합니다. 자기성찰이라는 것은 이런 때 필요한 것입니다. 공부하는 방법에 무슨 결함이 있었다면 그것을 시정하여 새롭게 도전을 해 보아야 합니다. 그래도 안 되면 혹시 방향을 잘못 잡은 것이 아닌가 냉정하게 객관적으로 자기 자신을 관(觀)해 보아야 합니다.

여기서 만약에 자기 능력의 한계를 깨달았다면 방향 전환을 하여 자기 위치를 찾아가도록 해야 할 것입니다. 학교 성적 역시 목숨을 걸 만큼 중요한 것은 아닙니다. 학교 성적은 스쳐 지나가는 바람과 같은 것일 뿐, 아무 실체도 없는 것입니다. 실체 없는 무지개를 위해서 목숨을 끊는 어리석음은 범하지 말아야 합니다."

"이루지 못할 사랑 때문에 동반 자살하는 남녀는 어떻게 보십니까?"

"남녀 간의 사랑 역시 실체 없는 신기루와 같은 겁니다."

"그럼 남녀 간의 평생 변하지 않는 사랑은 있을 수 없다는 말씀입니까?"

"있을 수도 있고 없을 수도 있습니다."

"그럼 남녀가 결혼하여 백년해로(百年偕老)하는 것은 어떻게 보십니까?"

"일부일처제가 인류에게 가장 효율적이고 편리한 제도라고 생각되는 사회 분위기 속에서는 가장 이상적인 것이겠죠. 그러나 결혼한 남녀가 백년해로하는 것은 애정 때문이라기보다는 부부간의 변함없는 신뢰 때문이라고 봅니다.

어쨌든 간에 청춘 남녀가 고작 이루지 못할 사랑 때문에 동반 자살을 한다는 것은 자기 자신의 잠재력을 만분의 일도 써보지 못하고 인생을 포기하는 경솔하고 어리석기 짝이 없는 짓입니다. 그들은 자기네가 왜 이 세상에 태어났는가 하는 것을 너무나도 몰랐기 때문에 그런 돌이킬 수 없는 실수를 저지른 것입니다. 좋은 학교에 애써 들어가 놓고는 지급된 교과서를 열어보기도 전에 자진 퇴학한 것과 같습니다."

"좋은 학교란 무엇입니까?"

"이 지구입니다. 지구상에 몸을 받고 태어나는 것이 바로 좋은 학교에 등록하는 것과 같습니다. 이 지구 학교야말로 온 우주에서는 가장 좋은 배움터입니다."

"그들은 이 학교에서 무엇을 공부할 예정이었습니까?"

"자기 존재의 본질을 깨닫는 공부입니다."

"자기 존재의 본질이 무엇인데요?"

"제1단계는 생로병사에서 벗어나는 것이고, 제2단계는 자기 자신 속에 있는 하느님을 찾아내는 것이고, 제3단계는 자기 자신 속에 있는 우주를 찾아내는 겁니다."

무엇이 좋고 무엇이 나쁜가?

우창석 씨가 말했다.

"이왕이면 다홍치마라고 사람이 이 세상을 살아나가는 데 있어서 좋은 직업을 가진다는 것은 좋은 일이 아닙니까?"

"도대체 무엇이 좋은 것이고 무엇이 나쁜 것입니까?"

"이왕이면 그날 벌어 그날 먹는 일용 노동자가 되기보다는 재벌 총수가 되는 것이 좋은 것 아닐까요?"

"그렇다고 해서 과연 일용 노동자는 나쁘고 재벌 총수는 좋다고 일괄적으로 말할 수 있을까요?"

"....???"

"나는 그렇지 않다고 봅니다."

"왜요?"

"아무리 재벌 총수가 좋다고 해도 운영을 잘못해서 그룹이 파산이 되어 산하 기업체들은 연쇄 부도를 내고 쓰러지고, 근로자들은 대량 해고의 위기를 맞게 되고, 수많은 투자자들에게 막심한 피해를 입히고, 이로 인한 처벌이 무서워서 해외 도피 여행 중이던 그 기업체 총수는 귀국도 못하고 이리저리 정처 없이 떠도는 신세가 되었다면, 자기 능력껏 벌어서 그날그날 처자와 함께 13평짜리 전세 아파트에서나마 정직하게 오손도손 살아가는 일용 노동자보다 나은 것이 무엇이겠습니까?

우리를 만족시키는 것은 무엇이 되느냐가 아니라 그 무엇을 어떻게 생각하느냐에 달려 있습니다. 다시 말해서 사물이 중요한 것이 아니라 그 사물을 대하는 마음이 훨씬 더 중요한 것입니다. 자기 양심대로 바르게 살아가는 사람은 자기 양심을 팔아 대통령이 되기보다는 오히려 양심대로 살아가는 평범한 삶이 훨씬 더 소중한 것입니다.

그런데 여기서 꼭 짚고 넘어가고 싶은 것은 인생을 바르고 착하고 슬기롭게 살아가는 사람이라면 예외 없이 부지런합니다. 부지런한 사람 쳐놓고 이 세상에서 가난하게 사는 사람은 없다는 겁니다."

"그렇다면 가난은 죄라는 말씀인가요?"

"그렇습니다. 가난이 현세(現世)의 죄가 아니라면 적어도 전생의 업보임에 틀림이 없습니다."

"전생의 업보라면 어떤 것을 들 수 있을까요?"

"물자를 낭비했거나 도둑질이나 사기를 쳐서 남의 재산을 갈취했거나 공무원으로서 뇌물을 좋아한 업보일 것입니다. 아무리 열심히 일해도 돈을 벌 수 없다고 한탄만 할 것이 아니라 전생의 자기의 업보가 아직 다 보상되지 않았다는 것을 알고 더욱더 부지런하고 착실하게 인생을 살다가 보면 어느 땐가는 업보에서 벗어날 날이 있을 것입니다.

일단 그 업보에서 벗어나면 그다음부터는 반드시 재운(財運)이 따르게 될 것입니다. 그러니까 대부분의 사람들이 가난은 죄가 아니라고 세상에 대하여 불평불만을 터뜨리는 동안 재빨리 전생의 자기 업보를 해소한 사람은 현명하다고 할 수 있습니다."

"그러니까 가난은 흔히 말하듯 부모 잘못 만난 탓이 아니라, 틀림없는 자기 죄라는 것을 깨닫는 것이 무엇보다도 시급한 일이군요."

"그렇습니다."

"가난은 남의 탓이 아니고 바로 내 탓이라는 것을 깨닫자면 어떻게 해야 합니까?"

"이 우주 안에서 우연이라는 것은 절대로 있을 수 없다는 것을 일상 생활을 통하여 체험으로 터득하는 겁니다."

"인과응보의 이치 말입니까?"

"그렇습니다."

"그럼 선천적이거나 후천적이거나 불치병을 앓든가 장애인이 된 것 도 인과응보라는 말입니까?"

"그렇습니다."

"병약한 사람들은 전생에 무슨 업보가 있었기 때문일까요?"

"살생을 했거나 남을 구타하고 고문한 업보입니다."

"먹고 살기 위해서 어쩔 수 없이 살생을 한 것도 그러한 업보에 들어 갑니까?"

"차라리 죽지 않고 살기 위해서 가축이나 동물을 살생했다면 업장이 그렇게 무겁지는 않을 것입니다. 도축업자나 어부가 그러한 사람들 축 에 들 것입니다. 그러나 순전히 취미 생활을 위해서 사냥을 하거나 낚 시질을 하거나, 돈벌이를 위해 밀렵(密獵)을 하고 도벌(盜伐)을 하는 것은 업보 중에서도 가장 큰 업보입니다."

얼굴을 바꾸기 전에 마음을 바꿔라

"요즘 젊은이들 중에는 좋은 직장에 취직을 하거나 좋은 배우자를 만나기 위해서 멀쩡한 얼굴에 칼질을 하거나 광대뼈를 깎아내어 외형을 바꾸려는 경향이 팽배해 있는데 이에 대해서는 어떻게 생각하십니까?"

"어떤 사람의 외모는 바로 그 사람의 마음이 밖으로 표출된 것입니다. 다시 말해서 얼굴은 바로 그 사람의 마음의 거울이라는 얘기입니다. 마음을 그대로 둔 채 얼굴만 수술을 하여 바꾸려는 것은 설계도도 바꾸지 않고 땜질식으로 건물을 불법으로 수리하려는 것과 같이 위험하기 짝이 없는 짓입니다. 마음이 착해지고 남을 위해 좋은 일을 많이 하면 얼굴은 자연히 사람들에게서 호감을 받는 미남 미녀로 바뀌게 될 것입니다."

"그럼 얼굴을 바꾸려면 마음부터 먼저 바꿔야 되겠군요."

"그렇습니다. 마음을 바꾸지 않고 얼굴만 바꾸려고 하는 것은 마치 악인이 선인처럼 보이기 위해서, 사기꾼이 분장을 하듯 남을 속이는 짓에 지나지 않습니다."

"그럼 성형외과(成形外科)의 존재 이유가 없어지는 게 아닐까요?"

"그렇지는 않습니다. 성형외과는 원래 타고난 멀쩡한 얼굴의 광대뼈를 깎아내거나 늙어서 자연적으로 늘어나는 주름살을 없애주는 수술을 하든가 하여 이리저리 멋대로 외형을 바꾸라고 해서 생겨난 직종이 아닙니다."

"그럼 무엇 때문에 생겨난 직종입니까?"

"타고난 언챙이를 교정해 주든가 뜻하지 않은 사고로 얼굴이 변형되었

287

을 때 이를 가능한 원형대로 바로 잡아주기 위해서 생겨난 직종입니다."

"선생님께서는 얼굴을 바꾸려면 마음을 먼저 바꾸라고 하셨는데 어떤 사람은 마음씨가 천사처럼 고운데도 얼굴만은 누가 보아도 외면할 정도로 험상궂게 생긴 경우를 가끔 볼 수 있습니다. 이것을 보면 얼굴은 마음의 거울이라는 말에 신뢰가 가지 않습니다. 그렇게 생각지 않으십니까?"

"난 그렇게 생각지 않습니다. 앙굴리말라와 같은 살인자가 어떤 계기로 갑자기 마음이 바뀌어 착한 사람이 되었다고 해서 얼굴까지도 그 당장에 천사처럼 바뀌는 것은 아닙니다. 앙굴리말라가 갑자기 악마에서 천사가 되기로 마음을 정하고, 도척(盜拓)이 갑자기 자선가가 되기로 작정했다고 해서 그 당장에 얼굴까지도 천사표가 될 수는 없습니다."

"그렇다면 얼굴은 마음의 거울이 될 수 없는 것이 아니지 않습니까?"

"속죄할 시간이 필요합니다. 실례를 들어 살인자가 자기 잘못을 깨닫고 경찰에 자수를 했다고 해서 당장에 살인죄가 면제된다고 생각하십니까?"

"그렇지는 않겠죠."

"왜요?"

"아직은 죄값을 치르지 않았으니까요."

"바로 그겁니다. 얼굴은 산도둑처럼 험악한데도 마음만은 비단결처럼 고운 사람이 바로 그러한 경우입니다. 그와는 반대로 얼굴과 마음씨는 일국의 왕비처럼 우아한데도 겨우 창녀 노릇을 하고 있는 여자가 있다면 그녀의 전생의 업보가 아직 해소되지 않았기 때문인 것입니다.

마음이 바뀌면 그에 상응하여 얼굴도 바뀌는 것은 단지 시간문제일 뿐입니다.

스티븐 호킹처럼 얼굴의 일부만 빼고 퇴행성 전신마비가 되어 있으면서도 학자로서의 그의 실력만은 타의 추종을 불허할 경우 그의 마음이 바르고 착하기만 하다면 그가 전생의 업보에서 벗어나 건강한 체격과 외모를 가질 수 있는 것 역시 단지 시간문제일 뿐입니다. 그것이 다음 생이 될지 아니면 그다음 다음 생이 될지는 모르는 일이긴 하지만, 그가 전생의 업장에서 벗어나려면 그만한 세월이 필요할 것이기 때문입니다.

우리의 생은 현생(現生)만 있는 것은 아닙니다. 현생은 수억만 개의 연속된 생(生)이라는 필름 중에서 단 한 컷에 지나지 않는다는 것을 알아야 합니다. 마음이 바뀌면 외모도 그에 따라 바뀌는 것은 틀림없지만 과거 생의 업장까지도 당장 바꿀 수는 없습니다.

건축 중인 건물이 건물주의 마음에 안 들어 새로 바꾸려면 먼저 설계를 바꾸고 이미 올라간 구조물은 헐어야 합니다. 마음을 바꾸는 것은 건물에 비유하면 설계를 바꾸는 것에 해당됩니다. 설계가 완성되었다고 해서 당장 새 건물이 준공되는 것은 아닙니다. 기존 건물을 헐고 새 건물이 올라갈 수 있는 건축 시간이 반드시 필요합니다."

"우물에 가서 숭늉을 달랄 수는 없다는 이치(理致)군요."

"그렇습니다."

사람을 피하는 구도자

우창석 씨가 물었다.

"구도자들 중에는 간혹 사람을 피해서 깊은 산속 암자나 토굴 속에 몸을 감추거나 남모르게 숨어서 사는 경우가 가끔 있는데 그 이유가 무엇입니까?"

"수련이 그 정도라면 상당한 수준에 올랐다고 보아야 합니다. 사람을 피하려고 하는 것은 더이상 외롭지 않기 때문이고 사람을 만나보아야 자기 수행에 조금도 보탬이 되지 않기 때문입니다."

"그럼 사람을 만나는 것이 자기 수행에 장애가 된다는 말씀입니까?"

"그렇습니다."

"왜 그렇죠?"

"만나는 사람마다 그에게서 기(氣)를 빼앗아 가기 때문입니다. 구도자가 누구를 찾아 나서는 것은 의식적이든 무의식적이든 자기에게 부족한 그 무엇을 스승이나 선배나 또는 소문난 수도자로부터 보충받기 위해서입니다. 특히 기공부하는 사람은 자기보다 강한 기운을 가진 스승을 찾아, 그의 가피력(加被力)을 구하게 됩니다. 그래서 스승을 찾아 전국 방방곡곡을 찾아 헤매는 수행자들이 많습니다.

고승(高僧)일수록 사람 만나기를 피하는 것은 이러한 구도자들에게서 기운을 빼앗기기 싫어서입니다. 한 번 왕창 기운을 빼앗기고 나면 며칠 동안 몸살을 앓아야 하는 경우도 왕왕 있습니다. 그래서 진짜 고승일수록 자기의 법을 이을 만한 재목이 아닌 이상 함부로 사람을 만나지 않습니다.

성철 스님 같은 분은 박정희 대통령과 육영수 여사가 만나려 해도 삼천배(三千拜)를 하지 못해서 만나 주지 않았습니다. 박정희 대통령은 실제로 그를 만나려고 삼천배를 하다가 도중에 너무 힘이 들어서 포기한 일도 있습니다.

평소에 절 수련에 숙달된 사람도 삼천배를 하려면 적어도 일곱 시간 반이나 걸립니다. 백팔배(百八拜)를 하는 데 평균 15분이 걸리는 것을 전제로 할 때의 얘기입니다. 그러나 숙달된 사람이 아니면 15분 안에 하던 백팔배를 3천배가 될 때까지 계속한다는 것은 거의 불가능한 일입니다.

넉넉잡고 백팔배를 30분에 한다고 해도 삼천배를 하려면 15시간은 걸려야 합니다. 더구나 절 수련을 일상생활화 하지 않았던 최고 권력자가 한꺼번에 갑자기 삼천배를 한다는 것은 거의 불가능한 일입니다. 국가 최고 권력자에게 삼천배를 요구한 것은 사실상 면회를 거절한 것과 같습니다."

"성철 스님 이외에 과거에 국가 최고 권력자인 임금의 면회 요청을 그렇게 거절한 고승의 예가 있었습니까?"

"그런 얘기 아직 들어보지 못했습니다."

"그렇다면 성철 스님은 대단한 고승이 아닙니까?"

"일전에 있었던 어떤 여론 조사에 의하면 우리나라 역대 고승들 중에서 원효 대사나 서산 대사를 제치고 성철 스님이 가장 인기가 높았다고 합니다."

"아까 선생님께서는 면회객이 고승으로부터 기운을 **빼앗아** 간다고 하셨는데 그게 무슨 뜻입니까?"

"맑은 기운이 탁한 기운을 만나는 것은 청수(清水)가 오수(汚水)를 만나 그것을 정화시키는 것만큼이나 힘겹고 괴로운 일입니다. 고승이 자기보다 수련 정도가 낮은 사람을 만나는 것이 이와 같습니다. 그러니까 세속적인 욕망을 떠난 구도자라면 만나자는 사람이 아무리 제왕이라고 해도 만나기를 꺼리는 것은 당연한 일입니다."

"그러나 그 제왕이 만약 구도자라면 도를 전해 줄 필요가 있지 않겠습니까?"

"도를 전해 받을 만한 사람이라면 제왕이 되지 않았을 것입니다. 그 제왕이 만약에 진정으로 구도자가 되기로 결심을 했다면 석가모니처럼 제왕 계승자 자리를 박차고 나왔어야 합니다."

"성통공완하고 견성해탈한 뒤에도 사람 만나기를 계속 회피한다면 그 도인은 이 세상에 무슨 쓸모가 있겠습니까?"

"그것은 일종의 기우(杞憂)입니다."

"왜요?"

"그 도인이 아무나 만나지 않는다고 해서 이 세상에 쓸모가 없는 것은 아닙니다."

"그럼 이 세상에 쓸모 있는 사람들은 따로 만난다는 말씀인가요?"

"그렇습니다. 성인(聖人)이 나타난 것을 귀신처럼 알고 찾아오는 구도자들이 반드시 있게 마련입니다."

"귀신처럼 알고 찾아오는 구도자들이 있다고 하셨는데 그들은 특별한 촉각이라도 발달했다는 뜻인가요?"

"그렇습니다."

"어떻게요?"

"새로 등장한 성인이 발사하는 뇌파에 감응을 일으킨 구도자들은 마치 자석에 이끌리듯 그 성인에게 끌려오게 되어 있습니다. 이들을 가르치고 법을 전수하는 것이 바로 그 성인이 다해야 할 사명입니다. 그가 가르칠 사람들은 이처럼 자연히 모여들게 되어 있습니다. 이것이 바로 우주자연의 섭리입니다."

"유유상종(類類相從) 말씀입니까?"

"그렇습니다."

자기 자신의 수련 정도를 알아보려면

사십 대 중반의 고정섭이라는 수련생이 물었다.

"선생님, 저는 수련을 한 지 15년이나 되었습니다. 수련을 하다가 보면 제가 과연 수련을 제대로 하고 있는지 문득 의문이 일 때가 있습니다. 그리고 수련을 하고 있다면 과연 어느 정도 진전이 있는 건지 저자신도 회의적인 때가 가끔씩 있습니다. 어떻게 하면 저의 수련 정도를 저 스스로 알아볼 수 있을까요?"

"우선 자신의 건강 상태를 점검해 보아야 합니다. 선도수련을 15년이나 했는데도 건강이 좋지 않다면 수련을 잘못한 겁니다. 너무 뚱뚱하지도 않고 지나치게 마르지도 않고, 건강에 관한 한 자신이 있다면 기본적인 수련에서는 성공을 거두었다고 할 수 있습니다. 고정섭 씨는 어떻습니까?"

"제 건강만은 수련 전보다 많이 좋아졌습니다."

"항상 기운이 잘 들어옵니까?"

"네."

"기운이 어디로 들어옵니까?"

"주로 백회로 들어옵니다."

"단전이 항상 따뜻하게 달아오릅니까?"

"네."

294

"힘든 일을 하고 나서도 피로가 금방 회복됩니까?"

"네. 비행기로 12시간 장거리 여행을 하고도 조금도 피로하지 않습니다. 수련 전 같으면 녹초가 되었을 텐데도 말입니다."

"가을철이나 연말이면 가끔 외로움을 느끼지 않습니까?"

"글쎄요. 수련 전보다는 외로움을 덜 느끼지만 아직 외로움이 완전히 사라진 것은 아닌 것 같습니다."

"혹시 동창회 같은 데 나가십니까?"

"수련 전처럼 자주 나가진 않지만, 가끔 나갑니다."

"그리운 사람이 있습니까?"

"특별히 그리운 사람은 없지만, 가끔 만나보고 싶은 사람이 있기는 합니다."

"가지고 싶은 것은 있습니까?"

"예를 들면 어떤 것 말입니까?"

"고급 주택이라든가 고급 승용차라든가 그런 거 말입니다."

"그런 거 가지고 싶은 욕심은 없습니다."

"동창생이 장관이 되거나 대통령이 되었다 할 때 부럽지 않습니까?"

"의식주 확보에 불안이 없다면 그런 것은 별로 부럽지 않습니다."

"우선 건강하고 고독감을 느끼지 않고 이 세상에 그리운 사람도 없고 부러운 것도 없다면 수련은 착실히 진행되어 가고 있다고 보아도 됩니다."

"그렇게 세속적인 욕망을 다 털어 버리면 이 세상을 살아갈 흥미가 있을까요?"

"그런 의문을 가지시는 걸 보니 아직 수련이 덜된 것 같습니다. 일체의 욕망은 털어 버리지 않으면 그것들이 눈앞을 가려서 삶의 진실이 드러나지 않습니다. 그렇다고 해서 세속적인 욕망은 일부러 털어 버린다고 해서 털려 나가는 것이 아닙니다. 수행이 깊어지면 자기 자신도 모르게 자연히 하나둘 털려 나가게 되어 있습니다. 그리하여 완전히 빈손이 되지 않으면 큰 것이 잡히지 않습니다."

"큰 것이 무엇인데요?"

"고정섭 씨 내부에 있는 하늘, 우주, 하느님 말입니다. 고정섭 씨가 아직도 외로움을 느낀다면 아직 자기 속에서 우주를 품을 준비가 되어 있지 않기 때문입니다. 그립고 부러운 것이 있다면 아직도 자기 안에 무엇이든지 다 들어 있다는 것을 알아차리지 못했기 때문입니다. 만약에 천계(天界)를 동경한다면 자기 안에 그런 것이 다 들어 있다는 것을 몰랐기 때문입니다. 아직도 무슨 일에 마음이 흔들린다면 자기 속에 흔들리지 않는 우주의 중심이 들어 있다는 것을 모르고 있기 때문입니다."

"선생님 말씀이 맞는 것 같습니다."

"어째서요?"

"제가 아직도 외로움을 느끼고 무엇을 그리워하고 누구를 부러워하는 마음이 남아 있는 것은 제 수련이 아직은 멀었다는 것을 말해 줍니다."

외나무다리에서 만난 원수

중소기업을 하는 50대 중반의 이영도 씨가 모처럼 찾아 와서 말했다.

"선생님, 저는 오늘 안으로 결정을 해야만 할 중대한 문제 때문에 옹근 사흘 동안을 잠 한숨 못 자고 순전히 뜬눈으로 지새웠습니다. 어떻게 해야 할지 종내 판단이 서지 않아서 선생님한테 이렇게 찾아왔습니다."

"도대체 무슨 일인데 그러십니까?"

"얘기를 하자면 그야말로 기가 막힙니다. 이 얘기를 선생님한테 과연 해야 할지 하지 말아야 할지 모르겠습니다."

"그래도 이 자리에까지 온 이상 어차피 털어놓아야 하지 않겠습니까?"

"제가 스물다섯 살 때였습니다. 마산의 모 기업체에서 월 2만 5천 원씩 월급을 받고 회계 일을 보고 있었습니다. 그런데 어느 날 느닷없이 저보다 15세나 손위인 자형(姉兄)이 누님과 함께 찾아 왔습니다.

자형이 하는 말이 '이렇게 지방에서 혼자 외롭게 지낼 것이 아니라 서울에 올라가서 나와 함께 내 일을 도우면서 일하는 것이 어떻겠느냐는 것이었습니다. 누님도 그렇게 하자고 간절히 권하는 통에 저는 그들만 믿고 그들의 의사에 따르기로 했습니다. 그때 저는 아직 결혼 전이었습니다. 조실부모(早失父母)한 저는 소녀 가장인 누님의 손에 길러졌으므로 누님은 실상 제 어머니나 다름없었습니다."

"그때 자형은 무슨 일을 하고 있었습니까?"

"조그마한 인쇄소를 하나 운영하고 있었습니다. 서울에 올라온 저는 을지로 3가에 있는 어두컴컴한 콧구멍만한 인쇄소에 딸려 있는 골방에서 월 8천 원의 월급을 받기로 하고 그 인쇄소의 수위 겸 직원으로 일하게 되었습니다. 비록 마산에 있을 때보다 월급은 적지만 자형과 누님만 믿고 장래에 좋은 일이 있겠지 하고 열심히 일했습니다. 5년 동안 뼈가 빠지게 일을 했지만 월급 한푼 못 받았습니다."

"잠자리는 골방에서 해결했겠지만 식사는 어떻게 해결했습니까?"

"자형이 주선해서 이웃에 있는 식당에서 먹었습니다. 5년을 일하고 나니 차츰 회의가 일기 시작했습니다. 누님도 옛날의 누님이 아니었습니다. 일단 시집을 가서 아들딸 낳고 사니까 동생 같은 것은 안중에도 없는 것 같았습니다. 결국 저는 자형 내외에게 이용만 당하는 게 아닌가 하는 의심이 부쩍 일기 시작했습니다. 그동안 사귄 고객들에게 부탁하여 일자리를 옮겨도 여기보다는 훨씬 나은 대우를 받을 것 같았습니다.

그러한 어느 날 이런 생활로는 아무래도 희망이 없다고 생각한 저는 회사를 그만두려고 하니, 5년간 밀린 월급을 청산해 달라고 자형에게 말했습니다. 그러자 자형은 그동안 먹고 재우고 입힌 돈이 얼만데 무슨 월급을 달라느냐고 펄쩍 뛰는 것이었습니다. 5년 동안 밥을 먹고 작업복 몇 벌 얻어 입고 겨울에는 연탄불도 안 때 주는 골방에서 새우잠을 잔 생각을 하니 정말 기가 막혀서 말이 나오지 않았습니다.

결국 저는 그들에게 사기를 당했다는 것을 뒤늦게나마 깨달았습니

다. 저는 눈물을 머금고 자형 내외에게 작별을 고했습니다. 제가 만약
에 생판 남이었다면 그들이 저를 이렇게 대우하지는 못했을 것이라는
생각이 들었습니다. 그 배신감을 생각하면 자형 내외는 저에게는 남보
다도 훨씬 못한 철천지원수였습니다. 지금도 그때 생각을 하면 치가
떨려서 자다가도 벌떡 일어날 지경입니다."

"그럼 그 후에 자형 내외와는 어떻게 지냈습니까?"

"서로 내왕이 없었습니다. 길을 가다가 만나도 서로 모른 척 외면하
곤 했습니다. 이따금 명절 같은 때 고향에서 만나도 그들은 먼발치에
서부터 저를 피해 가곤 했습니다."

"아니 그럼 이영도 씨 결혼식 때도 나타나지 않았단 말입니까?"

"제가 알리지도 않았습니다. 비록 알리지는 않았지만 친척들 입을
통해서 알기는 했을 것입니다. 제가 바라지도 않았지만 어쨌든 그들은
제 결혼식에 나타나지 않았습니다."

"자형은 그렇다고 해도 친누님만은 그래서는 안 되는데, 동생의 5년
치 월급을 끝내 떼어먹고도 결혼 때도 한푼 보태 주지 않고 끝내 못
본 척한 것은 너무나도 파렴치한 일이라 이해가 되지 않는데요."

"그까짓 것은 이미 지난 얘기니까 잊어버리면 그만이지만 문제는 묘
하게도 꼬여서 외나무다리에서 만난 원수가 되어 버렸습니다."

"어떻게 되었는데요?"

"저의 5년치 월급을 고스란히 떼어먹힌 지 무려 30년 만에 자형과 운
명적으로 다시 맞닥들이게 되었습니다."

"어떻게요?"

"그 얘기를 하자면 천상 사전 설명이 필요합니다."

"그럼 어서 그 얘기부터 해 보세요."

"그러겠습니다. 자형과 그렇게 헤어진 후 저는 배운 도둑질이라고 익힌 것은 인쇄 기술밖에 더 있겠습니까?"

"그야 물론 그러셨겠죠."

"그래서 저는 자형 인쇄소에서 사귄 고객의 소개로 다른 인쇄소에 취직이 되었습니다. 한 10년 그 인쇄소에서 충실히 일하다가 보니 사장의 신임을 사게 되었고, 어찌어찌 하다 보니 그 인쇄소를 맡아서 운영하게 되었습니다. 그 뒤 한 20년 동안 열심히 일한 결과 지금은 비교적 건실한 중소기업으로 성장하게 되었습니다."

"이영도 씨는 워낙 착실하고 신용이 있으니까 그랬을 겁니다."

"과찬의 말씀이십니다."

"아뇨. 사실인데요 뭐."

"고맙습니다. 그건 그렇고, 바로 한 달 전이었습니다. 20년 단골 고객으로부터 물품 대금으로 몇 장의 어음을 받았는데 그 어음 중에 자형 이름으로 발행된 1억 5천만 원짜리가 한 장 섞여있었습니다. 같은 업종에서 종사하다 보니 있을 수 있는 일이라 그렇겠거니 했습니다. 기한이 되어 은행에서 현금화하면 그만이니까 말입니다. 어음 기한이 거의 다 되어 며칠 뒤에 은행에 막 돌리려던 참이었습니다.

30년 만에 나타난 누님

그때 갑자기 어떻게 알고 그 문제의 누님이 70 노구를 이끌고 30년 만에 저를 찾아왔습니다. 제가 가지고 있는 1억 5천만 원짜리 어음을 은행에 돌리면 자형 회사는 부도가 난다는 것입니다. 그러니 석 달만 지불을 연장해 달라는 것이었습니다.

어쩌다가 회사가 그 지경이 되었느냐고 묻자 자형은 나이 때문에 일선에서 물러나고 큰아들에게 회사 운영을 맡겼더니 운영이 부실해져 그 지경이 되었다는 것이었습니다. 5년치 월급 떼어먹힌 일을 생각하면 지금도 치가 떨리는 판인데 어떻게 저에게 그런 부탁을 할 수 있는지 이해가 안 갔습니다."

"하도 다급하니까 염치 체면 불고하고 그랬겠죠."

"동생의 월급 5년치를 몽땅 떼어먹을 때는 언제고 지금 와서 무슨 낯으로 그런 무리한 부탁을 하느냐고 반문했더니, 누님의 말이 그때는 무슨 귀신이 씌어서 그랬으니 잊어버리고 제발 자기 청을 좀 들어 달라고 했습니다."

"그래서 뭐라고 했습니까?"

"그렇게는 못 하겠다고 했습니다. 그 당시는 무슨 귀신이 씌어서 그랬다고 해도 그 후 30년 동안 내내 귀신에게 씌었었느냐? 고 말했더니 누님 말이 '내가 어린 너를 자식처럼 키웠는데 이럴 수 있느냐?'고 섭섭해 했습니다.

그 은혜는 5년 치 월급으로 이미 다 갚았으니 더이상 나한테 바라지 말라고 말했습니다. 그러자 누님은 아무 말도 못 하고 자리를 떴습니다. 그렇게 누님을 떠나보내고 나니 30년 체증이 가신 듯 속이 시원해야 할 텐데 어쩐지 꺼림칙하고 찜찜했습니다. 그 후 사흘 동안 내내 저는 밤에 잠 한숨 못 자고 이 일로 고민을 했습니다.

그 결과 저는 다음과 같은 결론에 도달했습니다. 누님에 대한 개인적인 원한은 그렇게 청산이 되었다고 해도 자형에 대한 원한은 그대로 남아 있었습니다. 제가 그 어음의 3개월 유예를 해 준다는 것은 사실상 그 돈을 포기하는 것과 같습니다. 자형이 제 가슴에 그렇게 피멍이 들게 하고도 아무런 보복을 받지 않는다는 것은 말이 되지 않습니다.

이것은 하나님을 대신하여 저에게 자형을 응징하여 그 죄를 회개케 하라는 섭리라는 생각이 들었습니다. 그런데도 불구하고 제가 자형 회사의 부도를 막아 준다면 하늘의 응징을 제가 중간에서 방해하는 것이 되지 않는가 하는 것입니다. 선생님께서는 어떻게 생각하십니까?"

"그것은 너무나 아전인수(我田引水) 격인 해석입니다."

"왜요?"

"하나님은 인간에게 형제나 이웃이 용서를 구하면 용서하라고 가르쳤지 복수하라고 가르치지는 않았습니다."

"그럼 선생님께서는 제가 어떻게 하기를 바라십니까?"

"요컨대 이영도 씨는 그 어음을 제 날짜에 은행에 돌리겠다는 말씀이 아닙니까?"

"그렇습니다. 제가 자형 회사의 부도를 막아 준다는 것은 결국 하늘의 응징을 방해하는 것이므로 응당 하늘의 뜻을 이행해야 된다고 생각합니다."

"하늘이 하는 일은 끝까지 하늘에 맡기고 이영도 씨는 진인사(盡人事)만 하시면 되지 않을까요?"

"진인사(盡人事)라뇨?"

"사람으로서 할 도리만 다하면 된다 그 말입니다."

"어떻게 하는 것이 사람이 할 도리인데요?"

"이영도 씨는 기독교의 장로가 아닙니까?"

"그렇긴 합니다만."

"그렇다면 예수님의 가르침대로 사셔야죠."

"어떻게 사는 것이 예수님의 가르침대로 사는 것인데요?"

"장로님께서 그걸 나한테 물으시면 어떻게 합니까?"

"죄송합니다."

진짜 기독교인과 가짜 기독교인

"예수는 원수를 사랑하라고 가르쳤습니다. 그리고 형제가 속옷을 달라고 하면 겉옷까지 벗어주고, 왼뺨을 때리면 오른뺨까지 내밀고, 오리를 가자고 하면 십 리까지도 같이 가 주라고 했습니다.

죄짓고 교회에 가서 회개만 하면 용서받는 줄 오늘날의 기독교인들은 알고 있는 모양인데 그런 기독교인들은 사실은 진짜가 아니고 가짜입니다. 예수 그리스도의 생활을 그대로 본받아 실천하는 사람들이 진짜 기독교인입니다. 이영도 씨도 부디 진짜 기독교인이 되어 주시기 바랍니다."

"저도 그걸 모르는 것은 아닙니다."

"그런데 왜 그렇게 하시지 못합니까?"

"제가 만약 자형을 용서해 준다면 30년 참아 온 응어리가 터져서 저

자신이 살아남지 못할 것 같아서 그럽니다. 제가 살아남기 위해서라도 자형만은 용서할 수 없습니다."

"그렇다면 이영도 씨는 진짜 기독교인이 아니군요. 예수는 형제가 잘 못을 용서해 달라고 하면 일곱 번씩 일흔 번이라도 용서해 주라고 가르쳤습니다. 또 악은 선으로 갚아야 한다는 우리나라 격언도 있습니다."

"허지만 자형은 아직도 저한테 용서를 구하지 않았습니다."

"누님이 찾아온 것은 자형이 용서를 구한 것과 같습니다."

"그러나 제가 보기에는 원수를 용서한다는 것은 어디까지나 뜬구름 같은 하나의 이상이지 현실은 아닙니다."

"그렇게 되면 이영도 씨는 결국은 소인밖에 안 됩니다. 복수심을 극복해야 대인이 될 수 있습니다."

"저는 그릇이 그것밖에는 안 되는 것 같습니다. 생긴 대로 살아야지 뱁새가 황새 쫓아가려다가는 결국 가랑이가 찢어지고 말 것입니다. 저는 뱁새밖에는 못 되는 인간인 것 같습니다."

"그걸 아셨으면 이왕이면 다홍치마라고 뱁새보다는 황새가 되도록 하십시오. 원수에게 원수를 갚으면 결국은 원수와 똑같은 인간이 됩니다. 그리고 복수의 악순환은 영원히 지속될 것입니다. 지옥이 따로 있는 것이 아니라 이것이 바로 지옥입니다. 이영도 씨는 영원히 지옥 속에서 허우적대기를 바랍니까?"

"제 그릇이 그것밖에는 안 되는 것을 어떻게 하겠습니까?"

"아무리 작은 그릇이라고 해도 그 그릇의 주인의 마음먹기에 따라서 얼마든지 큰 그릇이 될 수 있습니다. 얼마든지 큰 그릇이 될 수 있는데도 작은 그릇으로 만족하려고 하는 것은 게으르고 무능하고 용렬한 사람이나 할 짓입니다."

"그렇다면 제가 자형을 용서 못 하는 것은 어디까지나 큰 그릇이 되지 못하는 제 탓이라는 말씀인가요?"

"그렇습니다."

"원인 제공자는 제 월급 5년치를 무쪽같이 잘라먹은 자형인데 선생님께서는 왜 그걸 제 탓으로 돌리시려고 하십니까? 저는 어디까지나 피해자가 아닙니까?"

"금생에는 피해자였겠죠. 그러나 전생에도 이영도 씨가 피해자였을까요? 그렇지는 않습니다. 전생에는 금생과는 정반대로 자형이 피해자고 이영도 씨가 가해자였음이 틀림없습니다."

"아니 그럴 수가? 그것을 어떻게 증명할 수 있습니까?"

"이영도 씨와 자형과의 사이에 금생에 벌어진 사태의 결과가 그것을 입증해 주고 있습니다."

"무슨 말씀인지 이해가 되지 않습니다."

"이 세상에 원인 없는 결과가 있다고 생각하십니까?"

"원인 없는 결과는 있을 수 없다는 것 정도는 『선도체험기』를 읽어서 잘 알고 있습니다."

"그렇다면 자형이 무엇 때문에 이영도 씨의 5년치 월급을 그렇게 아무렇지도 않게 떼어먹었는지 곰곰이 생각해 본 일 있습니까?"

"그거야 자형의 이기심 때문이겠죠."

"그야 물론입니다. 그러나 왜 하필이면 다른 사람도 아닌 처남의 월급을 떼어먹을 생각을 했을까요?"

"그야 제일 만만했으니까 그랬던 게 아닐까요?"

"그게 아닙니다."

"아니라뇨? 그럼 뭡니까?"

"자형의 잠재의식은 자기도 모르게 전생에 있었던 피해 의식에 사로잡혀 처남인 이영도 씨의 월급을 아무렇지도 않게 갈취했던 것입니다."

"아니 그렇다면 제가 전생에 자형의 돈을 떼어먹었단 말입니까?"

"그럼요. 틀림없습니다. 그래서 이 세상엔 우연이란 것은 있을 수 없습니다. 따라서 이 세상에서 일어나는 대인 관계는 전부가 다 인과응보라는 것을 알아야 합니다."

"도대체 그것을 어떻게 입증합니까?"

"결과가 입증한다고 하지 않았습니까? 그래서 나의 전생을 알고 싶으면 오늘의 나를 면밀히 관찰해 보라고 했습니다. 오늘의 나라고 하는 존재 속에는 전생의 나에 대한 모든 정보가 들어 있기 때문입니다. 그리고 내생(來生)의 나를 알고 싶으면 오늘의 나를 관찰해 보면 됩니다. 오늘의 나라는 존재 속에는 미래의 내가 될 온갖 정보의 싹이 포함되어 있기 때문입니다.

예수 그리스도는 이것을 알았기 때문에 원수를 사랑하라고 가르쳤던 것입니다. 그 원수라는 것이 알고 보면 과거생(過去生)의 나의 은인일 수도 있습니다. 그 은인에게 배은망덕한 짓을 했기 때문에 과거생의 은인이 오늘날 나의 원수로 탈바꿈할 수도 있는 것입니다.

원수는 없다

그러니까 곰곰이 따지고 보면 이 세상에 원수라는 것은 있을 수 없는 것입니다. 멀쩡한 은인을 원수로 만들어 버린 것은 바로 나 자신일 수도 있습니다. 따라서 남이 나에게 입힌 피해라는 것은 알고 보면 모두가 내 탓입니다. 금생에 내가 그에게 피해를 준 일이 없다면 틀림없이 전생에 내가 그에게 피해를 입힌 결과가 오늘날 나에게 나타난 것입니다."

"아니 그렇다면 제가 자형에게 5년치 월급을 떼어먹힌 것도 저 자신의 자업자득(自業自得)이라는 말씀입니까?"

"그걸 이제야 아셨습니까?"

"평소에 제가 신뢰하는 선생님께서 그렇게 말씀하시니 마치 도깨비에 지금껏 홀렸던 것 같은 느낌이 듭니다."

"옳은 말씀입니다. 이영도 씨는 지난 30년간 존재하지도 않는 원수라는 도깨비에 홀려 제 정신을 못 차리고 살아왔다는 것을 알아야 합니다."

"아니 그렇다면 남에게 당하는 억울한 일은 무조건 내 탓이란 말씀입니까?"

"그렇고말고요. 진정으로 그렇게 생각하는 사람은 정말 하늘의 축복을 받은 사람입니다."

"왜 그렇죠?"

"그에게는 원수라는 것이 없으니까요. 원수가 없으니 미워할 대상이 없습니다. 이 얼마나 축복받은 일입니까? 미워해야 할 대상이 없으니

화내야 할 대상도 있을 수 없습니다. 화내야 할 대상이 없으니 항상 사물을 있는 그대로 판단할지언정, 잘못 판단할 우려는 없습니다.

사물을 잘못 판단할 우려가 없으니 어리석어질 이유가 없어집니다. 어리석지 않다는 것은 현명하고 지혜로울 수 있음을 말해 줍니다. 지혜로운 사람은 탐욕을 부릴 일도 없습니다. 요컨대 그 사람은 탐진치(貪瞋癡) 삼독(三毒)에서 벗어날 수 있다는 얘기가 됩니다.

삼독에서 벗어나면 인생고의 원천인 희로애락애오욕(喜怒哀樂愛惡慾), 희노우사비공경(喜怒憂思悲恐驚), 희구애노탐염(喜懼哀怒貪厭)에서도 벗어날 수 있습니다. 이런 사람은 어떠한 역경을 당해도 당황하지 않고, 흔들림 없이 자기성찰(自己省察)을 할 수 있는 능력을 갖게 됩니다.

자기성찰을 할 수 있다는 것은 자기 마음을 스스로 다스릴 수 있는 능력을 갖게 된다는 뜻입니다. 자기 마음을 스스로 다스릴 수 있는 사람은 어떠한 욕망에도 사로잡히지 않습니다. 그러므로 자기 마음을 말끔히 비울 수 있습니다. 자기 마음을 한 점 티 없이 비울 수 있는 사람은 자기 존재의 근원을 볼 수 있습니다."

"견성(見性)을 말씀하시는 겁니까?"

"그렇습니다."

"견성을 하면 어떻게 됩니까?"

"자기의 본성(本性)은 다름 아닌 우주의식(宇宙意識) 그 자체라는 것을 알게 되죠."

"우주의식이 뭔데요?"

"우주의 근원적 에너지입니다."

"우주의 근원적 에너지가 뭡니까?"

"그것이 바로 하늘입니다."

"하늘은 뭡니까?"

"만물만생(萬物萬生)을 만들어내는 근원적 힘입니다."

"그럼 하나님은 무엇입니까?"

"하늘이 본질이라면 하나님은 그 본질의 쓰임 즉 방편입니다."

"그럼 인간은 무엇입니까?"

"인간 역시 하늘의 쓰임입니다."

"그럼 본질과 쓰임은 어떻게 다릅니까?"

"둘은 결국 하나입니다."

"그게 무슨 뜻입니까?"

"너와 나의 둘뿐만 아니라 본질과 쓰임, 주체와 객체는 결국은 하나라는 말입니다."

"그 말씀은 술하게 들어왔지만 느낌으로 오지는 않습니다."

"그렇지 않습니다."

"그렇지 않다뇨?"

"이영도 씨는 그것을 이미 가슴으로 느꼈습니다."

"제가 언제요?"

"30년 만에 누님이 찾아와 어려운 부탁을 했을 때 이영도 씨가 거절해서 보내고 난 뒤에 어떤 느낌이었습니까? 원수를 갚았으니 30년 체증이 가신 듯 시원했어야 했을 텐데 사실은 마음이 꺼림칙하고 찜찜했었다고 하시지 않았습니까?"

"분명 그랬습니다."

"왜 그랬다고 보십니까?"

"그건 저도 잘 모르겠습니다. 이치로만 따지면 원수를 갚는 순간 하늘을 날아갈 듯이 마음이 가벼워야 했을 텐데, 사실은 그렇지 못하고 가슴이 무거웠습니다."

"가슴이 무거웠다는 것이 너와 나는 둘이 아니라 결국은 하나라는 것을 느낌으로 증명해 주는 것입니다. 이것이 바로 만물의 뿌리는 하나라는 것을 심정적으로 알려주는 신호입니다. 만물동근(萬物同根)입니다. 이것이 바로 진리입니다.

이 진리를 일상 생활화하는 사람이 이기심에서 벗어나 생사를 초월하여 대자유(大自由)를 누리는 대인(大人)이고, 이를 무시하고 아무렇게나 욕망에 시달리면서 생로병사의 윤회를 거듭하면서 구차하게 살아가는 사람들이 소인(小人)입니다. 따라서 소인이 되느냐 대인이 되느냐 하는 것은 운명도 아니고 사주팔자 소관도 아니고 순전히 우리들 각자의 마음의 선택 사항입니다."

"각자의 마음의 선택 사항이란 무슨 뜻입니까?"

"대인이 되느냐 소인이 되느냐 하는 것은 순전히 각자의 마음먹기에 달려 있다는 뜻입니다."

요즘은 기 수련 안 하십니까?

20대 후반의 하용익이라는 수련생이 말했다.

"선생님께서는 요즘 기 수련은 안 하십니까?"

"내가 왜 기 수련을 안 합니까?"

"그럼 요즘도 기 수련을 늘 하고 계십니까?"

"하구말구요."

"그런데 왜 요즘 쓰시는 『선도체험기』에는 그전처럼 기 수련하시는 얘기가 그전처럼 나오지 않습니까?"

"기 수련은 선도 수행자가 거치는 하나의 과정입니다. 누구나 처음으로 그 과정을 거칠 때는 신기하기도 하고 흥분도 됩니다만은 그것도 한 번 거치고 나면 그만입니다. 『선도체험기』가 지금 58권까지 나왔습니다만 앞으로 언제까지 나오게 될지는 나 자신도 모릅니다.

그러나 『선도체험기』 14권까지는 기 수련 체험담이 집중적으로 실린 것은 사실입니다. 그때까지의 체험은 내가 평생 처음 겪는 신기하고 참신한 것들이었기 때문에 글로 써 남길 필요성을 느꼈습니다. 그때까지의 기 수련 과정을 요약하면 다음과 같습니다.

1986년 1월에 기 수련을 시작해서 기를 느끼고 기문(氣門)이 열리고 소주천, 대주천, 피부호흡, 삼합진공, 연정화기(煉精化氣), 연기화신(煉氣化神), 양신(養神), 출신(出神)의 과정을 마친 것이 1993년 1월입니다. 나는 이 7년간의 기 수련 과정을 『선도체험기』 1권에서부터 14권에 이르기까지 내 문장력이 허용하는 한 비교적 자세하고 구체적으로 묘사했습니다.

그렇다고 해서 14권 이후에는 기 수련을 하지 않고 있었느냐 하면 전연 그렇지 않습니다. 그 이후에도 기 수련은 계속되었습니다. 운기(運氣)가 날이 갈수록 강화되면서 기몸살도 하고 명현반응도 숱하게 겪어 왔고 지금도 겪고 있습니다."

"그런데 왜 선생님께서는 14권 이후에는 기 수련 얘기를 그전처럼 생생하고 감동적으로 기록하시지 않습니까?"

"14권 이전의 기 수련 체험기를 뛰어넘을 만한 새롭고 생생하고 감동적인 얘깃거리가 없었기 때문입니다. 기공부는 일정한 궤도에 오르면 자동적으로 이루어집니다. 서울에서 부산행 열차에 일단 오르면 가만히 앉아만 있어도 자동적으로 부산까지 실려 가는 것과 같습니다. 14권 이후부터는 기 수련은 이미 나에게는 체질화된 것이어서 우리가 누구나 먹고 자고 소화하고 배설하는 것과 같은 생리적인 일상생활이 되어 버렸기 때문입니다.

우리는 일기를 쓸 때도 누구나 다 하는 먹고 자고 배설하는 얘기는 기록하지 않습니다. 왜냐하면 매일같이 되풀이되는 똑같은 얘기는 누구나 다 하는 것이므로 기록할 가치가 없기 때문입니다. 내가 만일 『선도체험기』에 위에 말한 기 수련 과정을 자꾸만 되풀이한다면 그것을 읽는 사람들은 곧 싫증을 내게 될 것입니다. 글 쓰는 사람들이 꼭 지켜야 할 불문율이 무엇인지 아십니까?"

"글쎄요. 잘 모르겠는데요."

"아마 중고등학교 때 작문 선생님으로부터 귀가 아프게 들어왔을 것입니다. 같은 문장 속에 똑같은 단어는 되풀이하지 않는다는 겁니다. 문장력의 우열을 가름할 때 첫 번째 기준이 되는 것이 바로 같은 문장 속에 같은 단어가 얼마나 되풀이되느냐의 여부입니다. 같은 단어가 되풀이되는 빈도가 잦을수록 그 문장은 졸렬해집니다.

이것이 좀더 확대되어 같은 책 속에 똑같은 내용이 되풀이될 때 독자들은 곧 싫증을 느끼게 됩니다. 『선도체험기』와 같은 장편 시리즈에서는 그전에 나온 비슷한 얘기가 반복될 때 역시 독자들은 싫증을 느끼게 됩니다. 그래서 글쟁이들은 자기가 쓰는 글이 전에 나온 얘기가 아닌가 하고 항상 신경을 곤두세우게 됩니다. 그러한 나를 보고 『선도체험기』 14권 이전에 이미 나왔던 얘기와 비슷한 얘기를 자꾸만 되풀이한다는 것은 문필가로서는 자살 행위와 같은 것입니다.

초중고교 선생님들이나 대학 교수님들도 마찬가지입니다. 똑같은 제자들에게 자기의 젊었을 때 공부하던 얘기나 로맨스를 자꾸만 되풀이하지는 않습니다. 왜냐하면 듣는 제자들이 싫증을 느낄 것을 직감적으로 알아차리기 때문입니다.

대체로 사람들이 나이를 먹으면 말이 많아집니다. 금방 한 똑같은 얘기를 하고 또 하고 합니다. 사람이 이 정도가 되면 이미 자제력을 상실한 것입니다. 그래서 노인들은 말은 많지만, 가만히 들어 보면 이미 한 얘기의 반복에 지나지 않습니다. 아무리 듣기 좋은 말도 자꾸만 들으면 좋아할 사람이 어디 있겠습니까? 그래서 자기가 한 번 한 얘기는 되풀이하지 않는 것이 작가에게는 불문율이 되어 있습니다.

그리고 기 수련은 구도자에게는 목적이 아니고 수단이요 방편입니다. 비유해서 말하면 기 수련은 여행자가 세계 여행을 할 때 타고 다니는 자동차와 같습니다. 자동차 여행자는 우선 운전을 배워야 합니다. 운전 교육 과정은 한 번 익히고 나서 면허증을 따고 나면 그만입니다. 음주 운전을 하거나 사고를 내기 전에는 그 과정을 되풀이할 필요는 없습니다. 따라서 자동차 운전은 여행을 위한 방편 그 이상도 이하도 아닙니다.

구도자에게 있어서 기 수련은 자동차 여행자의 운전과 같습니다. 운전은 일단 배워 놓으면 자가용 운전자에게는 생활 그 자체입니다. 운전자가 처음 운전을 배울 때는 신기하기도 하겠지만 일단 배워 놓으면 운전 교육받던 얘기를 자꾸만 되풀이하지 않습니다. 운전자라면 누구나 다 아는 얘기를 뭐라고 자꾸만 되풀이하겠습니까?

구도자의 목적은 성통공완, 견성해탈, 성불(成佛)하자는 데 있지 기 수련 자체에 있는 것은 아닙니다. 몸공부 역시 기공부와 마찬가지입니다. 몸공부도 역시 기공부처럼 성통공완, 누진통, 견성해탈, 성불과 같은 마음공부의 수단이요 방편이지 그 이상도 이하도 아닙니다. 다시 말해서 기공부도 몸공부도 마음공부를 완성시키기 위한 방편에 지나지 않습니다."

"그런데도 불구하고 수련자들은 한결같이 기공부에 대하여 지대한 관심을 갖는 것은 무엇 때문일까요?"

"기공부 과정에서 야기되는 초능력 때문입니다. 옛날에는 초능력을 신통력(神通力)이라고 했습니다. 이 신통력 속에는 예지력(豫知力), 의통(醫通), 호풍환우(呼風喚雨), 천안통(天眼通), 천이통(天耳通), 타심통(他心通), 신족통(神足通), 숙명통(宿命通), 격벽투시(隔壁透視), 영체이탈(靈體離脫), 출신(出神), 손대지 않고 물건 들어 옮기기, 수저 꾸부리기, 물 위에서 걸어가기, 죽은 사람 살리기, 둔갑술(遁甲術), 경신술(輕身術), 축지법(縮地法) 등등 수많은 초능력이 있습니다.

그러나 구도자가 명심해야 할 것은 이 모든 것들은 사람을 현혹하게 함으로써 결과적으로 수행을 방해할 뿐 마음공부에는 백해무익한, 마술이나 요술과 같은 것들에 지나지 않습니다. 그리하여 요즘은 주로 사이비 교주들이 세를 확장하는 데 초능력을 이용합니다. 따라서 초능력에 현혹되면 수행뿐만 아니라 각자의 신상과 가정까지도 망치게 됩니다.

그래서 나는 『선도체험기』 시리즈 속에서 기회 닿는 대로 신통력에 끌리지 말 것을 수 없이 강조해 왔습니다. 왜냐하면 우리가 성취해야 할 지상 과제는 성통하는 것이지 초능력을 얻자는 것은 아니기 때문입니다.

그래서 올바른 스승들은 제자들에게 진리를 완전히 체득하여 생활화할 때까지 비록 같은 내용이라 해도 표현을 달리해서 수 없이 반복해서 가르칠망정 초능력을 이용하지는 않습니다. 진리는 아무리 반복해서 강조해도 지나친 법이 없습니다. 무능한 스승은 내용도 표현도 똑같은 얘기를 반복해서 가르치지만 유능한 스승은 때와 장소와 듣는 사람의 품격에 따라 같은 내용도 다양하게 변화시켜서 가르칩니다."

"수행자들 중에는 기공부를 하지 않는 사람들도 있습니다. 기공부를 하는 수행자와 기공부를 하지 않은 수행자와는 어떠한 차이가 있습니까?"

"기공부가 본궤도에 오른 사람은 수행 중에 순간순간 공부에 도움을 주는 강력한 우주 에너지를 공급받을 수 있습니다."

"그 우주 에너지로부터 받는 도움들 중에서 가장 대표적인 것이 무엇입니까?"

"건강을 확보할 수 있다는 것입니다. 대주천 수준의 기공부만 되어 있어도 불의의 사고로 인한 외과적인 부상 이외의 내과적인 질병을 앓는 일은 없습니다. 병약한 몸으로 성불하겠다는 것은 낙타가 바늘구멍 들어가기보다 더 어렵다고 석가모니는 일찍이 갈파했습니다. 수행자에게 있어서 건강만큼 소중한 것은 없습니다."

"그 외에 또 어떤 유익한 점이 있습니까?"

"관(觀)이 잘 잡힙니다."

"그밖에 또 있습니까?"

"있습니다."

"무엇이죠?"

"화두가 잘 잡힙니다."

"또 있습니까?"

"정(定)에 들면 곧 삼매에 들 수 있습니다."

지금 어떤 수련을 하십니까?

"잘 알겠습니다. 그런데 궁금한 것이 또 있습니다."

"무엇인지 말씀해 보세요."

"요즘 선생님께서는 어떤 수행을 하고 계십니까?"

"수행이란 요약해서 말하자면 그날그날 자기 앞에 닥치는 일이나 맡겨진 일들을 충실하고 후회 없이 실천해 나가는 것입니다. 나 역시 예외일 수 없습니다. 내가 늘 하는 수행은 내 앞에 닥친 과제를 그때그때 최선을 다해 해결하는 것입니다. 이것이 내가 요즘 하는 수행입니다.

내가 보기에는 하용익 씨는 격변, 흥분, 참신으로 점철된 새로운 체험들만이 의미 있는 수행이라고 생각하는 것 같은데 그것도 지내 놓고 보면 다 그렇고 그런 것들에 지나지 않습니다. 제아무리 참신한 것이라고 생각되는 것들도 일단 지내 놓고 보면 모두가 그렇고 그런 낡은 것들에 지나지 않습니다. 이 우주 안에 새로운 것은 아무것도 없습니다. 아무리 최첨단 발명품이라고 해도 긴 안목으로 보면 모두가 다 과거에 이미 있었던 것들의 반복에 지나지 않습니다. 이 우주 안에 새로운 것은 아무것도 없습니다."

"그럼 우리가 흔히 신발명품을 신기해하는 것은 무엇 때문입니까?"

"아득한 과거 생에 보았던 것이지만 하도 오래 되어서 기억에서 사라졌던 것이므로 전연 새로운 것처럼 보이는 것일 뿐, 알고 보면 새로운 것은 아닙니다. 이 광활한 무한대의 우주 속에서 생멸을 거듭하는 삼라만상의 본질은 역시 하나입니다. 만물동근(萬物同根), 만물제동(萬物齊同)이요 만법귀일(萬法歸一)입니다."

"새로움이 없는 생활이라면 살 가치가 있겠습니까?"

"그러나 구도자는 새로움 없는 생활 속에서도 나날이 새로움을 발견

합니다. 온고이지신(溫故而知新)입니다. 구각(舊殼) 속에서 새 움이 돋아나듯, 병아리가 껍질을 깨고 나오듯, 새로움 없는 구각 속에서 우리는 무한한 새로움을 발견하게 됩니다. '진실로 하루가 새로우면 나날이 새롭고 또 날로 새로워진다(苟日新日日新又日新)'고 『대학(大學)』은 말하고 있습니다."

"어떻게 하면 그렇게 나날이 새로움에 찬 생활을 영위할 수 있을까요?"

"마음이 새로우면 언제나 새로움 없는 속에서도 새로움을 맛보게 되어 있습니다."

"어떻게 하면 마음이 새로워집니까?"

"자기에게 맡겨진 모든 일에 정성(精誠)을 다할 때 매사는 새로워집니다. 정성이야말로 새로움을 창조하는 연금술사(鍊金術士)입니다."

"정성이란 무엇입니까?"

"매사에 자기가 할 수 있는 최선을 다하는 것을 말합니다. 자기가 해야 할 일에 최선을 다하는 사람에게만 우주를 움직이는 핵심 에너지가 흘러들어 오게 되어 있습니다."

"우주의 핵심 에너지가 무엇이죠?"

"그것이 바로 하늘입니다. 그리고 이 하늘의 의지에 가장 가까운 쓰임으로서의 표현체(表現體)가 하느님 또는 하나님입니다."

"그러니까 매사에 정성을 다하는 사람은 하늘의 도움을 받는다는 말씀입니까?"

"그렇습니다. 하늘의 도움을 받을 뿐만 아니라 결국은 하늘 그 자체가 되어 버립니다. 그러니까 정성은 하늘과 통하는 열쇠요 지름길입니다."

"결국 수련은 정성이라고 해도 되겠군요."

"그렇습니다. 그래서 지성(至誠)은 감천(感天)이라고 『참전계경』에
도 나와 있습니다. 지극한 정성을 다하는 사람은 하늘을 감동시키고
마침내 하늘 그 자체가 되어 버리고 맙니다. 『천부경』에 나오는 인중
천지일(人中天地一)이라는 구절이 바로 그것을 표현한 것입니다. 오랜
역사에 걸쳐서 인간이 창조한 걸작(傑作)이나 명품(名品) 쳐놓고 신기
(神氣)가 감돌지 않는 것은 없습니다. 이 신기야말로 하늘의 기운인데,
바로 정성의 산물입니다.

가장 행복한 사람

"이 세상에서 가장 불행한 사람은 어떤 사람인지 아십니까?"

"할일이 없는 사람이 아닐까요?"

"그렇습니다. 할일이 없는 사람이야말로 불행한 사람입니다. 그러나 그보다 더 불행한 사람이 있는데 누군지 아십니까?"

"모르겠는데요."

"자기가 하는 일에 마음을 집중할 수 없는 사람입니다. 다시 말해서 할일이 있으면서도 그 일에 정성을 쏟을 수 없는 사람입니다. 이 세상에 어떠한 직업을 가지고 있는 사람이라도 자기 일에 최선을 다할 수 있는 사람은 궁극에 가서는 신기(神氣)에 도달하게 될 것입니다."

"신기(神氣)란 무엇입니까?"

"모든 사람이 갖고 있는 존재의 본질인 자성(自性)이요 하늘의 기운입니다. 철학적으로 말하면 우주의식입니다. 모든 길은 로마로 통한다고 했지만 모든 직업은 우주의식과 통하게 되어 있습니다."

"어떻게 하면 우주의식에 도달할 수 있겠습니까?"

"거듭 말하지만 자기가 하는 일에 지극한 성정을 쏟을 수 있으면 누구나 우주의식에 도달할 수 있습니다. 우주의식에 도달할 수 있을 뿐만 아니라 자기 자신을 포함한 만물만생(萬物萬生)이 모두 다 우주의식의 표현체라는 것을 깨닫게 됩니다.

　그리고 그러한 깨달음에 도달한 사람은 자기 자신 속에서 우주를 발견하게 될 것입니다. 따라서 가장 행복한 사람은 자기 자신 속에 우주를 안고 있는 사람입니다. 생사유무(生死有無)는 우주 안에서 벌어지는 환영(幻影)입니다.

　자기 자신 속에 우주를 안고 있는 사람은 외로운 것도 부러운 것도 바라는 것도 있을 수 없습니다. 생사를 벗어나 있으므로 불안할 것도 두려워할 것도, 기뻐할 것도 슬퍼할 것도, 미워할 것도 화날 것도, 탐나는 것도 싫은 것도 있을 수 없습니다. 이러한 마음을 부동심(不動心)이라고 합니다. 부동심을 가진 사람이야말로 생사와 행불행에서 영원히 벗어나 있는 사람입니다.”

얻었으면 나누어 주어야

　“기공부와 몸공부를 마치고 그것을 일상생활화 하고, 부동심을 갖게 된 사람이 이 세상에서 할 일은 무엇입니까?”

　“자기가 실체험으로 터득한 진리를 이웃에게 알려 주는 일입니다. 진리는 얻었으면 이웃에 나누어 주어야 합니다. 학교의 교사나 대학의 교수가 지식을 학생들에게 전달하는 사람이라면, 부동심을 획득한 사람은 자기가 체험으로 얻은 진리를 후배나 제자들로 하여금 자기처럼 경험하도록 하여 깨닫게 해 줍니다.”

　“선생님께서 지금 하시는 일이 바로 그러한 일이겠죠?”

　“그렇습니다. 내가 지금껏 이 세상을 살아오면서 숱한 스승들로부터 알게 모르게 습득한 것들과 나 스스로 깨달은 것들을 내 독자들과 나를 찾은 문하생들에게 전달하는 것이 요즘 내가 하고 있는 일입니다. 석가와 예수는 자기를 따르는 제자들을 데리고 여기저기 돌아다니며 노숙을 하면서 가르쳤습니다.

인쇄술도 녹음기도 테이프도 인터넷도 없던 그 옛날, 산하(山河)는 오염되지 않고 구도자들에게 인심 좋던 그 시절에는 그럴 수도 있었겠지만, 요즘은 이리저리 방랑하는 노숙자 무리를 고운 눈으로 보는 사람은 아무도 없습니다."

"그래서 종교 조직이 생겨난 것이겠죠. 선생님께서도 새로운 종교를 하나 창설하시는 것이 어떻겠습니까?"

"그렇다고 해서 새 종교를 만들어 조직을 확대해 나가는 것은 기성 종교들이 벌이는 온갖 추악한 공해(公害)를 하나 더 추가하는 것밖에는 되지 않습니다. 기성 종교에는 중간 도매상들이 너무 많이 설쳐댑니다."

"중간 도매상이라뇨?"

"종교의 창시자가 원 생산자라면 교도들은 최종 소비자입니다. 석가나 예수가 직접 제자들을 거느리고 이리저리 떠돌면서 노숙자 생활을 하면서 자기네가 깨달은 진리를 하나하나 제자들에게 가르쳤을 때는 별문제가 없었습니다. 그들은 단지 가르치고 가르침 받는 하나의 무리일 뿐 그들 사이에는 직업적인 중간 도매상 같은 존재는 끼어들 여지가 없었기 때문입니다. 그러나 교주들이 세상을 떠난 뒤에는 사정이 달라졌습니다.

교주에게서 배운 유력한 제자에 의해 교단이 창설되고 세월이 흐르면서 종교 조직이 확대되어 나가는 오랜 과정을 거치면서 중간 도매상들이 창궐하면서 온갖 부작용과 비리와 부조리가 난무하게 되었습니다. 더구나 세속적인 정권과 야합하면서부터 종교는 이권 다툼으로 대갈박이 터지는 난투장으로 탈바꿈하게 되었습니다.

원 생산자와 최종 소비자들 사이에서 엄청난 이득을 취하는 다단계 중간 도매상들의 중간 폭리로 최종 소비자들은 눈물을 머금고 원 생산지 가격의 수십 배, 수백 배의 비싼 가격으로 사 먹지 않을 수 없게 됩니다. 원 생산자인 교주와 최종 소비자인 교도들 사이에는 직업적인 다단계 중간 교역자들이 등장하게 되면서 종교는 그 본래의 취지를 잃어버리게 되었습니다.

그러나 인쇄술과 테입과 인터넷과 같은 대중 전달 매체는 원 생산자와 최종 소비자 사이의 중간 도매상들을 일거에 제거해 버렸습니다. 인쇄술과 인터넷은 이제 스승과 제자 사이를 직접 일대일로 연결시켜 줍니다. 글재주 있는 사람은 책을 써서 그렇게 할 수 있습니다. 일반 네티즌들은 인터넷으로 얼마든지 자기가 터득한 것을 끼리끼리 전달할 수 있습니다.

성통(性通)한 사람은 공을 이루어야 합니다. 공을 이룬다는 것이 바로 자기가 터득한 진리와 부동심(不動心)을 이웃에게 전달해 주는 것을 말합니다. 성통공완(性通功完)이라는 말은 이래서 생겨났습니다. 상구보리 하화중생(上求普堤下化衆生)도 같은 뜻입니다. 지혜를 얻었으면 중생들을 가르치라는 말입니다. 남에게 베푸는 일 중에서 최상의 것이 바로 진리를 알려주는 일입니다."

"그러나 당장 굶어 죽어가는 사람에게는 진리보다는 밥 한 사발이 낫고, 사막에서 목 타는 사람에게는 생명의 말씀보다는 물 한 사발이 낫다는 말이 있지 않습니까?"

"남에게 베풀어 줄 식량이 있고 사막에서 목이 타 들어가는 사람에게 줄 만한 물이 있는 사람이라면 응당 그렇게 해야 합니다. 그러나 사람은 빵으로만 살아가는 존재는 아닙니다. 빵은 지상에서 육체를 보존하는 데 필요한 것이지 영혼을 살리는 데 필요한 것은 아닙니다.

육체는 영혼이 떠나면 바로 그때부터 부패 작용이 일어납니다. 금지옥엽처럼 키우던 삼대독자라도 일단 숨이 끊어져서 부패가 시작되면 친어미라도 섬찟해 합니다. 왜 그럴까요? 그에게서는 이미 생명이 떠났기 때문입니다. 아이 어미가 사랑한 것은 그 아이의 육체가 아니라 그 생명인 영혼이었기 때문입니다.

식량과 물은 제아무리 귀중하다고 해도 지상에서의 육체 생명을 이어가게 할 뿐 육체를 떠나는 영혼에는 아무 도움도 주지는 못합니다. 육체를 벗어난 영혼에게 필요한 것은 진리에 대한 가르침밖에는 없습니다. 영혼이 육체를 떠날 때 식량과 물은 아무 쓸모가 없어도 진리의 가르침만은 사후(死後)에도 그의 삶의 지침이 됩니다."

"그러나 이 세상에는 함량미달, 자격미달의 자칭 스승들이 활개들을 치고 있지 않습니까? 무고한 구도자들에게 그들은 암초와 같은 존재입니다. 어떻게 하면 그 진부(眞否)를 효과적으로 구분해 낼 수 있겠습니까?"

"그런 걸 가지고 너무 걱정할 필요는 없습니다."

"왜요?"

"착하고 성실한 구도자는 진부를 가릴 수 있는 안목을 스스로 갖추게 되어 있으니까요."

"과연 그럴까요?"

"그렇습니다. 가짜에게 속는 사람들은 게으르고 욕심 많고 어리석은 사람들입니다. 남보다 이기심이 유달리 강한 사람 쳐놓고 남에게 사기 당해 보지 않은 사람이 없습니다. 사기꾼이 노리는 것이 바로 어리석은 자의 이기심이기 때문입니다.

성실하고 착한 사람은 즉각 깨닫게 해 주겠다든가, 21일 안에 책임지고 성통하게 해 주겠다든가 하는 터무니없는 유혹에 넘어가지 않습니다. 심성이 바른 사람은 공짜를 바라지 않습니다. 그는 길가에 떨어져 있는 돈 보따리를 발견했을 때, 아무도 보는 사람이 없다고 해도 욕심내지 않고 경찰에 신고합니다. 그러므로 악의 유혹에 넘어가지 않습니다."

'복 많이 받으세요'가 뜻하는 것

우창석 씨가 말했다.

"민족의 명절인 설 때가 되면 만나는 사람마다 '새해 복 많이 받으세요' 하고 인사를 합니다. 그러나 이것은 아무리 덕담이라고 해도 전연 설득력이 없습니다."

"왜 그렇게 생각하십니까?"

"복이라는 것은 누가 누구에게 준다고 해서 받을 수 있는 성질의 것이 아니기 때문입니다. 복은 각자가 스스로 만드는 것이지 남이 주고 말고 하는 것이 아니지 않습니까? 잇속을 차리려고 거짓말하고 사기치고, 뇌물 먹고 간음하고, 도둑질하고 불효하는 자가 복을 받으리라고 기대할 수 없을 것입니다."

"옳은 말입니다. 그런 의미에서 복 많이 받으라는 인사는 착한 일 많이 하라는 격려로 받아들여야 할 것입니다. 대등한 인간관계에서 착한 일 많이 하라고 말하면 누구나 속으로 좋게 받아들이려 하지 않을 것입니다. 제가 뭔데 남보고 이래서 저래라 하느냐고 불쾌해 할 것이 틀림없습니다. 이러한 오해에서 벗어나기 위해서 상대에게 저항감 없는 인사말을 연구한 끝에 나온 것이 '복 많이 받으세요'라는 인사가 된 것 같습니다. 우리 민족은 아득한 옛날부터 인과응보의 정신이 매우 투철했습니다."

"그것을 어떻게 알 수 있습니까?"

"적어도 1만년의 역사를 가지고 있는 우리 민족의 삼대경전의 중의 하나인 『삼일신고』에는 '선복악화(善福惡禍), 청수탁요(淸壽濁殀), 후귀박천(厚貴薄賤)'이라는 구절이 있습니다. 그 뜻은 착한 사람은 복을 받고 악한 사람은 화를 당하고, 기가 맑으면 오래 살고 탁하면 요절하고, 후덕하면 존귀해지고 박절하면 천박해진다는 겁니다. 따라서 복은 착한 일을 하는 사람에게 스스로 찾아가는 것이지 누가 누구에게 나누어줄 수 있는 성질의 것은 아닙니다.

복은 우리들 각자가 스스로 만들고 스스로 벽돌 쌓아올리듯 하는 것입니다. 적선지가필유여경(積善之家必有餘慶)이란 바로 이러한 정신을 구체화한 금언입니다. 즉 선행을 쌓는 집안에는 반드시 경사가 있게 마련이라는 뜻입니다. 따라서 '새해 복 많이 받으세요'는 '착한 일 많이 하세요'를 은유적으로 표현한 덕담으로 보아야 합니다."

"그렇다면 '소원성취하십시오' 하는 새해 인사는 어떻게 생각하십니까?"

"소원성취(所願成就) 역시 누가 누구에게 하라고 해서 되는 일이 아닙니다. 얼마나 각자가 자기가 원하는 일을 이루기 위해서 성실하게 노력을 다했느냐에 따라 계획했던 목표의 성사 여부는 결정됩니다."

"착하다는 말은 신세대 사이에서는 바보 같다는 말로 통하는 경우가 많은데 실제로는 무슨 뜻입니까?"

"착하다는 것은 매사에 자기 자신보다 남을 먼저 생각하는 생활 태도를 말합니다. 이러한 태도가 대인(對人) 관계에서는 예절과 질서 지키기와 자선 행위로 나타나고, 이것이 구도의 차원으로 발전하면 이타행

(利他行)이 됩니다. 이타행은 구도의 처음이자 마지막이기도 합니다."

"그게 무슨 뜻입니까?"

"나보다 남을 먼저 생각하는 사람이라야 구도자로서도 성공할 수 있다는 말입니다. 구도의 알파요 오메가라는 뜻이기도 합니다."

"이타행을 그처럼 중요시하는 이유는 어디에 있습니까?"

"이타행은 영적(靈的) 개안(開眼)을 가져오는 열쇠이기 때문입니다. 일상생활에서 나보다 남을 먼저 생각할 줄 아는 사람은 우선 외로움을 모릅니다."

"왜 그럴까요?"

"외로움이란 이기심에서 나오는 것이기 때문입니다. 대인 관계에서 남과 협조할 줄 모르고 자기 잇속만 차리는 사람을 좋아할 사람이 어디 있겠습니까? 나만 아는 사람은 남을 배려할 줄 모르기 때문에 이웃으로부터 외면당하지 않을 수 없습니다. 동아리로부터도 항상 따돌림을 당하게 됩니다. 이웃으로부터 소외당하니 외로울 수밖에 더 있겠습니까."

"그러니까 고독(孤獨)은 자업자득이군요."

"그렇습니다. 그리고 고독한 사람은 슬픔을 잘 타게 되어 있습니다."

"왜 그럴까요?"

"불행한 일을 당해도 도와줄 사람이 없기 때문입니다. 또 외로운 사람은 두려움을 잘 탑니다."

"그건 또 왜 그렇죠?"

"항상 외톨이이기 때문입니다. 위험한 일이 앞에 기다리고 있어도 도와줄 사람들이 항상 대기하고 있으면 마음이 늘 든든하므로 두려움을 모르게 됩니다. 그러나 외로운 사람의 두려움은 불안을 가중시키므로 신경질이 잦고 화를 잘 내게 됩니다. 마음이 늘 불안한 사람은 무슨 문제가 발생했을 때도 올바른 판단을 내릴 수 없으므로 하는 일마다 되는 일이 없어 늘 실패의 연속입니다. 이것이 나만 생각하는 사람, 내 잇속만 챙길 줄 아는 사람의 말로입니다.

그러나 나보다 남을 먼저 생각하는 사람은 항상 이웃으로부터 호감을 사게 되므로 소외당하는 일이 있을 수 없습니다. 따라서 외로움 같은 것은 느낄 시간도 여유도 없습니다. 따돌림을 당하지 않으니 슬퍼할 일도 두려워할 일도 있을 수 없습니다. 외로워할 일도 없고 슬퍼할 일도 없고 두려워할 일도 없으므로 마음은 항상 담담하고 평온을 유지할 수 있습니다. 마음이 평안하므로 불안 같은 것이 끼어들 여지가 없습니다.

그가 만약 구도자라면 명상을 하고 참선을 하고 관찰을 하고 화두를 잡아도 번뇌, 망상, 잡념 따위에 시달리지 않고 곧바로 삼매지경에 들어갈 수 있습니다. 마음의 문은 이때 열리는 것이고, 영적 개안 역시 이때 오게 되어 있습니다."

"영적 개안 다음에는 무엇이 옵니까?"

"큰 지혜의 문이 열리게 되어 있습니다."

"그다음에는요?"

"자기 존재의 실상을 볼 수 있습니다."

"견성(見性)을 말합니까?"

"그렇습니다."

"그다음에는 어떻게 해야 합니까?"

"착실히 보림(補任)을 하여 부동심(不動心)을 얻어야 합니다."

"부동심이 뭡니까?"

"본(本)과 쓰임(用)을 동시에 수용하여 생사유무(生死有無)에서 벗어나는 경지입니다."

"그다음에는 어떻게 합니까?"

"이제 진리에 눈을 떴으니 아직도 무명(無明) 속에서 방황하는 이웃들에게도 그 혜택이 돌아갈 수 있도록 가르침을 베풀어야 합니다."

영가(靈駕)란 무엇인가?

우창석 씨가 말했다.

"영가 천도(靈駕薦度)를 불과 1, 2초 안에 할 수 있는 초능력자가 나타났다는 말이 있습니다. 여기서 영가란 무엇을 말합니까?"

"사람이 이 세상의 삶을 마치고 숨을 거둔 뒤에 육체를 떠나 제자리를 찾아가지 못하고 구천(九天)을 헤매는 영혼을 말합니다."

"육체를 떠난 영혼이 왜 제 자리를 찾지 못합니까?"

"자기가 벌어 놓은 재산에 대한 애착, 자식에 대한 미련, 가족에 대한 집착, 억울하게 맞아 죽었을 때의 사무치는 원한 등등이 세상일에 대한 끈끈한 착심(着心)을 만듭니다. 이 착심을 청산하지 못한 채 육체를 떠나는 영혼들이 부지기수인데 이들을 말합니다. 이들은 바로 그 집착 때문에 제 갈 길을 못 가고 구천(九天)을 방황하게 됩니다."

"그럼 영가 천도란 무엇입니까?"

"제 자리를 못 찾고 구천을 떠도는 영혼인 중음신(中陰神)을 영가(靈駕)라고 합니다. 이 중음신이 구천을 떠돌다가 인연 있는 사람에게 기생(寄生)하는 것을 빙의(憑依)라고 합니다. 영가 천도란 바로 이렇게 빙의된 중음신의 잘못된 의식을 바로잡아 주어 원래 가야 할 제자리를 찾아가게 해 주는 것을 말합니다."

"쉽게 말해서 귀신 들린 사람에게서 귀신을 떼어 주는 것을 말하는 것입니까?"

"귀신을 떼어 줄 뿐만 아니라 그 귀신이 개과천선(改過遷善)하여 구도심(求道心)을 갖고 마땅히 자기가 가 있어야 할 자리를 찾아가도록 인도해 주는 것을 말합니다."

"그런 일은 지금까지 무당이 굿을 하든가, 절에서 스님의 주재하에 제물을 차려놓고 영가 천도재를 올리든가, 교회에서 영험한 목사가 안수 기도를 하든가 해서 해결해 오지 않았습니까?"

"맞습니다. 그런데 무당의 굿, 절의 천도재, 목사의 안수 기도가 별 효험을 나타내지 못하는 것이 현실입니다."

"굿이나 천도재(薦度齋)나 안수 기도를 받았는데도 효험이 없다는 것은 어떻게 알 수 있습니까?"

"실례를 들어 절에 가서 보통 1천 2백만 원에서 수천만 원씩이나 되는 거액을 들여 거창하게 천도재를 지냈는데도, 담당 스님이 천도되었다고 말한 조상신령이 자꾸만 꿈에 나타나든가 집안에 우환이 끊이지 않고, 의사들도 그 원인을 알 수 없는 고질병에 시달리는 가족들이 속출한다든가 하면 그것은 틀림없이 영가 천도가 안 된 겁니다."

"선생님께서는 혹시 윤정주 저, 도서 출판 유림에서 낸 『모습 없는 모습으로 다가온 사람들』이란 책을 읽어 보신 일이 있습니까?"

"있습니다."

"그 책에 보면, 빙의된 영가를 단 1, 2초 안에 천도를 해 준다고 나와 있는데 만약에 그게 사실이라면 그분이야말로 대단한 초능력자가 아닙니까?"

"그렇고말고요. 난치병이나 성인병 중에서 양한방 의사들이 현대의 첨단 의술로도 고치지 못하는 고질병들이 얼마든지 있습니다. 의사들이 보기에는 아무 이상도 없는데 환자는 고통을 호소하고, 엄연히 증상은 있는데도 치료가 되지 않는 고질병이나 정신 질환의 거의 전부가 빙의에 의한 병입니다. 의사들은 이것을 심인성(心因性) 또는 신경성(神經性) 질환이라고 하지만 영병(靈病)이라고도 합니다."

"그러한 영병을 단 1, 2초 안에 고칠 수 있는 사람이 나타났다면 그 사람이야말로 대단한 영능력자(靈能力者)이며 초능력자(超能力者)가 아닙니까?"

"물론입니다."

"그러나 그 초능력자가 구도자로서 수행을 하는 중에 그러한 능력을 갖게 되었는데도 그 능력을 자신의 구도에 이용하는 것이 아니고, 구도자도 아닌 일반인들에게 빙의된 영가를 전문적으로 천도를 하는 데 이용했다면 그 사람은 분명 잘못된 길을 가고 있는 것이 아닐까요?"

"구도자의 입장에서 보면 그럴 수도 있습니다. 그러나 좀더 시야를 넓혀서 살펴보면 반드시 그렇다고만 말할 수도 없습니다."

"아니, 왜요?"

"구도자가 수행 중에 자기도 모르게 발현되는 어떠한 초능력이든지 구도 이외의 목적에 이용하는 것이 도계(道界)에서는 정도(正道)가 아닌 것으로 보는 것은 사실입니다. 그러나 마땅히 영가 천도를 도맡아 처리해야 할 굿, 천도재, 안수 기도하는 사람들이 제 소임을 다하지 못하고 수요자들에게 막대한 금전적, 시간적 손실만 입히게 된다면 윤정

주 씨와 같은 영가 천도 초능력자가 그들이 못 다한 일을 대신하는 것
도 하화중생(下化衆生)하는 데 한몫하는 일이라고 생각합니다.

더구나 윤정주 씨한테서 조상 천도를 받은 사람들이 바르고 착한 마
음을 가지고 이 세상을 살아갈 수 있게 되었다면 그분 나름대로 이 사
회에 크게 이바지하는 일이라고 봅니다.”

“전에 선생님께서는 수련 중에 발현된 초능력을 구도 이외의 목적에
사용하는 것은 사도(邪道)라고 말씀하시지 않았습니까? 더구나 그 능
력을 생계를 위해 돈을 받고 구사하게 되면 그 사람은 이미 구도자가
아니라고 하셨습니다. 구도 중에 얻은 초능력은 어디까지나 구도에 유
익하게 이용해야지 어떠한 세속적인 목적에 이용하는 것은 이미 구도
를 포기한 것과 같다고 말씀하시지 않았습니까?”

“분명 그렇게 말했었죠. 그러나『모습 없는 모습으로 다가온 사람들』
이라는 책을 읽어 보고는 생각이 좀 달라졌습니다.”

“어떻게 달라지셨습니까?”

영리 목적을 떠난 영가 천도

“구도자가 상구보리 하화중생하는 것도 중요합니다. 그러나 상구보
리 즉 견성해탈을 잠시 유보하더라도 자기가 수련 중에 얻은 초능력으
로 빙의로 고통받는 사람들을 위해 헌신하는 것도 넓은 의미에서 일종
의 구도의 한 과정이라고 봅니다. 구도생활 중에서도 그 핵심이 되는
것은 이타행이라고 생각합니다.

테레사 수녀는 가난한 인도 빈민들을 구제하기 위해 평생을 바침으

로써 전 세계인의 존경을 받고 로마 가톨릭에서는 성인(聖人)으로 추대되지 않았습니까? 빙의로 인한 난치병으로 고생하는 사람을 구제해 주는 것은 의사가 난치병 환자를 낫게 해 주는 것과 같이 이 사회의 고통받는 사람들을 위해서는 좋은 일이 아닐까요?"

그러나 우창석 씨는 말했다.

"전 그렇게 생각지 않습니다."

"왜요?"

"의사는 의과대학 4년, 대학원 2년, 그리고 수련의 과정 10년 도합 16년간 의술을 배운 후에 비로소 영업을 하게 됩니다. 16년 동안 의사가 되기 위해서 막대한 노력과 경비를 경주한 끝에 습득된 의술입니다. 그러니까 의사가 정식으로 국가의 면허를 얻어 돈을 받고 병을 치료해 주는 것은 당연한 일입니다. 구도자가 수련 중에 우연히 갖게 된 초능력으로 돈을 받고 의료 행위를 하는 것과는 근본적으로 차원이 다릅니다.

구도자가 수련 중에 얻은 초능력으로 의료 행위를 해 주고 돈을 받는다면 그 사람은 이미 구도자가 아닙니다. 하늘이 수련하는 데 쓰라고 준 능력을 엉뚱한 돈벌이에 이용하는 것은 공무원이 공금을 횡령하는 것과 같은 일종의 배신 행위입니다. 그가 만약 빙의된 사람들의 고통을 진정으로 구제해 주고 싶어서 하는 행위라면 일체 돈을 받지 말고 무료로 치료해 주어야 합니다. 하늘이 공짜로 준 능력을 돈벌이에 이용한다는 것은 하늘에 대한 배은망덕이 아닐 수 없습니다.

그 사람은 응당 본래의 구도자의 자세로 돌아가야 합니다. 영가 천도 능력 따위에 연연할 것이 아니라 단연 그것을 초월해야 합니다. 그

렇게 하지 않고는 아무리 그가 마음을 바르고 깨끗이 한다고 해도 그
것은 바른길이 아니라고 봅니다."

"나도 과거에는 그렇게 생각했었는데, 지금은 그 생각이 달라졌습니
다. 윤정주 씨의 초능력이 한 입 건너 두 입 건너 세상에 알려지면서
신문과 TV에 보도되고 그 때문에 빙의로 고생하는 사람들이 전국 각지
에서 모여든다고 합니다. 이렇게 전국에서 모여드는 사람들을 그냥 돌
려보낼 수는 없는 일이 아닙니까?"

"그 사람들을 진정으로 불쌍하게 생각한다면 돈 받지 말고 영가 천
도를 해 주어야 합니다."

"그렇게 되면 달리 생계 수단이 없는 그분은 어떻게 살아갑니까?"

"진인사대천명(盡人事待天命)입니다. 그의 초능력이 과연 영가 천도
를 위해서 부여된 것이라면 하늘은 그에게 살길을 분명 달리 마련해
줄 것입니다. 그러나 무료 봉사를 열심히 했는데도 달리 살길이 마련
되지 않는다면 그것은 하늘의 뜻이 아닙니다."

"그럼 어떻게 해야 한다고 생각하십니까?"

"애초에 매스컴에 보도될 정도로 자기의 영가 천도 능력을 과시하지
말았어야 합니다. 석가모니는 예수에 못지않는 초능력을 가지고 있었
으면서도 그것을 일체 밖으로 표시하지 않았습니다.

예수는 죽은 자를 살려 달라는 요청을 받고 나사로라는 젊은이를 살
려 주었지만, 석가는 어느 여인으로부터 죽은 아들을 살려 달라는 요
청을 받고 사람이 죽어 나가지 않은 집에 가서 쌀을 한 줌 얻어오면
그녀의 죽은 아들을 살려 주겠다고 말했습니다. 그 여인은 아무리 집

집마다 돌아다녔지만, 사람이 죽어 나가지 않는 집은 끝내 찾아내지 못했습니다. 그러나 그 여인은 이것을 통하여 이 세상에 한 번 태어난 사람은 반드시 죽는다는 것을 알고 인생무상(人生無常)을 깨닫게 되었습니다.

이것이 빌미가 되어 그녀는 생사를 뛰어넘을 수 있는 진리를 깨닫게 되었습니다. 죽은 자를 살려내 보았자 기껏 한 30년 정도 더 살 수 있을 뿐입니다. 그러나 진리를 깨닫는 자는 생사의 경계를 뛰어넘을 수 있습니다.

결국 알고 보면 초능력이라는 것은 구도자에게는 백해무익한 것입니다. 그래서 선배 구도자들은 일찍부터 신통력(神通力)을 말변지사(末邊之事)라고 했습니다. 구도자가 수련 중에 우연히 갖게 된 초능력을 과시하여 주위에 일단 알려지기 시작하면 그의 수련은 바로 그 시점에서 종을 쳤다고 보아야 합니다."

우창석 씨의 열렬한 주장이었다.

"옳은 주장입니다. 그러나 사람이 병이 들면 의사를 찾지만 빙의가 된 사람은 어떻게 해야 합니까?"

"무당의 굿, 사찰의 천도재(薦度齋), 목사의 안수 기도로 해결이 안 되면 수행을 하여 스스로 해결하는 수밖에 없습니다."

"그건 어디까지나 이상이지 현실은 아닙니다. 당장 굶어 죽게 된 사람에게는 미음 한 공기가 더 소중합니다. 진리를 가르치는 일도 일단 살고 난 다음의 일입니다. 그와 마찬가지고 빙의로 다 죽게 된 사람에게는 무엇보다도 빙의된 영가를 천도시켜주는 것이 선결 문제입니다.

불교에서는 이러한 응급조치를 인정하는데 이것을 개차법(開遮法)이라고 합니다."

"윤정주 씨는 책에서도 밝혔듯이 비명횡사한 조상 영가를 천도하는 데 백만 원 정도의 비용을 받는다고 합니다. 이게 과연 정당한 일일까요?"

"나 역시 처음에는 그것에 거부 반응을 일으켰습니다. 그러나 '귀신은 공짜 밥은 안 먹는다'는 격언대로 윤정주 씨의 경우 빙의령은 여러 가지 증상으로 빙의된 사람에게 신호를 보냅니다."

"그게 사실일까요?"

"사실입니다."

"선생님께서 그렇다고 하신다면 저도 믿을 수밖에 없습니다. 혹시 귀신이 영가 천도 능력자의 마음을 읽고 그러는 것이 아닐까요?"

"그럴 수도 있습니다. 비록 영능력자(靈能力者)가 그런 생각을 가지고 있었다고 해도 그가 그 비용을 받아서 어떻게 쓰느냐가 중요합니다. 도계의 스승들은 수행 중에 발현된 초능력으로 돈벌이를 해서는 안 된다고 제자들을 엄하게 단속합니다. 그 이유는 십중팔구 재욕(財慾) 명예욕(名譽慾)에 떨어져 구도는 말할 것도 없고 패가망신(敗家亡身)을 자초하게 때문입니다.

이기심 대 이타심

그러나 예외가 없는 것은 아닙니다. 윤정주 씨와 같이 영가 천도 비용을 받아 결식아동 구호를 위해 영가 천도된 사람의 이름으로 기부하는 정도라면 용납될 수 있다고 봅니다. 요컨대 재욕과 명예욕이 빠질

우려만 없고 그의 마음이 이타행 쪽으로 분명히 기울어져 있다면 그의 인격을 믿을 수밖에 없습니다.

윤정주 씨가 영가 천도를 하기 시작한 것은 내가 알기로는 1995년도부터입니다. 벌써 6년이란 세월이 흘렀습니다. 그녀가 만약에 영가 천도 비용으로 받아들인 돈을 빌딩을 짓고 부동산을 매입하고 증권에 투자하는 등 개인 재산을 불리거나 자신의 명예욕을 만족시키는 데 이용했다면 과거의 실례로 보아 이미 그녀의 영가 천도 능력은 사라지고 지금쯤 불귀의 객이 되고 말았을 것입니다.

그러나 그녀는 영가 천도로 벌어들인 돈을 불우한 사람들은 돕는 데 기부했으므로 지금까지 건강을 유지하면서 대구와 서울, 두 군데나 수련원을 개설했습니다. 이것은 그녀가 착실하게 이타행(利他行)을 닦아 왔다는 객관적 증거입니다. 그러나 여기서 내가 분명히 말할 수 있는 것은 지금부터라도 그녀가 만약에 마음이 바뀌어 이타행 대신에 이기행(利己行)으로 나간다면 지금까지 그녀를 음으로 양으로 받쳐 온 인신(人神)의 도움은 사라지고 비참한 말로를 걷게 될 것입니다."

"아무리 그렇다고 해도 조상 영가 천도 비용을 건당 최소한 백만 원 이상씩 받는 것은 좀 과하다고 생각지 않으십니까?"

"그건 빙의령(憑依靈)들이 스스로 결정한 것이니까 윤정주 씨 자신도 어쩔 수 없는 일이라고 합니다. 사찰에서 조상 영가 천도재 비용으로 받는 최소한 6백만 원에서 수천만 원대에 이르는 비용에 비하면 아주 저렴한 편입니다. 비용을 얼마나 받느냐가 문제가 아니라 그렇게 벌어들인 돈을 어떻게 쓰느냐가 더 중요합니다. 윤정주 씨와 같은 영가 천도 능력자가 생겨난 것은 다 그럴 만한 이유가 있기 때문입니다.”

“그 이유가 뭐죠?”

“무당의 굿, 스님의 천도재, 목사의 안수 기도가 다 제 구실을 다하지 못했기 때문입니다. 굿, 천도재, 안수 기도가 맡은 역할을 다하지 못했기 때문에 강력한 경쟁자가 등장한 겁니다. 세상은 자꾸만 변합니다. 이 변화하는 현실에 적응하지 못하면 구조조정을 당해야 하고, 여기에 실패하면 퇴출당하는 수밖에 없습니다.”

“무속인과 스님과 목사들이 영가 천도 능력을 상실하게 된 원인이 어디에 있다고 보십니까?”

“천도재를 실례를 들어 말해 보겠습니다. 우리 속담에 ‘마음이 염불보다 잿밥에만 가 있다’는 말이 있습니다. 이것은 천도재를 주관하는 스님의 마음이 영가 천도 자체보다는 영가 천도 비용이 얼마냐에 더 관심이 쏠려 있다는 말입니다. 이것은 스님에게만 한정된 얘기가 아닙니다. 굿을 주관하는 무속인, 안수 기도를 주관하는 목사에게도 똑같이 해당되는 말입니다.

요컨대 이타심보다는 이기심에 더 사로잡히게 되면 귀신들이 먼저 알고 아무런 감동을 받을 수 없습니다. 길 잃은 사람들을 재욕에 눈이 어두워진 장님이 인도하는 것과 같습니다. 이런 때는 천도재 비용을 수천만 원을 들여 보았자 밑 빠진 독에 물 붓기에 지나지 않습니다. 길 잃은 사람에게는 길 아는 사람이 필요합니다.”

“어떤 사람이 길 아는 사람입니까?”

“마음공부를 착실히 하여 마음이 밝아진 사람이고, 기공부를 열심히 하여 운기(運氣)가 잘되고 양기(陽氣)가 강한 사람이며, 몸공부를 꾸준히 하여 몸이 건강한 사람이라야 합니다."

"선생님께서는 빙의는 과거생의 인과응보라고 말씀하시지 않았습니까?"

"그랬죠."

"그렇다면 비명횡사당한 영혼이 자손에게 빙의되는 것은 무엇 때문입니까?"

"우리가 부모를 비롯한 조상줄을 타고 이 세상에 태어나는 것 자체가 이미 과거생의 인과 때문입니다. 평소에 마음공부, 기공부, 몸공부를 충실히 해 온 사람은 생자필멸(生者必滅), 멸자필생(滅者必生)의 이치를 훤히 알고 있으므로 육체가 숨을 거두어도 당황하는 일 없이 자기 수행 수준에 따라 자기가 가야 할 천계를 찾아가게 됩니다.

그러나 평소에 마음공부를 안 해 온 사람은 졸지에 사고를 당하여 육체를 상실하게 되면 어찌할 바를 모르고 당황하게 됩니다. 평소에 마음공부와 기공부를 전연 해 본 일이 없기 때문에 그의 영체는 강한 음기를 띠고 있어서 그러한 음기체(陰氣體)를 갖고는 지상의 일정 범위 이상은 이동을 할 수 없습니다. 그러한 영혼이 떠도는 범위를 구천(九天)이라고 합니다. 그래서 우리는 갈 길 잃은 영혼이 구천을 떠돈다고 합니다. 음기를 띠고 있으므로 중음신(中陰神)이라고도 합니다.

이러한 중음신은 육체를 잃었으면서도 그의 의식만은 살아 있을 때와 똑같습니다. 그래서 자기와 인연이 있는 자손이나 가족이나 친지에게 기생(寄生)하게 됩니다. 다 알다시피 사람의 육체는 한 사람의 마음만을 수용하게 되어 있습니다. 그런데 죽은 사람의 의식인 영혼이 들어와 더부살이를 하게 되면 우선 그 영가에게서 기를 빼앗기게 될 뿐 아니라 그 빙의령(憑依靈)이 생전에 앓던 각종 질병을 앓게 됩니다.

이것이 이른바 영병(靈病)입니다. 윤정주 씨와 같이 영안(靈眼)이 뜨인 사람은 빙의령을 볼 수 있지만 일반 의사들은 양의사건 한의사건 빙의령이 눈에 뜨일 리가 없으므로 제아무리 첨단 장비를 동원해도 그 질병의 원인을 알아낼 재간이 없습니다.

이러한 중음신이 구천을 벗어나 제자리를 찾아가려면 우선 체질부터 음성에서 양성으로 바꾸어야 합니다. 그렇게 하지 않으면 도저히 구천을 벗어날 수가 없습니다. 구천을 벗어날 수 없는 중음신들은 천도될 때까지 인연 있는 사람의 몸에 기생충처럼 붙어서 살면서도 항상 자기를 천도시켜 줄 만한 구도자나 영능력자를 찾게 됩니다."

"그럼 그 중음신들이 찾아가야 할 영계나 천계는 어디에 있습니까?"

"지구에서 보통 수천 또는 수만 광년 떨어진 다른 태양계나 은하계의 성좌의 별일 수도 있습니다."

"아니, 그럼 그렇게 멀리 떨어진 별에까지 어떻게 갈 수 있습니까?"

순간 이동하는 영체

"평소 많은 수련을 하여 영체가 발달된 양성체질을 가진 영혼들은 순간 이동이 가능하므로 제아무리 멀리 떨어진 별에도 거의 순식간에 갈 수 있습니다. 기공부를 많이 한 사람은 육체가 살아 있을 때도 원하기만 하여 출신(出神)을 하여 천계에 갔다 올 수 있습니다."

"『선도체험기』에서 선생님께서 영체이탈(출신)하여 천계에 다녀오신 얘기를 읽은 일은 있지만 그게 전부 다 사실입니까?"

"사실이고말고요. 그러나 살아 있을 때 마음공부 기공부, 몸공부를 열심히 하여 준비를 해 둔 사람은 비록 불의의 사고로 육체를 잃는 한이 있어도 언제든지 자기의 수련 정도에 걸맞는 천계의 별을 찾아갈 수 있습니다. 그러나 살아생전에 아무 공부도 안 한 사람들은 같은 경우를 당해도 영계나 천계의 자기 자리를 찾아가지 못하고 구천을 헤매든가 남의 몸에 기생하면서 천도될 기회를 기다리게 됩니다.

옛날 단군조선 시대의 무당들은 영험했으므로 영가 천도를 할 수 있었습니다. 그러나 삼국 시대, 고려, 조선왕조 시대를 거쳐 내려오면서 무당의 영험이 이기심 때문에 사라지자 영가 천도 능력을 상실하게 되었습니다. 원래 단군 시대의 무당들은 구도자들이었으므로 영가 천도 능력이 있었습니다. 그러나 시대가 변천하면서 무당들은 저급령(底級靈)에게 접신당하는 신세로 타락하게 되면서 영가 천도 능력을 상실하고 한낱 귀신인 저급령의 종이 되어 버렸으니 무슨 영험이 있겠습니까?

스님들도 마찬가지입니다. 옛날 구도승(求道僧)들은 누구나 다 영가 천도 능력이 있었을 것입니다. 그러나 차차 타락하여 염불보다 잿밥에 더 눈독을 들이다 보니 영가들이 외면하게 되었습니다. 목사들도 세상 욕심에 물들기 전에는 예수 자신이나 예수의 제자들과 같이 귀신 쫓는 능력이 있었을 것입니다. 그러나 목사직이 한낱 생계를 해결하기 위한 세속적인 직업으로 바뀌면서 영가들의 비웃음을 사게 되었습니다.

중음신들은 비록 음성을 띠기는 했지만 육체에서 벗어나 있으므로 구천의 범위 안에서는 시공을 초월하여 순간 이동이 가능하고 정보 수

집 능력도 인간의 상상을 초월할 정도로 빠르고 정확합니다. 구천을 떠돌든가 남의 몸에 빙의된 중음신들은 영가 천도 능력이 없는 접신된 가짜 무당, 잿밥에만 눈독을 들이는 엉터리 스님, 무능한 목사를 순간적으로 꿰뚫어 봅니다. 그러한 무당, 스님, 목사에게 조상 천도를 해달라고 제아무리 공을 들여 보았자 아까운 돈과 시간만 낭비할 뿐입니다.

이처럼 정보 수집 능력이 탁월한 영가들은 어떻게 해서든지 연줄을 대어 진정한 영가 천도 능력자를 찾아 헤매게 됩니다. 그러다가 요행히 자기를 천도해 줄 능력이 있는 도인을 만나면 결사적으로 매달리게 됩니다. 다행히도 그 도인의 천도를 받게 되면 그 중음신은 비로소 의식이 변하여 구도심을 갖게 되고 그의 음기체는 양기체로 바뀌어 수천 또는 수만 광년 떨어진 영계나 천계에도 순간 이동을 하게 됩니다.

윤정주 씨가 쓴 『모습 없는 모습으로 다가온 사람들』은 이처럼 구천을 떠돌던 중음신들이 영능력자인 윤정주 씨 자신을 만나 천도되어 가는 과정을 생생한 실체험을 통하여 상세하게 기술하고 있습니다. 나는 아직 빙의령과 영가 천도에 대하여 이만큼 착실한 체험기를 읽어본 일이 없습니다."

"그렇다면 선생님께서는 그 책이 아무런 과장이나 가식도 없는 진실을 담은 책이라는 말씀이십니까?"

"그렇습니다. 옥의 티라고 할 수 있는 것이 있다면 이 책의 첫 머리부터 나오는 중국의 원극도법에 대한 얘기는 차라리 별도의 책으로 썼더라면 좋았을 걸 하는 느낌을 받았습니다. 저자가 외국에서 좋은 스승을 만난 것은 진정으로 축하할 일이지만 빙의령 천도와는 별로 관계

도 없는 원극도법 얘기를 장황하게 늘어놓은 것은 이 책의 원래의 의
도를 오히려 손상하는 것이 아닌가 생각합니다.”

“선생님께서 전에 밝히신 대로 빙의가 인과응보라면, 구도가 무엇인
지 모르는 사람의 빙의령을 천도해 주는 것은 남의 인과에 간섭하는
것이 아닐까요?”

“옳은 지적입니다. 사실 수행을 하지 않는 사람의 빙의령을 아무리
천도해 주어 봤자 시간이 흐르면 다른 빙의령이 또 들어올 것입니다.
그렇게 빙의될 때마다 영능력자를 찾아다녀야 하는 불편을 겪지 않을
수 없게 될 것입니다. 그렇게는 할 수 없으니까 결국은 자기에게 들어
오는 빙의령을 자력으로 천도할 수 있는 능력을 길러야 합니다. 그렇
게 하자면 천상 구도자가 되어 수련을 하는 수밖에 없습니다.

윤정주 씨도 그 점을 알기 때문에 빙의령을 천도한 사람에게 몇 개
월 동안씩 그녀가 개설한 진여 기 수련원에서 수련을 하라고 권하지
만, 그 정도 수련을 해 가지고는 빙의령을 천도할 수 있는 능력을 갖기
는 어려울 것입니다. 비록 일시적으로 그런 능력을 가지게 되었다 해
도 수련을 중단하면 그 능력을 곧 사라져 버리게 됩니다.”

“그럼 어떻게 해야 합니까?”

“결국 구도자가 되어 평생 수련을 해야 합니다. 수련의 목적을 영가
천도 능력을 배양하는 데 한정하지 말고 구도자로서 구경각(究竟覺)을
얻는 데까지 밀고 나가야 합니다.”

“그 책에 보면 저자는 1, 2초 내에 영가 천도를 할 수 있다고 말해
놓고는 비명횡사한 사람의 영가를 천도시킬 때는 그 사람이 숨을 거둘

때의 격심한 고통을 동기감응(同氣感應)하게 되므로 몹시 힘이 든다고 했는데 이것은 1, 2초 내에 영가 천도를 한다는 것과는 차이가 있는 것이 아닐까요?"

"그런 경우엔 1, 2초 내에 영가 천도를 한다는 것은 불가능한 일입니다. 심한 경우는 한 시간 내지 서너 시간씩 걸리는 경우도 있고 더 심한 경우에는 며칠 또는 한 달씩 걸리는 경우도 간혹 있습니다."

"그럼, 1, 2초 내에 영가천도를 한다는 말은 어떻게 된 겁니까?"

"영력(靈力)이 약한 빙의령의 경우입니다."

"저자에게 상담자가 찾아올 때는 대체로 수많은 영가들이 함께 묻어 들어온다고 했는데 그런 일이 있을 수 있습니까?"

"있을 수 있고말고요. 선도수련이 일정한 궤도에 오른 사람들은 흔히 경험하는 일입니다. 나도 바로 며칠 전에 그러한 경험을 한 일이 있습니다."

"어떤 경험이데요?"

1개 대대의 빙의령

"이 서재에 자주 드나들면서 수련을 하던 신재호라는 대학생이 군대에 들어갔습니다. 입대한 지 6개월쯤 되어 그에게서 전화가 왔습니다. 마침 집사람이 그 전화를 받았습니다. 입대 후에 처음으로 휴가를 받아 나왔는데, 내일 좀 찾아가도 되겠느냐고 내 의향을 물어 왔습니다.

나는 무심코 오라고 했습니다. 다음 날 오후 3시에 그가 왔습니다. 그런데 놀라지 마십시오. 무려 일개 대대나 되는 빙의령들이 그에게 묻어 들어왔습니다. 그 중음신들은 마치 한여름에 음식에 모여 든 파리떼 같았습니다. 1개 대대면 적어도 5백 명은 됩니다. 아마도 그가 소속되어 있는 부대 주변에서 6·25 때부터 떠돌고 있던 전사했거나 순직한 장병 중음신들이 신재호 이등병이 나를 방문한다는 소식을 듣고 함께 몰려온 것입니다."

"아니 도대체 그 중음신들이 그 정보를 어떻게 알고 그렇게 몰려들어 온 걸까요?"

"전에도 얘기했지만 육체를 잃어버린 중음신들은 지상 30킬로미터의 구천(九天) 안에서는 순간 이동을 할 수 있고, 인간의 심중을 꿰뚫어 보는 독심술(讀心術)도 우리가 상상할 수 없을 정도로 빠르고 정확하고 탁월합니다."

"그건 그렇다 처도 그럼 그 신재호 이병이 소속된 부대에서 전사했거나 순직한 부대원들은 그동안에 위령제는 물론이고 천도재 같은 것을 지난 50년 동안 숱하게 지냈을 텐데, 여지까지 자기들 갈 길을 못 찾고 지금껏 부대 주변에 떠돌고 있었단 말입니까?"

"그렇다고 볼 수 있죠. 50년이면 그리 긴 세월도 아닙니다. 내가 5년 전인 96년에 북경을 거쳐 백두산에 갔을 때는 백두산 산신령인 백호의 영(靈)이 들어와 근 1개월 만에 천도된 일이 있었고, 3년 전인 98년에 프랑스에서 딸아이 결혼식이 거행된, 지은 지 1천년 된 성당에서는 지금으로부터 무려 9백 년 전의 십자군 모습을 한 일단의 말 탄 기사(騎士)의 혼령들에게 빙의되어 무려 한 달 만에 천도시킨 일도 있습니다. 나는 이 한 달 동안 귀도 멀고 눈에는 충혈이 되는 등 얼마나 남모르는 고전을 했는지 모릅니다.

　그때처럼 오래 걸리진 않았지만 신재호 이병이 몰고 온 1개 대대의 중음신들은 무려 3시간 이상이나 걸려서야 전부 다 천도되었습니다. 한 달에 비하면 짧은 시간이긴 하지만 그동안 나는 하도 많은 손기(損氣)를 당했으므로 그날 밤에 끙끙 앓았습니다.

　신재호 이병이 내 앞에 앉아 있는 동안 하도 고통스러워서 앞으로 다시는 나를 찾아오지 말아달라고 부탁했을 정도였습니다. 저녁에 그 얘기를 아내에게 했더니 '그래도 고급 양말이 세 켤레나 들어있는 선물 상자를 들고 온 사람을 보고 그렇게 말하면 어떻게 하느냐?'고 핀잔을 주었습니다.

　내가 당한 고통을 생각하면 그런 선물 상자는 백 개를 가져와도 하나도 반갑지 않았습니다. 내 말을 들은 아내가 '어쩐지 당신 두 눈이 뻘겋게 충혈되어 이상하다 했더니 그래서 그랬군요' 하고 말했습니다."

　"그래도 선생님께서는 조국을 구하기 위해 침략자들과 싸우다가 숨을 거둔 채 반세기 동안 구천을 떠돌던 장병들의 원혼(冤魂)들을 천도해 주셨으니 얼마나 보람 있는 일을 하셨습니까?"

　"바로 그런 보람 때문에 많은 위안이 되기는 했지만 천도 중에는 하도 고통이 심해서 그런 생각을 하고 말고 할 여유도 없었습니다. 그런 걸 생각하면 나도 별 볼 일 없는 나약한 필부(匹夫)요 중생일 수밖에 없는 것 같습니다."

　"그래도 선생님께서는 책을 쓰셔서 독자들에게 진리를 일깨워 주시고, 찾아오는 문하생들을 가르치시면서 하화중생(下化衆生)의 실을 거

두고 계시지 않습니까? 선생님의 문하생들 중에도 영가 천도 능력을
가진 사람들이 있습니까?"

"있고말고요."

"얼마나 됩니까?"

"정확한 통계는 잡혀 있지 않지만 상당수 있습니다."

"그분들이 겪은 얘기 있으면 좀 소개해 주시겠습니까?"

"그중의 한 중년 부인이 겪은 얘기를 옮겨 보겠습니다. 전철을 타고
가는데 바로 맞은쪽 좌석에 앉은 중년 여자 한 사람이 배가 아픈지 배
를 잔뜩 두 손으로 감싸고 울상이 되어 있더랍니다. 이 광경을 무심코
지켜보던 그녀는 얼마나 배가 아프면 그럴까 하고 자기도 모르게 동정
심이 솟았답니다.

바로 그 순간이었습니다. 그 여자에게 붙어 있던 빙의령이 그녀에게
들어오면서 갑자기 그녀의 배도 갑자기 쥐어뜯기는 듯이 아프기 시작
했답니다. 그 사이에 전철이 다음 역에 멈추고 그 여자는 언제 배가 아
팠느냐 싶게 아무렇지도 않은 명랑한 얼굴로 내렸다고 합니다. 그 대
신 그녀는 한 시간 이상 심한 복통을 겪은 후에야 백회로 빙의령이 나
가면서 고맙다고 큰절하는 혼령의 모습이 감고 있는 그녀의 영안(靈
眼)에 잠시 비치더라는 것이었습니다."

"그건 어떻게 된 겁니까?"

"그녀의 맞은쪽 좌석에 앉아 있던 여자에게 빙의되어 있던 중음신이
영가 천도 능력이 있는 그녀를 알아보고 그녀의 주의와 동정을 끌기
위해서 비상수단을 쓴 것인데 그것이 보기 좋게 주효(奏效)한 것입니

다. 이처럼 중음신들은 영가 천도 능력이 있는 도인들을 그야말로 귀신처럼 알아보고 갖은 수단을 다 부려서 어떻게 하든지 그의 힘을 빌어 자신의 음기체를 양기체로 바꾸어 자기 갈 길을 찾아가기 위해서 어찌 보면 가련할 정도로 필사적인 노력을 기울이고 있는 것을 알 수 있습니다."

"빙의령을 천도시키려면 그렇게 고통을 당해야 한다면 그것도 보통 일이 아니지 않습니까?"

"구도자라면 하화중생(下化衆生)을 위해서 마땅히 그 정도의 고통은 각오해야 합니다."

"중음신들도 중생에 속한다고 말할 수 있습니까?"

"그렇고말고요. 육체를 가지고 있든지 영체이든지 간에 유정물(有情物)은 인간과 동물을 막론하고 전부 다 중생입니다."

"영가 천도를 주관하는 사람이 고통을 줄일 수 있는 방법은 없을까요?"

"왜 없겠습니까? 있습니다."

"어떻게 하면 됩니까?"

"수행에 더욱더 매진하여 도력(道力)을 키우면 됩니다."

"어떠한 영가를 천도하기가 가장 어렵습니까?"

"원령(怨靈)과 악령(惡靈)으로서 시간이 오래된 경우일수록 천도하는 데 힘이 듭니다."

"원령은 무엇입니다."

"원한을 품고 죽은 사람의 영입니다."

"악령은요?"

"남을 해코지하겠다는 명백한 의도를 가진 채 죽은 사람의 영혼입니다."

"빙의(憑依)와 접신의 차이점은 무엇입니까?"

"빙의는 중음신이 인연 있는 사람에게 들어가 더부살이하는 격이고, 접신은 부실한 집주인을 아예 밖으로 내어쫓고 그 집주인 행세를 하면서 원 주인을 종처럼 부려먹는 경우를 말합니다. 사이비 종교의 교주나 무당이 이 경우에 속합니다. 구도자가 수련을 할 때 제정신 똑바로 차리지 못하든가 세속적인 욕망에 사로잡히거나 하면 접신이 되는 수가 많습니다."

"의사는 난치병을 보통 30프로, 잘해야 35프로를 치료할 수 있다고 합니다. 의사가 치료할 수 없는 고질병은 거의가 다 영병(靈病)이라고 하는데 그게 사실일까요?"

"첨단 의학으로도 그 원인을 밝혀낼 수 없는 병은 전부 다 영병이라고 할 수 있습니다."

"영병이란 어떤 병을 말합니까?"

"중음신이 사람의 몸속으로 들어가는 빙의 또는 아예 몸 전체를 차지하고 주인 행세를 하는 접신으로 야기되는 일체의 병을 말합니다."

근본적인 해결책

"빙의 문제를 근본적으로 해결할 수 있는 방법은 없을까요?"

"없긴 왜 없겠습니까?"

"그럼 근본적인 해결책이 있다는 말씀입니까?"

"있고말고요."

"그게 무엇입니까?"

"우리들 각자가 누구를 막론하고 사후에도 중음신이 되지 않도록 노력하는 겁니다."

"어떻게 하면 그렇게 될 수 있을까요?"

"살아 있을 때 사리사욕에 얽매이지 않으면 누구나 그렇게 될 수 있습니다."

"어떻게 하면 사리사욕에 얽매이지 않을 수 있을까요?"

"죽을 때 아무런 회한(悔恨)이나 원망(怨望)이나 악의(惡意)를 품지 않으면 누구나 그렇게 됩니다."

"어떻게 하면 회한과 원망과 악의를 품지 않을 수 있을까요?"

"이 세상을 살아가면서 어떠한 역경(逆境)이나 불행, 억울한 일을 당해도 그것을 남의 탓으로 돌리지 않으면 이 세상에 회한과 원망과 악의 같은 것을 품지 않게 될 것입니다."

"그러나 그게 말이 쉽지 현실적으로 가능한 일일까요?"

"그래도 어떻게 하든지 그렇게 되도록 마음을 닦아야 합니다. 어떠한 역경이나 불행도 남의 탓으로 돌릴 때 회한과 원망과 악의를 남기지 않을 수 없습니다. 그러나 모든 역경과 불행을 내 탓으로 돌릴 때는 이 세상에 아무런 회한과 원망과 악의도 남기지 않을 수 있습니다."

"그건 현실적으로 불가능한 일이 아닐까요?"

"왜요?"

"제가 만약 퇴직금으로 탄 돈을 가지고 은행으로 가는데, 날치기가 번개처럼 나꿔채어 도망쳐서 끝내 잡지 못했다고 칩시다. 그때 나는 그 날치기를 원망하지 않을 수 있겠습니까? 또 그 사실을 즉각 경찰에 신고했는데도 잡지 못했다면 경찰을 원망하지 않을 수 있을까요?"

"그렇다고 날치기와 경찰을 원망해 보았자 뭐 득 될 것이 있을까요? 이때 날치기와 경찰을 원망한 채 죽어버리면 그 사람은 한낱 원귀(寃鬼)가 되어 버리고 말 것입니다. 우창석 씨는 그런 원귀가 되어 구천을 떠돌다가 그 날치기에게 빙의되어 언제까지나 그를 괴롭히기를 원하십니까?"

"아뇨. 그렇게는 되지 말아야죠."

"그러자면 남을 원망하지 말아야 합니다. 따지고 보면 남을 원망하는 것만큼 어리석은 일은 없습니다. 남을 원망하면 우선 자기 자신을 망칠 뿐만 아니라 원망하는 대상까지 망치게 됩니다. 이것은 살아 있는 동안에도 죽을 때도 마찬가지입니다.

다시 말해서 자기 자신에게 닥친 불행을 남의 탓으로 돌리지 말고 내 탓으로 돌려야 그 불행의 악순환에서 벗어날 수 있습니다. 모든 불행을 남의 탓이 아니라 내 탓으로 돌리는 것은 불행에 대처하는 수동적인 방법이기는 합니다. 그러나 우리가 늘 이러한 마음의 자세를 가지고 그것을 일상생활에서 실천하다가 숨을 거두어도 우리는 절대로 중음신이 되어 구천을 떠도는 일은 없을 것입니다."

"우리가 이 세상에 태어나서 살다가 당하는 모든 역경과 불행은 전부 다 남의 탓이 아니고 내 탓이라고 생각할 수 있다고 쳐도 끝내 납득이 되지 않는 것이 있습니다."

"그게 무엇입니까?"

"내가 당하는 일은 내가 책임을 진다고 해도 나도 모르게 일어난 일 까지도 내 탓이라고 할 수 있겠습니까?"

"실례를 들면 어떤 겁니까?"

"어떤 사람이 아주 찢어지게 가난한 집에 태어나서 제대로 성장을 하지도 못하고 올바르게 교육받을 기회도 가질 수 없었다고 할 때 그 책임까지도 그 당사자에게만 있다고 할 수 있을까요?"

"그럼 그 책임이 누구에게 있다고 할 수 있겠습니까?"

"그건 그가 원하지도 않았는데 그를 낳은 부모에게 그 일차적인 책 임이 있는 것이 아닐까요?"

"그렇다고 해서 자기가 가난한 집에 태어난 원인을 전적으로 부모 탓으로만 돌린다면 그 사람은 부모를 원망하게 됩니다. 일단 부모를 원망하기 시작하면 그것만으로 끝나는 게 아닙니다. 그다음 단계로 빈 부 격차 문제 하나 해결하지 못한 국가를 원망하게 될 것입니다.

국가를 원망하기 시작하면 그다음으로는 국가를 이끌어온 정치인들 을 원망하게 될 것입니다. 그렇게 되면 그러한 정치인들을 낳은 그들 의 부모를 원망하게 됩니다... 이처럼 한번 남을 원망하기 시작하면 끝 이 없습니다. 원망은 원망을 낳아 원망하는 사람과 원망당하는 대상이 결국은 다 같이 그 원망 때문에 망하게 되어 있습니다.

공산주의자들은 이 사회가 불평등한 원인은 착취 계급과 피착취 계 급이 존재하기 때문이라고 생각하고 착취 계급을 증오하기 시작했습 니다. 마침내 폭력 혁명을 일으켜 유산계급을 모조리 없애버렸습니다. 그러나 결국 그들 스스로 지배 계급이 되었지만 그들이 원했던 평등은 실현되지 않았습니다. 오히려 시장 경쟁 체제만을 파괴하여 사회 발전의 활력만을 제거한 결과 스스로 망해 버리고 말았습니다. 이것이 남을 원망하고 증오한 결과입니다. 원망과 증오는 어떠한 경우에도 해결책이 될 수 없습니다."

"그럼 그 사람의 불행은 누구 탓입니까?"

"그것 역시 그 자신의 탓입니다."

"그 사람이 태어나기 전의 일을 어떻게 그 사람이 책임질 수 있겠습니까?"

"그 사람이 태어나기 전이라면 그 사람의 전생(前生)이 있었다는 것은 인정하십니까?"

"현생(現生)이 있으니까 물론 전생이 있었겠죠."

"그렇다면 그가 그처럼 가난한 부모에게 태어난 것은 그의 전생에 원인이 있습니다."

"그럴까요?"

"그렇고말고요. 원인 없는 결과란 있을 수 없으니까요."

"그렇다면 그가 그렇게 가난한 집에 태어난 것은 인과응보라는 말씀입니까?"

"그렇습니다. 모두가 자업자득입니다. 그러니까 남을 원망하는 것 자체가 말이 되지 않습니다."

"그럼 도대체 그가 전생에 무슨 잘못을 저질렀기에 그렇게 가난한 집에 태어났을까요?"

"전생에 사치와 낭비를 일삼았거나 착한 일을 하지 않았을 것입니다."

"착한 일이라면 무엇을 말합니까?"

"이타행(利他行)입니다."

"그렇다면 선천적으로 중증(重症) 장애인으로 태어난 사람도 전생에 그 원인이 있었다는 말씀입니까?"

"물론입니다."

"도대체 무슨 잘못을 저질렀기에 중증 장애인으로 태어났을까요?"

"살생을 많이 했거나 고문(拷問) 같은 것으로 남을 괴롭힌 업이 많았을 것입니다."

"그러니까 나에게 닥친 어떠한 역경과 불행도 모조리 내 탓으로 돌려야 되겠군요."

"그렇습니다. 그것이 바로 진리입니다. 그래야 비로소 원만한 해결책이 나오게 되어 있습니다. 모든 것을 내 탓으로 돌릴 때 그에게서는 무한한 힘과 지혜와 사랑이 용솟음치게 되어 있습니다. 일체를 내 탓으로 돌리는 것을 일상생활화 하는 사람이 바로 진정한 구도자이고 도인이며 성인입니다.

그와 반대로 일체를 남의 탓으로 돌리는 사람이 바로 무명(無明) 중생(衆生)입니다. 중음신과 빙의령을 만드는 원인은 바로 모든 불행의 원인을 남의 탓으로 돌리는 데서 나온다는 것을 알아야 합니다. 모든 사람이 자기의 온갖 불행을 자기 탓으로 돌릴 때 누구를 원망하거나 증오하는 일이 없어질 것입니다. 남을 원망하는 일이 없고 미워하는 일이 없다면 원령(怨靈)도 악령(惡靈)도 일체 생겨날 이유가 없습니다. 중음신과 빙의령(憑依靈)을 원천적으로 없앨 수 있는 방법은 바로 이

것입니다."

"선생님, 그런데 선생님께서 방금 말씀하신 것 가운데 이해가 되지 않는 것이 하나 있습니다."

"그게 뭡니까?"

"모든 것을 나의 탓으로 돌릴 때 무한한 힘과 지혜와 사랑이 용솟음친다고 하셨는데 그게 무슨 말씀인지 모르겠습니다."

"모든 것을 내 탓으로 돌린다는 것은 그의 마음속에서 이기심을 완전히 털어 버린다는 뜻입니다. 다시 말해서 마음을 완전히 비운 것을 말해줍니다. 이리하여 가아(假我)가 사라진 사람의 마음의 빈 공간에는 그 즉시 진리의 기운이 가득 채워지게 되어 있습니다. 이 진리의 기운이 바로 우주의식입니다."

"우주의식은 어디에서 옵니까?"

"어디에서 오는 것이 아니라, 없는 데가 없는 우주의 핵심 에너지입니다."

"우주의 핵심 에너지가 무엇입니까?"

"유한한 육체 속에서 무한을 발견케 하는 힘과 지혜의 기운입니다. 바로 이 우주의식이 모든 사람의 마음속에 충만할 때 도인 사회는 이룩될 것입니다. 도인 사회가 성립될 때 중음신이며 빙의령 같은 것은 생겨나지 않을 것입니다.

우리 사회가 지금처럼 혼탁하고, 자고 나면 개인과 개인, 단체와 단체, 정당과 정당, 나라와 나라 사이의 이권 투쟁으로 편안한 날이 없는 것은 이러한 사람들에게서 뿜어져 나오는 원망과 증오의 독기들 때문입니다. 그러나 무슨 일을 당해도 남을 원망하지 않고 모든 것은 내 탓으로 돌린다면 모든 싸움과 불행은 조만간 사라지게 될 것입니다."

빙의되었을 때는 어떻게 해야 하나

"빙의된 사람이나 접신된 사람으로서 영가 천도 능력이 있는 구도자나 도인을 발견하지 못하여 도움을 받을 수 없을 때는 어떻게 하면 좋겠습니까?"

"빙의는 수행을 하라는 신호로 보아야 합니다. 자신이 빙의되었다는 것을 아는 순간부터 지금까지 자신이 살아온 과거의 생활을 철저히 반성해 보고 잘못이 있으면 당장 고쳐야 합니다. 우선 비뚤어졌던 마음을 바로잡는 것만으로도 마음의 안정을 찾을 수 있을 것입니다. 낡은 집의 기둥이 한쪽으로 기울어져 가고 있었다면 그것을 바로 잡아주기만 해도 도괴(倒壞)당할 위험에서는 벗어날 수 있는 것과 같은 이치입니다.

기울어진 것을 그대로 내버려두면 미구에 쓰러지게 되어 있습니다. 마음을 바로 하는 것은 기울어져 가는 기둥을 똑바로 다시 세우는 것과 같습니다. 이처럼 우리는 우리들의 마음을 바르게 해야 합니다. 마음을 바르게 갖는 것만으로도 우리는 빙의령으로부터 벗어날 수 있습니다."

"왜 그럴까요?"

"빙의령이란 마음이 바르지 못한 영적 존재입니다. 만약에 그 빙의령이 육체를 떠나기 전에 마음이 바른 사람이었다면 중음신이 되지도 않았을 것입니다. 왜냐하면 그가 살아 있었을 때 바른 마음을 가졌더라면 사물을 바르게 보았을 것이기 때문입니다.

사물을 바르게 볼 줄 아는 사람이라면 비록 자기에게 역경이나 불행한 일이 닥쳐왔어도 그것을 남의 탓으로 돌리지 않고 전부 다 자기 탓으로 돌렸을 것입니다. 일체를 자기 탓으로 돌리는 사람은 누구를 원망하거나 증오하지 않습니다. 그러므로 절대로 중음신이 될 수 없습니다.

빙의령은 마음이 상한 영적 존재입니다. 그러한 빙의령이 마음이 바른 사람의 집에 더부살이를 하게 되었다면 그 주인의 기운으로 살아가는 그의 마음도 서서히 주인을 닮아가게 되지 않을 수 없을 것입니다. 주인의 마음이 바르면 그 집에 기생하는 객의 마음도 바르게 바뀌면서 자신이 품었던 원망과 증오심 따위도 자기도 모르게 사라지게 될 것입니다.

주인의 마음이 바르게 바뀜으로써 빙의령의 마음도 개과천선(改過遷善)하게 됩니다. 마음이 바르고 착해진 빙의령은 이미 빙의령이 아닙니다. 그의 음기체는 주인을 닮은 양기체로 바뀌면서 어느덧 제가 가야 할 자리를 찾아갈 힘을 얻게 될 것입니다. 이것이 바로 영가 천도 과정입니다."

"선생님 말씀을 듣고 보니 빙의당한 사람은 영가 천도 능력을 가진 도인이 되라는 얘기와 같지 않습니까?"

"그렇습니다. 결국 모든 사람들은 그 길을 가지 않을 수 없게 되어 있으니까요. 빙의는 그 과정을 촉진시키는 촉매제가 될 것입니다."

"그러나 무명중생이 하루아침에 도인이 된다는 것은 거의 불가능한 일이 아닐까요?"

"그렇지 않습니다. 중생과 성인은 서로 넘나들 수 없는 특수 신분을 가진 존재들이라고 생각하면 안 됩니다. 아무리 미천한 풀뿌리 민초들이라고 해도 비뚤어진 마음만 바로 세운다면 그 순간에 누구나 성인(聖人)이 될 수 있습니다. 마음만 바로 세우면 미천한 중생도 단 한순간에 부처가 될 수 있는 겁니다."

"그러나 그런 일이 그렇게 금방 이루어질 수 있을까요?"

"그것은 업장의 두께에 달려 있습니다. 아무리 과거 생의 업장이 두껍다고 해도 일단 마음을 바로 세우기만 하면 바로 그 순간부터 그 마음으로부터 서서히 열기를 뿜어내기 시작하여 아무리 두꺼운 얼음덩이 같은 업장도 서서히 녹이기 시작할 것입니다. 그 얼음장이 아무리 두껍다고 해도 바른 마음이 내뿜는 열기에 의해 비록 시간은 좀 걸린다고 해도 결국은 전부 다 녹지 않을 수 없을 것입니다."

"결국은 시간문제라는 말씀이군요."

"그렇습니다."

도마복음에 대하여

도마복음을 우리말로 옮겨 보기로 했다. 도마복음이란 무엇인가? 현재 기독교회에서 쓰고 있는 신약성서 속에는 4복음서라고 하여 마태, 마가, 누가, 요한 복음이 들어 있다. 도마복음은 기존 신약성경에 들어 있지 않는 제5복음서라고 흔히들 말한다.

그렇다면 도마복음은 어떻게 세상에 나왔을까? 1945년 이집트의 나그하마디라는 곳에서 곱트어로 된, 신령(神靈)스러움과 구도(求道)를 추구하는 영지주의(靈知主義) 문서들이 발견되었는데 도마복음은 그 속에 들어 있었다. 학계의 비상한 관심을 끈 것은 물론이다.

이 복음서는 1959년 학자들의 공동 번역으로 비로소 햇빛을 보게 되었다. 그러나 아직 한국어로는 번역이 되지 않았다. 단지 라즈니쉬의 『도마복음 강의』라는 책이 우리말로 번역되어 '예문'이라는 출판사에서 97년에 발간되었는데 그중에는 도마복음의 일부분만이 발췌되어 있을 뿐이다.

나는 도마복음에 대한 소문을 듣고 어떻게 하든지 그 원본을 구해 보려고 우리집에 드나드는 기독교인과 가톨릭교도들에게 부탁해 보았다. 그러나 그들은 백방으로 수소문해 보았지만 끝내 구할 수가 없었다. 그러다가 『선도체험기』 독자이며 우리 집에 가끔씩 찾아오는 초험(超驗) 센터에서 일하는 박성진 씨가 고맙게도 인터넷(http://www.neoism.org/

squares/thomas-coptic.htm/)을 통해서 어렵게 영문본을 한 벌 다운받아 왔으므로 처음으로 그 전문을 읽어 볼 수 있게 되었다. 그러나 우리말로 번역된 것이 없는 것이 못내 아쉬웠다.

우리나라에는 기라성 같은 성서학자들과 신학자들이 포진하고 있을 텐데 왜 아직도 한국어로 번역되지 않았을까? 나는 영문판 도마복음을 읽어본 뒤에야 그 이유를 알 것 같았다. 도마복음 속에는 기성 기독교인들의 관념으로는 도저히 이해를 할 수 없는 기상천외한 내용들이 포함되어 있기 때문이다.

그러나 내가 보기엔 그것이 아무리 뜻밖의 내용이라고 해도 진지하게 도를 닦아 본 경험이 있는 사람이라면 이해하지 못할 것도 없는 것들이었다. 더구나 『선도체험기』를 57권까지 읽은 독자라면 능히 이해하고 소화할 수 있다고 생각되었다.

그래서 나는 천학비재(淺學非才)를 무릅쓰고 감히 번역을 시도해 보았다. 어떠한 경우에도 번역에 완벽을 기대할 수는 없는 법이다. 후배들 중에서 나의 번역을 하나의 디딤돌로 삼아 좀더 완벽한 것이 나오기를 바라는 마음으로 감히 첫 테이프를 끊어 보기로 했다.

도마복음은 비교적 짧은 문장으로 된 114개 항목으로 되어 있다. 그 중에는 기존 성경에 나오는 4복음의 내용과 비슷한 것들도 있다. 성서학자들은 도마복음이 쓰여진 시기를 서력기원후 150년경에서 3세기 이내로 추정한다. 그들은 마가복음이 쓰여진 시기는 대략 기원후 70년에서 100년으로 보고 있고, 그 나머지 복음서들은 그보다 훨씬 후인 기원후 100년에서 150년으로 잡고 있다.

도마복음에는 4복음과 유사한 내용들은 있지만 완전히 똑같은 것은 없다. 3, 4세기의 교부(敎父)들 중 특히 히폴리토스, 오리게네스, 에우세비우스 같은 고위 기독교 성직자들은 도마복음에 대하여 언급한 일이 있지만, 그 내용이 1945년 이전에는 구체적으로 알려진 일이 없다.

도마복음에는 예수의 말씀은 기록되어 있지만 그의 생활과 행적에 대해서는 일체 말이 없다. 이것은 영지주의(靈知主義) 기록의 특징이기도 하다. 영지주의자들은 영적인 것과 도(道)에만 관심이 있었기 때문이다. 도마복음에서는 예수를 '살아 있는 존재'라고 표현하고 있다. 이것은 4복음서가 예수를 '부활하신 주'라고 표현한 것과는 대조적인 영지주의 학파의 독특한 표현법이다.

도마복음에 나오는 예수의 사상은 불교 사상, 그중에서도 『법화경』의 불성내재론(佛性內在論)과 흡사한 점이 있다. 도마복음에서 예수가 한 말씀 중에는 유대 전통에서는 찾아볼 수 없고 오히려 인도의 고대 경전인 『베다』, 『우파니샤드』, 『베단타』, 불경 등에서 찾아볼 수 있는 것들이 많다. 이것은 기존 기독교 사상에 대한 새로운 인식을 부각시킴으로써 유럽 종교계에 커다란 파문을 불러일으켰다.

라즈니쉬는 도마복음이야말로 예수가 하려고 했던 말을 가장 실제에 가깝게 기록한 문서라고 말했다. 또한 도마복음의 내용들은 예수가 젊은 시절에 인도에 유학간 일이 있었다는 설을 뒷받침해 주고 있다. 기존 4복음서에서는 예수가 12세경에 갑자기 사라졌다가 30세가 되어서야 돌연 나타난 것으로 되어 있다. 그럼 12세부터 30세까지 18년 동안 도대체 어디에 가 있었던가?

오늘날 여러 가지 증거와 정황들로 미루어 보아 예수는 그동안 인도와 히말라야 지역에서 구도생활을 하고 있었던 것으로 알려지고 있다. 말하자면 소년 예수는 그 당시의 종교 선진국인 인도에 가서 힌두교와 불교의 배경 속에서 구도에 힘쓰고 있었던 것이다. 말하자면 개화되지 않은 이조 시대에 우리나라의 12세 소년이 청운의 뜻을 품고 미국에 건너가서 18년 동안 열심히 공부를 하고 30세가 되어서야 돌아온 것과 비슷한 상황이 아니었을까?

따라서 인도의 문화적 배경 속에서 공부하고 돌아온 예수가 하는 말을, 4복음을 기록한 마태, 마가, 누가, 요한과 같은 인도 문명을 접해 보지 못했던, 지식 수준이 비교적 낮았던 사람들이 제대로 소화해 내지 못했을 것은 당연하다. 사람은 아는 것만큼 본다고 하지만, 아는 것만큼 알아들을 수 있기 때문이다.

자연히 그들은 자기네가 이해할 수 있는 범위 안에서만 예수의 말씀을 기록했을 것이다. 그리고 후대에 성경을 편집한 성직자들 역시 자기네가 소화할 수 있는 범위에 국한해서 취사선택을 했을 것은 불문가지(不問可知)다. 따라서 기존 복음서들의 결함을 통찰한 뒤에 제일 나중에 기록된, 인도 문화에 해박한 지식을 가지고 있었던 사람에 의해 쓰여졌던 것으로 보이는 도마복음은 근 1천 9백 년 동안이나 사장(死藏)되지 않을 수 없었던 것이다.

그러나 이제는 서구인들도 동양 문화를 이해할 수 있게 되었고 불교, 힌두교, 유교가 서구에서 일대 붐을 이루고 있다. 도마복음은 마침내 기나긴 동면에서 깨어날 때가 된 것이다. 예수가 진정으로 하고자

했던 말은 무엇이며 그의 진면목은 무엇이었던가를 추호의 가감 없이
그대로 드러내도 좋을 때가 된 것이다. 도마복음이 바로 그러한 수요
를 충족시켜 주고 있는 것이다.

저자 약력

경기도 개풍 출생
1963년 포병 중위로 예편
1966년 경희대학교 영어영문학과 졸업
코리아 헤럴드 및 코리아 타임즈 기자생활 23년
1974년 단편 『산놀이』로 《한국문학》 제1회 신인상 당선
1982년 장편 『훈풍』으로 삼성문학상 당선
1985년 장편 『중립지대』로 MBC 6.25문학상 수상

저서로는 단편집 『살려놓고 봐야죠』(1978년), 대일출판사, 민족미래소설 『다물』(1985년), 정
신세계사, 장편 『소설 한단고기』(1987년), 도서출판 유림, 『인민군』 3부작(1989년), 도서출판
유림, 『소설 단군』 5권(1996년), 도서출판 유림, 소설선집 『산놀이』 ①(2004년), 『가면 벗기기』
②(2006년), 『하계수련』 ③(2006년), 지상사, 『선도체험기』 시리즈 등이 있다.

약편 선도체험기 12권

2021년 9월 30일 초판 인쇄
2021년 10월 10일 초판 발행

지 은 이   김 태 영
펴 낸 이   한 신 규
본문디자인 안 혜 숙
표지디자인 이 은 영
펴 낸 곳   글터
주소   05827 서울특별시 송파구 동남로 11길 19(가락동)
전화   070 - 7613 - 9110 Fax02 - 443 - 0212
등록   2013년 4월 12일(제25100 - 2013 - 000041호)
E-mail geul2013@naver.com

ISBN 979 - 11 - 88353 - 35 - 4   04810   정가 20,000원
ISBN 979 - 11 - 88353 - 23 - 1(세트)